¡Eso es!

¡Eso es!

Breve gramática para la comunicación

Gene S. Kupferschmid
Boston College

Susan G. Polansky
Carnegie Mellon University

Houghton Mifflin Company   Boston   New York

Director, World Languages: New Media and Modern Language Publishing   Beth Kramer
Sponsoring Editor   Amy Baron
Development Editor   Rafael Burgos-Mirabal
Editorial Associate   Melissa Foley
Project Editors   Harriet C. Dishman, Gloria Oswald/Elm St. Publications
Senior Production/Design Coordinator   Carol Merrigan
Senior Cover Design Coordinator   Deborah Azerrad Savona
Manufacturing Manager   Florence Cadran
Marketing Manager   Tina Crowley Desprez

Cover design   Rebecca Fagan
Cover image   Copyright © Images.com, Inc.

Printed in the U.S.A.

Library of Congress Catalog Card Number: 00-133848

ISBN: 0-395-96274-9

123456789-VGI-04 03 02 01 00

Contents

Preface

¡Eso es! Breve gramática para la comunicación, is designed to provide students in the fourth, fifth, or sixth semester of Spanish with a comprehensive, clearly designed and flexible text for reviewing key grammatical structures and lexical items. It can be a useful complement or supplement to a one-term, one-semester, or year-long course in which other texts are used to focus on reading, composition, culture, or the development of oral skills. It can also be used to provide an intensive and rapid grammar review or as a handy student reference book. *¡Eso es!* responds with brevity, clarity, and focus to the S O S call for review and practice. Its effectiveness comes across through the following features:

- flexibility of use

- easy access to grammatical structures

- clarity and quality of examples

- ample and efficient contextualized practice of linguistic structures

- focus on idiomatic expressions and lexical items that are often confusing for English-speaking students

- opportunity for students to check their own work

- worktext format facilitates independent study

Flexibility of use

Each chapter is designed to be a freestanding, self-contained unit. Chapters do not need to be covered in any specific sequence, but can be approached as needed to meet student requirements. Because of the level at which *¡Eso es!* is to be used, the first chapter is a brief review of certain essentials of present tense usage, articles, nouns, and adjectives.

Grammar and lexical explanations are given in English so that students can study or review them on their own without comprehension difficulties, thereby allowing the instructor to use only the target language in the classroom. Instruction lines for the activities are given in Spanish.

Easy access to grammatical structures

The chapters of *¡Eso es!* are brief and numerous. Each of the 24 chapters focuses on a clearly defined grammatical topic that is developed through explanation, examples, and practice. These self-contained units, with easy-to-use tabs for each point, enable instructors to give individual assignments on a prescriptive basis. Students who use the book to review, or as a reference, need only look at the Table of Contents for orientation.

Clarity and quality of examples

The focal point of each chapter is outlined and explained in English. Examples and engaging details about distinct points lead students toward informed comprehension and practice of the chapter content.

Ample and efficient contextualized practice of linguistic structures

Each chapter features both oral and written contextualized activities that progress from more structured, basic review formats to those allowing for freer, more creative, and more communicative expression. The responses to most structured exercises, which can be done as either oral or written assignments, can be checked in the Answer Key. The activities that call for more creative or communicative expression are set up to be done in pairs or small groups. Wherever possible, the practice activities are presented in a context that furthers students' understanding of the Spanish-speaking world.

The *En resumen* activity at the end of each chapter is usually, but not always, a cloze activity that requires students to synthesize the structural points that are the chapter focus. Responses to this section can then be checked in the Answer Key.

Focus on idiomatic expressions and lexical items that are often confusing for English-speaking students

¡Eso es! assumes that students using this book already have a vocabulary at the intermediate level or above. The abundant examples and the Spanish-English Glossary at the end of the book give the meanings of words or expressions that may be new to students, as well as those vocabulary items not usually found in lower-level texts. The *Además...* section that precedes *En resumen* in each chapter presents either idiomatic expressions or a review of Spanish words and expressions that often cause difficulties to English-speaking students. *¡Eso es!* uses contemporary standard Spanish and includes vocabulary representative of modern technology and issues.

Opportunity for students to check their own work

The Answer Key found at the end of the book supplements many of the exercises of *¡Eso es!* Representative possibilities are provided for many open-ended exercises.

Worktext format facilitates independent study

Students can review easily because all their work is in a single book that they can continue to refer to as needed. The worktext format also offers guidance and structure for those who wish to work independently.

Acknowledgments

We appreciate the valuable suggestions that the following reviewers made for the manuscript:

Lydia M. Bernstein, Bridgewater State College

Ellen Haynes, University of Colorado

Loknath Persaud, Pasadena City College

Kay E. Raymond, Sam Houston State University

María T. Redmond, University of Central Florida

We also would like to thank the World Languages staff at Houghton Mifflin Company, College Division: Beth Kramer, Director; Amy Baron, Sponsoring Editor. **¡Mil gracias!** to our editor, Rafael Burgos-Mirabal, whose patience, warmth, and sense of humor sustained us throughout, to María Luisa Gómez for her valuable contribution, and to the fourth, fifth, and sixth semester students of Boston College and Carnegie Mellon University who used the grammar explanations, did the activities, and laughed at the appropriate moments.

Capítulo 1

Review of basics

1.1 Review of the present indicative tense: Regular, stem-changing, and irregular verbs
1.2 Gender of nouns and the definite and indefinite articles
1.3 The personal **a**
1.4 Interrogatives
1.5 **Además...** Designating workers and employees

There is no need to feel overwhelmed by the amount of material covered in this chapter because you probably are familiar with all of it. Simply view this chapter as an opportunity to refresh and/or review your knowledge of a few basic aspects of the Spanish language. Should you find that there is a point that needs reviewing, this is a good time to do so.

1.1 Review of the present indicative tense: Regular, stem-changing, and irregular verbs

As you review the conjugation of these verbs in Appendix 1 of this book, pay close attention to the boxes that list other frequently used verbs that have the same stem or spelling changes.

ACTIVIDADES

A **¿Qué hacen las siguientes personas?** Escoge todas las posibilidades de la Columna **B** que creas pertinentes y agrega algunas palabras más para explicar qué hacen las siguientes personas en su trabajo.

Modelo:

Un/a economista analiza estadísticas y estudia las tendencias de los consumidores. Algunos/as enseñan en universidades.

Columna **A**	_Columna **B**_
1. un/a piloto de avión	a. trabajar en
2. un/a periodista	b. hacer
3. un/a abogado/a	c. enseñar
4. un/a político/a	d. resolver
5. un/a médico/a	e. servir
6. un/a trabajador/a social	f. dirigir
7. un/a arquitecto/a	g. diseñar
8. un/a ingeniero/a	h. sugerir
9. un/a ejecutivo/a	i. construir
10. un/a maestro/a	j. recomendar
	k. aconsejar
	l. analizar
	m. ¿_____?

1.1

1. _____
   _____

2. _____
   _____

3. _____
   _____

4. _____
   _____

5. _____
   _____

6. _____
   _____

7. _____
   _____

8. _____
   _____

9. _____
   _____

10. _____
    _____

B **¿Qué haces cuando llueve?** Usa las siguientes expresiones para hacerle estas preguntas a un/a compañero/a. Por supuesto, hay que contestarlas.

Modelo:

mirar cualquier programa de televisión

¿Miras cualquier programa de televisión?
No, solamente miro el noticiero.

1. dormir casi todo el día

   _____

   _____

2. contar las gotas de lluvia

   _____

   _____

3. hacer algo delicioso en la cocina

   _____

   _____

4. soñar con un día espléndido

_____

_____

5. ir al cine

_____

_____

6. leer una buena novela

_____

_____

7. salir de casa para caminar en la lluvia

_____

_____

8. jugar al solitario

_____

_____

 ¿Cómo pasas tu tiempo libre? En parejas, háganse las siguientes preguntas y contéstenlas.

> **Modelo:**
> ¿Qué haces en tu tiempo libre?
> tocar el piano
> _¿Tocas el piano?_
> _Sí (No), (no) toco el piano._
> _¿Qué tipo de música tocas?_

1. tejer suéteres

_____

_____

2. probar nuevas recetas

_____

_____

3. escribir cuentos o poesía

_____

_____

4. pintar cuadros

_____

_____

5. hacer cerámica

_____

_____

_____

6. navegar la red (*surf the Web*)

_____

_____

_____

7. practicar algún deporte

_____

_____

_____

8. tocar un instrumento

_____

_____

_____

1.2 Gender of nouns and the definite and indefinite articles

Gender of nouns: Most nouns that refer to males and those that end in **-o** are masculine. They take the definite article **el** when singular and **los** when plural. The corresponding indefinite articles are **un** and **unos.**

Most nouns that refer to females and those that end in **-a** are feminine. They take the definite article **la** when singular and **las** when plural. The corresponding indefinite articles are **una** and **unas.**

	Definite articles (*the*)		Indefinite articles (*a, an*)	
Singular	el	la	un	una
Plural	los	las	unos	unas

1. The masculine article is always used with the names of rivers (**el** Río Grande), mountains (**el** monte Aconcagua, **los** Andes), days of the week (**el** miércoles), months (**el** mes de agosto), languages (**el** español), and hard metals (**el** hierro).

2. The feminine article is always used with the names of islands (**las** Canarias) and the letters of the alphabet (**la** i griega).

Note also: **la** consonante, **la** vocal

3. Many abstract nouns that end in **-ma** are masculine: **el** problema, **el** programa, **el** sistema, **el** telegrama, **el** drama, **el** clima.

4. A few frequently used nouns are exceptions to the **o**-for-masculine and **a**-for-feminine rules: **el** día, **la** mano, **la** foto, **la** radio, **el** sofá, **el** cura, **el** mapa, **el** planeta, **el** pijama.

5. Some masculine nouns do not have a feminine form but do use a feminine or masculine article: **el/la** modelo, **el/la** testigo, **el/la** miembro, **el/la** agente, and all nouns ending in **-ista**: **el/la** turista, **el/la** dentista.

   In current usage, it is becoming more and more common to add an **-a** ending when referring to women: **el/la presidente/a, el/la abogado/a.**

6. Most nouns ending in **-z, -dad, -ud, -umbre,** and **-ión, -ción,** or **-sión** are feminine: **la** timidez, **la** verdad, **la** actitud, **la** costumbre, **la** presión, **la** discriminación.

   Some words ending in **-ión** are masculine however, such as **el** avión, **el** camión.

7. Nouns ending in **-e** can be either masculine or feminine. Their gender must be learned on a word-by-word basis: **la** madre, **el** padre, **la** gente, **el** desastre.

8. Singular feminine nouns that begin with a stressed **a** sound are used with the masculine singular article but require feminine adjectives and feminine plural articles: **el** hambre (**mucha hambre**), **el** agua (**las aguas limpias**).

9. The words **la persona, la víctima,** or **el individuo** can refer to a man or a woman.

Ricardo es la primera persona en la cola.	*Ricardo is the first person in the line.*

10. In a few cases a plural article is used with a singular noun to give a different meaning.

Los Castro son muy simpáticos.	*The Castros are very nice.*

The definite article: The definite article is used more frequently in Spanish than in English. Note the following uses:

1. to refer to a person with a title such as **señor, señora,** or **señorita; profesor, doctor, licenciado.** However, when the person is addressed directly, the definite article is not used. The definite article is not used with **don** or **doña,** which are titles of respect used before someone's first name: **don** Rodrigo, **doña** Berta.

Buenos días, señora Gómez.	*Good morning, Mrs. Gómez.*
No, **el** doctor Ramírez no está en el consultorio todavía.	*No, Dr. Ramírez isn't in the office yet.*

2. with a series of nouns.

La computadora, **el** teléfono y **el** fax son indispensables.	*The computer, the telephone, and the fax are indispensable.*

1.2

3. with the days of the week to express the English equivalent of *on.*

Estoy en la oficina **los** lunes, miércoles y viernes. Por eso, no puedo verte **el** jueves.	*I'm in the office on Mondays, Wednesdays, and Fridays. Therefore, I can't see you on Thursday.*

4. with the names of languages or fields of study. But when the name directly follows the verbs **hablar, aprender, estudiar, enseñar,** or **leer,** or the prepositions **de** or **en,** the definite article is omitted. However, when one of these verbs is modified, the definite article is used.

Hablo inglés y ahora estoy estudiando español. Me gustaría hablar bien **el** español antes de ir a México.	*I speak English and now I am studying Spanish. I would like to speak Spanish well before going to Mexico.*

5. to give the date.

Hoy es **el** 15 de julio.	*Today is July 15th.*

6. to refer to articles of clothing and parts of the body when the context makes the meaning clear. However, when the possessor is not obvious, the possessive adjective is used.

Me olvidé de ponerme **el** impermeable y ahora está lloviendo. ¿Puedes prestarme **tu** paraguas? Tengo **los** pies mojados.	*I forgot to put on my raincoat, and now it is raining. Could you lend me your umbrella? My feet are wet.*

7. to refer to a concrete or abstract noun or to a noun used in a general sense. Note that English usually omits the article in this context.

La natación y **el** baloncesto son sus deportes preferidos.	*Swimming and basketball are his/her favorite sports.*
¿No te interesa la política?	*Don't politics interest you?*
La droga es un problema muy grave.	*Drugs are a serious problem.*

8. when referring to certain countries, the use of the definite article is optional.

la Argentina	**el** Ecuador	**el** Paraguay
el Brasil	**los** Estados Unidos	**el** Perú
el Canadá	**la** India	**la** República Dominicana
la China	**el** Japón	**el** Uruguay

Note that the article is an integral part of **El Salvador** and that it is always capitalized.

¡Ojo! Remember the two contractions in Spanish.

a + el = al	Vamos **al** Canadá.
de + el = del	La película es **del** famoso director, Carlos Saura.

The indefinite article: Although the definite article is used more frequently in Spanish than in English, the indefinite article is used *less* frequently than its English counterpart. Therefore, the following two rules for usage of the indefinite article will concern its omission. The indefinite article is omitted in Spanish in the following cases:

1. after the verb **ser,** when referring to professions, occupations, nationalities, religions, or political affiliations.

La esposa del profesor Osorio es **profesora** también. Él es **peruano,** pero ella es **colombiana.** Él es **ateo,** pero ella es **católica.** Él es **demócrata,** pero ella es **socialista.** Sin embargo, se respetan y nunca tienen conflictos.

Professor Osorio's wife is also a professor. He is Peruvian, but she is Colombian. He is an atheist, but she is Catholic. He's a democrat, but she is a socialist. Nonetheless, they respect each other and never fight.

2. before **otro/a, cien, ciento, mil, cierto/a, medio/a,** and **tal.**

Cierto hombre te llamó esta mañana y dijo que le debes **mil** dólares. Creo que va a llamar **otra** vez en **media** hora. ¿Qué quieres que le diga?

A certain man called you this morning and said that you owe him a thousand dollars. I think he'll call again in a half hour. What do you want me to tell him?

ACTIVIDADES

D   **Información personal.** Completa las siguientes oraciones con tu información personal. Si el articulo es necesario, escriba una **X**.

1. _____ profesor/a _____ es mi profesor/a de _____ español.

2. Estudio _____ español porque _____ .

3. Tenemos la clase de español todos _____ .

4. También estudio _____ .

5. Mi cumpleaños es _____ .

6. _____ es mi lengua materna (*first language*).

7. Soy ciudadano/a de _____ .

8. Me preocupo por _____ .

1.2

E   **¡Ja, ja!** Completa la siguiente anécdota con la forma apropiada del artículo definido, el artículo indefinido o una contracción. Si no hace falta usar el artículo, escribe una **X** en el espacio.

¹_____ doctor Anaya, ²_____ famoso cardiólogo argentino, acaba de regresar a casa después de asistir a un congreso internacional de médicos en ³_____ Chile. Su esposa le pregunta «¿Cómo te fue ⁴_____ viaje?», y ⁵_____ doctor Anaya le responde «¡Fenomenal, absolutamente fenomenal! Al salir de Buenos Aires ⁶_____ avión pasó por ⁷_____ Andes y a pesar de ⁸_____ altitud, pudimos ver ⁹_____ cumbres de las montañas entre ¹⁰_____ nubes. ¡Fue una experiencia inolvidable!»

Luego ¹¹_____ señora Anaya le pregunta, «¿Y el congreso?» «Muy bueno» responde su marido. «Había médicos de todo el mundo; de ¹²_____ Europa, ¹³_____ China, ¹⁴_____ Japón y, por supuesto, muchos de Latinoamérica. ¹⁵_____ gente era muy amable y lo pasé muy bien. Además, conocí a dos médicos latinoamericanos simpatiquísimos.» «¿También son cardiólogos?» pregunta su esposa.

«No» contesta su esposo. «Uno es... es... ¡Caramba! ¡Parece ¹⁶_____ chiste! ¡Ahora no me acuerdo si uno es ¹⁷_____ urólogo de ¹⁸_____ Paraguay y ¹⁹_____ otra es parasitóloga de ²⁰_____ Uruguay, o si ²¹_____ urólogo es de ²²_____ Uruguay y ²³_____ parasitóloga es de ²⁴_____ Paraguay!»

F   **Los preparativos de un viaje.** Mientras lees el siguiente texto sobre el viaje que Paco y Frankie planean hacer, completa las oraciones con la forma apropiada del verbo entre paréntesis y el artículo definido o indefinido. Si no es necesario usar el artículo, escribe una **X** en el espacio en blanco. No te olvides de indicar una contracción.

Paco Montoya y su amigo Frankie López ¹_____ (ser) estudiantes en ²_____ universidad en California. Después de ³_____ (estudiar) historia latinoamericana en ⁴_____ clase de ⁵_____ profesor Morales, ellos ⁶_____ (querer) conocer Latinoamérica más a fondo. Les gustaría ⁷_____ (pasar) las vacaciones de verano viajando por toda Latinoamérica, desde ⁸_____ Río Grande, que es la frontera entre ⁹_____ México y ¹⁰_____ Estados Unidos, hasta ¹¹_____ Patagonia, en ¹²_____ extremo sur de ¹³_____ Argentina. [Ellos] ¹⁴_____ (Pensar) salir ¹⁵_____ primero de junio. ¹⁶_____ (Preferir) viajar en autobús y tren lo más posible porque esos modos de transporte ¹⁷_____ (salir) más económicos que ¹⁸_____ aviones y así

[19]_____ (poder) ver más. Como [20]_____ otros estudiantes, Paco y Frankie [21]_____ (tener) mucho entusiasmo, pero poco dinero. Claro, ellos [22]_____ (tener) tres meses para viajar, ¡pero [23]_____ continente es grande! Además, cada uno tiene solamente [24]_____ mil dólares, entonces no [25]_____ (saber) si el dinero les va a alcanzar. Afortunadamente Paco es [26]_____ mexicano y sus padres viven en [27]_____ capital, así que no tienen que [28]_____ (gastar) dinero en esa ciudad.

Sus vacaciones de verano son en [29]_____ meses de junio, julio y agosto, cuando es el invierno en [30]_____ países al sur de [31]_____ línea ecuatorial. En [32]_____ ciertos países como [33]_____ Nicaragua, [34]_____ Panamá y El Salvador, [35]_____ (hacer) calor tropical, mientras en [36]_____ países con [37]_____ clima templado, como [38]_____ Chile, [39]_____ Argentina y [40]_____ Uruguay, [41]_____ (hacer) frío. Y seguramente en [42]_____ Andes el frío es penetrante. Sin embargo, como cada uno [43]_____ (ir) a viajar con solamente [44]_____ mochila, [45]_____ (tener) que llevar muy pocas cosas. Entonces, ¿qué ropa [46]_____ (deber) llevar ellos en esta aventura? ¿Y qué [47]_____ otras cosas [48]_____ (ir) a necesitar?

G **Una lista de lo esencial.** Para ayudar a Frankie y Paco a hacer la lista de las cosas que tienen que llevar, primero indica el artículo apropiado (definido o indefinido) en el espacio que precede a la palabra. Después indica en la columna apropiada si crees que la cosa es esencial o no para el viaje.

		_Sí_	_No_
1.	_____ pasaporte	_____	_____
2.	_____ cheques de viajero	_____	_____
3.	_____ reloj despertador	_____	_____
4.	_____ navaja tipo ejército suizo	_____	_____
5.	_____ jabón	_____	_____
6.	_____ mapa	_____	_____
7.	_____ traje de baño	_____	_____
8.	_____ direcciones de los consulados estadounidenses	_____	_____
9.	¿_____?	_____	_____

H **¿Para qué?** Ahora compara tu lista con las de tres compañeros. ¿Hay diferencias de opinión? ¿Qué sugerencias tienen para el número 9? Para cada cosa que hay en la lista, explica por qué es necesaria o innecesaria.

1.3   The personal a

The preposition **a** precedes a direct object when the object refers to:

1. a person or persons

Esmeralda mira el programa de Oprah. Mira **a** Oprah.	*Esmeralda watches Oprah's program. She watches Oprah.*
No vimos **a** nadie.	*We didn't see anyone.*

2. a group of people seen as personalized

Escuchamos **a** Los Meninos.	*We listened to Los Meninos.*
El gobierno representa **al** pueblo.	*The government represents the people.*

3. a pet

Anita adora **a** su gato Pelusa, pero su novio no tolera los gatos.	*Anita adores her cat, Fuzzy, but her boyfriend can't stand cats.*

ACTIVIDADES

I   **Una visita a México, D.F.** La familia Acevedo de la ciudad de Morelia está pasando un fin de semana en la capital de México. Al leer de sus actividades, indica si es necesario usar la **a** personal. Si no es necesario, escribe una **X** en el espacio.

1. Visitan _____ la casa de Diego Rivera y Frida Kahlo en Coyoacán.

2. Van al Museo Antropológico para mirar _____ las artes y los artefactos de los indígenas precolombinos.

3. Por la noche escuchan _____ los mariachis que cantan en la Plaza Garibaldi.

4. Dicen que lo más divertido es mirar _____ la gente en los cafés de la Zona Rosa.

5. Les dicen «No, gracias» _____ los muchachos que quieren lustrar (*shine*) sus zapatos.

6. Deciden que no quieren ver _____ la corrida de toros.

7. Ven _____ las familias que pasan el domingo en el Parque Chapultepec.

8. Le preguntan _____ mesero si hay algunos platos menos picantes.

9. Pasan un día visitando _____ las Pirámides de Teotihuacán.

J   **Preferencias.** Para expresar tus preferencias, completa las siguientes oraciones con un sustantivo, usando la **a personal** cuando sea necesario.

1. Me gusta mirar _____. No me gusta mirar

_____ .

2. Adoro _____ . Detesto
   _____ .

3. Veo _____ todos los días. Casi nunca veo
   _____ .

4. Escucho _____ . Nunca escucho
   _____ .

5. Quiero _____ . No quiero
   _____ .

6. Comprendo _____ . No comprendo
   _____ .

7. Conozco _____ . Me gustaría conocer
   _____ .

8. Respeto _____ . No respeto
   _____ .

1.4　Interrogatives

There are several ways of asking questions in Spanish.

1. Simply make a statement in a questioning tone.

   Te interesa la ecología.　　　　¿Te interesa la ecología?

2. Place the subject after the verb.

   Los chicos van al cine.　　　　¿Van los chicos al cine?

3. Place an interrogative expression such as **¿no es cierto?**, **¿verdad?**, or **¿no?** at the end of a statement.

   Este libro es muy interesante, ¿no es cierto? (¿verdad?, ¿no?)

4. Use interrogative words or expressions to begin a sentence. Note that the accent is always used on these words.

   a. ¿cómo?　　　　　　　　*what? how?*
   ¿Cómo te llamas?　　　　*What is your name?*

   b. ¿cuál(es)?　　　　　　*which? what?*
   ¿Cuál es tu número de　　*What is your phone number?*
   teléfono?

   c. ¿cuándo?　　　　　　　*when?*
   ¿Cuándo puedes salir?　　*When can you leave?*

   d. ¿cuánto/a(s)?　　　　　*how much? how many?*
   ¿Cuánto es? **¿Cuántos** hay?　*How much is it? How many are there?*

1.4

e. **¿dónde?**   *where?*
   ¿Dónde vives?   *Where do you live?*

f. **¿adónde?**   *where (to)?*
   ¿Adónde vas?   *Where are you going?*

g. **¿de dónde?**   *where (from)?*
   ¿De dónde eres?   *Where are you from?*

h. **¿por qué?**   *why?*
   ¿Por qué vas allí?   *Why are you going there?*

i. **¿qué?**   *what?*
   ¿Qué hora es?   *What time is it?*

j. **¿quién(es)?**   *who?*
   ¿Quién(es) habla(n)?   *Who is (are) speaking?*

k. **¿de quién(es)?**   *whose?*
   ¿De quién(es) son estos   *Whose checks are these?*
   cheques?

¡Ojo!

1. **¿Qué?** is used when asking for a definition or explanation.

   ¿Qué quiere decir la palabra «chévere»? **¿Qué** es?

2. **¿Qué?** also expresses *what?* or *which?* when followed directly by a noun.

   ¿Qué tiempo hace?

3. Unless a definition or an explanation is requested, **¿cuál?** is used before forms of **ser.**

   ¿Cuál es tu número de teléfono?

ACTIVIDADES

K **Una entrevista de empleo.** ¿Cuáles son las preguntas que hay que contestar en una entrevista de empleo? Imagina que tú eres el/la director/a de personal en una compañía y que tu compañero/a es un/a candidato/a. Completa las preguntas con la palabra interrogativa apropiada y cuando tu compañero/a las conteste, escribe las respuestas en los espacios en blanco. Después, intercambien los papeles. (Recuerden usar Ud.: ¡Es una entrevista de empleo!)

1. ¿_____ se llama?

   _____

2. ¿_____ es su dirección?

   _____

3. ¿_____ es su fecha de nacimiento?

   _____

4. ¿De _____ país es Ud. ciudadano/a?

_____

5. ¿_____ le interesa trabajar en esta compañía?

_____

6. ¿_____ experiencia tiene?

_____

7. ¿A _____ le podemos pedir una recomendación?

_____

8. ¿_____ espera ganar al comenzar?

_____

L **¿Tiene Ud. alguna pregunta?** Claro, tú también tienes algunas preguntas sobre el puesto y la compañía. Complétalas con la palabra interrogativa apropiada.

1. ¿_____ sueldo ofrece la compañía al comenzar?

2. ¿_____ son los beneficios?

3. ¿_____ días de vacaciones hay el primer año?

4. ¿En _____ departamento estaría si aceptara el empleo?

5. ¿_____ serían mis responsabilidades?

6. ¿_____ quiere Ud. que yo comience a trabajar?

7. ¿_____ será mi jefe?

8. ¿Con _____ más tengo que entrevistarme?

9. ¿_____ puedo esperar su respuesta?

1.5   Además... Designating workers and employees

The Spanish language has a number of words that are used to distinguish different types of working people or employees, and few are interchangeable.

el/la dependiente	A salesperson or store clerk
el/la empleado/a	A person who works in an office or a bank. In English the expression often used is "white-collar worker."
el/la funcionario/a	A person who works for the government
el/la obrero/a	One who does manual labor, usually unskilled
el/la perito/a	One who does expert or skilled labor such as an accountant or an electrician
el/la profesional	One who has a college or university degree and practices a profession
el/la trabajador/a	Synonymous with **obrero/a,** it also refers to those who do manual labor.

ACTIVIDAD

M **¿Qué son?** Indica si las siguientes personas son empleados, funcionarios, obreros, peritos, profesionales o trabajadores. Después compara tus respuestas con las de tus compañeros para ver si todos están de acuerdo. Si hay diferencias de opinión, discútanlas.

1. un/a instalador/a de asbesto _____

2. un/a psiquiatra _____

3. un/a piloto _____

4. un/a consultor/a _____

5. un/a maestro/a _____

6. un actor/una actriz _____

7. un/a secretario/a _____

8. un/a detective _____

9. un/a mesero/a _____

10. un/a inspector/a de aduana _____

11. un/a editor/a _____

12. un/a taxista _____

13. un/a ingeniero/a _____

14. un/a veterinario/a _____

15. un/a electricista _____

16. un/a vendedor/a _____

En resumen

BREVES DESCRIPCIONES

❖ Para tener una idea de los requisitos de ciertos oficios y profesiones, haz lo siguiente:

a) Escribe una oración completa para cada par de elementos (abogado: defender / clientes), conjugando el verbo e incluyendo un artículo y la **a personal** cuando sean necesarios.

b) Formula la pregunta que sigue utilizando la palabra interrogativa apropiada y la forma apropiada del verbo entre paréntesis.

Modelo:

una abogada: defender / clientes; ganar / algunos casos;
escribir / montón de documentos. Pregunta: «¿_____ (ocurrir) la
noche del homicidio?»

*Un abogado defiende a sus clientes. Gana algunos casos. Escribe un montón
de documentos. Pregunta: «¿Qué ocurrió la noche del homicidio?»*

1. un mesero: atender / clientes; servir / la comida; esperar / buenas
    propinas.

    _____

    _____

    Pregunta: «¿_____ bebida _____ (querer) tomar?»

2. una psiquiatra: escuchar / pacientes; comprender / sus problemas;
    recomendar / calmantes.

    _____

    _____

    Pregunta: «¿ _____ (ser) su problema?»

3. un inspector de aduana: abrir / maletas de pasajeros; inspeccionar /
    contenidos; buscar / contrabando.

    _____

    _____

    Pregunta: «¿_____ (tener) Ud. en esta bolsa?»

4. un piloto: pilotar / avión; leer / instrumentos; no poder / tener
    sueño.

    _____

    _____

    Los pasajeros le preguntan: «¿_____ (ir) a
    llegar?»

5. una consultora: analizar / situación; dar consejos / los clientes;
    resolver / problemas.

    _____

    _____

    Pregunta: «¿_____ no _____ (cambiar) Uds. su
    manera de pensar?»

6. un taxista: conducir / todo el día o toda la noche; conocer / ciudad; llevar / el equipaje de los pasajeros.

_____

_____

Pregunta: «¿_____ (querer) ir?»

7. una maestra: enseñar / sus estudiantes; conocer / la materia; tener / mucha paciencia.

_____

_____

Pregunta: «¿_____ (tener) la respuesta?»

8. una arquitecta: diseñar / edificios y casas; saber / matemáticas; escoger / materiales y colores.

_____

_____

Pregunta: «¿_____ (pensar) gastar en la construcción de su casa?»

9. una veterinaria: examinar / su pacientes; querer / animales; hacer / cirugía en sus pacientes.

_____

_____

Pregunta: «¿_____ (ser) que le duele a su mascota?»

10. un detective: hacer / investigaciones; investigar / muchos crímenes; mirar / «Colombo» en la televisión.

_____

_____

Pregunta para Colombo: «¿_____ (hacer) Ud. tantas preguntas estúpidas?»

Capítulo 2

Ser, estar, and haber (hay)

2.1 **Ser**
2.2 **Estar**
2.3 **Ser** or **estar** before an adjective
2.4 **Hay, ser,** and **estar**
2.5 **Además...** Spanish verbs that mean *to realize*

Although both **ser** and **estar** are the equivalent of the English *to be,* they are used differently.

Ser refers to the essence, the inherent qualities that characterize a person (**un** *ser* **humano**), place, or thing.

Estar refers to a place or expresses the idea of an emotional or temporary physical state or condition. We can see its Latin root, *stare,* in English words such as *state, station, stationary.*

2.1 **Ser** is used to...

1. describe the qualities that define or characterize a person, such as nationality, profession, religion, and political affiliation.

El escritor español, Valle-Inclán, se describió así: «**Soy** feo, católico y sentimental.»	*The Spanish writer, Valle-Inclán, described himself thus: "I'm ugly, Catholic, and sentimental."*
Ernesto Martínez **es** abogado, venezolano, católico, socialista, joven, alto, rubio y rico.	*Ernesto Martínez is (a) lawyer, Venezuelan, Catholic, Socialist, young, tall, blond, and rich.*

2. describe the inherent characteristics or place of origin of a person or thing.

Ernesto **es** de Caracas.	*Ernesto is from Caracas.*
Caracas **es** la capital de Venezuela y **es** una ciudad muy bella. Hay vecindades en Caracas que **son** de la época colonial.	*Caracas is the capital of Venezuela and it is a beautiful city. There are neighborhoods in Caracas that are from the colonial period.*
Su escritorio **es** de madera, grande, práctico y hecho en Venezuela.	*His desk is wooden, big, practical, and made in Venezuela.*
Su coche **es** del año 1998. **Es** un Toyota, y **es** rojo y cómodo.	*His car is a 1998 model. It is a Toyota, and it's red and comfortable.*

3. tell the time and date.

Hoy **es** el 28 de febrero. **Son** las 10:30.	*Today is February 28th. It is 10:30.*

4. express possession.

—¿**Es** tuyo?	*Is it yours?*
—No, creo que todos los libros **son** del Sr. Martínez.	*No, I think all the books are Mr. Martínez'.*

5. tell when and where an event takes place, as a synonym for **tener lugar** (*to take place*).

La reunión **es** en su despacho.   *The meeting is (takes place) in his*
Es a las cinco.   *office. It is (takes place) at five o'clock.*

6. introduce impersonal expressions or generalizations, followed by an infinitive.

Es fascinante conocer otros   *It is fascinating to become*
países.   *acquainted with other countries.*

Es decir, **es** interesante viajar. *That is to say, it is interesting to travel.*

¡Ojo!   The indefinite article (**un/una**) is used before nouns that follow **ser** only when they are modified by an adjective.

El Sr. Martínez **es** abogado. **Es** un *Mr. Martínez is a lawyer. He is a*
buen abogado.   *good lawyer.*

ACTIVIDAD

A   **Un perfil personal.** ¿Cómo eres? Indica los adjetivos de la siguiente lista que describan tus características, cualidades personales y personalidad. Puedes indicar más de una palabra de cada grupo.

Recuerda que los adjetivos que terminan en **-ista** no cambian: **él es optimista, ella es optimista.**

¿Eres...

1. optimista, pesimista, realista, idealista o cínico?

   _____

2. liberal, conservador o radical? _____

3. romántico, sentimental o sensible (*sensitive*)?

   _____

4. práctico, impráctico, industrioso o perezoso?

   _____

5. sincero, franco, extrovertido o introvertido?

   _____

6. republicano, demócrata o independiente? _____

7. negligente, puntual, detallista o descuidado? _____

8. atrevido (*daring*), prudente o temeroso (*fearful*)?

   _____

9. individualista, conformista o rebelde? _____

10. Además, soy estupendo/a, _____ ,

    _____ y _____ .

2.2 Estar is used to...

1. express concrete or figurative location.

El despacho del Sr. Martínez **está** en el centro. — *Mr. Martínez' office is in the center of the city.*

Ahora **está** en una conversación con un cliente. — *Now he is in a conversation with a client.*

2. describe what is going on at the time by use of the present progressive or other continuous tenses with the gerund.

En este momento, él **está hablando** por teléfono. — *At this moment, he is talking on the telephone.*

3. describe physical, mental, emotional states, and conditions that are subject to change.

Está...	He/She is...
aburrido/a ≠ entusiasmado/a, ocupado/a	bored ≠ enthusiastic, busy
alegre ≠ triste, deprimido/a	happy ≠ sad, depressed
bien ≠ enfermo/a, mal	well ≠ sick, feeling badly
cómodo/a ≠ incomodo/a	comfortable ≠ uncomfortable
contento/a, satisfecho/a	content, satisfied
desilusionado/a, enojado/a, frustrado/a, furioso/a	disappointed, angry, frustrated, furious
despierto/a ≠ dormido/a	awake ≠ asleep
más o menos, así así, regular	more or less, so-so, okay
tranquilo/a ≠ agitado/a, nervioso/a, asustado/a	calm ≠ upset, nervous, frightened

4. describe a civil state.

Está casado con (divorciado de / separado de) María Pilar Gómez. — *He is married to (divorced from / separated from) María Pilar Gómez.*

However, it is usually **ser soltero/a** (*single*), **ser viudo/a** (*widower, widow*).

5. describe a state resulting from circumstances or another action, often by using a past participle as an adjective.

La ventana **está abierta** porque el aire acondicionado no funciona. — *The window is open because the air conditioning isn't working.*

¡**Está vivo**! ¡No **está muerto**! — *He's alive! He isn't dead!*

6. Estar is used in a number of expressions:

estar de acuerdo	to agree
estar bien vestido/a	to be well dressed
estar de buen (mal) humor	to be in a good (bad) mood

2.2

estar en buenas (malas) condiciones	to be in good (bad) shape (condition)
estar harto/a (de)	to be fed up (with)
estar de moda	to be "in"
estar en la onda	to be "with it"
estar seguro/a	to be sure
estar al tanto	to be current, up to date
estar de vacaciones	to be on vacation
estar de viaje	to be on a trip

¡Ojo! Note that some of the adjectives and expressions that are used with **estar** are followed by a preposition that is sometimes different from the one that is used in English.

estar acostumbrado/a (a)	to be accustomed, used (to)
estar casado/a (con)	to be married (to)
estar dispuesto/a (a)	to be willing (to)
estar enamorado/a (de)	to be in love (with)
estar encargado/a (de)	to be in charge (of)
estar preocupado/a (por)	to be worried (about)

ACTIVIDAD

B   **Y tú, ¿cómo estás?** Todos tenemos nuestros momentos buenos y nuestros momentos malos. ¿Cómo estás en los siguientes momentos de la vida?
¿Cómo estás...

1. cuando tu coche no arranca (*start*)? _____

2. cuando tienes que pagar los impuestos el 15 de abril?

_____

3. cuando recibes un cheque que no esperabas?

_____

4. cuando escuchas tu música preferida? _____

5. después de un baño caliente? _____

6. el día antes de irte de vacaciones? _____

7. cuando tienes una entrevista importante? _____

8. después de participar en un maratón? _____

9. antes de hablar en público? _____

10. cuando terminas de hacer las actividades de este libro?

_____

2.3 Ser or estar before an adjective

1. Certain adjectives can only be used with **ser** or **estar** to convey the correct meaning that a speaker wishes to express. With other adjectives, however, either verb may be used subjectively, depending on the meaning the speaker wishes to convey. **Estar** is often used to indicate unexpected or unusual qualities or a change in usual attributes or characteristics.

Ser	*Estar*
Es aburrido. *He is a bore.*	Está aburrido. *He is bored.*
Es bueno. *He is good (character).*	Está bueno. *He is in good health.*
Es consciente. *She is conscious, aware. (responsible, reliable)*	Está consciente. *She is conscious. (awake, alert)*
Es despierta. *She is alert, sharp.*	Está despierta. *She is awake.*
Es divertido. *It's amusing.*	Está divertida. *She is amused.*
Es loco. *He is insane.*	Está loco. *He is crazy, frantic.*
Son listos. *They are smart, clever.*	Están listos. *They are ready, prepared.*
Son malos. *They are bad.*	Están malos. *They are ill.*
La planta es verde. *The plant is green.*	La fruta está verde. *The fruit isn't ripe.*
Es muy viva. *She is very lively.*	Todavía está vivo. *He is still alive.*

2. **Estar** is also used to indicate the sense of *look, feel,* or *taste.*

La torta es dulce.	*The cake is sweet.*
Esta torta está muy dulce.	*This cake tastes very sweet.*
Ana es linda.	*Ana is pretty.*
Ana, ¡qué linda estás!	*Ana, you look so pretty!*
Las aguas del Atlántico son frías.	*The waters of the Atlantic are cold.*
Pero hoy el agua no está tan fría.	*But today the water doesn't feel so cold.*

ACTIVIDADES

C   **Lo necesario.** Con un grupo de tres o cuatro personas, usen **ser** y **estar** para describir las características, las cualidades y los estados mentales o emocionales deseables para trabajar bien en las siguientes situaciones.

Modelo:

Para trabajar en un grupo...

Para trabajar en un grupo, es necesario ser paciente, estar de buen humor, etc.

1. Para trabajar solo/a...
2. Para trabajar con niños...
3. Para trabajar con animales...
4. Para tratar con el público...

5. Para ser un líder...
6. Para trabajar en una gran empresa...
7. Para enseñar...
8. Para aprender...

D   **Un caso para la terapeuta.** Como la señora Torres tiene un problema que no puede resolver sola, ella ha decidido hablar con la doctora Irigoyen, una terapeuta que se especializa en problemas familiares. Mientras la señora Torres le explica su problema, la doctora Irigoyen toma apuntes. Después de leer el caso, trabaja con tus compañeros para completar los apuntes de la doctora con la forma apropiada de **ser** o **estar.** En la primera visita con la doctora, dice la señora Torres:

«¡Ay, doctora, no sé qué hacer con mi hija Esmeralda! Tiene 17 años y desde que mi esposo murió hace dos años ella ha cambiado mucho. Siempre ha sido una buena chica y una buena estudiante, pero últimamente se porta de una manera muy rara. No tiene interés en los estudios y pasa mucho tiempo con un chico que no me gusta para nada. Carlos —el joven— no trabaja. Solamente pasa mucho tiempo con unos tipos que son como él. Tiene la cabeza rapada (*shaved*), siempre lleva una chaqueta de cuero, tiene tatuajes (*tattoos*) en ambos brazos, anda en motocicleta y, francamente, a mí me parece que nunca se baña. Desde que anda con él, Esmeralda se ha teñido (*has dyed*) el pelo de verde, lleva un tachón (*stud*) en la nariz y otro en el ombligo, y ahora amenaza con llevar uno más en la lengua. No quiero pelearme con mi hija, pero cuando le digo que el pelo verde no le queda bien y sugiero que estudie más y que pase más tiempo con otros amigos, me dice que no la comprendo. Además, dice que los estudios no le interesan y que no hay otro chico como Carlos. Ay, doctora, los jóvenes hoy en día...»

La doctora Irigoyen escribe:

La señora [1]_____ viuda y [2]_____ criando sola a su hija. [3]_____ muy preocupada, [4]_____ desesperada, [5]_____ frustrada; quiere [6]_____ una buena madre, pero no sabe qué hacer. Dice que desde que su padre murió, el comportamiento de su hija [7]_____ raro. Ahora tiene el pelo verde y lleva un tachón en la nariz y en el ombligo porque este estilo [8]_____ de moda entre algunos jóvenes. Esmeralda dice que los estudios no [9]_____ interesantes, y la única persona que le interesa [10]_____ este joven, Carlos. La señora cree que su hija [11]_____ enamorada de él. Según ella, Carlos [12]_____ sucio, [13]_____ siempre mal vestido, los tatuajes que lleva [14]_____ feos, y además, [15]_____ perezoso. Ella [16]_____ segura de que Carlos [17]_____ una mala influencia en su hija.

E   **La segunda visita con la doctora.**

Esmeralda habla:

«Mi mamá es de otra época y no entiende cómo los tiempos han cambiado.
Claro, cuando ella era joven, las cosas sí eran distintas. Cuando Carlos viene a
casa, ella nunca le habla y le da una mirada de repugnancia. Dice que Carlos no
trabaja, pero la verdad es que Carlos toca la guitarra con un conjunto de música
rock y tiene que practicar mucho. Además, ellos tocaron en un club el fin de
semana pasado. Claro, el dueño del club les dijo que no volvieran más, pero eso
no tiene nada que ver con su talento. Tal vez ahora nadie los conozca, pero algún
día... ya verán. No importa lo que diga mi mamá... Carlos cree que el pelo verde
me queda muy bien. Y cuando ando con él en la motocicleta, pienso que ésta sí
es la vida. Francamente, es mi mejor amigo y lo adoro.»

La doctora escribe:

Esmeralda no ^{1}_____ de acuerdo con la opinión que tiene su mamá

de Carlos. Ella cree que su mamá ^{2}_____ una vieja que no

^{3}_____ en la onda. Dice que su mamá cree que Carlos

^{4}_____ repugnante y que los tatuajes ^{5}_____ feos.

Ahora Esmeralda tiene el pelo verde, pero su pelo natural ^{6}_____

rubio. Según ella, su mamá no sabe que ese color de pelo ^{7}_____

de moda. Me parece que ella quiere ^{8}_____ rebelde. Me dijo que

Carlos ^{9}_____ músico y ^{10}_____ en un grupo que

toca música rock. Parece que el grupo no ^{11}_____ muy bueno

porque cuando tocaron en un club no tuvieron éxito. Pero ella

^{12}_____ contenta cuando ^{13}_____ con Carlos porque

le dice que ella ^{14}_____ linda con o sin el pelo verde. No se da

cuenta de que andar en motocicleta puede ^{15}_____ peligroso.

Esmeralda y Carlos dicen que ^{16}_____ enamorados. Viven

completamente en el presente; ninguno de los dos ^{17}_____

pensando en el futuro.

F   **Ahora Uds. son terapeutas.** ¿Qué dicen Uds.? Formen un grupo de tres o
cuatro compañeros para dar su opinión de este caso y para dar sus sugerencias
a la señora Torres y a Esmeralda para que resuelvan la situación.

2.4 Hay, ser, and estar

1. **Hay,** meaning *there is* or *there are,* is a form of the infinitive **haber** and is an easy verb to use because it is both singular and plural. **Hay** usually describes the existence or nonexistence of a subject.

   Hay cinco personas en el comité. — *There are five people on the committee.*

2. **Estar** emphasizes the location or condition of the subject.

   Todos los miembros del comité **están** presentes. — *All the members of the committee are present.*

3. **Ser** indicates *to take place.*

   La reunión del comité **es** a las cinco en la oficina del director. — *The meeting of the committee is at 5 o'clock in the director's office.*

4. Also, **hay** is often used with indefinite noun phrases (used with **un, una,** or no article).

   ¿**Hay** una reunión hoy? — *Is there a meeting today?*

   ¿**Hay** suficiente café para todos? — *Is there enough coffee for everyone?*

ACTIVIDAD

G **¿Estar o hay?** En parejas háganse y contesten las siguientes preguntas, usando **hay** o la forma apropiada de **estar.**

1. ¿Cuántos estudiantes _____ en esta clase?

_____

2. ¿_____ aquí el/la profesor/a?

_____

3. ¿_____ un examen hoy?

_____

4. ¿En qué página _____ nosotros?

_____

5. ¿Dónde _____ la estudiante que siempre sabe las respuestas?

_____

6. ¿No _____ otra manera de decir la misma cosa?

_____

2.5 Además... Spanish verbs that mean *to realize*

1. **Realizar** means *to achieve, to accomplish, to fulfill.*

   Algún día vas a **realizar** tu sueño de ser astronauta.   *Some day you will fulfill your dream of being an astronaut.*

2. **Darse cuenta (de)** means *to realize, to understand, to notice.*

   Ahora **me doy cuenta de** la importancia de estudiar una lengua.   *Now I realize the importance of studying a language.*

ACTIVIDAD

H   **¿Y tú?** Completa las siguientes oraciones y después compara tus respuestas con las de tus compañeros.

1. Un sueño o una meta (*goal*) que quiero realizar es

   _____ .

2. Al terminar la escuela secundaria, me di cuenta de (que)

   _____ .

3. Al comenzar la universidad, me di cuenta de (que)

   _____ .

En resumen

UN MONÓLOGO FAMOSO

❖   «Ser o no ser...». Casi todos conocemos estas palabras del famoso monólogo de Hamlet en la obra de Shakespeare del mismo nombre. En la literatura de España, hay otro monólogo igualmente famoso. Para saber más de esta obra dramática, completa la siguiente descripción con **hay** o con la forma apropiada de **ser** o **estar.**

En la literatura de España, [1]_____ un monólogo muy famoso que muchos han comparado con el monólogo de Hamlet, «Ser o no ser...». Esta obra dramática [2]_____ *La vida es sueño* (*Life Is a Dream*). [3]_____ del año 1635 y el autor [4]_____ Pedro Calderón de la Barca. *La vida es sueño* [5]_____ llena de pasión, intriga, confusión, violencia y también filosofía.

Segismundo ⁶_____ el nombre del protagonista, y él
⁷_____ un príncipe de Polonia. Pero desde su nacimiento
⁸_____ en una prisión; ⁹_____ decir,
¹⁰_____ encarcelado (*imprisoned*) desde hace unos veinte años,
toda su vida. ¿Por qué? ¹¹_____ tres razones principales. La
primera ¹²_____ porque su padre, el rey Basilio, se asusta mucho
cuando su esposa muere durante el parto (*birth*) y no sabe qué hacer con el
niño. La segunda razón ¹³_____ porque Basilio ha creído en los
horóscopos que indican que Segismundo va a ¹⁴_____ un
monstruo. Y la tercera razón: ¹⁵_____ un eclipse el día del
nacimiento de su hijo y él cree que eso ¹⁶_____ un mal presagio.

Cuando comienza el drama, Segismundo ¹⁷_____ lamentando su
destino, y una mujer oye sus lamentos. Ella ¹⁸_____ Rosaura, pero
¹⁹_____ vestida de hombre porque llega secretamente a Polonia.
Ella ²⁰_____ de Moscovia, y ²¹_____ enamorada de
Astolfo, primo de Segismundo. Astolfo ha abandonado a Rosaura en Moscovia
porque él quiere ²²_____ el próximo rey de Polonia. También
quiere ²³_____ el esposo de Estrella, su prima y la de Segismundo.

El guardia de la prisión, Clotaldo, necesita arrestar a Rosaura porque el rey
Basilio ha mandado que nadie deba saber de la existencia de Segismundo.
Rosaura ²⁴_____ muy nerviosa y le da a Clotaldo su espada
(*sword*). ¡Qué coincidencia! Clotaldo se da cuenta de que la espada
²⁵_____ suya (*his*) y sabe que «este joven» que
²⁶_____ vestido de hombre ²⁷_____ su «hijo».
Clotaldo ²⁸_____ muy agitado porque tiene que decidir entre
ayudar a su «hijo» y obedecer a su rey.

La próxima parte ²⁹_____ en el palacio, donde Basilio decide
anunciar públicamente que tiene un hijo y quiere darle la oportunidad de probar
que puede ³⁰_____ un buen príncipe. ¿Cómo realizar el plan de
trasladar a Segismundo al palacio? Deciden que ³¹_____ prudente
darle una droga y hacerle «despertar» en el palacio. Si Segismundo
³²_____ incapaz de adaptarse, pueden devolverlo a la prisión.

Segismundo se despierta en el palacio y claro, ³³_____ furioso
cuando se entera la injusticia de su padre. Por eso, ³⁴_____ muy
descortés con todos menos con Rosaura. Ella ahora ³⁵_____ en
ropa de mujer, y Segismundo ³⁶_____ un poco romántico y trata de

seducirla. Mientras ³⁷_____ de mal humor, Segismundo mata a un criado y también ataca a Clotaldo, pero Astolfo le salva la vida. Ahora el problema de Clotaldo ³⁸_____: cómo defender a su hija contra Astolfo, el seductor de Rosaura, si Astolfo acaba de salvarle la vida.

Todos ³⁹_____ muy preocupados y nerviosos y le avisan (*warn*) a Segismundo que todo puede ⁴⁰_____ un sueño. Basilio decide que no ⁴¹_____ otra solución que drogarlo otra vez y devolverlo a la prisión. Cuando Segismundo se despierta, ⁴²_____ de nuevo en la prisión y se da cuenta de que la vida ⁴³_____ breve. Este ⁴⁴_____ el momento de su famoso monólogo en el cual dice filosóficamente:

«Yo sueño que ⁴⁵_____ aquí,
de estas prisiones cargado (*burdened*);
y soñé (*I dreamed*) que en otro estado
más lisonjero (*alegre*) me vi.
¿Qué ⁴⁶_____ la vida? Un frenesí (*frenzy*).
¿Qué ⁴⁷_____ la vida? Una ilusión,
una sombra (*shadow*), una ficción,
y el mayor bien (*greatest fortune*) ⁴⁸_____ pequeño:
que toda la vida ⁴⁹_____ sueño,
y los sueños sueños ⁵⁰_____.»

¿Y cómo termina la historia? ⁵¹_____ una rebelión de la gente del pueblo. Ellos no quieren a Astolfo porque ⁵²_____ extranjero y no ⁵³_____ polaco. Segismundo ahora ⁵⁴_____ libre, y esta vez, él ⁵⁵_____ sincero, tolerante y generoso. Perdona a su padre y a Clotaldo. Astolfo y Estrella no ⁵⁶_____ casados todavía, y así, Segismundo decide ⁵⁷_____ muy justo: ayuda a Rosaura a casarse con Astolfo, y él se casa con Estrella. Ahora Basilio se de cuenta de que Segismundo va a ⁵⁸_____ un buen príncipe y así realiza su plan de hacer rey a su hijo. Segismundo ha aprendido que la vida puede pasar rápidamente como un sueño, y que ⁵⁹_____ necesario ⁶⁰_____ bueno y siempre hacer el bien.

Adjectives

3.1 Agreement of nouns and adjectives
3.2 Placement of adjectives
3.3 Different meanings of certain adjectives according to their placement
3.4 Placement of two or more adjectives
3.5 Using the pronoun **lo** + adjective
3.6 **Además...** Different meanings of certain nouns according to gender

3.1 Agreement of nouns and adjectives

An adjective describes a noun or a pronoun. Adjectives agree in number with the nouns or pronouns they modify; most adjectives also agree in gender. The plural of nouns and adjectives ending in a vowel is formed by adding **-s.** The plural of nouns and adjectives ending in a consonant is formed by adding **-es.** Note that adjectives ending in **-e** agree only in number.

¡Ojo!

1. **La gente, la familia** and **el grupo** are singular nouns; therefore, they are used with singular adjectives:

   la gente **simpática,** la familia **numerosa,** el grupo **entusiasmado.**

2. The adjective **cada** (*each*) never changes gender: **cada** hombre, **cada** mujer.

3. The adjectives **demócrata, indígena,** and **agrícola** always end in **-a,** even when they modify a masculine noun.

   Los pueblos indígenas de Mesoamérica cultivaron muchos productos agrícolas.

   The indigenous people of Mesoamerica cultivated many agricultural products.

ACTIVIDAD

A **¡Tú también eres poeta!** En su libro *Nuevas odas elementales,* el poeta chileno Pablo Neruda escribió una serie de odas a las cosas más básicas de la vida. A continuación hay una lista de los temas de sus odas. Ahora tú eres poeta. ¿Cómo las describirías? Compara tus descripciones con las de tus compañeros/as.

1. el limón (el color, la forma, el aroma, el sabor [*taste*], el tamaño [*size*], las ideas o los pensamientos que evoca) _____

2. los calcetines (*socks*) _____

3. el diccionario _____

4. las estrellas _____

5. la farmacia _____

6. el hígado (*liver*) _____

7. el jabón _____

8. la luna _____

9. la papa _____

10. el mes de septiembre _____

3.2 Placement of adjectives

The following are simple guidelines for the placement of adjectives:

1. Descriptive adjectives follow the noun when they distinguish between one noun and others of its kind. These include adjectives indicating nationality, religion, political affiliation, color, size, and shape.

   el hombre **alto**, los chicos **adorables,** la bandera **mexicana,** las flores **amarillas**, el partido **demócrata**

2. When a noun is used as an adjective it is preceded by the preposition **de** and it always follows the noun.

una mesa **de madera**	*a wooden table*
las llantas **de goma**	*the rubber tires*

3. Adjectives of quantity and possessive, demonstrative, interrogative, and indefinite adjectives precede the noun.

mucha gente, **poco** dinero	*many people, little money*
este hombre, **esa** mujer	*this man, that woman*
nuestros abuelos, **mi** familia	*our grandparents, my family*
algún día, en **ningún** momento	*some day, at no time*
¿**Cuántos** estudiantes hay en **esta** clase? Hay **veinte** estudiantes en **esta** clase.	*How many students are there in this class? There are twenty students in this class.*

4. The adjectives **bueno** or **malo** can follow or precede the noun. When they precede a masculine singular noun, they drop the **o** and are shortened to **buen** or **mal.** Other adjectives of this type are **primero, tercero, alguno, ninguno.**

un buen día / un día bueno	*a good day*
el tercer piso	*the third floor*

5. Past participles used as adjectives always follow the noun.

El estudiante **sentado** cerca de la ventana **abierta** quiere cerrarla.	*The student sitting near the open window wants to close it.*

ACTIVIDADES

B **Tu hogar.** Describe los siguientes aspectos de tu casa, apartamento o cuarto y de tu vecindad (*neighborhood*).

Tu casa, apartamento o cuarto

1. el tamaño y la ubicación (*location*) _____

2. la decoración _____

3. los muebles _____

4. el estado normal _____

Tu vecindad

1. los aspectos físicos _____

2. los vecinos _____

3. las características notables _____

C **Un aplauso, por favor.** ¿Has asistido a un concierto recientemente? Seguramente tus compañeros/as quieren saber tus impresiones de este concierto; entonces dales a ellos/as una descripción de los siguientes aspectos:

1. los músicos

_____

2. la música

_____

3. el público

_____

4. las canciones

_____

5. el lugar

_____

6. las personas sentadas cerca de ti

_____

D **Tu firma, por favor.** En los espacios a continuación (o en una tarjeta), escribe seis adjetivos que indiquen tu carácter, personalidad o apariencia. ¡No escribas tu nombre! Después, dale a tu profesor/a esta página (o tarjeta) para que la combine con las de tus compañeros/as y las reparta entre todos. Ahora tienes que encontrar a la persona de la descripción con la pregunta: «¿Eres _____ (sincero, dulce, etc.)?» Claro, para identificarla, la misma persona tiene que contestar «Sí, soy _____» (seis veces).

Soy...

1. _____   4. _____

2. _____   5. _____

3. _____   6. _____

Firma aquí, por favor _____

3.3   **Different meanings of certain adjectives according to their placement**

1. The meaning of some adjectives differs according to their placement before or after the noun. Note the following differences:

Adjective	Preceding noun	Following noun
antiguo/a	former	ancient
cierto/a	certain, sure	beyond doubt
gran(de)	great	big
medio/a	half	average
mismo/a	same	-self
pobre	unfortunate	poor
propio/a	own	suitable, own
raro/a	rare (*few*)	strange, rare
simple	simple, mere	simple-minded, easy
único/a	only	unique
varios/as	several	assorted, various
viejo/a	old (*of long standing*)	old (*age*)

2. A simple way to decide whether the adjective is to precede or follow the noun is to try eliminating it. If the adjective can be omitted without a loss or change in meaning, it should be placed before the noun.

   La **blanca** nieve caía lentamente en las **altas** montañas.

   We know that an inherent characteristic of falling snow is that it is white and that mountains are inherently high, so the words **blanca** and **alta** could be deleted. But they could also remain to enhance the effect the speaker wishes to create.

ACTIVIDAD

E   **El Rastro de Madrid.** Para conocer algo de este mercado a través de las observaciones de un visitante, completa las siguientes oraciones colocando la forma apropiada del adjetivo entre paréntesis en el lugar apropiado.

1. El Rastro de Madrid es un famoso mercado al aire libre que se

   monta todos los domingos en un _____ barrio

   _____ (antiguo) de Madrid.

2. A _____ viajeros _____ (cierto) que

   visitamos la ciudad nos encanta ir a ver lo que ofrecen en el

   _____ Rastro _____ (grande) de la

   capital española.

3. También lo visita la _____ gente _____ (mismo) de Madrid; sobre todo lo visita el _____ ciudadano _____ (medio).

4. Allí hay _____ objetos _____ (varios) a la venta, entre los cuales se pueden encontrar _____ libros _____ (raro), _____ piezas _____ (viejo) y _____ cosas _____ (único).

5. Es un _____ mercado _____ (grande) que se extiende por muchas cuadras.

6. Algunos puestos venden los _____ objetos _____ (mismo) a diferentes precios.

7. Y aunque el domingo que lo visitamos no íbamos a comprar nada, salimos de allí con el _____ reloj _____ (único) que daba bien la hora.

8. Ir al Rastro es una _____ diversión _____ (simple) pero fascinante.

3.4   Placement of two or more adjectives

By now you have probably noticed that descriptive adjectives follow the noun and most other adjectives precede the noun. The rules concerning the placement of descriptive adjectives are very flexible although we have already mentioned some general guidelines. But how do you decide where two descriptive adjectives are placed? You have already seen that descriptive adjectives usually differentiate between one noun and others of its kind as in **el hombre** versus **el hombre alto**. So the question now is to determine which of the two descriptive adjectives is the more definitive one or the one that the writer or speaker wishes to emphasize.

Eduardo jugaba con un chico. (*adorable / travieso*)

Placement of the adjectives will depend upon whether we wish to emphasize that the child is adorable or mischievous. As the child's mischievous acts will probably be noted more than his appearance, we would probably say **Eduardo jugaba con un** *adorable* **chico** *travieso*. However, if we want to give equal weight to both adjectives we can say **Eduardo jugaba con un chico** *adorable y travieso*.

In Spanish a UFO (Unidentified Flying Object) is referred to as an **OVNI (objeto volador no identificado)**. All the adjectives follow the noun **objeto** because each one describes the object and each is of equal importance.

3.4

ACTIVIDADES

F   **Mirando hacia el sur.** Para tener una idea de lo que le espera al turista que visita México, completa los siguientes párrafos con la forma apropiada de los adjetivos con número y colócalos antes o después de los sustantivos subrayados. Escribe los adjetivos y el sustantivo en el espacio indicado.

¿Te gustaría pasar unas vacaciones fabulosas? ¡Piensa entonces en

México, el [1]país que está muy cerca de los Estados Unidos! A diferencia de

  1. fascinante _____

muchos [2]países, los Estados Unidos tiene fronteras con solamente

  2. europeo _____

[3]dos países: el Canadá al norte y México al sur.

  3. otro _____

  México tiene una [4]historia interesante. Antes de la colonización por

  4. largo _____

los [5]conquistadores, el territorio que hoy se conoce como México fue

  5. español _____

poblado por [6]civilizaciones como las de los mayas y los aztecas.

  6. grande / indígena _____

Los aztecas, que vivían en el [7]valle de México, habían construido la

  7. central _____

ciudad de Teotihuacán, con sus [8]templos y [9]pirámides.

  8. enorme _____

  9. magnífico _____

  Los mayas, que vivían en la península de Yucatán y en Guatemala, también

habían desarrollado una [10]sociedad. Ambas eran básicamente [11]sociedades.

  10. sofisticado / complejo _____

  11. guerrero / agrícola _____

Hoy en día, las [12]ciudades de los mayas y los aztecas son [13]sitios donde

  12. abandonado _____

  13. arqueológico _____

el [14]visitante puede ver cómo vivían los antepasados del [15]pueblo.

  14. curioso _____

  15. mexicano / contemporáneo _____

  En la [16]capital de México el turista también puede visitar el

  16. grande _____

[17]Museo de Antropología con [18]salas donde se exhiben artefactos y

  17. famoso _____

  18. extenso _____

artesanías del [19]pasado del [20]pueblo. Además, hay sitios arqueológicos

19. ilustre _____

20. mexicano _____

por casi todo el país. Por ejemplo, cuando se construía cierta estación de
metro en la Ciudad de México, los obreros descubrieron un ²¹templo

21. antiguo / azteca _____

durante las excavaciones. Entonces, los ingenieros rediseñaron la estación
para que este ²²templo formara parte de la estructura de la estación.

22. magnífico _____

Si tú quieres ver este templo, viaja a la estación Pino Suárez en metro.
El ²³sistema ofrece ²⁴rutas y ²⁵servicio. Además, durante

23. subterráneo _____

24. extenso _____

25. eficiente / económico / rápido _____

las horas de ²⁶congestión se reservan carros exclusivamente para mujeres,

26. mayor _____

niños y ancianos.

¡Hay tanto que hacer y ver en México! En las ²⁷playas del Caribe, del

27. hermoso _____

Golfo de México y del Pacífico, se puede disfrutar de las ²⁸arenas y nadar

28. blanco _____

en el ²⁹mar. Hay algo para todos los gustos. En los centros y ³⁰talleres

29. azul _____

30. artesanal _____

de cada estado se puede ver cómo se hacen las ³¹artesanías. Además, hay

31. regional _____

museos, incluso algunos dedicados a los ³²pintores, el ³³Ballet,

32. famoso / mexicano _____

33. Folklórico _____

³⁴sitios y ³⁵pueblos.

34. histórico _____

35. pequeño / pintoresco _____

Los mexicanos son un ³⁶pueblo; la ³⁷comida es picante.

36. simpático / cálido _____

37. sabroso _____

Además, este país de un ³⁸pasado y de ³⁹influencias industriales, está cerca.

38. antiguo / colonial _____

39. moderno _____

G   **¡OVNIs! ¡Extraterrestres!** ¿Cómo son los OVNIs y los extraterrestres? Un famoso director de cine quiere filmar una película de ciencia ficción y les ha pedido que le hagan una descripción de ellos. Con un grupo de tres compañeros, usen su imaginación para escribir esta descripción. Después, compárenla con las de sus compañeros. ¿Cuál es la más fantástica?

1. El OVNI _____

_____

_____

2. Los extraterrestres _____

_____

_____

_____

3.5   Using the pronoun **lo** + adjective

The neuter pronoun **lo** followed by the masculine singular form of an adjective is used to express an abstract idea or quality.

Lo bueno de esta máquina es que es liviana y económica.

The good (part, aspect) of this machine is that it is light and economical.

Lo imposible es comprender las indicaciones.

The impossible part (aspect) is understanding the instructions.

ACTIVIDAD

H   **Esta universidad.** No todo es perfecto. Todo tiene sus aspectos buenos y malos. A ver qué opina la clase de esta universidad. Si hay diferencias de opinión, justifíquenlas.

1. Lo mejor de esta universidad (o escuela) _____
2. Lo más frustrante _____
3. Lo bueno _____
4. Lo malo _____
5. Lo más sobresaliente _____
6. Lo más difícil _____
7. Lo más fácil _____
8. Lo más divertido _____

3.6   Además... Different meanings of certain nouns according to gender

Some Spanish nouns are both masculine and feminine, but they have a somewhat different meaning according to their gender.

	El	*La*
cabeza	leader, head of organization	head
capital	capital (*money*)	capitol (*city*)
cólera	cholera	anger
coma	coma	comma
cometa	comet	kite (*toy*)
corriente	current month	flow, draft (*air*)
corte	cut	court (*royal, law*)
cura	priest	cure
frente	front, front part	forehead
guía	guide (*male*)	guide (*book, telephone book, female guide*)
orden	order (*alphabetical, law and order*)	command, religious order
parte	report	part
policía	policeman	police force, policewoman

ACTIVIDAD

I   **Según el sentido.** En las siguientes oraciones el significado de los sustantivos es muy claro. Complétalas con el artículo definido o indefinido apropiado.

1. _____ cabeza y _____ frente son partes del cuerpo.

2. Todavía no hay _____ cura para _____ cólera.

3. _____ coma es un estado patológico.

4. José López es _____ cabeza de un sindicato que tiene su sede (*headquarters*) en _____ capital.

5. _____ frente de esta catedral es de estilo barroco, dijo _____ guía, pero _____ guía *Lonely Planet* dice que es gótico.

6. La falta de _____ coma en _____ parte que escribió _____ policía cambió su significado.

7. _____ cura de mi barrio pertenece a _____ orden jesuita.

8. Para que vuele _____ cometa, se necesita _____ fuerte corriente de aire.

9. Me encanta _____ corte de cabello que tienes.

En resumen

BUENOS AIRES

❖   ¡Qué aburridos son los párrafos sin adjetivos! Son como una comida sin sal o una ciudad sin color. Tú tienes que hacer más interesantes los siguientes párrafos sobre Buenos Aires, añadiéndoles más adjetivos. Escribe las oraciones agregando la forma apropiada de los adjetivos de la lista. Y, para que sea un verdadero desafío (*challenge*), no debes usar un adjetivo más de una vez.

alcohólico	delicioso	famoso	latinoamericano	sabroso
alguno	divertido	frito	magnífico	sobresaliente
ancho	elegante	fuerte	moderno	sofisticado
animado	enorme	grande	mucho	tierno
antiguo	europeo	grueso	nuevo	triste
argentino	excelente	inglés	norteamericano	último
bien vestido	exquisito	interesante	pequeño	único
clásico	extranjero	internacional	pintoresco	usado
conmovedor	extraordinaria	inútil	raro	viejo

Imagina una ciudad con museos de arte, con edificios y casas en

_____

avenidas, con cafés donde gente pasa el tiempo charlando con un/a

_____

amigo/a o leyendo el periódico, y donde se puede pasear por barrios. ¿Es

_____

París? No, es Buenos Aires, la capital de la Argentina.

_____

Es una ciudad con una variedad de cosas que ver y experimentar.

_____

Por ejemplo, se puede pasar un domingo por la mañana en la feria al aire

_____

libre de San Telmo. En este barrio se venden antigüedades, cosas, cosas,

_____

cosas y cosas. Siempre hay por lo menos una pareja que

_____

baila el tango en la calle o un cantante que canta esta música.

_____

Para el visitante que habla español hay teatros que

_____

presentan obras con actores. Y aunque uno no sea hispanohablante, se

_____

puede apreciar el Teatro Colón, el teatro donde se presenta la ópera con

los artistas del mundo. En los cines se dan las películas (con subtítulos

cuando son necesarios). En la Argentina los cafés se llaman *confiterías,*

y en ellas se puede tomar el té al estilo con sándwiches y pasteles, un

café o una bebida.

Los argentinos suelen decir «Acá se come bien», y con razón. Como es

de esperar en un país que tiene fama por la carne de res (*beef*), los

restaurantes sirven bifes (*steaks*) con papas y una ensalada. Y con los

bifes hay que tomar uno de los vinos que provienen de los viñedos

(*vineyards*) de la provincia de Mendoza. ¡Esta comida es para chuparse los

dedos! ¡Feliz viaje!

Capítulo 4

Reflexive verbs and verbs used reflexively

4.1 Reflexive verbs

1. A verb is said to be reflexive when its action is directed back on the subject. Many verbs can be used reflexively, and some verbs are always reflexive in Spanish. Note the reflexive pronouns.

me	nos
te	os
se	se

2. The reflexive pronoun precedes the conjugated verb and maybe attached to the infinitive and the present participle.

Me pongo los guantes.	*I put on my gloves.*
Tengo que cepillar**me** los dientes. **Me** tengo que cepillar los dientes. }	*I have to brush my teeth.*
Estoy cepillándo**me** los dientes. **Me** estoy cepillando los dientes. }	*I am brushing my teeth.*

Note that the definite article is used when it is clear whose clothing and parts of the body are referred to.

El niño **se** vistió.	*The child dressed himself.*
Se puso la camisa solo.	*He put on the shirt by himself.*

3. Verbs are generally used reflexively in the following cases:

   a. when referring to actions involving personal care, habits, or actions.

acostarse	to lie down; to go to bed
afeitarse	to shave
arreglarse	to fix (oneself) up
bañarse	to bathe
cepillarse	to brush (teeth, hair)
comerse las uñas	to bite one's nails
despertarse	to wake up
ducharse	to shower
levantarse	to get up
peinarse	to comb (one's) hair
ponerse	to put on

quitarse	to take off, remove
sentarse	to sit down
vestirse	to dress

However, when the action is done to another person or object, the verb is not used reflexively.

Después de lavar su coche, José **se** ducha.   *After washing his car, José showers.*

El cliente **se** sienta y el barbero lo afeita.   *The customer sits down and the barber shaves him.*

b. when referring to behavior or emotional response.

aburrirse	to become bored
alegrarse (de)	to be happy (about)
arrepentirse (de)	to regret, repent
atreverse (a)	to dare (to)
burlarse (de)	to make fun (of)
callarse	to become quiet
divertirse	to have fun, enjoy
enamorarse (de)	to fall in love
enojarse	to become angry
portarse (bien / mal)	to behave (well/badly)
preocuparse (por)	to worry (about)
quejarse (de)	to complain (about)

c. when referring to certain mental activities.

acordarse (de)	to remember (to)
darse cuenta (de)	to realize, notice
enterarse (de)	to find out
equivocarse	to be wrong; to make a mistake
olvidarse (de)	to forget (about)

¡Ojo!   Some verbs are used only in the reflexive. Among those verbs are: **arrepentirse (de), atreverse (a), quejarse (de), suicidarse.**

ACTIVIDADES

A   **Costumbres y excentricidades.** En parejas, háganse las siguientes preguntas para ver cuáles son sus costumbres y cuáles son sus excentricidades. Uds. pueden usar su imaginación si quieren.

1. ¿Siempre te acuestas a la misma hora?

_____

2. ¿Te afeitas todos los días?

_____

3. ¿Prefieres bañarte o ducharte?

_____

4. ¿Siempre te cepillas los dientes después de comer?

_____

5. ¿Te quitas los zapatos en el cine?

_____

6. ¿Te comes las uñas? ¿Por qué?

_____

7. ¿Hay algo en tu pasado de lo cual te arrepientes?

_____

8. ¿Cómo te enteras de lo que pasa en el mundo?

_____

B **¿Qué pasa?** Ser maestra de primer grado no es nada fácil. Para tener una idea de cómo es, completa las oraciones con la forma correcta de un verbo apropiado de la siguiente lista para describir lo que pasa en la clase que enseña la señora Ana Chávez.

aburrirse	atreverse	divertirse	portarse
alegrarse	burlarse	enamorarse	quejarse
arrepentirse	callarse	enojarse	sentarse

1. Si los chiquitos no tienen actividades que hacer,

_____ .

2. Algunos muchachos _____ de las muchachas.

3. Las muchachas _____ de los muchachos a la maestra.

4. Cuando la Sra. Chávez mira a los muchachos de una manera severa les dice «¿Cómo _____ Uds. a _____ tan mal?»

5. Están tan callados que se nota que ellos _____ de su comportamiento.

6. La Sra. Chávez tiene mucha paciencia y no _____ fácilmente.

7. Les dice a los chicos «Vamos a hacer un juego para _____ un poco. Luego, les voy a leer el cuento de una princesa que _____ de un sapo (frog).»

8. Los chicos _____ en el piso formando un círculo, _____ , y escuchan atentamente cuando la Sra. Chávez comienza a leer el cuento.

9. Cuando la Sra. Chávez termina de leer el cuento, todos los chicos

_____ al saber que en realidad el sapo era un

joven inteligente, simpático y guapo, y que la princesa y el joven vivieron

felices para siempre.

C **Preguntas indiscretas.** Con un grupo de tres o cuatro compañeros/as, formen preguntas con los siguientes elementos según el modelo y háganselas para conocerse mejor.

Modelo:
aburrirse / tú: ¿cuándo? ¿por qué?
¿Cuándo te aburres? ¿Por qué?

1. divertirse / tus amigos: ¿cómo? ¿cuándo?

_____

2. enamorarse / tú: ¿frecuentemente?

_____

3. enojarse / tú: ¿frecuentemente? ¿cuándo? ¿por qué?

_____

4. preocuparse / tu familia: ¿por las cosas pequeñas? ¿por qué?

_____

5. quejarse / tú y tus amigos: ¿mucho? ¿de qué?

_____

6. acordarse / tus amigos: ¿de tu cumpleaños?

_____

7. equivocarse / tus profesores: ¿siempre, de vez en cuando o nunca?

_____

8. olvidarse / tus profesores: ¿de tu nombre?

_____

4.2 The reflexive to express reciprocity

1. The plural reflexive pronouns **nos, os,** and **se** can be used with first, second, and third person plural verbs to describe mutual or reciprocal actions that are usually expressed in English with the words *each other.*

Ellos **se** escriben.	*They write to each other.*
Ellos **se** abrazan.	*They hug each other.*

2. Some verbs that are used this way are the following:

casarse	to get married
comprometerse	to get engaged
conocerse	to know
divorciarse	to divorce
encontrarse	to meet

llevarse (bien/mal)	te get along (well/badly)
pelearse	to fight
reunirse	to get together
separarse	to separate

¡Ojo!

1. In cases where the subject is ambiguous, an optional clarifying phrase can also be used.

 Se escriben **el uno al otro (la una a la otra)**.

2. The use of the definite article is also optional.

 Se abrazan **una a otra**.

ACTIVIDADES

D **Tus relaciones con los demás.** ¿Cómo es tu relación con los demás? Indica ciertos aspectos de tu relación con las personas importantes en tu vida. Entre los verbos que puedes usar figuran:

apreciar	escuchar	llamar	pelear	reunir
ayudar	hablar	odiar	querer	saludar
comprender	hacer	parecer	respetar	ver

Modelo:

con tus primos

Nos vemos a menudo, y cuando no nos vemos nos llamamos por teléfono o nos enviamos correo electrónico.

1. con tus padres

 _____

 _____

2. con tus hermanos

 _____

 _____

3. con tus amigos

 _____

 _____

4. con tu esposo/a

 _____

 _____

5. con tus compañeros/as

 _____

 _____

6. con tu novio/a

 _____

 _____

4.2

7. con tu jefe/a

_____

_____

8. con tus colegas

_____

_____

E   **Diferencias culturales.** Los hispanoparlantes están acostumbrados a demostrar el afecto abiertamente o a tocarse más frecuentemente que los norteamericanos. ¿Cómo se saludan las siguientes personas cuando se encuentran? ¿Se abrazan, se besan, se cogen del brazo (*take each other's arm*), se miran y se sonríen o se dan la mano?

1. En las culturas hispanas, cuando dos amigos se encuentran en la calle, generalmente se abrazan.

   En esta sociedad, cuando yo me encuentro con mis amigos,

   _____ .

2. En las culturas hispanas, cuando dos amigas se encuentran en la calle, generalmente se besan.

   En esta sociedad, cuando dos amigas se encuentran en la calle,

   generalmente _____ .

3. En las culturas hispanas, cuando dos amigas caminan por la calle, a veces se cogen del brazo.

   En esta sociedad, cuando dos amigas caminan por la calle,

   _____ .

4. En las culturas hispanas, cuando un hombre visita a sus padres, generalmente él y su papá se abrazan, y él y su mamá se besan.

   En esta sociedad, cuando un hombre visita a sus padres, generalmente él

   y su papá _____ , y él y su mamá

   _____ .

5. En las culturas hispanas, cuando una mujer visita a sus padres, generalmente ella y su madre se besan, y ella y su papá se besan también.

   En esta sociedad, cuando una mujer visita a sus padres, generalmente ella

   y su madre _____ , y ella y su papá

   _____ .

6. En las culturas hispanas, al encontrarse con sus colegas, las mujeres se besan y los hombres se dan la mano.

   En esta sociedad, al encontrarse con sus colegas, las mujeres

   _____ y los hombres _____ .

4.3   Reflexive and nonreflexive meanings

Some verbs have a slightly different meaning when used reflexively or nonreflexively. Note the differences.

acostar	to put to bed	**acostarse**	to go to bed
alegrar	to cheer up	**alegrarse de**	to be glad
despedir	to fire, dismiss	**despedirse de**	to say goodbye
dormir	to sleep	**dormirse**	to fall asleep
ganar	to earn, win	**ganarse la vida**	to earn a living
ir	to go	**irse**	to go away, leave
levantar	to lift	**levantarse**	to get up, stand up
llamar	to call	**llamarse**	to be called, named
llevar	to carry, take	**llevarse**	to take away; to get along
marchar	to march	**marcharse**	to leave, take off
negar	to deny	**negarse**	to refuse
parecer	to seem, look like	**parecerse a**	to resemble, look alike
poner	to put	**ponerse**	to put on
probar	to try, taste	**probarse**	to try on
quitar	to take away	**quitarse**	to take off (*something*)
volver	to return (*to a place*)	**volverse**	to turn around, become

ACTIVIDAD

 Las vacaciones de verano. ¿Cómo pasan las siguientes personas las vacaciones de verano? En parejas, completen las oraciones con la forma apropiada del verbo entre paréntesis (reflexivo o no reflexivo) y algunas palabras más para crear una pequeña narración. Después comparen sus narraciones con las de otros/as compañeros/as para ver quiénes escribieron las historias más originales o las más divertidas.

1. Mónica es una universitaria que está trabajando en un restaurante.

   (ganar / dinero) _____

   (acostar / tarde) _____

   (levantar / temprano) _____

   (llevar / platos y bandejas) _____

   (probar / la comida) _____

2. El Sr. Robles es un ejecutivo que está en su barco de vela (*sailboat*).

   (alegrar / salir de la oficina) _____

   (ir / a una isla) _____

   (llamar / a su oficina) _____

   (poner / bronceador) _____

   (volver / al trabajo) _____

3. José es un universitario que cuida jardines durante el verano.

(ir / al trabajo) _____

(quitar / la camiseta) _____

(cortar / el césped) _____

(dormir / debajo de un árbol) _____

(despedir de / sus clientes) _____

4. Martina está en una isla del Caribe con su familia.

(los chicos / llevar bien) _____

(el esposo de Martina / llevar / el teléfono celular)

_____

(uno de los chicos / negar / ponerse loción protectora)

_____

(el chico / parecer / un tomate) _____

(por la noche / poner / crema / quitar / el dolor)

_____

5. Cuando yo estoy de vacaciones... (escribe la historia a base de cinco actividades o cosas que haces)

_____

_____

_____

_____

_____

4.4 Además... Spanish verbs that mean *to become*

Spanish has a number of ways to say *to become,* and for the most part they cannot be used interchangeably. Note carefully the meaning of each.

1. To indicate a complete change or turning into something or someone else, the expression used is **convertirse en** + *noun.*

Clark Kent entra en la cabina de teléfono y **se convierte en** Superhombre.   *Clark Kent goes into the telephone booth and turns into Superman.*

2. **Hacerse** is used to indicate reaching a goal as the result of conscious or prolonged effort, or entering a profession, trade, or organized group.

Cuando María **se haga** electricista, también va a **hacerse** miembro del sindicato.   *When María becomes an electrician, she will also become a member of the union.*

Hacerse is also used in expressions such as **hacerse rico/a** and **hacerse famoso/a**.

3. **Llegar a ser** indicates progress or achievement that takes place gradually over a period of time. It can sometimes be used interchangeably with **hacerse.**

Después de estudiar y practicar mucho, Andrés Segovia **llegó a ser** un músico famoso.	*After much studying and practicing, Andrés Segovia became a famous musician.*

4. **Ponerse** is used with adjectives that take **estar,** to indicate a physical or emotional change, or an involuntary reaction or condition.

Al ver el fantasma, los chicos **se pusieron** pálidos.	*When the children saw the ghost, they turned pale.*

5. **Quedarse** is also used with an adjective, usually to express an unchangeable condition that reflects loss: **quedarse calvo/a,** (*bald*), **ciego/a** (*blind*), **solo/a** (*alone*), **sordo/a** (*deaf*), **viudo/a** (*widowed*), **huérfano/a** (*orphaned*).

Como resultado de una enfermedad horrible, Helen Keller **se quedó** ciega y sorda.	*As the result of a terrible illness, Helen Keller was left blind and deaf.*

6. **Volverse** is followed by an adjective to describe radical change in expressions such as **volverse loco/a** (*to go crazy*).

Cuando los aficionados latino-americanos miran los partidos de fútbol en la televisión, **se vuelven** locos.	*When Latin American fans watch soccer matches on television, they go crazy.*

ACTIVIDAD

G   **Algunos personajes famosos (y otros no tan famosos).** Completa las siguientes oraciones con el verbo apropiado.

1. Ronald Reagan era un actor de cine que _____ presidente de los Estados Unidos.

2. Jacqueline Kennedy _____ viuda después del asesinato de su esposo, John F. Kennedy.

3. Algunas personas sueñan con _____ ricas y famosas algún día.

4. Al saber que hay una crisis en Gotham City, Bruce Wayne _____ Batman.

5. Aunque comenzó su carrera como periodista, Gabriel García Márquez _____ mundialmente conocido como novelista.

6. Antes de _____ un actor famoso en el cine norteamericano, Antonio Banderas era un actor muy conocido en España.

7. Algunos pacientes que reciben quimioterapia para el cáncer _____ calvos, pero después de terminar el tratamiento su pelo crece de nuevo.

8. Para _____ astronauta, hay que estudiar mucho y estar en buenas condiciones físicas y mentales.

9. Pregúntale a tu profesor/a de español por qué decidió _____ profesor/a.

10. Cuando supieron que sus hijos querían _____ rockeros, los padres de Riqui, Antonio y Tomás _____ furiosos.

En resumen

HISTORIA DE UNA CARRERA

❖ Completa la siguiente historia de una carrera con la forma apropiada (reflexivo o no reflexivo) del verbo.

junio

Ricardo (Riqui), Antonio y Tomás integran un conjunto de rock duro que
¹_____ (llamar) Los Tiburones. Ellos
²_____ (conocer) del colegio y tocan frecuentemente
en bailes del colegio y en algunos clubes de la ciudad. Al
³_____ (graduar) del colegio, ellos deciden que les
gustaría ⁴_____ (probar) su suerte con su música en vez
de ⁵_____ (ir) directamente a la universidad. A fin de
cuentas, si no les resulta bien, pueden ingresar en la universidad al año siguiente.
Les encanta tocar sus instrumentos, ⁶_____ (llevar) bien,
y quieren un poco de aventura y experiencia antes de seguir sus estudios.
Entonces, deciden ⁷_____ (hacer) la prueba (*try it out*)
por un año. ¿Quién sabe? A lo mejor llegarán a ser ricos y famosos. Al
conseguir su primer contrato para tocar en un club en San Luis, ellos
⁸_____ (preparar) para salir y
⁹_____ (despedir) de sus familias,
¹⁰_____ (meter) sus instrumentos en el coche antiguo de
Antonio y ¹¹_____ (marchar). Llorando, la mamá de Riqui
le dice: «No te olvides de ¹²_____ (llamar) a casa cada
semana.» El papá de Antonio le dice: «Tú sabes, mi hijo, que puedes

¹³_____ (volver) a casa cuando quieras.» Y la hermana de

Tomás, para ¹⁴_____ (burlar) de su mamá, le dice:

«Acuérdate de ¹⁵_____ (cepillar) los dientes todas las

noches.» ¹⁶_____ (Parecer) que va a ser un año muy

interesante. Vamos a ver.

septiembre

El contrato en San Luis es por una semana y nada más. Los tres chicos

¹⁷_____ (alegrar) de estar allí. Ya han decidido cómo

van a ¹⁸_____ (vestir) en los conciertos y que no

van a ¹⁹_____ (cortar) el cabello ni

²⁰_____ (afeitar) más porque quieren

²¹_____ (parecer) a los rockeros famosos. Todas las

noches tocan hasta muy tarde, y al ²²_____ (acostar)

están tan cansados que Tomás ²³_____ (olvidar) de

²⁴_____ (cepillar) los dientes, Riqui no

²⁵_____ (acordar) de ²⁶_____

(llamar) a casa, y Antonio ²⁷_____ (acostar) sin

²⁸_____ (quitar) la ropa. Pero, ¡qué suerte! ¡Consiguen

otro contrato! ¡—en San Pedro!

octubre

¡Qué raro! Los jóvenes que ²⁹_____ (ir) al club de

San Pedro no ³⁰_____ (parecer) ser muy simpáticos.

Gritan, ³¹_____ (pelear), ³²_____

(portar) mal, ³³_____ (quejar) de la música, y no

³⁴_____ (callar) para escucharla. Además, hay un

aroma muy curioso en el club. Riqui, Antonio y Tomás no

³⁵_____ (sentir) muy cómodos allí. Sin embargo, no

³⁶_____ (preocupar) porque ya tienen un contrato en

San Nicolás y van a ³⁷_____ (marchar) en una semana.

Pero, de repente, el dueño del club los ³⁸_____

(despedir). Riqui, Antonio y Tomás protestan y le dicen al dueño que están

contratados por una semana. El dueño ³⁹_____ (enojar),

les dice que ellos ⁴⁰_____ (equivocar) y

⁴¹_____ (negar) a pagarles. Los chicos

⁴²_____ (dar) cuenta de que todas sus experiencias no

van a ser buenas.

enero

¡Los chicos tienen éxito! [43]_____ (Ir) de una ciudad a otra, siempre tocando en clubes y bailes. Como el coche de Antonio no anda más, lo han dejado en algún pueblo y ahora viajan en autobús. Ya están acostumbrados a [44]_____ (dormir) sentados en el autobús, a [45]_____ (duchar) con agua fría en moteles sucios, y a tolerar comida rápida día tras día. A pesar de las dificultades, todavía [46]_____ (divertir).

mayo

¡Por fin ellos regresan a casa y [47]_____ (reunir) con sus familias! [48]_____ (Alegrar) de ver a sus padres y hermanos de nuevo, de [49]_____ (dormir) en una cama cómoda, de [50]_____ (levantar) tarde y comer un buen desayuno después de [51]_____ (bañar) con agua caliente. Y les dicen a sus padres: «Tuvimos la oportunidad de [52]_____ (probar) otro estilo de vida y no [53]_____ (arrepentirse) de haberlo hecho. Y fue muy bueno hacerlo porque de este modo pudimos aprender mucho, ganar nuevas experiencias, y [54]_____ (preparar) para el futuro. Pero, ¡ya se acabó la aventura!»

Third-person verbs

5.1 Third-person verbs

Verbs like **gustar** are often called *third-person verbs* because they usually appear only in the third person singular or plural and they are used with indirect object pronouns.

1. The object pronoun varies according to the person or persons whose feelings or opinions are being described, but the verb remains in the third person singular or plural, to agree with the subject, whether it is a noun or an infinitive.

2. When an infinitive is the subject, the singular form of the verb is used.

3. Third-person verbs are preceded by the indirect object pronouns:

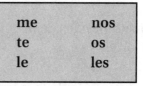

me	nos
te	os
le	les

4. To understand their use, look at the following example:

Me gusta el fútbol y **me interesan** otros deportes también.

Soccer pleases me (is pleasing to me) and other sports interest me (are interesting to me) also.

5. Clarifying phrases with the proper indirect pronouns add emphasis to the people receiving the verbal action.

A mí me gusta el fútbol. — *I like soccer.*

A ti te encanta el básquetbol. — *You love basketball.*

A ella (él, José, María, Ud.) no le interesan los deportes. — *She (He, José, María, You) isn't/aren't interested in sports.*

A nosotros nos gusta mirar los torneos de tenis. — *We like to watch tennis matches.*

A Uds. (ellos, ellas) les agrada la natación. — *You (They) like swimming.*

6. Some of the verbs that take the third person construction are:

agradar	to please, like
alegrar	to gladden, make happy
apetecer	to appeal to

5.1

atraer	to attract
convenir	to suit
costar	to require effort, be difficult
doler	to hurt, ache
encantar	to be pleasing, delightful
faltar	to be lacking; to need
fascinar	to fascinate
hacer daño	to harm
hacer falta	to be lacking, in need of; to miss (*a person*)
importar	to matter, be important
interesar	to interest
molestar	to bother, be a nuisance to
preocupar	to trouble, worry
quedar	to remain
sobrar	to be left over, superfluous

7. Some common expressions with this form include:

caer

Los mariscos (no) **me caen** bien.   *Shellfish agrees (doesn't agree) with me. (food)*

Al abuelo (no) **le cae** bien la música rock.   *Grandfather likes (doesn't like) rock music. (people or things)*

dar

Me da igual. **Me da** lo mismo.   *It's all the same to me.*

importar

No **me importa** eso.   *That doesn't matter (to me).*

parecer

¿Qué **te parecen** las películas de Spike Lee?   *What do you think of Spike Lee's movies?*

Me parecen interesantes.   *They seem interesting (to me).*

tocar

¿A quién **le toca** hacer la jugada?   *Whose turn is it to play?*

Me toca a mí.   *It's my turn.*

¡Ojo!

1. Note that in this construction in Spanish, no word may be required for *it*, the subject pronoun. When **lo que** follows the verb, it is treated as a singular subject.

¿Qué te parece **lo que** pasa ahora?   *What do you think about what is happening now?*

2. **Parecer** can be followed by an adjective.

Me parece fenomenal.   *I think it's great.*

ACTIVIDADES

A **La empresa ideal.** Antes de aceptar un empleo, te conviene hablar con una(s) persona(s) que ya trabaja(n) en ese lugar. ¿Cuáles son algunas de las preguntas que puedes hacerle(s)? En parejas, háganse y contesten las siguientes preguntas.

Modelo:

¿A Uds. / agradar / trabajar aquí?

A: *¿A Uds. les agrada trabajar aquí?*

B: *Sí (No), (no) nos agrada trabajar aquí.*

1. ¿A Ud. / agradar / su oficina?

   _____

   _____

2. ¿A los recién graduados / atraer / los beneficios?

   _____

   _____

3. ¿A Ud. y su amiga / gustar / sus colegas?

   _____

   _____

4. ¿A su secretario / convenir / el horario?

   _____

   _____

5. ¿A Ud. / costar / aprender un programa nuevo?

   _____

   _____

6. ¿A Ud. y sus colegas / interesar / su trabajo?

   _____

   _____

7. ¿A los no fumadores de la oficina / hacer daño / el humo de los cigarrillos?

   _____

   _____

   _____

8. ¿A Ud. / parecer / un buen lugar para trabajar?

   _____

   _____

B   **Preguntas personales.** Para saber lo que otra persona piensa de la vida universitaria, háganse y contesten las siguientes preguntas.

1. Para comenzar, ¿a quién le toca hacer la primera pregunta?

   _____

2. ¿Te agradan las notas que sacaste el semestre pasado?

   _____

3. ¿Te apetece la comida de la cafetería? Por lo general, ¿te cae bien?

   _____

4. ¿Qué cualidades en otra persona te atraen?

   _____

5. ¿Te conviene el horario de la biblioteca?

   _____

6. ¿Te cuesta aprender las conjugaciones de los verbos?

   _____

7. A mí me fascinan las culturas hispánicas. ¿A ti también?

   _____

8. ¿Qué te interesa hacer los fines de semana?

   _____

C   **Reacciones y opiniones.** ¿Cuál es la reacción u opinión de las siguientes personas a las siguientes cosas o cuestiones? Después de contestar las preguntas con una de las expresiones de la lista, compara tus respuestas con las de tus compañeros.

caer bien/mal	dar igual	dar lo mismo	importar	parecer
encantar	interesar	fascinar	molestar	hacer falta

Modelo:
   A los estudiantes / la pizza
   A los estudiantes les gusta (encanta/etc.) la pizza.

1. A tus amigos / el humo de los cigarrillos

   _____

2. A los padres de niños pequeños / las películas con mucha violencia

   _____

3. A los vegetarianos / el tofú o las ensaladas

   _____

4. A tu perro / la comida que sobra

   _____

5. A tus amigos / la música rap

   _____

6. A ti y tus amigos / el feminismo

   _____

7. A tus padres / la situación económica del país

_____

8. Al público norteamericano / el medio ambiente (*environment*)

_____

5.2 Third-person verbs with **se** to express involuntary occurrences

Think of the times you have said "My car broke down on me." Did you have anything to do with the car's malfunctioning? Of course not! With this form you could also say **Se me cayeron los platos** (*The plates fell down* [*on me*]), look down at all those smashed dishes and remain guilt-free and blameless because you were not instrumental in causing them to fall. It simply happened.

1. Notice the structure of this usage:

> (**a** + noun or pronoun) + **se** + indirect pronoun + verb + subject pronoun

Se me rompieron las gafas. *My glasses broke.*

2. Some of the verbs that can be used to express this indirect or involuntary effect are:

acabar	to run out of
caer	to fall
descomponer	to break (down), stop functioning
ocurrir	to happen
olvidar	to forget
perder	to lose; to miss
quedar	to stay, remain
quitar	to take off
romper	to break; to tear

ACTIVIDADES

D **El martes 13.** En inglés los supersticiosos dicen que el viernes 13 es el día de mala suerte. Pero en español el día de mala suerte es el martes 13. Ayer fue martes 13. Usa los elementos para contar qué le pasó ese día a la familia Valdez.

Modelo:
Al Sr. Valdez / perder las gafas
Al Sr. Valdez se le perdieron las gafas.

1. A la señora Valdez / descomponer la computadora

_____

2. Cuando su esposo estaba manejando en la autopista / pinchar una llanta (*got a flat tire*)

_____

3. A su hija / olvidar el libro de matemáticas en casa cuando fue a la escuela

_____

4. Sus hijos volvieron del colegio y le dijeron: «A nosotros / perder los suéteres»

_____

5. A la señora Valdez / romper seis tazas

_____

6. Al perro de los Valdez / acabar el agua / de su plato

_____

7. Cuando la familia se sentó a cenar, el Sr. Valdez les dijo: / «quitar / el apetito»

_____

8. A la señora Valdez / ocurrir / que hay días cuando es mejor quedarse en cama todo el día

_____

E **¡A mí también!** En parejas, háganse las siguientes preguntas y contéstenlas para ver si Uds. han tenido las mismas experiencias.

1. ¿Se te pierden las cosas frecuentemente?

_____

2. ¿Se te olvidan citas importantes?

_____

3. ¿Qué haces cuando se te descompone tu computadora?

_____

4. ¿Qué haces cuando se te ocurre una idea fenomenal a las 3:00 de la mañana?

_____

5. Cuando se te ha roto un espejo, ¿has pensado en la mala suerte?

_____

6. Cuando estás en un restaurante y te queda comida en el plato, ¿la llevas a casa para dársela a tu perro?

_____

7. ¿Se te acaba el dinero a veces? ¿Por qué?

_____

5.3   Además... Pero, sino, sino que, and no sólo... sino que

The meaning of the English word *but* is expressed in Spanish by the words **pero**, **sino**, and **sino que**.

1. When the part of the sentence that precedes *but* is affirmative, **pero** must be used.

   Me gustaría comprar un coche   *I'd like to buy a car, but I can't*
   pero ahora mismo no puedo.   *right now.*

2. When the part of the sentence that precedes *but* is negative, **pero** is still used if the information that follows contrasts with or expands upon that which precedes it.

   No tengo un coche todavía,   *I don't have a car yet but I do have*
   pero sí tengo una bicicleta.   *a bicycle.*

3. **Sino** and **sino que** are used when the part of the sentence that precedes them is negative. They are used in the sense of *but rather,* or *but instead* since they introduce information that contradicts or replaces previous information. **Sino** connects a word or phrase to the sentence; **sino que** is used when the negative idea has a subject and a verb.

   Mi bicicleta no es de tres   *My bicycle isn't a three-speed*
   velocidades **sino** de diez.   *but a ten.*

   No compré la bicicleta **sino**   *I didn't buy my bicycle but rather*
   que mis padres me la regalaron.   *my parents gave it to me as a gift.*

4. *Not only . . . but* is expressed in Spanish with **no sólo... sino**. Sometimes another word such as **además** or **también** is added.

   No **sólo** no tengo coche ahora   *Not only do I not have a car now, but*
   sino que me robaron la bicicleta   *my bicycle was stolen as well.*
   también.

ACTIVIDAD

 El coche versus la bicicleta. Completa las siguientes oraciones con **pero, sino, sino que** o **no sólo... sino que.**

1. La bicicleta es práctica, _____ el coche es más rápido.

2. Con una bicicleta no hay que pasar mucho tiempo buscando dónde

   estacionarla, _____ ésta se puede dejar en casi cualquier

   lugar.

3. No sólo la bicicleta cuesta menos que un coche, _____ es

   además más barata de mantener.

4. Con una bicicleta no hay que esperar horas en un atasco (*traffic jam*),

   _____ se puede seguir adelante.

5. La bicicleta no le hace daño al medio ambiente, _____ el coche contamina el aire.

6. La bicicleta ejercita a los que la usan, _____ el coche no ejercita a los conductores.

7. Solamente cuando hace mucho frío o nieva, no voy en bicicleta _____ en coche.

En resumen

¡ESE COCHE!

❖ Completa la siguiente historia con la forma apropiada del verbo (presente o pasado) entre paréntesis. No te olvides de emplear los pronombres cuando sea necesario.

Al Sr. Hernán Mendoza y a su esposa Gertrudis ¹_____ (hacer falta) un coche. Entonces, van a un negocio que vende coches usados. Miran y miran, buscando el coche perfecto. «¿²_____ (agradar) éste?», le pregunta el señor Mendoza a su esposa. «No», responde ella, «Ése ³_____ (parecer) estar en mejores condiciones». «Pero éste tiene menos kilómetros en el odómetro», le dice su esposo. «Bueno», contesta la señora Mendoza. «A mí ⁴_____ (dar) lo mismo mientras ande bien.» «Muy bien», le dice su esposo. «Entonces a nosotros ⁵_____ (convenir) llevarnos el primero porque no podemos gastar mucho, y si compramos éste, todavía nos va a sobrar un poco de dinero.»

domingo
Desafortunadamente nunca ⁶_____ (ocurrir) a los señores Mendoza llevar el coche al mecánico antes de comprarlo. Ahora está lloviendo a cántaros, pero ninguno puede encontrar el mecanismo que activa los limpiaparabrisas (*windshield wipers*) porque ya ⁷_____ (perder) el manual de conductor.

lunes
«¡Ay, caramba!», grita Hernán cuando sale de la casa. «¡⁸_____ (olvidar) las llaves en el coche! ¡Tenemos que llamar al servicio de emergencia de la Asociación de Automovilistas!»

martes

Mientras la señora Mendoza maneja por la autopista, [9]_____
(caer) la antena del radio al coche.

miércoles

Como buen padre, el señor Mendoza le presta el coche a su hijo para
que salga con su novia. Tienen un pequeño accidente. A Roberto no
[10]_____ (hacer daño), pero a su novia
[11]_____ (doler) el hombro. Además,
[12]_____ (romper) una ventanilla del coche. El señor
Mendoza dice: «¡Qué bueno que no [13]_____ (pasar)
nada! No [14]_____ (importar) el coche.»

jueves

El señor Mendoza le presta el coche a su cuñado. El cuñado estaciona el
coche y [15]_____ (olvidar) poner monedas en el
parquímetro. Un policía le pone una multa (*gives him a ticket*). Al cuñado
[16]_____ (costar) creer que le ha puesto una multa
porque estuvo en la tienda solamente cinco minutos.

viernes

Los señores Mendoza llegan muy tarde a una fiesta porque
[17]_____ (acabar) la gasolina en la autopista y tienen
que esperar el servicio de emergencia de la Asociación de Automovilistas.
A ellos [18]_____ (molestar) esperar una hora y
llegar tarde porque [19]_____ (gustar) ser puntuales.

sábado

Como es un hermoso día de otoño, la familia Mendoza sale para pasar el día
en el campo. Cuando están por volver a casa, [20]_____
(descomponer) el coche y [21]_____ (parar)
completamente. El servicio de emergencia de la Asociación de Automovilistas
manda la grúa (*tow truck*).

domingo

Desafortunadamente, el domingo [22]_____ (robar) el
coche. Afortunadamente, al señor Mendoza [23]_____
(ocurrir) asegurar el coche cuando lo compró.

Capítulo 6

Possessive and demonstrative adjectives and pronouns

6.1 Unstressed possessive adjectives

1. Unstressed possessive adjectives precede the noun to which they refer and agree with that noun in number. In the case of **vuestro** and **nuestro,** they agree with the noun in gender as well as number.

Mi clase de historia es interesante. Sin embargo, no todas **mis** clases son interesantes.	*My history class is interesting. However, not all my classes are interesting.*

2. The unstressed possessive adjectives are:

	Singular	Plural
my	mi	mis
your (**tú**)	tu	tus
his, her, your (**Ud.**)	su	sus
our (**nosotros/as**)	nuestro, nuestra	nuestros/as
your (**vosotros/as**)	vuestro, vuestra	vuestros/as
their, your (**Uds.**)	su	sus

¿Cómo se llama **tu** perro?	*What's your dog's name?*
Mi perro se llama Tintín.	*My dog's name is Tintín.*
¿Dónde viven **sus** abuelos?	*Where do your grandparents live?*
Mis abuelos viven en Sevilla.	*My grandparents live in Sevilla.*
¿Es grande **su** coche?	*Is your car big?*
No, **nuestro** coche es chiquito.	*No, our car is tiny.*

3. However, to respond to the question **¿De quién es este impermeable?**, the Spanish response uses **de** + *person*.

Es **mi** impermeable.	*It's my raincoat.*
Es **de Susana.**	*It's Susana's raincoat.*

6.2

4. The structure **de** + *person* can also be used to clarify who the possessor is from among the several persons mentioned.

Fernando y Tita dieron un paseo con **su** perro.	*Fernando and Tita took a walk with their dog.*

With this structure, however, we could understand that the dog belongs to both Fernando and Tita, to Fernando only, or to Tita. Therefore, to indicate more clearly to whom the dog belongs, we would have to say:

Fernando y Tita dieron un paseo con el perro **de ella.**

¡Ojo! When referring to parts of the body and clothes, possession is expressed by use of the reflexive construction.

Me cepillé **los** dientes.	*I brushed my teeth.*
Nos quitamos **la** sudadera.	*We took off our sweatshirts.*

Notice the singular **sudadera** — only one sweatshirt apiece.

ACTIVIDAD

A **¿Qué dicen?** Completa los siguientes comentarios con el adjetivo posesivo apropiado.

1. Ay, mi amor. Sueño con _____ ojos, _____ labios, _____ sonrisa. Eres el amor de _____ vida.

2. Buenos días, Sra. Álvarez. ¿Cómo están _____ hijos? ¿Y _____ esposo?

3. Ay, profesora Vargas. No tengo _____ tarea porque _____ perro se la comió. ¿Puedo llevársela a _____ oficina mañana?

4. ¡Caramba! No tenemos suerte. _____ equipo de fútbol ha perdido otro partido.

5. Mis hermanos y yo hemos invitado a todos _____ parientes a la fiesta. Tenemos una fiesta porque _____ padre está celebrando _____ cumpleaños.

6. ¡Damas y caballeros! ¡Tengo el gran honor de presentarles a Uds. a _____ cantante favorito, Ricky Martin!

7. Mamá, ¿sabes dónde están _____ libros? ¿Y _____ mochila?

8. Si me das _____ dirección, puedo pasar por _____ casa a buscarte.

6.2 Stressed possessive pronouns and adjectives

What's mine is mine and what's yours is yours. This sentiment of possession can be expressed in Spanish as **Lo mío es mío y lo tuyo es tuyo.**

1. The possessive forms are:

	Singular	**Plural**
mine	mío, mía	míos, mías
yours (**tú**)	tuyo, tuya	tuyos, tuyas
his, hers, yours (**Ud.**)	suyo, suya	suyos, suyas
ours (**nosotros/as**)	nuestro, nuestra	nuestros, nuestras
yours (**vosotros/as**)	vuestro, vuestra	vuestros, vuestras
theirs, yours (**Uds.**)	suyo, suya	suyos, suyas

2. The article is used with the possessive form when the possessive functions as a pronoun.

¿Cuál es **el** coche **tuyo**?	*Which is your car?*
El verde es **el mío**.	*The green one is mine.*
¿En qué coche vamos, en **el tuyo** o **el mío**?	*Which car are we going in, yours or mine?*
El mío es más grande, ¿no?	*Mine is bigger, isn't it?*

ACTIVIDAD

B   **Respuestas.** Completa las siguientes respuestas a los comentarios de la Actividad **A** con el adjetivo posesivo o el pronombre posesivo y el artículo definido cuando sea necesario.

1. Eres el amor de mi vida, y espero que yo sea _____ .

2. Mi familia está bien. ¿Y cómo está _____ ?

3. ¡Dios _____ ! Yo también tengo un perro y _____ nunca come papel.

4. Sí, no jugamos bien hoy. El otro equipo jugó mejor que _____ .

5. ¿Cuántos parientes _____ vienen a la fiesta?

6. Gracias, gracias. Voy a cantarles una canción que es una preferida _____ .

7. Mamá: —¿Es _____ esta mochila o es de tu hermano Pablo?

   Hijo: —¡No es _____ ! ¡Es de Pablo!

   Mamá: —¡Es _____ ! ¿Será posible que él se haya equivocado y que se haya llevado _____ ?

8. Vivo en la calle Olivos 347. _____ es la segunda casa a la derecha.

6.3 Demonstrative adjectives

Demonstrative adjectives are used to specify the proximity or distance of nouns relative to the speaker. They precede the noun they modify and agree with it in gender and number.

	here (*this/these*)	farther (*that/those*)	farthest (*that/those over there*)
Singular (*m.*)	**este** momento	**ese** sitio	**aquel** lugar
(*f.*)	**esta** casa	**esa** hora	**aquella** época
Plural (*m.*)	**estos** días	**esos** hombres	**aquellos** ríos
(*f.*)	**estas** calles	**esas** mujeres	**aquellas** montañas

Vamos a **este** museo porque está más cerca.

Let's go to this museum because it is closer.

Cuando estuve en Madrid vi **esa** exhibición en El Prado.

When I was in Madrid I saw that exhibit in the Prado.

Mucha gente esquía en **aquellas** montañas.

Many people ski on those mountains.

¡Ojo!

1. Note that proximity or distance can refer to time as well as space. Demonstrative words correspond to the adverbs of place to express *here* and *there*.

> **este**   aquí, acá (*here*)
> **ese**   ahí (*there*)
> **aquel**   allí, allá (*over there*)

2. When the demonstrative **ese/esa** is placed after the noun it suggests contempt.

¿Cómo puedes tener confianza en el tipo **ese**?

¿How can you trust that guy?

ACTIVIDAD

C   **Un turista en España.** Al escribir las siguientes oraciones, da el plural de todas las palabras posibles.

> **Modelo:**
> Este vino español es excelente.
> *Estos vinos españoles son excelentes.*

1. Mmmmmmm. Este churro está delicioso.

_____

2. Quiero ir a ese museo. _____

3. Esta pintura es de Picasso. _____

4. Ese banco da una buena cotización (*rate of exchange*).

_____

5. En aquella ciudad se puede ver el baile típico.

_____

6. El matador va a lidiar (*fight*) con ese toro.

_____

7. No me gusta esta habitación. ¿No tiene otra?

_____

8. Aquel pueblo es muy pintoresco.

_____

6.4   Demonstrative pronouns

Arroz con leche, me quiero casar,
Con una señorita de **este** lugar.
Con **ésta** sí, con **ésa** no,
Con **esta** señorita me caso yo.

In this old Spanish nursery rhyme, the young man clearly states which young lady he prefers to marry: "Con **ésta** sí, con **ésa** no..."

1. Demonstrative pronouns take the place of nouns and are used to avoid repeating nouns that have already been mentioned. Their English equivalents are *this (one), that (one), these,* and *those.*

2. Remember that the demonstrative adjective precedes the noun and has no accent, while the demonstrative pronoun takes the place of the noun. A written accent used to be required but no longer is.

3. The demonstrative pronouns are:

Singular (*m.*)	éste	ése	aquél
(*f.*)	ésta	ésa	aquélla
Plural (*m.*)	éstos	ésos	aquéllos
(*f.*)	éstas	ésas	aquéllas

Voy a llevarme tres de **estas galletitas,** dos de **éstas,** cuatro de **ésas,** dos más de **éstas** y **éstas** de coco también.

I'll take three of these cookies, two of these, four of those, two more of these, and these coconut ones also.

(The spatial relations specific to such conversations are, of course, lost in the written form.)

4. The demonstrative pronouns **éste/ésta** and **aquél/aquélla** are also used to express *the latter* (**éste/ésta**), the closer noun, and *the former* (**aquél/aquélla**), the farther noun.

¿Sabes que Maribel invitó a Norberto y a Pepe a su casamiento?	*Did you know that Maribel invited Norberto and Pepe to her wedding?*
Y, ¿qué hay?	*So what?*
¿No sabes que **éste** fue su primer novio y **aquél** también es un ex novio?	*Didn't you know that the latter was her first boyfriend and the former is also an ex-boyfriend?*

ACTIVIDAD

D   **De visita.** Un estudiante de Puerto Rico está visitando varias universidades antes de decidir a cuál quiere asistir en septiembre. Imagina que ahora visita tu clase. Completa sus preguntas y tus respuestas con un adjetivo demostrativo o un pronombre demostrativo.

Visitante: ¿Cuántos estudiantes hay en ¹_____ clase?

Tú: Hay quince estudiantes en ²_____ clase, y ³_____ hombre/mujer es nuestro/a profesor/a. ¿Dónde prefieres sentarte: en ⁴_____ lado del aula o en ⁵_____ ?

V: Prefiero sentarme en ⁶_____ lado, cerca de la ventana. Y ⁷_____ libro, ¿es de gramática o de cultura?

Tú: ⁸_____ es de gramática y ⁹_____ es de cultura. Hoy usamos solamente ¹⁰_____ porque estamos repasando el subjuntivo.

V: ¿Me puedes decir dónde está el cuarto de baño?

Tú: En ¹¹_____ edificio el cuarto de baño está en el tercer piso. ¹²_____ es el segundo piso.

V: ¿Y dónde vives tú mientras estás en la universidad?

Tú: (*Miran por la ventana.*) ¹³_____ es mi residencia, el edificio que está allí. Pero la cafetería que está en ¹⁴_____ edificio que se ve en la distancia es mejor que la que está cerca de mi residencia.

V: ¿Y dónde están la biblioteca y el centro estudiantil?

Tú: La biblioteca está allí, en ¹⁵_____ edificio, y ¹⁶_____ edificio que está un poco más lejos de la biblioteca es el nuevo centro estudiantil. Ya que has asistido a varias clases hoy, ¿qué opinas de ¹⁷_____ universidad?

V: Bueno, [18]_____ es la tercera universidad que he

visitado y es la que más me gusta. Pero antes de tomar la decisión,

me gustaría probar la comida de la cafetería.

Tú: Yo también tengo hambre. ¡Vamos a la cafetería después de

[19]_____ clase!

6.5   Neuter demonstrative pronouns

1. Spanish uses three neuter pronouns when the pronoun does not replace a specific noun. They are used to refer to nonspecific objects or to actions, situations or ideas in a general, abstract sense.

esto	this
eso	that
aquello	that

¡**Eso** es!	*That's it!*
Eso sí es verdad.	*That's true. (What you say is true.)*
Y **esto**, ¿qué es?	*What's this?*
No sé nada de **eso**.	*I don't know anything about that.*

2. The expression **a eso de** means *around* or *about*.

Creo que el tren llega **a eso de** las diez.	*I think the train arrives around 10:00.*

ACTIVIDAD

E   **Algunas preguntas.** En parejas, háganse las siguientes preguntas y contéstenlas usando una de las expresiones neutras.

¿Cómo respondes cuando...

1. alguien te pregunta a qué hora almuerzas?

_____

2. alguien te dice que esta noche se espera un eclipse lunar y ya lo sabías?

_____

3. alguien te pregunta si se espera un eclipse lunar esta noche y no tienes ni idea?

_____

4. un/a amigo/a te da una solución a un problema?

_____

5. algo raro aparece en la pantalla de tu computadora?

_____

6. tu compañero/a te pregunta cuándo vas a apagar la luz?

_____

6.6 Además... Spanish verbs that mean *to support* and *to stand* (*tolerate*)

Spanish uses different words to distinguish between financial support, emotional support, supporting something physically, supporting an idea or opinion, and the idea of tolerating or bearing something.

aguantar / *to put up (with), bear, stand, tolerate*

¡No lo **aguanto** más!   *I can't stand it anymore!*

apoyar / *to support, back up*

Es necesario **apoyar** tu   *It's necessary to support your*
argumento con datos.   *argument with facts.*

mantener / *to support (financially), maintain*

Cuando me gradúe, mis padres   *When I graduate, my parents will no*
no me van a **mantener** más.   *longer support me.*

respaldar / *to support, back up*

¿A qué candidato piensas   *Which candidate do you intend to*
respaldar?   *support?*

soportar / *to support, bear, tolerate, stand*

¡No lo **soporto** más!   *I can't stand it anymore!*

sostener / *to support, hold up; to endure, tolerate*

When it refers to persons, it usually means *to support financially.*

Las vigas **sostienen** el techo.   *The beams hold up (support) the roof.*

tolerar / *to tolerate, bear, stand*

¡No lo **tolero** más!   *I can't stand it anymore!*

ACTIVIDAD

F   **Así soy yo.** El filósofo español Ortega y Gasset ha dicho «Yo soy yo y mis circunstancias». ¿Cómo son las tuyas? Completa las siguientes preguntas y después contéstalas.

1. ¿Quién(es) te _____ cuando tienes un problema emocional?

2. ¿Quiénes generalmente _____ tus decisiones?

3. ¿Quién(es) te _____ mientras estás en la universidad?

4. ¿Quién(es) _____ tus ideas?

5. ¿Cuáles son los prejuicios o las personas que no puedes _____ ?

6. ¿En qué situaciones gritarías «¡No lo _____ más!»?

7. ¿_____ tus opiniones aún cuando sabes que estás equivocado/a?

8. ¿Hay ciertos alimentos que no _____ ?

9. ¿Tratas de _____ tu coche en buenas condiciones?

En resumen

TEATRO DEL ABSURDO EN UN ACTO Y DOS ESCENAS

❖   Para completar este drama, escribe la forma apropiada del adjetivo o del pronombre demostrativo en los espacios con asteriscos. En los espacios no marcados con asterisco, escribe el adjetivo o el pronombre posesivo. ¡Ojo! También escribe el artículo definido cuando sea necesario.

¿Quién mató a don Frutos?

Elenco (*Cast of characters*)
   el mayordomo (*butler*)
   el ama de llaves (*housekeeper*)
   la cocinera (*cook*)
   dos policías
   el inspector (*detective*) Lechuga
   el inspector Pepino
   el químico (*chemist*)
   la experta en huellas digitales (*fingerprints*)

Escena I

(*Al multimillonario Frutos Paniagua* [1]_____ *sirvientes lo encontraron muerto en* [2]_____ *cama.*)

Mayordomo: ¡Qué horror! ¡Miren Uds. a [3]_____ patrón! ¡Está muerto! (*Señala a la cocinera.*) ¡La culpa es [4]_____ ! ¡*[5]_____ comidas [6]_____ matarían a cualquiera!

Cocinera: (*muy indignada*) Señor, creo que la culpa es [7]_____ . Es Ud. quien ha asesinado a [8]_____ amo porque no le aumentó el sueldo.

Ama de llaves: (*una mujer muy razonable*) Antes que nada, me parece mejor llamar a la policía. (*Va al teléfono.*)

(*Unos minutos después. Llegan la policía y dos detectives. Suben directamente a la recámara de don Frutos.*)

Inspector Lechuga: ¿Es *[9]_____ [10]_____ recámara?

Mayordomo: Sí, es *[11]_____ .

Inspector Pepino: ¿Y dónde está [12]_____ familia?

Ama de llaves: Aparte de [13]_____ sobrino, don Frutos no tenía otros parientes.

Lechuga:	¿Y dónde está *14_____ sobrino ahora?
Ama de llaves:	Pues, 15_____ domicilio está aquí en *16_____ pueblo, pero hace dos días se fue a la capital para arreglar algunos asuntos 17_____ .
Pepino:	Muy bien. Tenemos que hacerles algunas preguntas. ¿Dónde estaban Uds. a la una de la mañana?
Mayordomo:	Supongo que a *18_____ hora todos estábamos en 19_____ cuartos.
Lechuga:	¿Oyeron Uds. algún ruido raro durante la noche?
Mayordomo:	Lo siento, señor Inspector, pero me había quitado 20_____ audífono [hearing aid] y no oí nada.
Ama de llaves:	(en voz baja) Creo que oí un pequeño ruido, pero nunca salgo de 21_____ habitación sin 22_____ dentadura postiza [false teeth], y ya me la había sacado. No quiero que sepan que *23_____ dientes no son 24_____ .
Cocinera:	Creo que oí algo, pero no pude ver nada porque no encontré 25_____ gafas y sin las gafas no veo nada.
Pepino:	¿Qué hizo el Sr. Paniagua anoche?
Mayordomo:	Lo de costumbre. Cenó en la cama, miró 26_____ película preferida en la televisión, El Padrino, y tomó *27_____ remedios.

(En la mesa de noche al lado de la cama de don Frutos hay unas gafas, una dentadura postiza en un vaso de agua, un audífono y otro vaso con una pizca [trace] de un líquido de color rosa.)

Lechuga:	(susurrando [whispering] al oído del Detective Pepino) Sospecho que uno de los sirvientes ha envenenado [poisoned] a 28_____ amo. Vamos a llevar toda la evidencia de la mesa de noche a 29_____ laboratorio para examinarla, analizarla y buscar huellas digitales. Me interesa especialmente *30_____ pizca de líquido de color rosa en el vaso porque parece veneno.

Pepino: Antes de irnos, tenemos que hacerles algunas preguntas
más. (*Se dirige al mayordomo.*) *31_____
audífono, ¿es 32_____ ?

Mayordomo: No, señor. No es 33_____ ; es de don Frutos.
Tengo 34_____ puesto en la oreja. Ud. puede
verlo, ¿no es cierto?

Pepino: (*al ama de llaves*) Y *35_____ dentadura, ¿es
36_____ ?

Ama de llaves: No señor, es de don Frutos. 37_____ está en
38_____ boca. Si no, ¿cómo podría comer?

Lechuga: (*a la cocinera*) Y *39_____ gafas, ¿son
40_____ ?

Cocinera: A ver. Permítame probármelas. No, no son
41_____ . Deben ser de don Frutos. Sí,
seguramente son 42_____ .

Lechuga: Muy bien. De momento no tengo más preguntas.

Escena II

(*En la comisaría el día siguiente. Entran la experta en huellas digitales, el químico, los inspectores Lechuga y Pepino, y dos policías.*)

Lechuga: Ahora sí vamos a saber quién mató a don Frutos. ¿Qué han
descubierto Uds.?

Experta en huellas digitales: *43_____ huellas digitales no son de ninguno
de los sirvientes. Tampoco son del sobrino. Se ha
identificado que son del inspector Lechuga.

Lechuga: (*gritando*) ¿Son 44_____ ? ¿Cómo pueden ser
45_____ ?

Policía 1: Señor Inspector, es posible que Ud. se haya olvidado de
ponerse 46_____ guantes cuando puso el vaso
en la bolsa de plástico para llevarlo al laboratorio.

Lechuga: Ay, Dios 47_____ .

Pepino: (*dirigiéndose al químico*) ¿Y qué descubrió Ud. al analizar los
contenidos de *48_____ vaso?

Químico: Gracias a [49]_____ conocimiento profundo de la química, [50]_____ muchos años de experiencia y los extensos análisis que he hecho, les puedo decir con toda seguridad que *[51]_____ es...

Todos: ¿Qué es?

Químico: Un remedio especial, importado de los Estados Unidos. Se llama Maalox.

Experta: ¿Por qué sospechan todos que alguien haya matado a don Frutos? ¿No será posible que él, un hombre de 107 años, haya sufrido una muerte natural?

Todos: ¡Ciento siete años! ¡Él nos decía siempre que tenía solamente noventa y siete años!

(FIN)

Adverbs

Capítulo 7

7.1 Adverbs ending in **-mente**
7.2 Adverbs of manner
7.3 Adverbs of place
7.4 Adverbs and adverbial phrases of time
7.5 Adverbs of quantity
7.6 **Además...** Spanish verbs that mean *to take*

Adverbs modify verbs, adjectives, and other adverbs to indicate place, time, manner, and degree. They answer the questions *How?, Where?, When?,* and *How much?* or *How many?* They are usually placed directly after the verb or before the adjective or other adverb that is modified, or are placed as closely as possible to that word. As you review them, you will find that most of these adverbs already are familiar to you and it is simply a question of using them correctly.

7.1 Adverbs ending in -mente

Spanish adverbs are formed by adding **-mente** to the feminine form of the adjective. Adjectives that do not have a feminine form, that is, adjectives that end in **-e** or with a consonant, simply add **-mente** to the singular form.

| raro | **raramente** | diligente | **diligentemente** |
| general | **generalmente** | cortés | **cortésmente** |

¡Ojo!

1. Adjectives that have an accent retain that accent over the same vowel after adding **-mente.**

   fácil   fácilmente   rápido   rápidamente

2. When two adverbs of this type are used, **-mente** is omitted on the first adverb and used only with the second one.

   Rosa ganó el maratón **rápida** y **fácilmente.**   *Rosa won the marathon quickly and easily.*

3. In Spanish, adverbs are placed immediately after the verb they modify. They do not come between the auxiliary verb and the main verb as they sometimes do in English.

   El paciente está mejorando **rápidamente.**   *The patient is rapidly improving.*

   Los he visto **frecuentemente.**   *I have often seen them.*

4. Adverbs ending in **-mente** can be replaced by **con** + the corresponding noun or by the expressions **de modo** + masculine adjective or **de manera** + feminine adjective.

   El médico examinó al paciente **cuidadosamente.**

   El médico examinó al paciente **con cuidado.**

   El médico examinó al paciente **de modo/de manera cuidadoso/a.**

Copyright © Houghton Mifflin Company. All rights reserved.

75

ACTIVIDAD

A **En la sala de emergencia del hospital.** Para explicar qué pasa en la sala de emergencia del hospital, escribe las oraciones con la forma adverbial de los adjetivos entre paréntesis.

1. Los pacientes esperan (nervioso) _____ .

2. Para ellos, el tiempo pasa (lento) _____ y
   (doloroso) _____ .

3. Las enfermeras les atienden (paciente) _____ y
   (atento) _____ .

4. Algunos pacientes hablan (incoherente) _____ .

5. Las ambulancias entran y salen (constante) _____ .

6. Los técnicos sacan sangre (cuidadoso) _____ .

7. Los médicos trabajan (rápido) _____ y (diligente)
   _____ .

8. Algunos pacientes salen del hospital (alegre) _____ .

7.2 Adverbs of manner

The following adverbs of manner, which tell how something is done, are the most commonly used.

así	like this, like that, such, this, so
así así, así asá	so-so
bien	well, very, thoroughly
como	like
¿cómo?	how
mal	badly
según	according to, it depends

¡Ojo!

1. When **bien** modifies a verb, it means *well.*

   ¿Cómo estás?   *How are you?*
   Estoy **bien**, gracias.   *I am well, thank you.*

2. When **bien** modifies an adjective or another adverb, it means *really* or *very.*

   Estoy **bien cansada**.   *I am really (very) tired.*

3. When **bien** is used with **estar** it can also mean *okay.*

   Nos encontramos a las 8:00.   *We'll meet at 8 o'clock.*
   (Está) bien.   *Okay.*

ACTIVIDAD

B **En el consultorio del médico.** Completa la siguiente conversación entre el médico y el Sr. Bejarano con un adverbio de modo.

Médico: Hola, Sr. Bejarano. ¿ ¹_____ se siente hoy?

Sr. B: Ay, doctor. Me siento ²_____ . Todavía me duele el brazo.

Médico: ¡Y con razón! Tiene la venda (*bandage*) ³_____ puesta. Hay que ponerla ⁴_____ , para que cubra ⁵_____ la herida. Fíjese ⁶_____ . Hay que ponerla ⁷_____ yo lo hago. Y siga tomando el medicamento ⁸_____ las indicaciones del frasquito (*small bottle*).

7.3 Adverbs of place

Adverbs of place answer the question *Where?*

1. These are some of the more commonly used ones.

abajo	below, downstairs
acá/aquí	(over) here/here
adelante/delante (de)	ahead, in front of, forward
adentro	inside, within
afuera	out, outside
allá/allí	(over) there/there
arriba	above, up, upstairs
atrás	back, behind, backward
cerca (de)	near, nearby
debajo (de)	underneath, under, beneath
dentro (de)	inside, within
detrás (de)	back, behind, backward
donde	where
encima (de)	on top (of)
fuera (de)	out, outside (of)
lejos (de)	far (from)

7.3

2. Some adverbs of place are combined with a preposition or with another adverb.

a la derecha/izquierda	to the right/left
al lado (de)	next to, next door
aquí cerca	near here
desde aquí	from here
por ahí/por allí	around there (far away)
por aquí	around here

¡Ojo! ¿**Dónde?** and ¿**Adónde?** are interrogatives.

ACTIVIDADES

C **Indicaciones (*Directions*).** Por fin visitas a tu amigo Alberto en la Ciudad de México. Lo llamas desde el hotel para que te indique cómo llegar en coche a su casa. Indica los adverbios apropiados para completar la conversación con Alberto.

A: ¿En qué hotel estás?

Tú: Estamos en el Hotel Cervantes. Estoy [1](aquí / allí / por aquí) con mi novia, Matilde. [2]¿(Dónde / Cómo / Desde aquí) llegamos a tu casa en coche?

A: Ah, el Hotel Cervantes. Queda [3](lejos / aquí cerca / por aquí). Está a solamente 15 minutos de mi casa. Anota [4](bien / mal / aquí) las indicaciones. ¿Tienes el coche [5](afuera / al lado / dentro) del garaje o [5](afuera / al lado / dentro) en la calle?

Tú: Está en el garaje.

A: Bueno, aunque el hotel no está [7](por aquí / lejos / cerca), las indicaciones son un poco complicadas porque hay muchas calles de un sentido (*one-way*). Primero, hay que ir por el Paseo de la Reforma hasta la calle Río Amazonas. Allá tienes que doblar [8](al lado / a la derecha / por allí).

Tú: ¿[9](Cómo / Dónde / Adónde) voy a conocer la Río Amazonas?

A: Es la primera esquina después de pasar Sanborn.

Tú: Bien. Y luego, ¿qué hago?

A: Sigue adelante en Río Amazonas hasta ver una gasolinera Pemex. En esa esquina tienes que doblar [10](a la izquierda / al lado / detrás) en la calle Río Panuco y seguir derecho hasta llegar al número 228. Es la casa blanca, muy moderna. Mis padres viven [11](arriba / abajo / a lado) en la planta baja y mi esposa y yo vivimos [12](arriba / abajo / a lado) en el primer piso. ¿Lo tienes todo anotado?

Tú: Sí. Salimos ahora mismo.

A: Los esperamos. ¡Hasta pronto!

D **¿Dónde están?** ¿Te acuerdas de tus primeros días en la universidad, cuando no sabías dónde quedaban los edificios y los servicios? Ahora te toca a ti contestar las preguntas de un/a estudiante nuevo/a, con tu compañero/a haciendo el papel de ese/a estudiante.

Modelo:
el buzón (*mailbox*) más cercano
A: *¿Dónde queda el buzón más cercano?*
B: *Queda frente al correo. (No hay buzones por aquí. / Hay un buzón muy cerca. / Queda al frente de la cafetería. / Hay uno al lado de la biblioteca.)*

1. la máquina bancaria

_____

_____

2. un supermercado grande

_____

_____

3. el correo

_____

_____

4. el laboratorio de lenguas

_____

_____

5. un rincón tranquilo para estudiar

_____

_____

6. una buena pizzería

_____

_____

7. el transporte público

_____

_____

8. la oficina del/de la decano/a

_____

_____

7.4

E   **Para relajarse.** ¿Sienten Uds. tensión? ¿Quieren relajarse un poco? ¿Les gustaría estirar (*stretch*) algunos músculos? Entonces, mientras su profesor/a o un/a compañero/a lee las siguientes indicaciones, escuchen bien y hagan lo que les diga.

Pónganse de pie. Vuelvan (*Turn*) la cabeza a la derecha. Ahora, vuelvan la cabeza lentamente a la izquierda. Vuelvan la cabeza a la derecha otra vez y miren hacia abajo, al pulgar (*thumb*) de la mano derecha. Ahora, levanten la cabeza y miren hacia arriba, a un punto alto a la derecha. Con la mirada hacia arriba, respiren profundamente. Vuelvan la cabeza lentamente a la izquierda otra vez. Ahora, miren hacia abajo, al pulgar de la mano izquierda. Ahora, miren hacia arriba, a un punto alto a la izquierda y respiren profundamente. Y ahora, ¿cómo se sienten Uds.?

7.4   Adverbs and adverbial phrases of time

Certain adverbs and adverbial expressions are a response to the question *When?*

a la vez, al mismo tiempo	at the same time
a menudo	often
a tiempo	on time
ahora	now
ahora mismo	right now, right away
alguna vez	some time, ever
anoche	last night
anteayer	the day before yesterday
antes	before, beforehand
aún, todavía	still, yet
ayer	yesterday
cuando, ¿cuándo?	when, when?
después	after, afterwards
enseguida	right now, at once
entonces	then
hoy	today
jamás	never
luego	then, so then
mañana	tomorrow
mientras	while
nunca	never
pasado mañana	the day after tomorrow
pronto	soon
recién	recently, just, newly
siempre	always
tarde	late
temprano	early
ya	already

¡Ojo!

1. **Tarde** and **temprano** can be used with the verb **ser** only to express the time of day in an impersonal sense.

Ya **es tarde**.	*It is late.*
Es temprano todavía.	*It is still early.*

2. When referring to a person being early or late, the verb **llegar** is usually used.

Llegó tarde a la clase.	*He/She arrived late to class.*

ACTIVIDADES

F   **Una crónica personal.** ¿Cómo pasas el tiempo? ¿Cómo utilizas el tiempo? Para responder a estas preguntas, completa las oraciones con tu información personal.

1. Las dos cosas que puedo hacer a la vez (al mismo tiempo) son
   _____ y _____ .

2. Yo _____ a menudo.

3. Pero algunas veces _____ .

4. Anoche _____ .

5. Ayer _____ .

6. Luego _____ .

7. Aún (Todavía) _____ .

8. Ahora mismo _____ .

G   **Preguntas del lunes.** ¿Cómo pasaste el fin de semana? Esta pregunta se escucha frecuentemente los lunes. En parejas, háganse y contesten las siguientes preguntas. Hay que agregar los adverbios para formar preguntas originales.

1. ¿_____ pasaste el fin de semana?

2. ¿Vas al cine _____ ?

3. ¿Te levantas _____ los domingos?

4. ¿Hiciste la tarea _____ ?

5. ¿Escuchas música o miras la televisión _____ estudias?

6. ¿Qué hiciste _____ ?

7. ¿Qué piensas hacer _____ ?

8. ¿Qué planes tienes para _____ ?

7.5 Adverbs of quantity

The following adverbs of quantity answer the questions *How much?* or *How many*

algo	somewhat, rather, a bit	**más**	more
apenas	hardly, barely, scarcely	**menos**	less
bastante	enough, really, rather	**mucho, muy**	very
casi	almost	**nada**	not at all
cuanto	as much	**poco**	little
¿cuánto?	how much?	**sólo**	only
demasiado	too much, too many	**tanto**	so much

¡Ojo!

1. Some words serve as adjectives, pronouns, or adverbs depending upon their function in the sentence.

As adjectives:	Los chicos comieron **muchos** dulces. Por eso, comieron **poco** a la hora de cenar.
	The children ate a lot of candy. Because of that, they ate little at suppertime.
As pronouns:	Cuando su mamá les preguntó cuántos dulces habían comido, respondieron «¡**Muchos**!»
	When their mother asked how many candies they had eaten, they replied "Lots!"
As adverbs:	Y su mamá dijo: «¡Ya comprendo! No deben merendar **tanto**.»
	And their mother said "Now I understand! You musn't snack so much."

2. Note that adjectives change in gender and number according to the noun they modify, whereas adverbs are invariable.

ACTIVIDAD

H **Hábitos y costumbres.** En parejas, háganse preguntas para describirse. Al responder, ofrezcan una breve explicación para elaborar su respuesta.

Modelo:

¿viajar (poco / bastante / demasiado)?

A: *¿Viajas poco, bastante o demasiado?*

B: *Viajo poco. Ahora estudio y no tengo mucho tiempo para viajar. (Viajo bastante. Tengo mucho tiempo libre. / Viajo demasiado para mi trabajo. Me gustaría viajar menos.)*

1. ¿trabajar (apenas / bastante / demasiado)?

_____

_____

2. ¿estudiar (mucho / poco / sólo de vez en cuando)?

_____

_____

3. ¿practicar algún deporte (casi nunca / poco / mucho)?

_____

_____

4. ¿mirar la televisión durante las vacaciones (más / menos / sólo de vez en cuando)?

_____

_____

5. ¿organizar tu tiempo (bastante bien / mal / más o menos)?

_____

_____

6. ¿hablar por teléfono (constantemente / frecuentemente / de vez en cuando / casi nunca)?

_____

_____

7. ¿ir al centro (siempre / nunca / sólo cuando es necesario)?

_____

_____

8. ¿el último libro que leíste (algo interesante / nada interesante / demasiado largo)?

_____

_____

_____

7.6 Además... Spanish verbs that mean *to take*

As you will note in the following list, many of the words and expressions that mean *to take* in English do not have an exact Spanish equivalent.

dar un paseo, dar una vuelta	to take a walk, to take a ride
despegar	to take off (*airplane*)
hacer un viaje	to take a trip
llevar	to carry; to transport, to take along
llevarse	to take away
quitarse	to take off (*clothing, shoes*)
sacar	to take out; to take a photo
tener lugar	to take place
tomar	to take in one's hand; to take a bus; to take notes; to drink
tomárselo en broma } **tomárselo en serio**	to take it as a joke / to take it seriously
tomar una decisión	to make a decision
tomárselo con calma	to take it easy

¡Ojo!

Note that when someone is taken somewhere in a car, the verb **llevar** is used instead of **manejar** or **conducir,** which are used only to indicate driving a vehicle, not a person.

Los **llevé** al aeropuerto.   *I drove them to the airport.*

ACTIVIDAD

Un viaje. Completa el siguiente párrafo con la forma correcta del verbo apropiado de la lista de vocabulario de *Además...*

A mí me encanta irme de viaje. Me gusta ¹_____ solamente una maleta pequeña y mi cámara porque me gusta ²_____ muchas fotos. Cuando fui a España el año pasado, mis amigos acá me ³_____ al aeropuerto en su coche. ¡Había que ver cuánto equipaje ⁴_____ algunas personas! Estaba cansada, así que al sentarme en el avión, ⁵_____ los zapatos para estar más cómoda y ⁶_____ un libro de mi bolsa. Mientras que el avión ⁷_____ , la chica a mi lado me dijo nerviosamente que éste era su primer viaje en avión. Le dije: «⁸_____ con calma. No nos va a pasar nada.» Cuando ya estábamos en el aire, vino el aeromozo y me preguntó: «¿Qué le gustaría ⁹_____ , jugo de fruta, agua, un refresco o una bebida alcohólica?» De repente el chiquito en el asiento delante del mío comenzó a llorar porque su hermano mayor ¹⁰_____ su juguete. Le sonreí y le dije: «No te lo ¹¹_____ en serio. Tu hermanito solamente está jugando. Trata de ¹²_____ en broma.» Mientras leía mi libro, yo ¹³_____ apuntes porque al regresar del viaje, íbamos a discutirlo en mi clase de literatura española del siglo XX. Era una novela cuya acción ¹⁴_____ durante la Guerra Civil española. Cuando me cansé de leer y de estar sentada por tanto tiempo, ¹⁵_____ un corto paseo por el pasillo. Entonces, apagaron las luces en el avión, los chicos se calmaron y me dormí. Cuando me desperté, ¡ya estábamos en Madrid!

En resumen

¡BUEN PROVECHO!

Para prepararte para una visita a España, haz el siguiente diálogo con un/a compañero/a en el papel de tu amigo español. Escribe la forma adverbial de las palabras entre paréntesis e indica el adverbio apropiado de la selección entre paréntesis. ¡Ojo! A veces hay más de una palabra apropiada dentro de los paréntesis.

Amigo: ¿A qué hora quieres que cenemos [1](anoche / anteayer / mañana)?

Tú: ¿Te conviene que nos encontremos a las siete?

Amigo: ¡Hombre! En España nadie cena tan [2](tarde / temprano / a menudo).

Tú: Entonces, [3]¿(cuánto / cómo / cuándo) quieres que llegue al restaurante?

Amigo: Oh, [4](a eso de / a tiempo / alguna vez) las 10:00.

Tú: ¡Eso sí es [5](temprano / tarde / pronto)! Estoy acostumbrado/a a cenar más [6](temprano / tarde / antes).

Amigo: Pues, [7](así / acá / ya) es en España. ¿Dónde quieres cenar? ¿En el restaurante [8](donde / debajo de / arriba de) almorzamos la semana pasada?

Tú: Me queda muy [9](encima / lejos / cerca). ¿No hay uno bueno [10](aquí cerca / por acá / por allí)?

Amigo: ¡Por supuesto! [11](Aquí / Acá / Allí) a la vuelta hay un restaurante excelente. Yo como allí (frecuente) [12]_____. Además, es un restaurante gallego.

Tú: Y eso, ¿qué significa?

Amigo: ¡Ya verás! ¡Nos vemos a las diez! ¡Y acuérdate! Yo siempre llego (puntual) [13]_____ .

En el restaurante

Amigo: ¿Quieres sentarte [14](adelante / atrás / aquí)?

Tú: Prefiero que nos sentemos [15](aquí / allí / detrás) porque esta mesa está [16](desde aquí / al lado de / delante de) la puerta y entra un viento frío cuando se abre.

Amigo: (*Mirando el menú.*) ¿Qué vas a pedir?

Tú: Quiero probar algo (típico) [17]_____ español. A ver. Callos (*Tripe*). ¿Qué son?

Amigo: ¿Dónde ves *callos* en el menú?

Tú: Aquí, [18](debajo / encima / detrás) de donde dice *Platos Típicos*.

Amigo: Ah, callos. Los preparan muy [19](bueno / bien / mal) aquí. Es la especialidad de la casa. Es el estómago del animal.

Tú: ¡No, no, no! ¡No son para mí! ¿Cómo se llama el plato que lleva el mesero a esa mesa, la que está [20](al lado / encima / fuera) de la ventana?

Amigo: Ah, eso es paella, un plato muy típico de España. Los gallegos lo preparan muy bien.

Tú: Eso sí que me gustaría comer porque [21](aún / todavía / ya) no lo he probado.

Amigo: ¿Quieres vino tinto o vino blanco?

Tú: [22](Normal) _____ prefiero el tinto, pero ¿qué recomiendas que tome con la paella?

Amigo: A tu gusto. Yo [23](general) _____ tomo el blanco.

Mesero: Buenas noches. ¿Ya están listos para pedir la comida?

Amigo: Sí. Yo quiero los callos y mi amigo/a va a probar la paella.

Mesero: ¿Y qué desean tomar?

Amigo: Una botella de vino blanco de La Rioja. Y ¿nos puede traer los calamares (*squid*) fritos para picar [24](al mismo tiempo / mientras / a menudo) esperamos la comida?

Mesero: ¡Cómo no! Les traigo el vino y los calamares [25](enseguida / ahora mismo / luego), pero como Uds. saben, la paella tarda un poquito.

Tú: ¿Me puede decir dónde quedan los servicios?

Mesero: Están [26](abajo / por aquí /afuera). Ud. verá la escalera [27](debajo / detrás / encima) del bar.

Tú: Este mesero nos sirvió muy [28](rápido y atento) _____ . Fui por dos minutos y los calamares [29](ya / a tiempo / antes) llegaron.

Amigo: ¿Te gustan los calamares?

Tú: Sí, nunca los había comido [30](después / antes / recién), pero son muy sabrosos. ¿Cómo se dice calamares en inglés?

Amigo: Ay, no sé.

Tú: No los conozco, pero son deliciosos.

Amigo: Aquí viene el camarero con nuestra comida.

Tú: Mmmmm. ¡Qué aspecto! ¡Qué aroma! (*Indica algo.*) Pero esta cosa, ¿qué es?

Amigo: ¿Qué cosa?

Tú: Lo que está [31](encima / dentro / delante) del arroz.

Amigo: Ah, eso. Es pulpo (*octopus*). ¡Pruébalo! Te va a gustar. ¡Esta paella está para chuparse los dedos!

Tú: Dos palabras nuevas que tengo que buscar en el diccionario: *calamares y pulpo*. ¡Buen provecho!

Comparisons and superlatives

8.1 Unequal comparisons
8.2 Equal comparisons
8.3 Superlatives
8.4 **Además...** Differences and similarities

8.1 Unequal comparisons

1. Bigger? Smaller? Better? Worse? To make an unequal comparison, the following structures are used:

> **más** + adjective / adverb / noun + **que**
> **menos** + adjective / adverb / noun + **que**
> verb + **más/menos que**

Texas es **más grande que** Nuevo México. Nuevo México es **más pequeño que** Texas.	*Texas is bigger than New Mexico. New Mexico is smaller than Texas.*
Texas tiene **más habitantes que** Nuevo México.	*Texas has more inhabitants than New Mexico.*
Nuevo México **tiene menos habitantes que** Texas.	*New Mexico has fewer inhabitants than Texas.*

2. A few adjectives have both regular and irregular forms.

Adjective	Regular	Irregular
bueno	más bueno(s)	mejor(es)
grande	más grande(s)	mayor(es)
joven	más joven/jóvenes	menor(es)
malo	más malo(s)	peor(es)
pequeño	más pequeño(s)	menor(es)
viejo	más viejo(s)	mayor(es)

3. **Grande** and **pequeño** are used to refer to size.

¿Sabías que el Canadá es **más grande** que los Estados Unidos?	*Did you know that Canada is bigger than the United States?*

4. The irregular forms **mayor/menor** usually refer to age when used to describe people. They are used with reference to people, regardless of the actual age involved. When used with things, they refer to importance or degree.

El Sr. Gómez es **mayor que** su esposa.	*Mr. Gómez is older than his wife.*
La población hispana de California es **mayor que** la población hispana de Nueva York.	*The Hispanic population of California is larger (greater) than the Hispanic population of New York.*

Copyright © Houghton Mifflin Company. All rights reserved.

87

5. The irregular forms are also used to compare the quality of things and to describe the physical abilities of people.

El problema de las drogas es un problema **mayor**. Es uno de los **peores** problemas actuales.	*The drug problem is a big (great) problem. It is one of the worst current problems.*
Sammy Sosa juega al béisbol **mejor que** otros jugadores de la liga, ¿no?	*Sammy Sosa plays baseball better than other players in the league, isn't that so?*

6. Note that when a pronoun follows the comparisons, the subject pronoun is used.

Tú hablas español **mejor (peor) que yo.**	*You speak Spanish better (worse) than I.*

7. To refer to the age of objects, the expressions **más/menos + nuevo** and **más/menos + viejo** or **antiguo** are used.

Mi coche es **más antiguo (nuevo/viejo)** que el tuyo.	*My car is older (newer/older) than yours.*

8. **Bueno** and **malo** are used primarily to refer to the moral qualities of people, and **mejor** and **peor** are used to describe their abilities and characteristics.

Alicia es **más buena** que su hermana, pero su hermana es **mejor** estudiante que ella.	*Alicia is better (as a person) than her sister, but her sister is a better student than she is.*

9. **Mejor** and **peor** are also the irregular comparative forms of **bien** and **mal.**

¿Cómo está tu resfrío hoy? ¿**Mejor** que ayer?	*How is your cold today? Better than yesterday?*
No, hoy está **peor.**	*No, today it's worse.*

¡Ojo!

1. De is used instead of **que** before a number. **Más de** and **menos de** are equivalent to **over, more than,** and **less than.** However, **que** is used with a negative expression.

Una peseta vale **menos de** un dólar.	*A peseta is worth less than a dollar.*
No me quedan **más que** dos meses hasta la graduación.	*I only have two more months until graduation.*

2. When the comparison is with an element in another clause, **de** + *pronoun** + **que** is used. If the pronoun refers back to a noun, it agrees with the noun; if it refers to a clause, **lo** is used.

Es más alto **de lo que** yo pensaba.	*He is taller than I thought.*
Aquí hay más libros **de los que** se pueden leer.	*There are more books here than can be read.*
Me das más excusas **de las que** puedo creer.	*You give me more excuses than I can believe.*

*Direct object pronouns: **lo, la, los, las**

ACTIVIDADES

A   **Expresiones y refranes.** Algunos refranes y expresiones son similares en español e inglés. A ver si puedes emparejar los de la Columna **A** con los de la Columna **B.** Tal vez sea más fácil y rápido trabajar con un/a compañero/a.

¿Tienen todas las expresiones y refranes siguientes un equivalente en inglés? ¿Cuáles son?

*Columna **A***	*Columna **B***
1. _____ Es más astuto	a. que cien volando.
2. _____ Es más blanca	b. que el dinero.
3. _____ Es más duro	c. que diez mañanas.
4. _____ Más vale pájaro en mano	d. que la zorra (*fox*).
5. _____ No hay mayor dificultad	e. que el que no quiere oír.
6. _____ Mejor solo	f. que una piedra.
7. _____ Más vale un «hoy»	g. que parecer.
8. _____ Más vale la salud	h. que la nieve.
9. _____ Más fácil es destruir	i. que la del tiempo.
10. _____ No hay peor sordo	j. que la poca voluntad (*will power*).
11. _____ Más vale ser	k. que mal acompañado.
12. _____ No hay mejor goma de borrar (*eraser*)	l. que construir.

B   **¿Lo sabías?** ¿Qué sabes de Latinoamérica? ¿Y cómo se compara con otras partes del mundo? En parejas háganse las siguientes preguntas.

Modelo:
más grande / la Argentina / Francia
A: *¿Cuál es más grande, la Argentina o Francia?*
B: *La Argentina es más grande que Francia.*

1. la cadena montañosa más larga / la cordillera de los Andes / la cordillera de los Apalaches
2. las cataratas más anchas / las cataratas del Iguazú (en la frontera entre la Argentina y el Brasil) / las cataratas del Niágara
3. la catarata más alta / el Salto de Ángel en Venezuela / las Cataratas de Victoria en África
4. el océano más grande / el Pacífico / el Atlántico
5. el río más largo / el Amazonas / el Misisipí

8.1

 C   **En mi opinión...** Claro, cuando hacemos comparaciones, frecuentemente expresamos nuestras opiniones también. En parejas, comparen los siguientes... en su opinión, por supuesto.

Modelo:

El «Episodio I» de *La guerra de las galaxias (Star Wars)* / *La guerra de las galaxias: La trilogía*

ser interesante / tener efectos especiales espectaculares / ser divertida

A: *Yo creo que* La trilogía *es más interesante que el* Episodio I.

B: *Puede ser, pero el* Episodio I *tiene efectos especiales más espectaculares que* La trilogía.

1. una manzana y una barra de chocolate
   ser nutritivo / tener calorías / ser delicioso / tener vitaminas

   _____

   _____

2. mis padres y yo
   ser mayor / ser conservador / tener experiencia / ser optimista

   _____

   _____

3. un partido de básquetbol y un torneo de golf
   ser interesante / ser rápido / requerir concentración / ser aburrido

   _____

   _____

4. los perros y los gatos
   ser cariñoso / ser independiente / ser inteligente / hacer ruido

   _____

   _____

5. los hombres y las mujeres
   manejar un coche / hablar de sus sentimientos / ser romántico / llorar fácilmente

   _____

   _____

6. Doonesbury y Garfield (las tiras cómicas)
   ser cómico / ser irónico / ser interesante / estar en la onda

   _____

   _____

7. los demócratas y los republicanos
   tener ideas nuevas / ser liberal / aumentar los impuestos / gobernar el país

   _____

   _____

D **Mi familia.** ¿Cómo es tu familia? Descríbela en oraciones completas usando los siguientes términos: bueno, grande, joven, malo, mayor, mejor, menor, peor, pequeño, viejo.

Modelo:

Mi esposo es mayor que yo.

1. _____

2. _____

3. _____

4. _____

5. _____

8.2 **Equal comparisons**

1. To express equality between two elements, Spanish uses the following patterns:

tan + adjective or adverb + **como**	**tan** bello **como** *as lovely as* **tan** rápido **como** *as fast as*
tanto/a/os/as + noun + **como**	**tantas** ideas **como** *as many ideas as*
verb + **tanto como** + noun or pronoun	Come **tanto como** yo. *He eats as much as I.*

2. Note also the following uses of **tan** and **tanto:**

tanto = *so many, so much*	**¡Tanto** tiempo! *It's been such a long time!*
tanto ... como = *both . . . and*	**Tanto** los peruanos **como** los chilenos... *Both the Peruvians and the Chileans...*
tan = *so*	¡Es **tan** interesante! *It is so interesting!*

8.2

¿Es el Aconcagua **tan alto como** el Monte Everest? No, el Aconcagua es la montaña más alta de Latinoamérica, pero no es **tan alta como** el Everest.

Is Aconcagua as high as Mount Everest? No, Aconcagua is the highest mountain in Latin America, but it isn't as high as Everest.

Los colombianos toman **tanto** café **como** los estadounidenses.

Colombians drink as much coffee as Americans.

Los colombianos toman **tanto como** los estadounidenses.

Colombians drink as much as Americans.

ACTIVIDADES

E **Más refranes y proverbios.** Para completar algunos refranes y proverbios que indican una comparación de igualdad, empareja las expresiones de la Columna **A** con las de la Columna **B**. ¡Ojo! Hay una frase adicional en la Columna **B**.

Columna A	*Columna B*
1. _____ Tantas letras tiene un sí	a. como el de un sabio (*wise man*).
2. _____ Es tan bueno	b. como lo pintan (*describe*).
3. _____ Es tan claro	c. como el día.
4. _____ No es tan bravo el león	d. como el dinero.
5. _____ Tanto es amar sin ser amado	e. como el agua.
6. _____ No hay tan buen compañero	f. como un ángel.
7. _____ Para elegir un diputado, (*representative*) tanto vale el voto de un imbécil	g. como un no.
	h. como responder sin ser preguntado.

F **Hoy y ayer.** Compara tu vida con la de tus abuelos (tu abuela, tu abuelo o ambos) cuando tenían tu edad. Después, compara tus respuestas con las de un/a compañero/a.

Modelo:
viajar: *Mis abuelos no viajaban tanto como yo. O*
No viajo tanto como mis abuelos.

1. tener oportunidades educativas _____

2. participar en la vida política _____

3. ser independiente _____

4. tener oportunidades de empleo _____

5. tener hijos _____

6. tener responsabilidades _____

7. ganar dinero _____

8. tener electrodomésticos _____

9. tener tiempo libre _____

8.3 Superlatives

1. To express the superlative, Spanish uses the following structure:

> definite article + noun + **más/menos** + adjective + **de** or **que**

When the referent is clear, the noun + **de** can be omitted.

México, D.F. es **la ciudad más grande de** México. Es **la más grande.**	*Mexico City is the largest city in México. It is the biggest one.*
Es **la ciudad más grande que** he visto. Y **la más interesante.**	*It is the largest city I have seen. And the most interesting.*

¡Ojo! Note that after a superlative, **de** is translated as *in*.

2. To express the highest degree of a quality without a specific comparison, the adverbs **muy, sumamente,** or **extremadamente** can be placed before the adjective or the suffix **-ísimo/a/os/as** can be attached to the adjective whose final vowel is dropped. Some adjectives will have a spelling change when **-ísimo** is added. See the following chart:

c becomes **qu**	rico	ri**qu**ísimo
g becomes **gu**	largo	lar**gu**ísimo
z becomes **c**	capaz	capa**c**ísimo
-ble becomes **-bil-**	amable	ama**bil**ísimo
written accent is moved	f**á**cil	facil**í**simo

Esta maleta es pesada. Es **sumamente** pesada. Es **pesadísima.**	*This suitcase is heavy. It is extremely heavy.*
Estás llevando muchas cosas. Estás llevando **muchísimas** cosas.	*You are taking many things. You are taking very many things.*

8.3

ACTIVIDADES

G **¡Quiero saber!** Si tú le haces las siguientes preguntas a un/a compañero/a y él/ella te contesta, los dos van a aprender algunos datos interesantes. Las respuestas correctas están entre paréntesis.

Modelo:

¿Ser / la Argentina / el país / grande / Latinoamérica? (el Brasil)

A: *¿Es la Argentina el país más grande de Latinoamérica?*

B: *No, el Brasil es el país más grande.*

1. ¿Ser / el lago Erie / el lago navegable / grande / mundo? (el lago Titicaca en Bolivia)

2. ¿Ser / Bogotá / la capital / alta / mundo? (La Paz)

3. ¿Ser / el Monte Hood / la montaña / alta / las Américas? (Aconcagua)

4. ¿Tener / Italia / la producción de aceite de oliva / grande / mundo? (España)

5. ¿Tener / Colombia / la producción de café y caña de azúcar / grande / mundo? (el Brasil)

6. ¿Ser / Harvard / la universidad / antigua / las Américas? (la Universidad de Santo Domingo en la República Dominicana, fundada en 1538,)

H **Cerca de aquí...** Para ayudar a un/a estudiante nuevo/a (**A**) de la universidad, dale tu (**B**) opinión de los lugares para comer o divertirse cerca de la universidad. Claro, es posible que otro compañero (**C**) no esté de acuerdo.

Modelo:

la librería / tener la selección más grande

A: *¿Cuál es la librería que tiene la selección más grande?*

B: *Yo creo que Barnes y Noble tiene la selección más grande.*

C: *Estoy de acuerdo. Barnes y Noble tiene la selección más grande. O*

¡De ninguna manera! Borders tiene la selección más grande.

1. el café / tener el ambiente más agradable

_____

_____

2. la tienda / tener la selección de videos más grande

_____

_____

3. la pizzería / servir la pizza más sabrosa

_____

_____

_____

8.3

4. el restaurante / ser más caro

_____

_____

5. el club / ser más divertido

_____

_____

6. el mejor lugar / para escuchar música

_____

_____

7. la heladería / servir el helado más rico

_____

_____

8. el canal / presentar el mejor noticiario

_____

_____

I   **A poner a prueba.** Ahora quieres saber si tus recomendaciones eran al gusto de la persona que las recibió. Haz preguntas según el modelo.

Modelo:

el café / bueno

A: *¿Qué tal? ¿Era bueno el café?*

B: *¿Bueno? ¡Era buenísimo! o ¡Era sumamente bueno!*

1. la pizza / sabrosa

_____

_____

2. el restaurante / caro

_____

_____

3. el helado / rico

_____

_____

8.4

4. el club / divertido

_____

_____

5. los videos / barato

_____

_____

6. el club de jazz / cerca

_____

_____

7. la selección de libros / grande

_____

_____

8. la película / larga

_____

_____

8.4 Además... Differences and similarities

The following list of words to express differences and similarities will enable you to make further comparisons.

Differences

a diferencia de	unlike, contrary to
al contrario	on the contrary
la diferencia, la distinción	difference
diferente, distinto/a	different (_adj._)
lo opuesto	opposite
opuesto/a	opposite (_adj._)

Similarities

idéntico/a	identical
igual a, como	like
Me da lo mismo. Me da igual.	It doesn't matter. It makes no difference to me.
mismo/a, igual	same
semejante, similar, parecido/a a	similar
la semejanza, la similitud	similarity, resemblance

ACTIVIDADES

J **Preguntas y respuestas.** Hay ciertas preguntas que los estudiantes de español hacen frecuentemente. Con otro/a estudiante en el papel del/de la profesor/a, completa las respuestas con el sinónimo de la palabra <u>subrayada</u>.

1. A: ¿Son muy <u>diferentes</u> el español de España y el de Latinoamérica?

   B: No, son tan _____ como el inglés británico y el norteamericano.

2. B: ¿Cuál es una <u>diferencia</u>?

   A: _____ España, en Hispanoamérica no se usa mucho el pronombre *vosotros*.

3. A: Pero la gramática es la <u>misma</u>, ¿no es cierto?

   B: Sí, con muy pocas excepciones es _____ .

4. B: Ya hablo francés. ¿Es <u>parecido</u> al español?

   A: No, aunque ambas lenguas se derivan del latín, no son muy

   _____ .

5. A: ¿Hay alguna <u>similitud</u> entre el español y el portugués?

   B: Sí, hay alguna _____ entre el español y el portugués.

6. B: ¿<u>Da lo mismo</u> que hable con acento latinoamericano?

   A: A mí me _____ .

K **Hablando de la lengua.** Aquí hay más información sobre el idioma. Cuando tu compañero/a te haga la pregunta, responde con el antónimo de la palabra <u>subrayada</u> en el espacio indicado.

1. A: La pronunciación de la *ll* es <u>diferente</u> en la Argentina, el Uruguay y algunos países centroamericanos, ¿verdad?

   B: Verdad. No es _____ a la pronunciación de esta letra en España.

2. B: ¿Un antónimo es una palabra cuyo sentido es el <u>opuesto</u>?

   A: Sí, y un _____ tiene un sentido

   _____ .

3. A: ¿<u>Es verdad</u> que el español de España es más correcto que el español de Latinoamérica?

   B: _____ . Los dos son igualmente correctos.

En resumen

EL CONO SUR

❖ Lee los siguientes párrafos sobre el Cono Sur, y complétalos con algunas de las palabras que indican diferencias o similitudes. Si un adjetivo aparece en *bastardilla,* escribe el superlativo en el espacio que está al lado. Después de leer los párrafos, haz las comparaciones que siguen.

Los países de la Argentina, el Uruguay y Chile forman lo que se llama el Cono Sur de Sudamérica. A pesar de la distancia tan grande que hay entre estos países y los Estados Unidos, esos países de Sudamérica tienen mucho en común con los Estados Unidos. Al igual que los Estados Unidos, los países del Cono Sur son países de inmigrantes, sobre todo de inmigrantes europeos que llegaron en grandes números al principio del siglo XX. Sin embargo, a

¹_____ de los Estados Unidos, donde la mayoría de los inmigrantes era de todas partes de Europa, el mayor número de los inmigrantes al Cono Sur venía de Italia y España. En estos países hay menos indígenas que en los países andinos, como el Perú y Bolivia, donde la mayoría de la población es de ascendencia indígena. Es interesante notar que el héroe nacional de Chile es un inmigrante irlandés que se llamaba Bernardo O'Higgins. Hace más de 150 años él luchó por la independencia de Chile.

El país más grande del Cono Sur, con una población de 30 millones de habitantes, es la Argentina, y el país más pequeño es el Uruguay, con sólo 3.5 millones de habitantes. Chile tiene aproximadamente 12 millones de habitantes. ¡Hay algunos estados de los Estados Unidos (con una población de más de 250 millones) que tienen el mismo número de habitantes o más! Como su distancia del ecuador es casi ²_____ a la distancia entre los EE.UU. y el ecuador, su clima es también ³_____ pero al revés. En el norte de la Argentina y Chile hace más calor que en el sur, mientras que en los EE.UU. hace más calor en el sur que en el norte. Entonces, si a Ud. le gustaría esquiar en julio o agosto, no se encuentran mejores condiciones en ninguna parte del mundo.

La pampa, que se extiende por esa zona, es una de las regiones más fértiles y productivas del mundo. Es ⁴_____ a las llanuras (*plains*) del Medio Oeste de los Estados Unidos: Kansas, Nebraska y Iowa. Por eso, los productos agrícolas son de mucha importancia en la economía nacional de los tres países. Por ejemplo, ¡es posible que haya más ganado (*cattle*) que personas en la Argentina y el Uruguay! Por eso, generalmente, la gente de esos países

come más carne que los norteamericanos y ¿por qué no? ¡Los bifes (*steaks*) son *sabrosos* ⁵_____! Además, los vinos que provienen de los viñedos (*vineyards*) que están en las estribaciones (*foothills*) de los Andes en Chile y la Argentina son excelentes. Chile también exporta mucha fruta, pero su gran riqueza son sus minas de cobre (*copper*), que son las más grandes del mundo.

A muchos visitantes les sorprende ver que Buenos Aires, la capital de la Argentina, es más ⁶_____ a una ciudad europea que a otras ciudades latinoamericanas. Y muchos extranjeros pasan el verano en las playas *hermosas* ⁷_____ del Uruguay. El sur de la Argentina y Chile es una región que muchos comparan a Suiza, por las montañas, la nieve, los glaciares y los chalets al estilo europeo.

Otra ⁸_____ con los Estados Unidos es que los países del Cono Sur tienen una clase media más grande que la de los otros países latinoamericanos. Por eso, su nivel de vida es el más alto de Latinoamérica.

❖ **Comparaciones.** Escribe dos oraciones completas para comparar el Cono Sur con los Estados Unidos u otros países con respecto a los siguientes aspectos.

1. la inmigración

_____

_____

2. el tamaño

_____

_____

3. la distancia del ecuador

_____

_____

4. el número de habitantes

_____

_____

5. la pampa

_____

_____

6. los productos agrícolas

_____

_____

7. el clima

_____

_____

8. el nivel de vida

_____

_____

Capítulo 9

Direct and indirect object pronouns

9.1 Direct object pronouns

Quería **la manzana**, compré **la manzana** y comí **la manzana.**

All that repetition of the word **manzana** sounds quite silly. However, by replacing the noun (**manzana**) or a phrase functioning as the direct object of the verb (**quería, compré, comí**) with a pronoun, the sentence becomes less redundant and more sophisticated.

1. The direct object of a verb is the noun that is the direct recipient of the action of the verb. The direct object pronoun replaces the noun. Direct objects that refer to specific people are preceded by the personal **a.**

   Quería **la manzana**, **la** compré y **la** comí.

   I wanted the apple, I bought it, and I ate it.

   Veo **a Marco. Lo** veo.

   I see Marco. I see him.

2. The direct object pronouns are:

me	me	Marco **me** vio.	*Marco saw me.*
te	you (*fam.*)	**Te** quiero.	*I love you (sing.).*
lo	it, him, you (**Ud.**)	**Lo** compramos.	*We bought it.*
la	it, her, you (**Ud.**)	**La** miró.	*He looked at her.*
los	it, them, you (**Uds.**)	**Los** rompiste.	*You broke them (m.).*
las	it, them, you (**Uds.**)	**Las** aplaudieron.	*They applauded them (f.).*
nos	us	**Nos** invitaron.	*They invited us.*
os	you (*fam.*) (*Spain*)	**Os** llamó.	*He called you (pl.).*

3. **Lo, la, los, las** refer to both people and things. They are also used in place of **Ud.** or **Uds.**

4. Note that the placement of the direct object pronoun is the same as that of the reflexive pronoun.

   a. The direct object pronoun precedes the conjugated verb or is attached to the infinitive or the present participle.

   > direct object pronoun + conjugated verb

   La comí.   *I ate it (the apple).*

9.1

| infinitive or present participle + direct object pronoun |

Acabo de comprar**lo**.	*I just bought it.*
Haciéndo**lo** juntos terminamos más rápidamente.	*Doing it together, we'll finish more quickly.*

b. When the conjugated verb is followed by an infinitive or the present participle, the direct object pronoun can precede the conjugated verb or can be attached to the infinitive or the present participle.

Quiero comer**la**.	**La** quiero comer.	*I want to eat it.*
Estoy comiéndo**la**.	**La** estoy comiendo.	*I am eating it.*

c. Notice that when the direct object pronoun is attached to the present participle, an accent mark is placed over the vowel preceding –**ndo** (**comiéndola**).

d. When the verb has an auxiliary verb, the direct object pronoun precedes the auxiliary verb.

| direct object pronoun + **haber** + past participle |

Los chicos han roto la ventana.	*The kids have broken the window.*
Los chicos **la** han roto.	*They have broken it.*
Los chicos habían tirado una piedra.	*The kids had thrown a stone.*
Los chicos **la** habían tirado.	*They had thrown it.*

ACTIVIDADES

A **Características personales.** ¿Cuáles son algunas de tus características personales? En parejas, utilicen las siguientes frases para hacerse preguntas el uno al otro. Contéstenlas usando los complementos directos y uno de los siguientes adverbios en sus respuestas:

a veces	casi nunca	casi siempre
de vez en cuando	nunca	siempre

Modelo:
   perder la cabeza
   A: *En una crisis, ¿pierdes la cabeza?*
   B: *Nunca la pierdo. (Pues, la pierdo a veces.) ¿Y tú?*

1. tener paciencia

   _____

   _____

2. resistir la tentación

   _____

   _____

3. hacer lo que tienes que hacer

_____

_____

4. admirar a los atletas

_____

_____

5. ayudar a los menos afortunados

_____

_____

6. tomar decisiones rápidamente

_____

_____

7. perder los guantes y el paraguas

_____

_____

8. navegar la red

_____

_____

B **Los buenos estudiantes.** ¿Cuáles son algunas de las características de los buenos estudiantes?

Modelo:

escuchar su Walkman en clase

Lo escuchan en clase. (No lo escuchan en la clase.)

1. escuchar atentamente al/a la profesor/a _____.

2. masticar chicle cuando habla _____.

3. mirar la pizarra _____.

4. leer el diario en clase _____.

5. preparar la tarea antes de venir a la clase _____.

6. hacer preguntas _____.

7. traer su perro a la clase _____.

8. comer el desayuno en clase _____.

C **Los buenos profesores.** Ya que hemos hablado de los buenos estudiantes, ¿por qué no hablamos de los buenos profesores? ¿Cómo son? Contesta de parte de toda la clase.

Modelo:

escuchar cuando hablamos

Nos escucha cuando hablamos.

1. escuchar con paciencia _____.

2. mirar cuando hablamos _____.

9.2

3. ayudar a interpretar las lecturas _____ .

4. invitar a cenar en un restaurante español _____ .

5. respetar a los estudiantes _____ .

6. avisar de la fecha de un examen _____ .

7. esperar cuando llegamos tarde _____ .

D **En el consultorio del dentista.** Claro, tú no puedes hablar porque tienes la boca llena de instrumentos dentales. Pero, para saber lo que dice el dentista, completa el siguiente monólogo con el verbo en *bastardilla* y el complemento directo.

1. Dentista: «*Abra* la boca, por favor. Tiene que _____

   un poquito más. Mmmmmmm. Será necesario *empastar* (*to fill*) dos

   dientes. Puedo _____ hoy, si Ud. quiere.»

2. «*Relaje* los músculos. Duele menos si Ud. _____ .»

3. «No, no, no. Ud. no va a *sentir* dolor. Le aseguro que no va a

   _____ .»

4. «¿Por qué está gritando? Todavía no *he tocado* el diente. De veras.

   No _____ .»

5. «Es preferible *usar* el cepillo de dientes eléctrico. Hay que

   _____ por lo menos dos veces por día.»

6. «*Haga* una cita para la semana entrante. _____

   antes de marcharse.»

7. «¿Desea *tomar* un café ahora? Será mejor esperar una hora antes de

   _____ .»

9.2 Indirect object pronouns

1. As indirect objects most commonly refer to people, they are joined to the verb by the preposition **a** (personal **a**).

Escribo una carta **a mi** hermana.	*I am writing a letter to my sister.*
Le escribo una carta.	*I am writing a letter to her.*

2. The forms of the indirect object pronouns are:

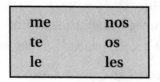

me	nos
te	os
le	les

3. Like direct object pronouns, the indirect object pronouns are placed before the conjugated verb or, in the case of a conjugated verb followed by an infinitive or a present participle, it may be placed before the conjugated verb or may be attached to the infinitive or present participle. When the verb has an auxiliary verb, the indirect object pronoun always precedes simple and compound tenses.

Le escribí una carta.   *I wrote her a letter.*

Tengo que escribir**le** una carta.   *I have to write her a letter.*

Estoy escribiéndo**le** una carta.   *I'm writing her a letter.*

Le he escrito una carta.   *I've written her a letter.*

4. Although it may seem redundant, the indirect object noun usually accompanies the corresponding indirect object pronoun **le** or **les.**

Le mandé un regalo **a mi amigo.**   *I sent a gift to my friend.*

5. Some verbs commonly omit explicit mention of the direct object, but still require an indirect object. The following verbs that take a direct object in English take an indirect object in Spanish.

contestarle   (implicit direct object = response)

pedirle   (implicit direct object = act or thing requested)

preguntarle   (implicit direct object = the question)

recordarle   (implicit direct object = the reminder)

6. A phrase consisting of **a** + *the corresponding stressed pronoun* may follow the verb or precede the indirect object pronoun to give emphasis or clarity.

¿Y qué **te** pidieron **a ti**?   *And what did they ask you for?*

A mí no **me** pidieron nada.   *They didn't ask me for anything.*

Pero **a María le** pidieron identificación.   *But they asked María for identification.*

ACTIVIDADES

E   **Tus relaciones con otros.** En parejas, háganse y contesten las siguientes preguntas usando ¿Quién?, ¿Quiénes?, ¿A quién? o ¿Con quién? Túrnense para hacerse las preguntas.

Modelo:

comunicar sus ideas

A: ¿Quién/es te comunica/n sus ideas?

B: Mis profesores (mis padres, mis hijos) me comunican sus ideas.

A: Y, ¿a quién/es le/s comunicas tus ideas?

B: Yo les comunico mis ideas a mis amigos.

1. enviar correo electrónico

_____

_____

_____

_____

2. contar tus problemas

_____

_____

_____

3. prestar ropa

_____

_____

_____

4. deber dinero

_____

_____

_____

5. hablar español

_____

_____

_____

6. dar consejos

_____

_____

_____

7. decir «Te quiero»

_____

_____

_____

8. hacer favores

_____

_____

_____

F **En la oficina.** Jorge y Emilia son arquitectos que tienen su propia compañía. Con un/a compañero/a en el papel de Jorge y otro/a en el papel de Emilia, hagan un diálogo con las siguientes preguntas, usando los complementos directos e indirectos y las palabras entre paréntesis en sus respuestas.

Modelo:
¿Ya / mandar / los modelos al cliente? (ayer)
J: *¿Ya le mandaste los modelos al cliente?*
E: *Ya le mandé los modelos ayer.*

1. J: ¿Ya / hablar / al contador? (hace poco)

_____

2. E: ¿Ya / enviar / la carta a los abogados? (esta mañana)

_____

3. J: ¿Qué / decirte / la recepcionista esta mañana? (nada)

_____

4. E: ¿Tener (nosotros) que / devolver / estos documentos al Sr. López? (Sí, en seguida)

_____

5. J: ¿Cuándo / ir a / escribir la carta al cliente? (ahora mismo)

_____

6. E: ¿La secretaria / pedirte / un aumento de sueldo? (por supuesto que)

_____

7. J. ¿Ya / traernos / los documentos que tenemos que firmar? (todavía no)

_____

8. E: ¿Cuánto / tener (nosotros) que / pagar al técnico que arregló la computadora? (500 pesos)

_____

9.3   Double object pronouns

1. When a direct object pronoun and an indirect object pronoun are the objects of a verb, the indirect object pronoun precedes the direct object pronoun.

> indirect object pronoun + direct object pronoun

¿Cuándo **me** enviaste **el cheque**?	*When did you send me the check?*
Te lo mandé ayer.	*I sent it to you yesterday.*

2. However, when a third-person indirect object pronoun (**le, les**) precedes a direct object pronoun (**lo, las, los, las**) the indirect pronoun changes to **se.**

> le / les + lo / los = se lo / se los
> le / les + la / las = se la / se las

3. Double object pronouns are always used together. They cannot be separated. They precede the conjugated verb and may be attached to the infinitive and the present participle.

¿Cuándo vas a **darle** el regalo?	*When are you going to give him the present?*
Se lo voy a dar en la fiesta. Voy a **dárselo** en la fiesta. }	*I'll give it to him at the party.*
Paco llegó para **arreglarme** el televisor.	*Paco came to fix the television set for me.*
Ah, ¿sí? ¿Está **arreglándotelo**? No **lo** sabía.	*Really? He's fixing it for you? I didn't know that.*

4. Notice that when double object pronouns are added to an infinitive or present participle, an accent mark must be added to maintain the stress.

5. When the use of **se** makes a sentence ambiguous, **a** + the personal pronoun clarifies the identity of the indirect object.

Se lo dije. **Se lo** dije **a él/ella.**	*I told him/her.*

6. The following chart can be used as a reference to the placement of direct, indirect, and double object pronouns.

	Always precedes verb	**Attached to verb**
Conjugated verb	✓	
Infinitive		✓
Present participle		✓
Affirmative commands		✓
Negative commands	✓	

ACTIVIDADES

G **La entrevista.** ¿Qué hay que hacer y qué no hay que hacer cuando tienes una entrevista de empleo? En parejas, den sus opiniones según el modelo y después comparen sus respuestas con las de otras personas. Túrnense para hacerse las preguntas.

Modelo:

¿Es una buena idea / decir / al gerente / que quieres ser presidente de la empresa algún día?

A: *¿Es una buena idea decirle al gerente que quieres ser presidente de la empresa algún día?*

B: *Sí, (No, no) es una buena idea decírselo.*

1. Es importante / cortarse / el pelo / antes de la entrevista

   _____

   _____

2. Es mejor / limpiarse / las uñas / antes de la entrevista

   _____

   _____

3. Es necesario / comprarse / un portafolios

   _____

   _____

4. Es imprescindible / pedir / recomendaciones / a los profesores

   _____

   _____

5. Es bueno / indicar / tus intereses / a la entrevistadora

   _____

   _____

6. Es una buena idea / mandar / el currículum / a la directora de personal

   _____

   _____

7. Es inapropiado / hacer / preguntas / a la entrevistadora

   _____

   _____

8. Es apropiado / decir / cuánto se quiere ganar / a la entrevistadora

   _____

   _____

9.4

H   **En la oficina de abogados.** Amalia Tamayo es abogada y trabaja en un bufete. A continuación hay algunas de las preguntas que ella escucha en un día típico. Contéstalas como si fueras la licenciada Tamayo, usando los complementos.

1. ¿El Sr. López ya nos envió el contrato? (sí, llegó ayer)

   _____

2. ¿Por qué no me dijo que ya había llegado? (ya le dije esta mañana)

   _____

3. ¿A quién le pidió el contador las facturas (*invoices*)? (a la Srta. Vargas)

   _____

4. Señorita Tamayo, ¿cuándo le va a escribir la carta al cliente? (ahora mismo)

   _____

5. ¿Le preguntó cuánto son nuestros honorarios? (todavía no)

   _____

6. ¿Cuándo piensa decirle cuánto le vamos a cobrar? (lo más pronto posible)

   _____

7. Señorita Tamayo, ¿dónde dejó la secretaria los documentos que tenemos que firmar? (en mi escritorio)

   _____

   _____

8. ¿Ya le dieron a la secretaria el aumento de sueldo? (por fin)

   _____

   _____

9.4   Special uses of the pronoun lo

The pronoun **lo** can refer back to a previously mentioned idea whether that is in the form of a word, a clause, or a whole sentence. Note how **lo** is used in the answers to the questions.

¿Sabías que en el Brasil se habla portugués?	*Did you know that Portuguese is spoken in Brazil?*
(Ya) **lo** sé (sabía).	*I (already) know (knew) it (that).*
Ya **lo** creo. / No **lo** creo.	*I think so. / I don't think so (that).*
No **lo** dudo.	*I don't doubt it.*
¿Es el Brasil el país más grande de Latinoamérica? Sí, **lo** es.	*Is Brazil the largest country in Latin America? Yes, it is.*

¿Son Río de Janeiro y Sao Paulo
sus ciudades más importantes?
Sí, **lo** son.

¿Eres brasileño/a? Sí, **lo** soy.

*Are Rio de Janeiro and Sao Paulo
its most important cities? Yes,
they are.*

Are you Brazilian? Yes, I am.

ACTIVIDADES

I **Prueba de geografía.** Para ver si Uds. pueden nombrar las capitales de los
países de habla española, emparejen la capital de la Columna **B** con el país
apropiado de la Columna **A**. Otra actividad relacionada sigue.

Columna A	*Columna B*
1. _____ Argentina	a. Asunción
2. _____ Bolivia	b. Bogotá
3. _____ Colombia	c. Buenos Aires
4. _____ Costa Rica	d. Caracas
5. _____ Cuba	e. Ciudad de Guatemala
6. _____ Chile	f. Ciudad de Panamá
7. _____ Ecuador	g. La Habana
8. _____ El Salvador	h. La Paz
9. _____ España	i. Lima
10. _____ Guatemala	j. Madrid
11. _____ Honduras	k. Managua
12. _____ México	l. México, D.F.
13. _____ Nicaragua	m. Montevideo
14. _____ Panamá	n. Quito
15. _____ Paraguay	o. San José
16. _____ Perú	p. San Juan
17. _____ Puerto Rico	q. San Salvador
18. _____ República Dominicana	r. Santiago
19. _____ Uruguay	s. Santo Domingo
20. _____ Venezuela	t. Tegucigalpa

J **¿Quién tiene 20 puntos?** Ahora compara tu lista con la de otra persona,
según el modelo.

Modelo:

A: San José es la capital de Costa Rica.
B: *Lo sé. (Ya lo sabía., (No) Lo sabía., No lo creo., Tienes razón: lo es.)*

9.5 Además... Spanish verbs indicating *on* and *off*

In English we turn on the water, turn off the water, turn on the lights, turn off the lights. Rather than use the words *on* or *off*, Spanish uses a different verb to indicate each of those actions, as the following list indicates.

abrir	to turn on (water tap)
apagar	to turn off a light or electrical appliance
apagar, parar	to turn off (engine, motor)
bajar de	to get off ground transportation
cerrar	to turn off (water tap)
desembarcar de	to get off an airplane or a boat
despegar	to take off (airplane or helicopter)
embarcarse en	to get on an airplane or a boat
poner en marcha	to turn on (engine, machine)
ponerse	to put on clothes
prender, encender, poner	to turn on a light or electrical appliance
quitarse	to take off clothes
subir a	to get on ground transportation

ACTIVIDAD

K **¿Qué hacer?** Para practicar los equivalentes de los verbos estudiados, empareja las palabras de la Columna **B** con el verbo apropiado de la Columna **A.** Claro, para algunos verbos habrá más de un sustantivo.

Columna A	*Columna B*
1. _____ abrir	a. el coche
2. _____ apagar	b. el tren
3. _____ bajar de	c. la nave espacial
4. _____ cerrar	d. el autobús
5. _____ desembarcar de	e. los zapatos
6. _____ despegar	f. el avión
7. _____ embarcarse en	g. el motor
8. _____ encender	h. la llave (*faucet handle*)
9. _____ poner	i. las botas
10. _____ poner en marcha	j. la máscara
11. _____ ponerse	k. la luz
12. _____ prender	l. el helicóptero
13. _____ quitarse	m. el barco
14. _____ subir a	n. el lavaplatos
	o. el abrigo
	p. el grifo (*faucet*)
	q. la computadora

En resumen

Un sondeo (poll)

❖ Tú sabes cómo es. En el momento que la familia se sienta a cenar, suena el teléfono. ¡Es otro sondeo! Pero como esta llamada llega después de la cena, puedes participar. En tus respuestas, usa el verbo, los complementos directos e indirectos o una expresión con **lo.**

1. A: Buenos días, Sr. (Sra., Srta.) _____ . Estamos haciendo un sondeo sobre los medios de comunicación. ¿Puedo hacerle algunas preguntas?

   B: Sí, _____ .

2. A: ¿Compra Ud. el periódico en la calle o le traen el periódico a la casa?

   B: _____ .

3. A: ¿Tiene una suscripción a una revista de noticias?

   B: _____ .

4. A: ¿Tiene una computadora en casa o solamente en el trabajo?

   B: _____ .

5. A: Si tiene hijos o si los tuviera, ¿les compraría una computadora?

   B: _____ .

6. A: ¿Cree Ud. que la Internet es una manera eficaz de aprender?

   B: _____ .

7. A: ¿Sigue Ud. las subastas (*auctions*) en la Internet?

   B: _____ .

8. A: ¿Prefiere Ud. hacer sus compras por la Internet?

   B: _____ .

9. A: ¿Usa Ud. el correo electrónico frecuentemente?

   B: _____ .

10. A: ¿Les envía Ud. los mensajes electrónicos a sus amigos o solamente a sus colegas?

    B: _____ .

11. A: ¿Busca Ud. información en la Internet?

    B: _____ .

12. A: ¿Les recomienda a sus amigos y parientes que usen la Internet?

    B: _____.

13. A: ¿Hace Ud. sus transacciones bancarias por la Internet?

    B: _____.

14. A: Les regala a sus hijos juegos violentos para la computadora?

    B: _____.

15. A: ¿Sabe Ud. que es posible tener el teléfono, la Internet y la televisión todos conectados?

    B: _____.

16. A: La información que Ud. nos ha dado será muy importante para este sondeo. Por eso, nos gustaría mandarle a Ud. y a su familia una copia de los resultados. ¿A qué dirección podemos mandársela?

    B: _____.

The impersonal se and the passive voice

The word *se* has many uses in Spanish. As a part of reflexive verbs, it is used to express reciprocal actions. It can be used as a passive expression, and to express the action of a verb without associating it with specific individuals.

10.1   The impersonal se

1. The impersonal *se* is used with a third-person singular verb to express an action that is not associated with a specific individual and is usually used with an intransitive verb; that is, a verb that does not take a direct object. It is the Spanish equivalent of *they, you, one,* or *people* in general. Note that with reflexive verbs it is necessary to use **uno/una** or **la gente.**

¿Cómo **se** dice *chess* en español?	*How do you (they, people) (does one) say* chess *in Spanish?*
No **se** permite vender bebidas alcohólicas aquí.	*It is not allowed to sell alcoholic beverages here.*
No **se** sabe.	*It isn't known. Nobody knows.*
Uno **se** acuesta más tarde los sábados.	*People go (One goes) to bed later on Saturdays.*

2. When the agent is not mentioned, another alternative is to use the active construction with a third-person plural verb.

No **permiten** vender bebidas alcohólicas a menores.	*They don't allow alcoholic beverages to be sold to minors.*

ACTIVIDAD

A   **¿Qué se hace?** Forma oraciones impersonales de los siguientes elementos para indicar qué se hace y qué no se hace en los siguientes lugares o situaciones.

Modelo:

En la piscina / llevar un salvavidas (*life preserver*)

En la piscina (no) se lleva un salvavidas.

1. En McDonald's / comer bien _____.

2. En un concierto / hablar mientras los músicos tocan _____

   _____.

3. Aquí / poder fumar _____.

4. En una conferencia / escuchar atentamente _____ .

5. En la biblioteca / comer o beber _____ .

6. Para una entrevista / vestirse bien _____ .

7. Al aeropuerto / llegar tarde _____ .

8. El pollo frito / comer con los dedos _____ .

10.2 The passive se

The passive **se** differs from the impersonal **se** in that the verb agrees in number—third-person singular or plural—with the subject. However, the singular third person is used when followed by an infinitive. Like the impersonal passive, the agent is unknown or deemphasized. The passive **se** is used with transitive verbs; that is, verbs that take a direct object.

> se + plural or singular third-person verb + subject

Se venden billetes de lotería aquí.	*Lottery tickets are sold here.*
Se come este postre con tenedor o cuchara.	*This dessert is eaten with a fork or spoon.*
Se puede comerlo con tenedor.	*It can be eaten with a fork.*

ACTIVIDADES

B **Información.** Para contestar las siguientes preguntas, usa la **se** pasiva.

Modelo:
¿A qué hora cierran el museo hoy? (a las 5)
Se cierra a las 5:00.

1. ¿Hablan Uds. inglés aquí? (Sí) _____ .

2. ¿Está en venta esta casa? (Sí) _____ .

3. ¿Necesita Ud. más empleados? (Ahora no) _____ .

4. ¿Buscan un cocinero en este restaurante? (Sí) _____ .

5. ¿Alquilan habitaciones en esta casa? (No, pero en esa casa) _____

_____ .

6. ¿Hace Ud. entregas a domicilio? (Sí) _____ .

7. ¿Nos permite pisar el césped? (No) _____ .

8. ¿El meteorólogo pronosticó lluvia para mañana? (No) _____

_____ .

C   **¿Cómo se hace...?** Hay ciertos aspectos de la vida diaria que nosotros damos por sentado (*take for granted*). Pero a veces un/a estudiante extranjero/a no sabe cómo funcionan estos aspectos de la vida norteamericana. Con otra persona en el papel del estudiante extranjero, explíqueselos según el modelo.

Modelo:

buscar un número de teléfono: marcar el 411

A: *¿Cómo se busca un número de teléfono?*

B: *Se marca el 411.*

1. llamar desde un teléfono público: poner unas monedas en la ranura (*slot*), esperar el tono y marcar el número
2. usar la ATM: obtener una tarjeta y un número «PIN» del banco, introducir su tarjeta en la ranura, pulsar el número PIN, seguir las indicaciones en la pantalla, indicar la cantidad de dinero deseada y sacar el dinero y la tarjeta
3. conseguir una licencia de conducir: completar una solicitud, tomar un examen escrito, hacer una cita para tomar el examen de conducir, practicar, tomar el examen y aprobar el examen

D   **Avisos clasificados.** En los avisos clasificados de los periódicos hispanos se ve mucho la **se** pasiva. Usando tu imaginación, escribe un aviso para cada una de las siguientes categorías. Después compara tu aviso con los de tus compañeros para ver cuál es el más cómico. Ten en cuenta que un aviso es breve.

1. automóviles _____

2. empleos profesionales _____

3. mascotas _____

4. personales _____

5. apartamentos _____

6. en venta _____

10.3 True passive voice

1. The true passive voice is used when the element acted upon is the subject of the sentence. What would have been the direct object in the active version of the sentence now becomes the subject in the passive one: inverting these elements shows that the focus of interest has shifted from the agent of the action to its recipient. It is used only when the agent is known or has been referred to previously.

> recipient + **ser** + past participle + **por** + agent

La película fue dirigida por Carlos Saura.

The film was directed by Carlos Saura.

2. Notice that the past participle functions as an adjective in this construction; therefore, it agrees in gender and number with the subject of the sentence.

3. **Ser** can be used in any tense.

Bodas de sangre **ha sido** dirigida por Carlos Saura.

Bodas de sangre *has been directed by Carlos Saura.*

La película **será** dirigida por Pedro Almodóvar.

The motion picture will be directed by Pedro Almodóvar.

ACTIVIDADES

E **Las artes y los artistas hispanos.** Escribe las siguientes oraciones en la voz pasiva. Fíjate bien en el tiempo del verbo.

1. Pedro Almodóvar dirigió la película *Mujeres al borde de un ataque de nervios.*

   _____

2. Pablo Picasso pintó el cuadro *Guernica.*

   _____

3. Plácido Domingo interpreta el papel de don José en la ópera *Carmen.*

   _____

4. Muchas mujeres admiran a Antonio Banderas y Esai Morales.

   _____

5. El comité del Óscar nombró a Rosie Pérez como candidata para el galardón *(award).*

   _____

6. El comité del Premio Nobel ha otorgado el Premio Nobel de Literatura a Gabriel García Márquez, Gabriela Mistral, Pablo Neruda y Octavio Paz.

   _____

7. Laura Esquivel escribió la exitosa novela *Como agua para chocolate.*

   _____

8. Los españoles han construido un nuevo museo espectacular en Bilbao.

   _____

F **¡No me digas!** (*You don't say!*) Miguel Soto trabaja en una compañía que ha desarrollado un sistema para la Internet. Cuando Miguel vuelve a su trabajo después de dos semanas de vacaciones, le pregunta a su colega Patricia, «¿Qué hay de nuevo?». Para saber qué hay de nuevo, hagan en parejas los papeles de Miguel y Patricia, usando la voz activa.

Modelo:

P: Nuestra competencia ha sido comprada por Intel.

M: *¡No me digas! ¡Intel ha comprado nuestra competencia!*

1. Un nuevo sistema ha sido desarrollado por los ingenieros.

   _____

2. Tu secretaria será reemplazada por un secretario.

   _____

3. Tu oficina fue cambiada por el gerente.

   _____

4. Cinco personas fueron despedidas por la empresa.

   _____

5. Yo fui nombrada directora de Mercadeo por el vice presidente.

   _____

6. De hoy en adelante las comidas serán servidas gratis por la cafetería.

   _____

7. Todo el seguro médico será pagado por la empresa.

   _____

8. ¡Y nuestra empresa ha sido comprada por Microsoft!

   _____

G **La Isla de Pascua.** Imagina que tienes que escribir un breve informe sobre la Isla de Pascua. Para dar variedad a tu escritura y para que sea más interesante, vas a usar la voz pasiva en algunas oraciones. Claro, para hacerlo, tienes que omitir algunas palabras y agregar otras. ¡Ojo! No hay que usar la voz pasiva en todas las oraciones.

1. En el océano Pacífico, a 3.700 kilómetros de la costa de Chile, encontramos la Isla de Pascua con sus enormes e inexplicables estatuas de piedra.

   _____

2. Los polinesios hicieron estas estatuas hace muchos años.

   _____

3. Los arqueólogos creen que los primeros habitantes poblaron esta isla alrededor del año **400** A.C. (antes de la era común).

   _____

4. Los polinesios introdujeron el cultivo de la banana, la caña de azúcar y la batata (*yam*) a la isla.

   _____

5. Ellos crearon una forma de tallar (*sculpt*) piedra, un sistema de escritura, y aun un observatorio solar.

_____

6. El día de Pascua Florida de 1722 los primeros europeos llegaron a la isla. Por eso, un almirante holandés le dio este nombre a la isla.

_____

7. ¿Qué les pasó a los habitantes? Según una teoría, la viruela (*smallpox*) diezmó (*decimated*) la población.

_____

8. En el siglo XIX los peruanos llevaron a muchos habitantes a su país como esclavos.

_____

9. Hoy en día sólo 2.000 personas habitan la isla.

_____

10.4   Además... False cognates

All the following nouns are false cognates. As such, sometimes students of Spanish use them when they really wish to say something else. Study carefully what you mean to say and the word you should use.

Lo que dices	*Lo que quieres decir*	*Lo que debes decir*
la aplicación	*application*	la solicitud
la carpeta	*carpet*	la alfombra
el colegio	*college*	la universidad
el collar	*collar*	el cuello
la confidencia	*confidence*	la confianza
la copia	*issue (magazine, newspaper)*	el ejemplar
la cuestión	*question*	la pregunta
el dato	*date*	la fecha
la decepción	*deception*	el engaño
la desgracia	*disgrace*	la vergüenza
la factoría*	*factory*	la fábrica
la lectura	*lecture*	la conferencia
las notas	*notes*	los apuntes
los parientes	*parents*	los padres
la renta*	*rent*	el alquiler
los suburbios	*suburbs, urban slums outside city*	las afueras, el barrio, la urbanización
el suceso	*success*	el éxito

*In some parts of Latin America **factoría** and **renta** are used to mean *factory* and *rent*.

ACTIVIDAD

H   **Palabras cruzadas.**   ¿Te gusta hacer las palabras cruzadas en el periódico? En la Columna **B** tienes las pistas (*clues*) y definiciones que corresponden a las palabras de la Columna **A**. Después de emparejarlas, compara tus respuestas con las de un/a compañero/a.

Columna A	*Columna B*
1. _____ las afueras	a. ¡A trabajar! dijo el jefe de _____ .
2. _____ la alfombra	b. Mamá y papá
3. _____ el alquiler	c. Se venden en la librería.
4. _____ los apuntes	d. Tu camiseta no tiene uno.
5. _____ la conferencia	e. ¿¿¿¿¿????????
6. _____ la confianza	f. ¡Qué _____!
7. _____ el cuello	g. Hay que completarla.
8. _____ los ejemplares	h. Se vive bien allí.
9. _____ el engaño	i. 19/5/02
10. _____ el éxito	j. Esperamos que tengas mucha.
11. _____ la fábrica	k. Se aprende mucho allí.
12. _____ la fecha	l. Un gasto mensual
13. _____ los padres	m. Se escucha atentamente.
14. _____ la pregunta	n. Puede ser una mentira.
15. _____ la solicitud	o. ¡Qué tengas _____!
16. _____ la universidad	p. Se toman y se estudian.
17. _____ la vergüenza	q. Se pone en el piso.

En resumen

MACHU PICCHU

❖   Uno de los sitios más fascinantes del mundo es Machu Picchu, la «ciudad perdida» de los Incas. Para saber más de este lugar, lee el siguiente párrafo y cambia por lo menos 15 oraciones a una de las formas pasivas. Ten en cuenta que para hacerlo hay que omitir ciertas palabras y agregar otras.

1. El arqueólogo norteamericano, Hiram Bingham, la descubrió en 1911.

   _____

2. Hasta aquel entonces, pocas personas habían visto esta ciudad porque era inaccesible.

   _____

3. Pero en los años 40, una expedición arqueológica que trabajaba en el sitio encontró el Sendero Incaico (*the Inca Trail*).

   _____

4. Desde este punto alto en las montañas, los incas podían ver el valle, pero a éstos, nadie los podía ver.

_____

5. Ahora miles de personas visitan Machu Picchu cada año.

_____

6. Nadie sabe el destino de los habitantes originales.

_____

7. Los incas no dejaron ninguna escritura.

_____

8. Tampoco Ud. encuentra mención de Machu Picchu en las crónicas de la época que escribieron los conquistadores españoles.

_____

9. Algunos conjeturan que los habitantes de Machu Picchu desaparecieron a causa de una epidemia.

_____

10. Las excavaciones de los arqueólogos han revelado poco; sólo han aumentado el misterio de su desaparición.

_____

11. No descubrieron ningún objeto de oro.

_____

12. Otros especulan que los incas abandonaron Machu Picchu antes de la llegada de los españoles.

_____

13. Los arqueólogos han descubierto los esqueletos de 173 personas, 150 de ellos de mujeres.

_____

14. Los incas cultivaban sus alimentos en terrazas en las cuestas empinadas (*steep slopes*) de las montañas.

_____

15. Todavía existen muchas de las escaleras que conectaban las terrazas.

_____

16. Si Ud. quiere visitar este sitio, es un viaje de aproximadamente tres horas en tren y autobús de la ciudad de Cuzco, la ciudad más cercana.

_____

17. Pero si Ud. no tiene prisa y dispone de 4 ó 5 días, puede ir a pie, escalando y acampando.

_____

18. Si Ud. quiere una experiencia única, puede viajar a esta ciudad misteriosa y fascinante escondida entre las nubes.

_____

Capítulo 11

The imperfect and the preterite

11.1 The imperfect tense

Spanish has two simple past tenses, the imperfect and the preterite. The imperfect is so called because it derives from the Latin word meaning *"incomplete,"* and it is used to refer to past actions or states of being that were habitual, repeated, or in progress over an extended period of time: actions that were not completed during the period of time in question. No mention is made or attention given to the beginning or end of that action. To review the conjugation of the imperfect tense, see Appendix I.

The imperfect is used:

1. to tell time, season, and age in the past
   Eran las cinco de la tarde.   *It was five o'clock in the afternoon.*
   Entonces **era** primavera.   *It was spring then.*
   Yo **tenía** cinco años.   *I was five years old.*

2. to describe habitual or repeated actions in the past as the equivalent of *would + verb* and of *used to*
   Alicia **jugaba** al tenis todos los días.   *Alicia would play tennis every day.*
   Pasábamos el verano en la playa.   *We used to spend the summer at the beach.*

3. to express ongoing mental, emotional, or physical states
   No **me parecía** una buena idea.   *It didn't seem like a good idea to me.*
   Sus padres **estaban** preocupados.   *His parents were worried.*

4. to describe and characterize in the past
   Era alto, moreno y guapo, y **se llamaba** Javier.   *He was tall, dark, and handsome, and his name was Javier.*

5. to describe an action in progress interrupted by another action; the equivalent of the past progressive in English
   Estaban mirando la tele cuando **sonó** el teléfono.   *They were watching television when the telephone rang.*

6. Because the imperfect tense is descriptive, Spanish speakers frequently use it to tell about a dream or the plot of a movie.
   ...y el monstruo la **agarraba.**   *...and the monster grabbed her.*

123

11.1

¡Ojo!

Because **haber**, meaning *there was* or *there were*, is descriptive in nature, it is usually used in the imperfect, in the third-person singular. However, the preterite form **hubo** means *took place*.

Había solamente dos personas en la comisaría.	*There were only two people in the police station.*
Hubo un accidente.	*There was an accident.*

ACTIVIDADES

A　**La vida alrededor del (*around*) año 1900.** En el último siglo hemos visto grandes cambios. Para repasar algunos de los cambios que ha habido del 1900 a nuestros días, completa las siguientes oraciones con un/a compañero/a, agregando la palabra **no** cuando sea necesario.

Modelo:

A: Las cartas / tardar meses en llegar

B: porque / haber transporte rápido

A: *Alrededor del año 1900 las cartas tardaban meses en llegar...*

B: *porque no había transporte rápido.*

1. A: La gente / viajar /en avión
   B: sino que / hacer largos viajes en barco
2. A: La gente / llamar / por teléfono
   B: sino que / escribir cartas
3. A: Nadie / tener electricidad
   B: Por eso / la gente / usar lámparas de kerosén o de aceite
4. A: Todos / comer los productos de la temporada
   B: porque / haber latas o comida congelada
5. A: La gente / ir al cine
   B: sino que / entretenerse en casa o en actividades comunitarias
6. A: Pocos / trabajar 8 horas al día
   B: Muchos / trabajar 12 horas
7. A: Las mujeres / poder votar
   B: y / pocas / trabajar fuera de la casa
8. A: Muchos niños / abandonar la escuela a una edad joven
   B: porque / tener que ayudar a la familia

B　**Preguntas indiscretas.** En parejas, háganse y contesten las siguientes preguntas para revelar los secretos de su niñez y su adolescencia. Agreguen más detalles para que sea interesante.

Modelo:

tener una colección de las muñecas Barbie o Ken

A: *¿Tenías una colección de las muñecas Barbie o Ken?*

B: *Sí, yo tenía aproximadamente 20 Barbies.*

No, no me interesaban las muñecas; yo prefería los muñecos de la película Star Wars. ¿Y tú?

1. a los 5 años
   a. ser un diablito (*little devil*) o un angelito

   _____

   _____

   b. ir al jardín de infancia (*kindergarten*)

   _____

   c. mirar a los Muppets o «Plaza Sésamo» en la televisión

   _____

   d. estar enamorado/a de Miss Piggy o de Kermit

   _____

   e. pelearte con tus hermanos o amigos

   _____

   f. vivir (¿dónde?)

   _____

   g. saber leer y escribir

   _____

   h. querer ser _____ algún día

   _____

2. a los 15 años
   a. tener novio/a

   _____

   b. pensar en el futuro

   _____

   c. gustar la escuela

   _____

   d. participar en muchas actividades

   _____

   _____

e. tener que trabajar

_____

_____

f. compartir tu cuarto (¿con quién?)

_____

_____

g. estar siempre de buen humor

_____

_____

h. esperar obtener una licencia de conducir

_____

_____

i. pedirle dinero a tus padres

_____

_____

j. querer ser _____ algún día

_____

_____

11.2   The preterite tense

1. *"Vine, vi, vencí"* ("I came, I saw, I conquered") said Julius Caesar when he returned to Rome. The original Latin words used by Caesar told what took place. They narrated actions with a sense of finality or completion. The preterite is often thought of as the narrative tense because it is used to recount completed actions, events, or states of being. Keep in mind, however, that in many cases it is the point of view or the attitude of the narrator, speakers, or writer that determines the choice of the imperfect or the preterite.

2. To review the forms of the preterite, see Appendix I. Pay special attention to the many irregular and spelling-changing verbs in this tense.

ACTIVIDADES

C **Titulares (Headlines).** Como en el periódico casi siempre se cuentan los sucesos del día anterior, se usa mucho el pretérito. Usa los siguientes elementos para escribir los titulares.

Modelo:
    Morir / el ex presidente del Paraguay
    Murió el ex presidente del Paraguay.

1. Haber / un terremoto en Chile _____

2. Los guerrilleros / secuestrar (*kidnap*) a 20 personas en Colombia

_____

3. España / tener elecciones ayer

_____

4. El huracán Esmeralda / destruir muchas casas en la República Dominicana

_____

5. Fidel Castro / dar un discurso en las Naciones Unidas

_____

6. El presidente de Venezuela / decir que va a proponer una nueva constitución

_____

7. El Uruguay / ganar la Copa Mundial (*World Cup*)

_____

8. (Otro titular que has visto recientemente en el periódico)

_____

D   **Tus actividades.** Para saber qué hicieron en los momentos indicados, en parejas, háganse las siguientes preguntas y contéstenlas siguiendo las sugerencias entre paréntesis. El espacio en blanco es para que escribas una pregunta tuya.

1. El fin de semana pasado: ir (¿adónde?); hacer (¿qué?); dormir bien; practicar algún deporte; divertirse; _____

2. Anoche: estar (¿dónde?); comer (¿dónde?); mirar la televisión (¿qué programas?); hacer alguna otra cosa; acostarse (¿a qué hora?);

_____

3. Ayer: asistir a clases o trabajar; llegar a tiempo; hacer (¿qué más?); sentirse bien o mal; ver a tus amigos; tener que hacer algo especial;

_____

4. Hoy: despertarse (¿a qué hora?); ducharse (¿esta mañana o anoche?); ir al centro deportivo; tomar el desayuno; leer (¿qué?); trabajar;

_____

11.3   Verbs with different meanings in the preterite and the imperfect

The meaning expressed by some verbs changes depending on whether the preterite or imperfect is used. Notice that when the preterite is used it focuses on the beginning or the completion of an action. Note that sometimes the preterite retains its original meaning.

	Imperfect		*Preterite*	
conocer	Los conocía.	*I knew them.*	Los conocí.	*I met them.*
poder	Podía hacerlo.	*I was able to do it (but I didn't).*	Pude hacerlo.	*I was able to do it (and I did).*
querer	Queríamos bailar.	*We wanted to dance.*	Quisimos bailar.	*We tried (were determined, planned) to dance.*

	Imperfect		Preterite	
no querer	No querían comer.	*They didn't want to eat.*	No quisieron comer.	*They refused to eat.*
saber	Sabíamos que estaba enfermo.	*We knew that he was sick.*	Supimos que estaba infermo.	*We found out that he was sick.*
tener que	Tenía que estudiar.	*I had (was supposed) to study.*	Tuve que estudiar.	*I had to study. (It was necessary and I did.)*

ACTIVIDAD

E **¡Qué mujer!** En mayo de 1996 un grupo de alpinistas llegó a la cima del Monte Everest, seguido por un equipo que filmó esa peligrosa aventura en el formato IMAX. Una de las alpinistas era la primera mujer española que ha logrado escalar esta impresionante montaña, la barcelonesa Araceli Segarra. Para saber más, completa las siguientes oraciones con la forma apropiada del verbo entre paréntesis.

1. Araceli Segarra (querer) _____ ser la primera mujer española en llegar a la cima del monte.

2. Cuando (saber) _____ que tendría la oportunidad de escalar la montaña más alta del mundo, Segarra se entusiasmó mucho.

3. Antes de reunirse con el equipo de alpinistas en Nepal, Segarra (tener) _____ que prepararse bien.

4. Ella pensaba triunfar; no (querer) _____ pensar en los desastres que les habían ocurrido a otros alpinistas en la montaña.

5. Al llegar a Nepal, los alpinistas (conocer) _____ a los sherpas que los iban a acompañar.

6. Araceli (querer) _____ llegar a la cima del Monte Everest y, gracias a su habilidad como alpinista, ella (poder) _____ hacerlo.

7. ¿Llegó esta película a tu ciudad? ¿(Poder) _____ verla?

11.4   Preterite and imperfect

Note the use of the preterite and imperfect in the following paragraph.

Hacía mucho frío y llovía a cántaros cuando Miguel llegó al café. Se quitó el abrigo mojado, se sentó a una mesa y miró el reloj. Eran las tres menos diez. Todavía faltaban diez minutos para su encuentro con Rosa. Pidió un café, el mesero se lo sirvió y Miguel miró otra vez el reloj. Eran casi las tres. Se dio cuenta de que había pocas personas en el café a esa hora. Unas mujeres charlaban en una mesa, algunos viejitos jugaban al ajedrez y el mesero leía el diario.

Underline the verbs that are in the preterite and you will see that they indicate completed actions. The others are in the imperfect because they tell what was going on as Miguel sat in the café.

ACTIVIDADES

F **¡Un accidente!** El siguiente artículo está basado en un informe de la policía. Complétalo con los verbos en el pretérito o el imperfecto.

Anoche ^{1}_____ (ocurrir) un accidente en la Ruta 123. Según la policía, ^{2}_____ (ser) las 2:00 de la mañana y la noche ^{3}_____ (estar) despejada. El coche ^{4}_____ (ir) a gran velocidad cuando el conductor ^{5}_____ (perder) control y ^{6}_____ (chocar) contra un árbol. Los vecinos que ^{7}_____ (oír) el choque ^{8}_____ (llamar) en seguida a la policía. Cuando ^{9}_____ (llegar) la policía el conductor todavía ^{10}_____ (estar) sentado en su coche aunque no ^{11}_____ (estar) herido. Afortunadamente, no ^{12}_____ (haber) otros pasajeros en el coche. Al hacerle preguntas al conductor, los policías ^{13}_____ (detectar) un fuerte olor a alcohol; además ^{14}_____ (descubrir) seis latas de cerveza en el coche. ^{15}_____ (Llevar) al conductor a la comisaría donde lo ^{16}_____ (identificar) como Juan Ruiz. El sargento Villanueva de la Policía Municipal ^{17}_____ (decir) que el Sr. Ruiz ya ^{18}_____ (tener) otras condenas por manejar bajo la influencia del alcohol y que su licencia de conducir no ^{19}_____ (ser) válida. Cuando la policía lo ^{20}_____ (meter) en una celda (*cell*), el Sr. Ruiz ^{21}_____ (dormirse) en seguida.

G **¡Ahora tú eres reportero!** A continuación tienes los elementos del artículo que vas a escribir. Donde haya una palabra interrogativa, puedes usar tu imaginación, y como el artículo cuenta lo que pasó ayer, hay que usar el imperfecto y el pretérito. ¡Y no te olvides de incluir citas (*quotes*)! Después de escribir tu artículo, compáralo con los de tus compañeros. ¿Quién ha escrito el artículo más auténtico, el más detallado y el más absurdo?

Ayer...

1. ser / las once de la mañana _____

2. dos hombres / entrar en el banco _____

3. llevar / ¿qué? _____

4. tener en la mano / ¿qué? _____

5. ser / ¿cómo? _____

6. acercarse / a la ventanilla de pagos _____

7. darle / a la pagadora (*teller*) / una nota _____

8. la nota / decir / ¿qué? _____

9. la pagadora / estar / ¿cómo? _____

10. dar / ¿cuánto dinero? _____

11. escapar / en un coche _____

12. el coche / esperar / ¿dónde? _____

13. ir / rumbo a (*headed toward*) / ¿dónde? _____

14. seguirlos / la policía _____

15. los ladrones / dejar / el coche / ¿dónde? _____

16. los ladrones / tratar de / huir / ¿cómo? _____

17. la policía / capturarlos / ¿cómo? _____

18. encontrar / todo el dinero _____

11.5   Además... Words relating to time

There are a number of ways of referring to time in Spanish.

1. **el tiempo**   *time (in general sense)*

   No tengo **tiempo** ahora.   *I don't have time now.*

   Hace mucho **tiempo** que no   *It's been a long time since we've seen*
   nos vemos.   *each other.*

2. **la hora**   *time (clock)*

   ¿Qué **hora** es?   *What time is it?*

   Ay, tengo una clase en una **hora.**   *I have a class in an hour.*

3. **la vez, las veces**   *time, times*

   La vi solamente una **vez.**   *I only saw her one time (once).*

   ¿Cuántas **veces** tengo que   *How many times do I have to tell*
   decirte la misma cosa?   *you the same thing?*

4. **a la vez, al mismo tiempo**   *at the same time*

   No puedo estudiar y escuchar   *I can't study and listen to music at*
   música **a la vez** (**al mismo   *the same time.*
   tiempo**).

5. **a tiempo**   *on time*

   Menos mal que llegaste **a   *Thank goodness you arrived on*
   tiempo.**   *time.*

6. **a veces**

    A veces tengo ganas de llorar.

sometimes

Sometimes I feel like crying.

7. **ahora mismo**

    ¿Cuándo salimos? **Ahora mismo.**

right now, at once, right away

When do we leave? Right away.

8. **de vez en cuando**

    De vez en cuando como en la cafetería.

from time to time, once in a while

Once in a while I eat in the cafeteria.

9. **decir la hora**

    ¿Me puede **decir la hora?**

to tell time

Could you tell me what time it is?

10. **(en) otro momento**

    Déjalo para **otro momento.**

(at) another time

Leave it for another time.

11. **en poco tiempo, dentro de poco**

    Lo puedo hacer **en poco tiempo.**

in a little while, in no time

I can do it in a little while (in no time).

12. **en punto**

    El tren sale a las 3:00 **en punto.**

on the dot

The train leaves at 3:00 on the dot.

13. **en seguida, de inmediato**

    Lo haré **en seguida.**

at once, right away

I'll do it at once (right away).

14. **es hora de**

    Es hora de comer.

it's time to

It's time to eat.

15. **¡Un momento! ¡Momentito!**

    ¡Momentito! ¡No te vayas tan pronto!

Wait a minute!

Wait a minute! Don't leave so soon!

16. **pasar un buen rato, pasarlo bien (mal), divertirse**

    Pasamos un buen rato (Lo pasamos bien, Nos divertimos) en la fiesta.

to have a good (bad) time

We had a good time at the party.

17. **un rato, ratito**

    Estaré lista **en un rato (ratito).**

a while, a little while

I'll be ready in a (little) while.

18. **¡Tanto tiempo!, ¡Cuánto tiempo!**

    ¡Tanto tiempo que no nos vemos!

It's been a long time!

It's been a long time since we've seen each other!

19. **una y otra vez**

    El pianista tocó la misma pieza **una y otra vez.**

time after time, over and over again

The pianist played the same piece time after time (over and over again).

20. ya es (era) hora (de)　　　　*it's about time*

Ya es hora de que aprenda
algo nuevo.

*It's (it was) about time he/she learned
something new.*

ACTIVIDAD

H　**Circunstancias.** Completa las siguientes oraciones utilizando algunas de las
expresiones relacionadas con el tiempo.

1. No tengo suficiente _____ para hacer todo lo
   que tengo que hacer.

2. La clase de español tiene lugar tres _____ por
   semana.

3. Y ¿de cuántas _____ es la clase?

4. No entiendo cómo algunos estudiantes pueden estudiar y mirar la
   televisión _____ .

5. ¡Caramba! Mi reloj anda atrasado. ¿Me puede

   _____ ?

6. ¿Lo _____ bien este fin de semana?

7. ¡ _____ ! ¿Cuándo fue la última vez que nos
   encontramos?

8. Dicen que los estadounidenses son muy puntuales, que siempre llegan
   _____ . Si dicen que estarán en un lugar a las
   9:00, llegan a las 9:00 _____ . ¿Es verdad?
   _____ sí, y _____ no.

9. ¿Cómo respondes cuando alguien te pide un favor? ¿Dices «Sí, lo haré
   _____» o «No lo puedo hacer ahora, pero lo
   puedo hacer en _____ »?

10. ¿Con qué frecuencia vas al cine? ¿Frecuentemente,
    _____ o casi nunca?

11. Para aprender los verbos irregulares en el pretérito, es necesario
    estudiarlos _____ .

12. ¿Ya terminó el examen? ¡ _____ ! ¡Quiero
    escribir un párrafo más!

En resumen

LA GUERRA CIVIL ESPAÑOLA

❖ Para saber más de la historia de España del siglo XX, completa los siguientes párrafos con el pretérito o el imperfecto de los verbos entre paréntesis.

En 1931 [1]_____ (haber) elecciones en España; el Rey Alfonso XIII [2]_____ (abandonar) el trono y [3]_____ (huir) del país y España [4]_____ (proclamarse) una república. Pero no todos los españoles [5]_____ (estar) conformes con la República. Por un lado [6]_____ (haber) facciones izquierdistas y anticlericales, y en la oposición [7]_____ (estar) algunos generales del ejército, la iglesia católica, los monarquistas y otros grupos conservadores. A pesar de estas divisiones, [8]_____ (existir) libertad de prensa y bastante libertad de actividad política. El gobierno [9]_____ (construir) escuelas, [10]_____ (separar) la iglesia y el estado, [11]_____ (hacer) legal el divorcio y [12]_____ (dar) autonomía a la provincia de Cataluña. Sin embargo, la República [13]_____ (luchar) con dos problemas graves: los campesinos que no [14]_____ (tener) tierra y el surgimiento del fascismo. Aunque el gobierno [15]_____ (comenzar) a iniciar reformas agrarias, éstas [16]_____ (resultar) lentas e inadecuadas.

En 1936 varios generales del ejército, entre ellos Francisco Franco, [17]_____ (iniciar) una rebelión contra la República y así [18]_____ (comenzar) la terrible Guerra Civil española que [19]_____ (durar) hasta 1939. Muchos historiadores dicen que [20]_____ (ser) una lucha entre tres ideologías: el fascismo, el comunismo y la democracia. Se dice que en ese conflicto [21]_____ (morir) un millón de españoles y que 400.000 más [22]_____ (irse) al exilio. Tres naciones totalitarias [23]_____ (intervenir); las fuerzas republicanas [24]_____ (recibir) el apoyo de la Unión Soviética y de voluntarios de otras naciones, incluso los de la Brigada Lincoln de los EE.UU. La Alemania de Hitler y la Italia de Mussolini, por su parte, [25]_____ (apoyar) a los insurgentes. Como la ayuda de los alemanes e italianos [26]_____ (ser) más poderosa que la de la Unión Soviética, las fuerzas de Franco [27]_____ (ganar) el conflicto. A los alemanes, la situación les [28]_____ (ofrecer) una oportunidad de probar sus armamentos y los explosivos que [29]_____ (ir) a usar

más tarde en la Segunda Guerra Mundial para bombardear ciudades. Esta guerra que 30_____ (durar) 32 meses, 31_____ (significar) una derrota tanto para la democracia como para el comunismo. Seis meses después, Adolfo Hitler 32_____ (iniciar) la Segunda Guerra Mundial. Por eso, muchos dicen que la Guerra Civil española 33_____ (ser) la precursora de la Segunda Guerra Mundial.

El triunfo de los "nacionales" de Franco en 1939 34_____ (marcar) el inicio de la dictadura franquista, que 35_____ (durar) 36 años. El régimen de Franco 36_____ (ser) dictatorial, puritano y sumamente conservador. 37_____ (Existir) en España la censura de la prensa y del cine, no se 38_____ (tolerar) ninguna crítica del gobierno, y sólo se 39_____ (reconocer) una única ideología oficial, la del Movimiento Nacional de Franco. Después de su muerte en 1975 y de un período de transición, España 40_____ (convertirse) en una democracia.

Capítulo 12

Progressive tenses and **hace...que** to refer to time

12.1 Formation and use of the progressive tenses
12.2 Placement of object pronouns with progressive forms
12.3 **Hace que** and alternative to refer to time
12.4 **Además...** Expressions with **hacer**

12.1 Formation and use of the progressive tenses

The continuous or progressive tenses tell what action is, was, or will be in progress at the moment of speaking or at the moment referred to. Although they are the equivalent of the English -*ing* form, they are not always used in the same way.

1. The progressive tenses are formed by the present, past, future, or conditional forms of the verb **estar** followed by the present participle.

> **estar** + present participle

estoy durmiendo   estaba leyendo   estuve duchándome   estaré cantando

estaría escribiendo   esté divirtiéndose   estuviera viendo

2. The present participle is formed as follows:

   a. Verbs that end in **-ar** have an **-ando** ending in the present participle.
   hablar → habl**ando**   cantar → cant**ando**   bailar → bail**ando**

   b. Verbs ending in **-er** or **-ir** have an **-iendo** ending.
   comer → com**iendo**   aprender → aprend**iendo**   escribir → escrib**iendo**

   c. Note in the examples below that **-er** or **-ir** verbs with stems ending in a vowel use **-yendo** instead of **-iendo** to form the present participle.
   caer → ca**yendo**   construir → constru**yendo**   creer → cre**yendo**
   huir → hu**yendo**   leer → le**yendo**   oír → o**yendo**   traer → tra**yendo**

   d. Verbs ending in **-ir** that have a change in the vowel of the stem in the third-person singular of the preterite, have the same change in the present participle.

Infinitive	_Preterite_	_Present participle_
decir	dijo	diciendo
divertir	divirtió	divirtiendo
dormir	durmió	durmiendo
mentir	mintió	mintiendo
morir	murió	muriendo
pedir	pidió	pidiendo
reír	rió	riendo
seguir	siguió	siguiendo
venir	vino	viniendo

12.1

e. **Poder** and **ir** have irregular present participles:

poder → **pu**diendo   ir → **y**endo

3. The progressive tenses are used

a. to describe an action that is different from what is usual or customary whether or not it is in progress at the moment of speaking.

| ¿Qué haces? | *What are you doing?* |
| **Estoy pintando** mi cuarto. | *I'm painting my room.* |

b. to add emotional impact to the narration of the ongoing action.

¿Por qué lo **estás haciendo** ahora?   *Why are you doing it now?*

c. The preterite progressive emphasizes a completed action in progress that had been ongoing for a certain length of time.

Estuvimos mirando un video hasta la una de la mañana.   *We were watching a video until 1:00 in the morning.*

4. Unlike English, the progressive forms in Spanish are not usually used

a. to indicate future or anticipated action. Instead, simple forms such as the present or the future are used.

| Nos vemos/Nos veremos. | *I'll be seeing you.* |
| Nos vamos mañana. *or* Nos iremos mañana. | *We're leaving tomorrow.* |

b. with the verbs **ser, ir, venir, poder, estar** and **tener, entrar, volver, regresar.** Again, simple forms are used.

Ven aquí. Ya voy.   *Come here. I'm coming.*

c. if the verb refers to a state or condition.

Hoy no me siento bien.   *I'm not feeling well today.*

5. For further uses of the progressive forms, see *Capítulo 24*.

ACTIVIDAD

A   **¿Qué estás haciendo?** En parejas, háganse y contesten las siguientes preguntas.

Modelos:

I. En este momento... ¿pensar en español o en inglés?

A: *En este momento, ¿estás pensando en español o en inglés?*

B: *En este momento estoy pensando en español.*

II. Ayer a esta hora... ¿dormir o trabajar?

A: *Ayer a esta hora, ¿estabas durmiendo o trabajando?*

B: *Ayer a esta hora, estaba durmiendo.*

III. A esta hora la semana entrante... ¿disfrutar de las vacaciones o estudiar como un/a loco/a?

A: *A esta hora la semana entrante, ¿estarás disfrutando de las vacaciones o estudiando como un/a loco/a?*

B: *A esta hora la semana entrante estaré estudiando como un/a loco/a.*

En este momento...

1. ¿contestar preguntas o hacer preguntas?

_____

_____

2. ¿mirar por la ventana o pensar en la respuesta?

_____

_____

3. ¿concentrarte en esta actividad o soñar con tus planes para el verano?

_____

_____

4. ¿decirme la verdad o mentir?

_____

_____

5. ¿escucharme a mí o los ruidos de tu estómago?

_____

_____

Ayer a esta hora...

1. ¿hacer la tarea o mirar la televisión?

_____

_____

2. ¿leer este libro o reunirte con tus amigos?

_____

_____

3. ¿trabajar o divertirse?

_____

_____

4. ¿escribir correo electrónico o hacer una llamada telefónica?

_____

_____

5. ¿practicar algún deporte o dormir?

_____

_____

A esta hora la semana entrante...

1. ¿seguir tu rutina normal o hacer algo diferente?

_____

_____

2. ¿divertirte o buscar un trabajo?

_____

_____

3. ¿poner un aviso en el diario o contestar un aviso?

_____

_____

4. ¿sonreír o llorar?

_____

_____

5. ¿hacer lo mismo que hoy o algo diferente?

_____

_____

12.2   Placement of object pronouns with progressive forms

In the progressive forms, the placement of reflexive pronouns and object pronouns is the same as that with infinitives: the pronoun can precede the conjugated verb **estar** or is attached to the present participle.

Le estoy escribiendo una carta al Presidente.

Estoy escribiéndole una carta al Presidente.

I'm writing a letter to the President.

¿Le estás escribiendo una carta al Presidente?

You're writing a letter to the President?

Sí, **estoy escribiéndosela.**

Yes, I'm writing it to him.

ACTIVIDADES

B   **Padres e hijos.** Aquí tienes algunos intercambios que se escuchan frecuentemente entre padres e hijos. Con un/a compañero/a, practíquenlos, usando los complementos cuando sea necesario.

Modelo:
P: ¿Cuándo vas a hacer la tarea?
Tú: *Estaba haciéndola cuando me interrumpiste. (Ya la estoy haciendo.)*

¿Cuándo vas a...

1. lavar tu ropa?

_____

2. limpiar tu cuarto?

_____

3. salir del baño?

_____

4. llevar estas cosas a tu cuarto?

_____

5. sacar la basura?

_____

6. levantarte?

_____

7. terminar esta llamada telefónica?

_____

C   **¿Qué estaban haciendo ayer?** ¿Qué están haciendo hoy? ¿Qué estarán haciendo mañana? Con un/a compañero/a, cuenten lo que hacen las siguientes personas. No se olviden de usar los complementos cuando sea necesario.

Modelo:

Esta noche Santa Claus entrega regalos. Mañana los niños los abrirán.
  A: *Esta noche Santa Claus está entregando regalos.*
  B: *Y mañana los niños estarán abriéndolos (los estarán abriendo).*

1. Anoche David Letterman cuenta los chistes de siempre. Sus visitantes no se ríen.
2. Ayer sus lectores le escribieron cartas a Ann Landers. Hoy ella les contesta.
3. Anoche Barbara Walters hizo algunas preguntas indiscretas. El entrevistado no le contestó.
4. Ahora José toma mucho café. Esta noche le temblarán las manos.
5. Hoy los empleados de McDonald's solamente sirven hamburguesas. En estos momentos los clientes las comen.
6. Ayer estudié para el examen. Mañana mi profesor va a corregir el examen.
7. Mañana tú y yo ¿ _____ ?, pero hoy

   ¿ _____ ?

12.3   Hace que and alternative to refer to time

How long has this been happening? How long ago did that event take place?

1. To tell how long it has been since an action or a state began in the past and continues into the present, Spanish uses the following constructions:

> **hace** + period of time + **que** + present or progressive tense verb
> **llevar** + period of time + present participle

¿Cuánto tiempo **hace que** me esperas?   } *How long have you*
¿Cuánto tiempo **llevas** esperándome?   } *been waiting for me?*

Hace una hora **que** estoy esperándote en este café.   } *I've been waiting for you*
Llevo una hora esperándote.   } *for an hour in this café.*

12.3

2. To refer to an action or state that began in an earlier time and continued until another event or state took place, the following structures are used.

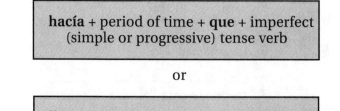

> **hacía** + period of time + **que** + imperfect
> (simple or progressive) tense verb

or

> **llevar** + period of time + present participle

Hacía muchos años **que** Rip Van Winkle dormía.

Llevaba muchos años durmiendo.

} *Rip Van Winkle was sleeping for many years.*

You will recall that many of the fairy tales you read as a child began "Many years ago . . ." or "Long, long ago . . ." In Spanish those fairy tales begin with the same words. *Hacía muchos años, había un príncipe que buscaba...* *Many years ago there was a prince who was seeking . . .*

Llevaba muchos años buscando...   *For many years he was seeking . . .*

3. To tell how long ago an action took place, the following structure is used.

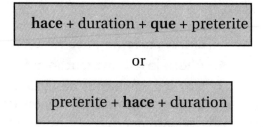

> **hace** + duration + **que** + preterite

or

> preterite + **hace** + duration

Hace dos años **que** fuimos a Puerto Rico.

It's been two years since we went to Puerto Rico.

Fuimos a Puerto Rico **hace** dos años.

Hace dos años fuimos a Puerto Rico.

} *We went to Puerto Rico two years ago.*

ACTIVIDAD

D   **¿Cuánto tiempo hace que...?** En parejas, háganse y contesten las siguientes preguntas.

Modelo:

¿graduarse de la secundaria?

A: *¿Cuánto tiempo hace que te graduaste de la secundaria?*

B: *Hace tres años que me gradué de la secundaria.*

1. ¿pagar los impuestos federales?

_____

_____

2. ¿conseguir la licencia de conducir?

_____

_____

3. ¿conocer a tu mejor amigo/a?

_____

_____

4. ¿comenzar a estudiar español?

_____

_____

5. ¿votar por primera vez?

_____

_____

6. ¿aprender a usar las computadoras?

_____

_____

12.4   Además... Expressions with **hacer**

The verb **hacer** is part of many useful idiomatic expressions in Spanish.

hacer buen (mal) tiempo	to be nice (bad) weather
hacer calor	to be hot (*weather*)
hacer caso	to pay attention
hacer cola	to form a line
hacer la compra	to do shopping
hacer daño	to damage, harm
hacer escala	to make a stop (*plane, boat*)
hacer falta	to lack, need
hacer un favor	to do a favor
hacer frente	to face
hacer frío	to be cold (*weather*)
hacer gestos	to make gestures
hacer la maleta	to pack a suitcase
hacer las paces (con)	to make peace (with)
hacer el papel	to play a role, act
hacer pedazos	to break into pieces
hacer un pedido	to order, request
hacer una pregunta	to ask a question
hacer un viaje	to take a trip
hacer una visita	to pay a visit

En resumen

ACTIVIDAD

E **Hacer un viaje a México.** Completa las siguientes oraciones utilizando algunas de las expresiones con **hacer.**

Antes del viaje, hay que...

1. comprar las cosas que te _____ para el viaje.

2. tener todo listo antes de _____ .

Cuando estás viajando, hay que...

3. _____ para abordar el avión.

4. _____ en el aeropuerto de Dallas-Fort Worth.

5. _____ al temor de volar.

6. _____ a lo que dicen el piloto y los tripulantes (*crew*).

Cuando llegues a México, (no) debes...

7. _____ al medio ambiente.

8. _____ cuando no tienes la palabra apropiada en tu vocabulario.

9. dejar suficiente tiempo para _____ al Museo Antropológico.

En resumen

¿UN CUENTO DE HADAS?

❖ Esta versión del cuento de Caperucita Roja es un poco diferente de la que conocías cuando eras niño/a. Mientras la lees, completa los espacios con el presente, el imperfecto o el presente o imperfecto progresivo.

¹_____ (Hace / Hacía) muchos años vivían cerca de un bosque Caperucita Roja y sus padres. Al otro lado del bosque ²_____ (vivir) su abuela. Como la abuela era muy vieja y ³_____ (vivir) sola, todos los días la mamá ⁴_____ (mandar) a Caperucita Roja a la casa de la abuela con una canasta de comida. Un día, mientras Caperucita Roja ⁵_____ (ponerse) su capa roja y ⁶_____ (prepararse) para ir a la casa de la abuela, su mamá le dijo: «Camina de prisa por el bosque. Y cuando llegues a la casa de la abuela, no te olvides de llamarme por tu teléfono celular.» Caperucita Roja

escuchó bien lo que le [7]_____ (decir) su mamá en esos momentos porque era una niña muy lista y obediente.

Mientras Caperucita Roja [8]_____ (andar) por el bosque ella [9]_____ (pensar): «¡Qué día más hermoso! El sol [10]_____ (brillar), los pájaros [11]_____ (cantar) en los árboles, y una brisa [12]_____ (susurrar) entre las hojas. Y en mi canasta [13]_____ (llevar) tantas cosas ricas para la abuela: tacos, tamales, enchiladas y, de postre, un flan.»

En ese momento el Lobo también [14]_____ (caminar) por el bosque. Él [15]_____ (pensar): «[16]_____ (Hace / Hacía) tres días que no como nada. [17]_____ (Morirse) de hambre, lo cual no es digno de un lobo. Pero, ¿qué veo?» Él se escondió detrás de un árbol y vio que Caperucita [18]_____ (pasar) con su canasta, de la cual [19]_____ (salir) unos aromas muy sabrosos. El Lobo se dijo: «Seguramente ella [20]_____ (ir) a la casa de esa anciana que [21]_____ (vivir) sola en la periferia del bosque. Si [22]_____ (correr) muy rápidamente, puedo llegar allí antes que ella y fingir ser la abuela.» El Lobo corrió —no muy rápidamente porque [23]_____ (sentirse) muy débil después de haber pasado tres días sin comer— y llegó a la casa. Miró por la ventana y vio que la abuela [24]_____ (dormir) en su cama.

Silenciosamente el Lobo entró. La abuela se despertó con un salto y miró al Lobo con temor en los ojos. «¿Quién eres? ¿Qué [25]_____ (hacer) aquí?» le preguntó. El Lobo le contestó: «¿No me reconoces, Abuela? Soy Caperucita Roja.» La abuela [26]_____ (temblar) cuando dijo: «Pero qué ojos más grandes tienes.» «Para verte mejor», respondió el Lobo. «Y qué voz más profunda», siguió la abuela. «Para asustarte mejor», dijo el Lobo. Mientras [27]_____ (decir) esas palabras, el Lobo escuchó los pasos de Caperucita Roja, se escondió en la cama debajo de la frazada (*blanket*) y se tapó. Cuando entró por la puerta, Caperucita todavía [28]_____ (cantar) de alegría. «Mira lo que te traje, Abuela.» La abuela [29]_____ (estar) tan asustada que no [30]_____ (poder) contestar. En ese momento el Lobo saltó de la cama y agarró la canasta que [31]_____ (llevar) Caperucita Roja. La niña comenzó a gritar.

No muy lejos, tres cazadores ^32_____ (andar) por el bosque buscando elefantes. No sabían que los elefantes no ^33_____ (vivir) en el bosque. De repente, uno de ellos dijo: «Chsssst. ¡Escuchen! Oigo gritos. Creo que es una niña la que ^34_____ (gritar).» Los tres cazadores corrieron hacia el sitio de donde ^35_____ (venir) los gritos. Al entrar en la casa, vieron que Caperucita Roja ^36_____ (marcar) el 911 en su teléfono celular, la abuela ^37_____ (amenazar) al Lobo con una escoba (broom), y que ése ^38_____ (comer) enchiladas alegremente. Al ver a los cazadores, Caperucita Roja les dijo: «Acabo de llamar a la policía y ellos llegarán en unos minutos. Pero, ¿por qué ^39_____ (llevar) Uds. armas? ¿Qué ^40_____ (cazar) Uds. en este bosque?» «Elefantes», respondieron los cazadores. Mientras ellos ^41_____ (hablar), el Lobo ^42_____ (terminar) de comer todas las enchiladas y ^43_____ (limpiarse) la boca. Caperucita Roja comenzó a reír y les dijo a los cazadores: «En este bosque no hay elefantes, pero en esta casa tenemos unos tacos muy ricos. Sírvanse, señores.» En el momento en que llegaron la policía y un representante de Lobos Anónimos, el Lobo ^44_____ (dormir) en la cama de la abuela (porque hay que dormir la siesta después de comer tanto), la abuela ^45_____ (abrir) más botellas de cerveza para los cazadores, Caperucita Roja ^46_____ (servir) el flan, y los cazadores ^47_____ (comer) y ^48_____ (chuparse) los dedos.

Capítulo 13

The future and conditional tenses and probability

13.1 The future tense: Uses and formation

1. Although the future tense is used to refer to actions and events that will take place at a future time, it is used less frequently in Spanish than in English. Instead, when referring to the immediate future, the structure **ir** + **a** + *infinitive* or the present tense is used, especially when a specific time is mentioned.

Salgo para Lima hoy.	*I will leave for Lima today.*
Van a comprar un coche mañana.	*They are going to buy a car tomorrow.*

2. Formation of the future tense

   a. The future endings are added to the infinitive. They are the same for **-ar**, **-er**, and **-ir** ending verbs.

-ar	
firmar**é** el contrato	firmar**emos** el documento
firmar**ás** el cheque	firmar**éis** la carta
firmar**á** la solicitud	firmar**án** el examen

-er	
traer**é** el café	traer**emos** la torta
traer**ás** los discos	traer**éis** el vino
traer**á** las flores	traer**án** una sorpresa

-ir	
repetir**é** la palabra	repetir**emos** el refrán
repetir**ás** la canción	repetir**éis** los errores
repetir**á** el chisme	repetir**án** los números

   b. Verbs ending in **-ir** that have an accent in the infinitive—**oír, reír, sonreír**—lose the accent mark in the future tense: oir**é**, reir**éis**, sonreir**án**.

   c. The future of **haber** (**hay**) is **habrá**.

13.1

d. In some verbs the future tense endings are added to a modified version of the infinitive.

Infinitive	*Future stem*	*yo*
decir	**dir-**	di**ré**
hacer	**har-**	ha**ré**
haber	**habr-**	ha**bré**
querer	**querr-**	que**rré**
saber	**sabr-**	sa**bré**
poder	**podr-**	po**dré**
poner	**pondr-**	pon**dré**
salir	**saldr-**	sal**dré**
tener	**tendr-**	ten**dré**
venir	**vendr-**	ven**dré**

ACTIVIDADES

A **Lo que será, será.** Mientras estás en Sevilla, una gitana se ofrece a leerte la mano y decirte el futuro. Con un/a compañero/a en el papel de gitana, hazle preguntas sobre los aspectos que te interesa saber acerca de tu futuro y él/ella te va a contestar. Después, cambien los papeles. Los espacios en blanco son para que tus preguntas sean más personales.

Modelo:

¿ser  ?

Tú: *¿Seré rico/a? ¿Seré famoso/a?*

Gitana: *¡Claro que Ud. será rico/a y famoso/a!*

         (Lamentablemente, Ud. no será ni rico/a ni famoso/a.)

1. ¿hacer _____ ?

2. ¿ser _____ ?

3. ¿casarse _____ ?

4. ¿tener _____ ?

5. ¿ganar _____ ?

6. ¿vivir _____ ?

7. ¿estar _____ ?

8. ¿llegar a ser _____ ?

B **Esperanzas del futuro.** Ahora te toca a ti predecir el futuro. Haz tus predicciones para el siglo XXI en forma afirmativa o negativa según el modelo.

Modelo:

Nosotros podemos pasar las vacaciones en la luna.

Nosotros (no) podremos pasar las vacaciones en la luna.

1. Hay una cura para el cáncer y el SIDA.

2. Una mujer es presidenta de los Estados Unidos.

_____

3. Las naciones del mundo tienen mejores relaciones.

_____

4. La discriminación racial desaparece.

_____

5. El control de armas nucleares llega a ser una realidad.

_____

6. Nosotros cuidamos mejor del medio ambiente.

_____

7. No salimos de la casa porque hacemos todo con la computadora.

_____

8. Los científicos saben hacer clones de los seres humanos.

_____
_____

13.2   The conditional tense: Uses and formation

1. Uses of the conditional tense
   a. The conditional is used as the word *would* is used in English.
      No **compraría** un coche usado.   *I wouldn't buy a used car.*

   b. The conditional is also used to heighten the politeness of a request or to soften a suggestion.
      ¿Me **permite** usar el teléfono? }
      ¿Me **permitiría** usar el teléfono? } *May I use the telephone?*

   c. Note the correlation of present/future and past/conditional in Spanish and in English. The present and the future tell what someone says he will do. The preterite or imperfect and the conditional tell what someone said she would do.

Me **dice** que **llamará**.	*He tells me he will call.*
Me **dijo** que **llamaría**.	*She told me she would call.*
Siempre me **decía** que me **llamaría**.	*He always used to (would) say he would call me.*

   d. The conditional is also used in sentences that refer to the hypothetical or contrary-to-fact. This usage will be discussed in *Capítulo 20.*

¡Ojo! When *would* conveys the sense of *used to,* the imperfect is used.

Yo no lo **haría**.	*I wouldn't do it.*
Jugaban al tenis todos los días.	*They would (used to) play tennis every day.*

2. The conditional tense is formed by adding **-ía** to the infinitive. **-Ar, -er,** and **-ir** verbs all have the same ending. Verbs that are irregular in the future tense have the same irregular stem in the conditional.

	pagar	ser	compartir	tener
yo	pagaría	sería	compartiría	tendría
tú	pagarías	serías	compartirías	tendrías
Ud.	pagaría	sería	compartiría	tendría
nosotros	pagaríamos	seríamos	compartiríamos	tendríamos
vosotros	pagaríais	seríais	compartiríais	tendríais
ellos	pagarían	serían	compartirían	tendrían

ACTIVIDADES

 Sueños. Quizás sean sueños por el momento, pero es lindo soñar. En parejas, háganse y contesten las siguientes preguntas.

¿Qué harías con...

1. una herencia (*inheritance*) de un millón de dólares?
2. más tiempo?
3. un pasaje de ida (*one-way*) a Alaska?
4. 100 acciones (*shares*) de Microsoft?
5. la lámpara de Aladino?
6. un kilo de caviar?
7. un escarbadientes (*toothpick*) de oro?
8. una invitación a cenar en la Casa Blanca?

 Reacciones. ¿Qué harían tú y tu compañero/a en las siguientes situaciones? ¿Qué harían otras personas? En parejas, háganse y contesten las siguientes preguntas según el modelo.

Modelo:

Acabas de sacarte el gordo (*the big one*) de la lotería.

a. gastarlo todo

A: *¿Lo gastarías todo?*

B: *Sí, lo gastaría todo. (No, gastaría un poco e invertiría lo demás.)*
Y tú, ¿qué harías?

1. Tienes una beca para pasar un año en un país hispanohablante.
   a. salir para España inmediatamente
   b. aceptar la beca
   c. rechazar la beca

_____

_____

2. Se anuncia la construcción de un casino en la ciudad donde vives.
   a. algunas personas / estar contento
   b. otras personas / oponerse a la idea
   c. tú / solicitar un empleo en el casino

   _____

   _____

3. Recibiste un mensaje por correo electrónico de tipo sexual o racista.
   a. indicar «delete» en la computadora
   b. enviárselo a otra persona
   c. hacer una copia para llevársela al/a la decano/a

   _____

   _____

4. Tus padres te encuentran fumando marijuana.
   a. tener una conversación muy seria contigo
   b. echarte de casa
   c. acompañarte

   _____

   _____

5. Encuentras en la calle una billetera que contiene cien dólares.
   a. metértela en el bolsillo y seguir caminando
   b. hacer todo lo posible por encontrar al dueño
   c. dejarla en la calle

   _____

   _____

E   **¡Sé cortés!** Para practicar el uso del condicional para expresar cortesía, imagina que estás viajando en un autobús con un/a compañero/a. Primero, hazle la pregunta a tu compañero/a. Después, hazle la misma pregunta a un/a pasajero/a que no conoces.

   Modelo:
   ¿Poder decirme / cómo se llama esta calle?
   Al compañero: _¿Puedes decirme cómo se llama esta calle?_
   Al pasajero: _¿Podría Ud. decirme cómo se llama esta calle?_

   1. ¿Querer tomar / este asiento?

   _____

   _____

   2. ¿Poder decirme / la hora?

   _____

   _____

3. ¿Permitirme / una pregunta?

_____

_____

4. ¿Gustar / sentarse?

_____

_____

5. ¿Desear bajarse / en esta esquina o preferir bajarse / en la próxima?

_____

_____

13.3   The future of probability

1. The future tense is also used to express probability, conjecture, or uncertainty in the present.

¿Quién **será** ese hombre?	*I wonder who that man is.*
Será alguien famoso.	*It's probably someone famous.*

2. As the expressions *I wonder* and *It's probably* have no direct equivalent in Spanish, the future tense is used to express these concepts. Often the future progressive is used in order to avoid possible ambiguity.

¿Qué **estarán haciendo** esos chicos?	*I wonder what those kids are doing.*
Estarán jugando.	*They're probably playing.*

ACTIVIDAD

F   **¿Qué dirás?** Las siguientes oraciones representan ciertas situaciones muy comunes. ¿Qué preguntas harás? ¿Y cómo contestará tu compañero/a? Usen su imaginación para formular las preguntas y las respuestas.

Modelo:

Hay algo raro flotando en la sopa.

Pregunta: *¿Qué será?*

Respuesta: *¿Será una mosca?*

1. El teléfono suena a medianoche.
2. Alguien está tocando el timbre.
3. Recibes una carta sin la dirección del remitente (*return address*).
4. Los partidos políticos celebran convenciones para nombrar a los candidatos presidenciales.
5. Es la noche de los Óscares y en un momento van a otorgar el Óscar a la mejor película del año.
6. No encuentras tus llaves.

13.4 The conditional of probability

Just as the future tense is used to express probability in the present, the conditional is used to express probability, uncertainty, or conjecture in the past.

ACTIVIDAD

G **¿Qué pasó anoche?** Como tú y tu compañero/a no saben exactamente lo que pasó anoche, háganse y contesten preguntas a base de la siguiente información. Usen el condicional y su imaginación.

Modelo:
Había mucho ruido en la calle anoche.
Pregunta: *¿Habría un incendio o un accidente?*
Respuesta: *Probablemente habría un incendio.*

1. Anoche Uds. oyeron sirenas.

   _____

   _____

2. Las oyeron a una hora incierta de la madrugada.

   _____

   _____

3. Definitivamente algo pasó en una casa de este barrio.

   _____

   _____

4. Salieron de un camión rojo hombres vestidos con impermeables.

   _____

   _____

5. Después llevaron a alguien en una ambulancia.

   _____

   _____

6. Se enteraron de que había varios heridos.

   _____

   _____

13.5 Además... Spanish verbs that mean *to move*

Spanish has several verbs that mean *to move*.

impresionar, conmover	to move (emotionally)
moverse(ue)	to move (oneself, a thing)
mudarse	to move, change (a place of residence)
transportar	to move, transport (things) from one place to another
trasladarse	to transfer, move from one place to another

ACTIVIDADES

H   **Mudanzas.** Completa las oraciones con la palabra apropiada.

1. Durante un terremoto, la tierra _____ .

2. Después del terremoto, algunos habitantes tienen que _____ de casa.

3. El desastre _____ a todos; el país está muy triste.

4. Además, si el terremoto afectó el lugar donde trabajan, es posible que tengan que _____ a otra parte.

5. Recogen sus bienes para _____los a otro lugar.

6. A veces una empresa recompensa a sus empleados por los gastos de _____ y _____ sus bienes.

I   **¿Adónde vas? ¿Adónde irás?** Será interesante hacerse y contestar las siguientes preguntas con un/a compañero/a.

1. ¿Te mudarás después de terminar los estudios?
2. Si consigues un trabajo con una empresa que requiere que te traslades, ¿qué harás?
3. ¿Adónde te gustaría mudarte?
4. Cuando te mudas, ¿cómo transportas tu cosas?

En resumen

¿CÓMO SERÁ EL MUNDO DEL FUTURO?

❖   **A.** Para dar tus ideas sobre este tema, escribe por lo menos dos oraciones para cada aspecto.

1. las relaciones entre la gente _____

   _____

2. la discriminación _____

   _____

3. el medio ambiente _____

   _____

4. las comunicaciones _____

   _____

5. las artes _____

   _____

6. el transporte _____

_____

7. la política nacional _____

_____

8. la política internacional _____

_____

9. la salud _____

_____

10. la economía _____

_____

 B. Resumen en clase. Comparte tus predicciones con un/a compañero/a según este modelo.

Modelo:

Yo creo que la salud de mucha gente mejorará porque los científicos sabrán más de las causas de muchas enfermedades y podrán curarlas. Y tú, ¿qué opinas?

 C. Luego, después de escuchar las ideas de tu compañero/a, comparte con un/a tercer/a compañero/a lo que acabas de escuchar.

Modelo:

Susana dijo que la salud de mucha gente mejoraría porque los científicos sabrían más de las causas de muchas enfermedades y podrían curarlas. ¿Estás de acuerdo?

The perfect tenses

The use of the perfect tenses in Spanish corresponds somewhat to their use in English. The word *perfect* in the name of their forms indicates that the action of the verb is seen as having been completed at some point in time and having some relation to or effect on the present. Sometimes, however, the present perfect is used to link an action with the present or to give it a sense of being recent.

¿Ya **has tomado** el desayuno?	*Have you had breakfast yet?*
Sí, ya lo **he tomado**.	*Yes, I've had it.*
He perdido mis gafas.	*I've lost my glasses.*
¿Las **has visto?**	*Have you seen them?*

14.1 The present perfect tense: Uses and formation

1. The present perfect is used when the reference is to a present time that has not yet ended such as **hoy, esta semana,** or **este año.** If the action is seen as having been completed, the preterite should be used.

2. Formation of the present perfect tense

   a. The present perfect consists of the conjugation of the verb **haber** with the past participle. Note the past participles of **-ar, -er,** and **-ir** ending verbs.

   present indicative of **haber** + past participle

dar		beber		venir	
he dado	hemos dado	he bebido	hemos bebido	he venido	hemos venido
has dado	habéis dado	has bebido	habéis bebido	has venido	habéis venido
ha dado	han dado	ha bebido	han bebido	ha venido	han venido

   b. The following verbs have irregular past participles. When a prefix is added to these verbs, the irregularity remains.

escribir	→ **escrito**	describir	→ **descrito**
cubrir	→ **cubierto**	descubrir	→ **descubierto**
decir	→ **dicho**	predecir	→ **predicho**

14.1

hacer	→ **hecho**	deshacer	→ **deshecho**
morir	→ **muerto**		
poner	→ **puesto**	oponer	→ **opuesto**
romper	→ **roto**		
ver	→ **visto**	prever	→ **previsto**
volver	→ **vuelto**	devolver	→ **devuelto**

c. The past participles of **ser** and **ir** respectively are **sido** and **ido.**

d. -**Er** and -**ir** verbs that have stems that end in **a, e,** or **o** have an accent over the **í** in the past participle.

caer	→ caído	oír	→ oído
creer	→ creído	traer	→ traído
leer	→ leído		

¡Ojo!

1. Verbs that have stems that end in **u** or **i** do not have an accent over the **i** in the past participle.

incluir → incluido   construir → construido   huir → huido

2. When an object pronoun is used with a perfect tense, it precedes the complete verb.

Lo han visto.   *They have seen it.*

ACTIVIDADES

A   **Correr riesgos.** ¿Te gusta correr riesgos (*to take risks*)? Pregúntale a un/a compañero/a si ha hecho algunas de las siguientes actividades y contéstale cuando te haga la misma pregunta.

Modelo:
estudiar gorilas en la selva

A: *¿Has estudiado gorilas en la selva?*

B: *Sí, he estudiado gorilas en la selva y (no) lo haría otra vez.*
(No, no he estudiado gorilas en la selva pero [y no] me gustaría hacerlo.)
(Yo no los he estudiado, pero conozco a alguien que lo ha hecho.)

1. lanzarte de un avión en un paracaídas

_____

_____

2. escalar el Monte Everest

_____

_____

3. volar con un ala delta (*hang glider*)

_____

_____

4. conducir en el Indie 500

_____

_____

5. observar tiburones en el mar desde dentro de una jaula (*cage*)

_____

_____

6. cruzar el océano solo en un velero (*sailboat*)

_____

_____

7. saltar con una cuerda «bungee»

_____

_____

8. dar una vuelta en una montaña rusa (*roller coaster*)

_____

_____

B **¿Estás al tanto?** ¿Qué has leído en el diario recientemente? Con un/a compañero/a, usen el presente perfecto para contar lo que ha pasado en el mundo.

Modelo:

El Uruguay / ganar la Copa Mundial de fútbol (Qué)

A: *¿Qué país ha ganado la Copa Mundial?*

B: *El Uruguay ha ganado la Copa Mundial.*

1. los astronautas / ir a la luna (Adónde)

_____

_____

2. los científicos / descubrir un virus nuevo (Quiénes)

_____

_____

3. los meteorólogos / predecir lluvia para mañana (Qué)

_____

_____

4. el presidente de este país / hacer un viaje a Latinoamérica (Qué)

_____

_____

5. Gabriel García Márquez / escribir el guión (*script*) de una película (Quién)

_____

_____

6. los astrónomos / ver una estrella nueva (Quiénes)

_____

_____

7. nosotros / poner un satélite en órbita (Quiénes)

_____

_____

8. todo el mundo / hacer manifestaciones para protestar los efectos de la contaminación (Quién)

_____

_____

_____

14.2 The pluperfect tense: Uses and formation

1. The pluperfect, also known as the past perfect, is used to indicate that a past action was completed prior to another past action or a specific time in the past. The English equivalent is _had_ + the past participle, as in _I had done it earlier_ (**Lo había hecho antes**).

2. In Spanish the past perfect is formed as follows:

imperfect of **haber** + past participle

había visto	habíamos escrito
habías dicho	habíais vuelto
había roto	habían puesto

ACTIVIDADES

 Este año. ¿Qué has hecho este año que no habías hecho antes? Piénsalo bien mientras haces y contestas las siguientes preguntas con un/a compañero/a.

Modelo:

compartir tu habitación

A: _¿Has compartido tu habitación?_

B: _Sí (No), (no) he compartido la habitación._

A: _¿La habías compartido antes?_

B: _Sí, la había compartido con mi hermano. (No, no la había compartido antes.)_

1. tener amigos/as de otros países

_____

_____

_____

_____

2. ir a un lugar exótico

_____

_____

_____

_____

3. practicar cierto deporte

_____

_____

_____

_____

4. leer ciencia ficción

_____

_____

_____

_____

5. usar una computadora

_____

_____

_____

_____

6. ver una película con subtítulos

_____

_____

_____

_____

7. ganar algo

_____

_____

_____

_____

D **Experiencias en el extranjero.** Las siguientes personas viajaron el verano pasado y tuvieron experiencias que nunca habían tenido antes. Cuéntalo según el modelo.

Modelo:
Mis padres / estar en Chile / en ese país
Mis padres estuvieron en Chile.
Nunca antes habían estado en ese país.

1. Algunos estudiantes de esta clase / ir a España
2. Ellos / comer tapas y beber jerez / en los Estados Unidos

3. Nuestro profesor / escalar el Monte Aconcagua en la Argentina / una montaña tan alta

4. Lamentablemente, él / romperse un hueso / tener un accidente antes

5. Mi amigo/a y yo / estudiar español en México / en un país hispano-hablante

6. Nosotros / ver la película *Frankenstein* / cuando éramos niños

7. Mis padres / esquiar en la Argentina / el verano antes

8. Y tú, ¿qué hiciste el verano pasado que no habías hecho antes?

14.3 The future perfect tense: Uses and formation

1. The future perfect expresses what will have happened by a certain point in the future.

   Habrá salido para las 5:00.   *She will have left by 5:00.*

2. The future perfect can also be used to express conjecture or probability:

   ¿Dónde **habrá puesto** las llaves?   *Where could she have put the keys?*
   ¿Las **habrá dejado** en el coche?   *Could she have left them in the car?*

   I wonder where he has put the keys.
   Is it possible that he left them in the car?

3. The future perfect is formed as follows:

   > future of **haber** + past participle

ACTIVIDADES

E   **¿Optimista o pesimista?** Es el comienzo del siglo XXI. ¿Cómo será el fin de este siglo? ¿Qué habrá pasado? ¿Eres optimista o pesimista con respecto al futuro? En parejas pueden hacer los papeles del optimista y del pesimista.

Modelo:

El siglo XXI / ser un siglo de paz.

Optimista: *El siglo XXI habrá sido un siglo de paz.*

Pesimista: *Al contrario. El siglo XXI no habrá sido un siglo de paz. Habrá sido un siglo de más conflictos.*

1. la ciencia y la tecnología / solucionar los problemas del medio ambiente

2. la calidad de vida / mejorar

3. las naciones del mundo / aprender a vivir en paz

4. nosotros los seres humanos / vivir hasta los cien años

5. los médicos / descubrir una cura para el cáncer y el SIDA

6. el gobierno / resolver el problema de las drogas

7. todo el mundo / tener acceso a la Internet

8. el costo de asistir a una universidad / subir

F   **¿Qué les pasa?** Las siguientes personas reaccionan en estos momentos de maneras diversas. En cada caso, conjetura la causa según el modelo.

Modelo:

Estoy loco de contento. ¿sacarse el gordo de la lotería?

¿Te habrás sacado el gordo (jackpot) de la lotería?

1. Ernesto está muy contento. ¿ver a Elvis Presley otra vez?

   _____

2. Ricky Martin está furioso. ¿vender solamente un millón de discos?

   _____

3. Martha Stewart está avergonzada. ¿caérsele el soufflé?

   _____

4. El Fantasma de la Ópera está pálido. ¿ver a otro fantasma?

   _____

5. Garfield está enojado. ¿casarse Jon?

   _____

6. La madrastra de Blancanieves está horrorizada. ¿romper el espejo?

   _____

7. Don Quijote está desilusionado. ¿descubrir que el gigante es un molino?

   _____

8. Jay Leno está triste. ¿no reírse nadie?

   _____

14.4   The conditional perfect tense: Uses and formation

1. The conditional perfect tells what would have happened at some time in the past, but didn't.

   | Lo **habría hecho**, pero no tuve tiempo. | *I would've done it, but I didn't have time.* |

2. The conditional perfect is also used to express probability in the past.

   | Ese coche le **habría costado** un ojo de la cara. | *That car must have (probably) cost him an arm and a leg.* |

3. It is also used with the past subjunctive in *if*-clauses. (See *Capítulo 22*)

4. The conditional perfect is formed as follows:

   conditional of **haber** + past participle

habría hecho	habríamos visto
habrías dicho	habríais roto
habría escrito	habrían vuelto

14.5

G   **Situaciones.** ¿Qué habrías hecho? ¿Qué habrías dicho?

Modelo:

Estabas caminando por la calle cuando viste un atraco (*mugging*).

A: *Yo habría llamado a la policía y habría gritado «¡Socorro! ¡Socorro!».*

B: *Yo habría corrido detrás del atracador pero no habría dicho nada.*

1. Recibiste una nota baja en una composición.
2. Un policía te dio una multa, pero tú crees que no cometiste ninguna infracción.
3. Un amigo estaba un poco borracho pero insistió en conducir el coche.
4. Una amiga vino a tu casa y sacó un cigarrillo.
5. Tu perro hizo algo que no debía hacer en la alfombra.
6. Escribías un proyecto importante en la computadora cuando ésta se descompuso de repente.

14.5   The perfect infinitive

1. The perfect infinitive is used as the complement of some verbs or after a preposition.

2. It is formed as follows:

> **haber** + past participle

No se acuerdan de **haberlo visto**.   *They don't remember having seen it.*

ACTIVIDAD

H   **¿Se derritió (*Did it melt*)?** Para contar lo que ocurrió con el helado, haz oraciones con el infinitivo perfecto y los siguientes elementos.

Modelo:

Los niños / negar / comer todo el helado

Los niños niegan haber comido todo el helado.

Por la mañana...

1. Mamá / acordarse de / comprar el helado

_____

2. Papá / alegrarse de / encontrarlo en el congelador

_____

Antes de la cena... ¡el helado ya no está en el congelador!

_____

3. Mamá / afirmar / ponerlo en el congelador

_____

4. Papá / insistir en / verlo en el congelador

_____

5. Mamá cree que los chicos / no poder / comerlo todo

_____

6. Pero los chicos / confesar / comerlo todo

_____

7. Esta noche los chicos / no tener postre / por comer todo el helado

_____

_____

14.6 Además... Expressions with **dar** and **darse**

In Spanish, there are many common expressions with the verbs **dar** and **darse**. Some of these are:

dar a luz	to give birth
dar asco	to disgust
dar la bienvenida	to welcome
dar de comer/beber	to feed/give a drink
dar con	to run into, to find
dar las gracias	to thank
dar un paseo	to take a walk, ride
dar por sentado	to take for granted, regard as settled
dar rienda suelta	to give free rein
dar una vuelta	to take a walk, ride
darle vueltas a	to think something over, thoroughly examine
darse la mano	to shake hands
darse por vencido	to give up
darse prisa	to hurry

ACTIVIDAD

I **¡No te des por vencido!** En parejas, háganse y contesten las siguientes preguntas con una expresión de la lista. Es posible que haya más de una respuesta para cada pregunta.

¿Qué haces cuando...

1. un amigo te presenta a otro amigo?
2. quieres pensar sin interrupciones?
3. tienes que escribir una composición?
4. llegan visitantes a tu casa?
5. recibes un regalo?
6. te despiertas tarde?
7. "tiras" la toalla?

¿Cuál es tu reacción cuando...

8. ves una mosca en tu plato?
9. das con un gato o un perro perdido?
10. alguien te dice que eres muy inteligente?

En resumen

EL SIGLO XXI

❖ ¿Cómo han sido los siguientes aspectos de la vida recientemente? ¿Cómo habían sido en el siglo XX? Y, en tu opinión, ¿cómo habrán sido para el fin del siglo XXI? Para contestar estas preguntas, escribe por lo menos tres oraciones con ejemplos específicos para cada aspecto.

1. el programa espacial _____

_____

_____

2. la medicina _____

_____

_____

3. los Juegos Olímpicos _____

_____

_____

4. la música _____

_____

_____

5. el transporte _____

_____

_____

6. la ropa _____

_____

_____

7. la comida _____

_____

_____

8. la economía _____

_____

_____

Capítulo 15

The prepositions **por** and **para**

15.1 Uses of **por**
15.2 Verbs followed by **por**
15.3 Uses of **para**
15.4 Además... Idiomatic expressions with **por**

15.1 Uses of **por**

Although both **por** and **para** can be used to express the English equivalent of *for*, they cannot be used interchangeably. **Por** is used to express the subject's feeling or the cause, motives, or reasons for an action. It also introduces such aspects as time or location, as well as the means or manner of performing the action. Imagine **por** in the following ways:

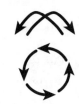

⟵   looking back upon the cause, motive, or reason

        in exchange for

        by means of, by way of

Note the following uses of **por**:

1. to designate a cause or reason (because of, due to)

No fui al trabajo hoy **por** estar enfermo.	*I didn't go to work today because of (due to) being sick.*
Los niños no salieron **por** el frío.	*The children didn't go out because of (due to) the cold.*

2. to express means, manner, instrument, or agent

Me lo puede enviar **por** fax o **por** correo electrónico.	*You can send it to me by fax or e-mail.*
Hablamos **por** teléfono.	*We spoke on the telephone.*

3. to express movement or an imprecise location (by way of, through, along)

Caminamos **por** la plaza.	*We walked across (around) the plaza.*
Está **por** aquí.	*It's around here.*

4. to express the exchange or substitution (in place of, in exchange for)

Gracias **por** las flores.	*Thank you for the flowers.*
Papá cambió la corbata **por** otra.	*Dad exchanged the tie for another one.*

15.1

5. to express a duration of time. In this case the preposition is frequently omitted.

Trabajó para la misma empresa **por** 40 años.	*He worked for the same company for 40 years.*
Estarán aquí (**por**) dos días.	*They will be here (for) two days.*

6. to give a rate or unit of measure (per). In this case **al** or the definite article may be substituted for the preposition.

Los huevos se venden a diez pesos **por** docena. (Los huevos se venden a diez pesos **la** docena.)	*Eggs are sold at ten pesos per dozen.*
Ud. tiene que tomar una pastilla **por** día. (Ud. tiene que tomar una pastilla **al** día.)	*You have to take one pill per day.*

7. to multiply

Dos **por** dos son cuatro.	*Two times two is four.*

8. to indicate *on behalf of, for the sake of,* or *in favor of*

Votaremos **por** el mejor candidato.	*We'll vote for the best candidate.*
Mi amor, lo hice **por** ti.	*My love, I did it for you.*

9. to identify the agent of an action in the passive voice

Cien años de soledad fue escrito **por** Gabriel García Márquez.	One Hundred Years of Solitude *was written by Gabriel García Márquez.*

10. to introduce the object of an errand with a verb of motion such as **ir, venir, mandar, enviar**

El dueño de la casa vino **por** el alquiler.	*The landlord came for the rent.*
Fui al banco **por** el dinero.	*I went to the bank for the money.*

11. to give a sense of incompleteness

Tengo mucho trabajo **por** hacer.	*I have a lot of work (remaining) to be done.*
La película está **por** terminar.	*The movie is almost over.*

ACTIVIDAD

A **Romeo y Julieta.** Romeo usa **por** en todas sus respuestas a las preguntas de Julieta. Tú y un/a compañero/a romántico/a pueden hacer los papeles de los enamorados.

1. Ay, Romeo, ¿cómo llegaste a mi jardín? (el muro)
2. ¿Por quién has venido? (ti)

3. ¿Puedes quedarte aquí? (solamente unos minutos)

4. ¿Por qué no podemos casarnos? (la enemistad entre nuestras familias)

5. ¿Por qué suspiras? (ti)

6. ¿Luchaste? ¿Por qué? (la muerte de Mercutio)

7. ¿Te vas a Mantua? ¿Por qué? (razones obvias)

8. ¿Cómo vas a Mantua? (el camino que va directamente allá)

15.2   Verbs followed by **por**

Here are some frequent-usage verbs followed by **por** + *noun, pronoun* or *infinitive.*

agradecer por	to thank (for something)
brindar por	to drink to, to toast
dar las gracias por	to thank for
entusiasmarse por	to be enthusiastic about
felicitar por	to congratulate for
luchar por	to fight for
matarse por	to kill (oneself) for
morirse por	to be dying for
optar por	to opt for
preguntar por	to inquire about
preocuparse por	to worry about
protestar por	to protest (on behalf of)
suspirar por	to sigh for
votar por	to vote for

¡Ojo!   The preposition **por** is not used with the verbs **buscar, esperar,** and **pedir** because the word *for* is implied in the meaning of the verb. **Por** is used with **pagar** when an exchange takes place.

Pagué la cuenta.   *I paid the bill.*

¿Cuánto pagaste **por** este coche?   *How much did you pay for this car?*

ACTIVIDAD

B   **¡Graduarse por fin!** ¡Hoy es el gran día! Tú y tus amigos se gradúan de la universidad. Para contar lo que pasa hoy, completa las siguientes oraciones con un verbo apropiado de la lista y con **por**.

1. Todos sus parientes y amigos los _____ su graduación.

2. Tú y tus amigos _____ las fiestas que habrá para celebrar.

3. ¡Tus parientes te han traído regalos! Por supuesto, hay que _____ ellos.

4. En la fiesta que sigue los invitados levantan sus copas de champán para

   _____ tu éxito en el futuro.

5. Claro, ellos también te _____ tus planes para el futuro.

6. ¿Vas a _____ hacer un viaje a Europa o comenzar

   a trabajar en seguida?

7. ¿O _____ conseguir un empleo?

15.3 Uses of para

Para is used to present a goal, a purpose, an objective, or a destination. It can be visualized this way: ⟶

Para has the following uses:

1. to designate a destination, a goal, or a recipient

Estas flores son **para** ti.	*These flowers are for you.*
¿**Para** mí?	*For me?*
Sí, **para** ti.	*Yes, for you.*
Mañana salimos **para** Bilbao.	*Tomorrow we are leaving for Bilbao.*

2. to designate a purpose or a use for which something is intended

Vamos a Bilbao **para** ver el nuevo museo.	*We're going to Bilbao to see the new museum.*
Llevo mi tarjeta de estudiante **para** obtener una entrada reducida.	*I'm taking along my student ID to get a reduced admission.*

3. to indicate a specific time limit or a fixed point in time

Tenemos que estar en el aeropuerto **para** las once.	*We have to be in the airport by 11 o'clock.*

4. to make a comparison

Hace mucho calor **para** abril.	*It's very hot for April.*
Ese chico es muy grande **para** su edad.	*That boy is very big for his age.*

5. to express *to be about to* or *on the verge of*

Ya estamos listos **para** salir.	*Now we are about to leave.*
Creo que está **para** nevar.	*I think it's about to snow.*

6. in a few idiomatic expressions

para siempre	*forever*
para nada	*at all*
Te amaré **para** siempre.	*I'll love you forever.*
No me gusta **para** nada.	*I don't like it at all.*

¡Ojo!

1. Both **por** and **para** can introduce an infinitive.

2. There are some cases in which either **por** or **para** can be used, depending upon whether the speaker wishes to stress the motivation of an action or its purpose or goal. Note the following examples.

Trabaja **para** una empresa multinacional.	*He works for a multinational company.*
Trabaja **por** los niños con el SIDA.	*She works for (on behalf of) the children with AIDS.*
Lo hice **para** ti.	*I did (made) this for you.*
Lo hice **por** ti.	*I did it for your sake (on your behalf).*

ACTIVIDADES

C **Una carta de los Estados Unidos.** Completa la siguiente carta con **por** o **para.** Si no hay que usar ninguna de las dos, escribe una **X.**

Margarita, una joven peruana que tiene una beca otorgada ¹_____ la Comisión Fulbright, acaba de llegar a los Estados Unidos ²_____ hacer su maestría en la educación de niños incapacitados. Aquí escribe una carta a su familia en Lima.

Querida familia,

¡Acá estoy! Llegué ayer después de pasar dos horas en Miami esperando ³_____ el avión ⁴_____ Boston. Cuando caminaba ⁵_____ el aeropuerto de Miami me resultaba difícil creer que estaba en los Estados Unidos porque todo el mundo hablaba español. Como hay muchos latinoamericanos en esa ciudad, muchos de los letreros y anuncios están en español.

Al llegar a Boston fui directamente a la universidad donde tenían una habitación reservada ⁶_____ mí en la residencia ⁷_____ estudiantes graduados. La directora de la residencia me esperaba y me dio una bienvenida muy cálida y me felicitó ⁸_____ la beca. Tan pronto como había acomodado mis cosas en la habitación y echado un vistazo ⁹_____ la residencia, ella me presentó a otros estudiantes. Todos me preguntaron acerca de mi viaje y mi carrera, y decidimos reunirnos todos ¹⁰_____ cenar juntos. Fuimos a una chifa* donde comimos muy bien ¹¹_____ solamente siete dólares ¹²_____ persona. Pero lo gracioso fue que cuando pedí ¹³_____ una cerveza, ¡el camarero me pidió ¹⁴_____ la tarjeta de identidad antes de servírmela! Parece que hay que tener 21 años ¹⁵_____ poder tomar bebidas

*Así se llaman a los restaurantes chinos en el Perú.

alcohólicas en este estado. Es muy curioso porque los norteamericanos sólo tienen que tener 18 años ¹⁶_____ votar ¹⁷_____ el presidente o luchar ¹⁸_____ su país. Después de cenar otra chica y yo dimos una vuelta ¹⁹_____ las cercanías de la universidad ²⁰_____ orientarnos.

Los estadounidenses me dicen que ²¹_____ ser extranjera hablo muy bien el inglés, pero la verdad es que a veces tengo dificultad en comprenderlos. No es ²²_____ lo que dicen, sino ²³_____ el acento raro que tienen y ²⁴_____ la rapidez con que hablan. Algunos hablan español ²⁵_____ haber estudiado en España o en Latinoamérica.

Mañana las clases comienzan. Voy a tener dos clases ²⁶_____ día, pero todos me advierten que deje mucho tiempo ²⁷_____ estudiar porque acá los profesores dan mucho trabajo. La biblioteca es enorme y tan moderna que se puede buscar los libros ²⁸_____ computadora o sacar películas ²⁹_____ ver en la habitación. También, hay un centro deportivo ³⁰_____ practicar cualquier deporte imaginable. Me anoté en seguida ³¹_____ un partido de tenis el miércoles ³²_____ la tarde.

Bueno, mis queridos padres y hermanos, tengo que acostarme ahora ³³_____ estar bien fresquita ³⁴_____ mis clases mañana. (¡La primera es a las 9:00!) Quiero que sepan que estoy muy contenta de haber optado ³⁵_____ venir a Boston y que no hay ninguna necesidad de preocuparse ³⁶_____ mí.

Besos y abrazos ³⁷_____ todos,

Margarita

D   **Un repaso.** Para repasar la carta de Margarita (Actividad **C**), haz las preguntas números 1–8 a tu compañero/a y pídele a éste/a que te haga las preguntas 9–16. Traten de contestar usando **por** y **para** en sus respuestas.

1. ¿Cómo llegó Margarita a Miami?
2. ¿Cuánto tiempo estuvo en Miami?
3. ¿Era Miami su destino final?
4. ¿Qué hizo ella en Miami?
5. ¿Dónde vive Margarita en Boston?
6. ¿Por qué la felicitó la directora de la residencia?
7. ¿Qué decidieron hacer los estudiantes esa noche?
8. ¿Cuánto costó la comida?
9. ¿Qué hizo Margarita después de cenar?
10. ¿Por qué tiene Margarita dificultad en entender a los estadounidenses?

11. ¿Cuántas clases tiene Margarita todos los días?

12. ¿Tiene que prepararse mucho?

13. ¿Cómo describe ella la biblioteca?

14. ¿Qué planes tiene Margarita para el miércoles?

15. ¿Por qué tiene que acostarse después de escribir la carta?

16. ¿Qué noticias tranquilizadoras le da ella a su familia?

15.4   Además... Idiomatic expressions with **por**

Por is used in many idiomatic expressions. Some of the most common ones are:

por acá	around here
por ahora	for now
por aquel entonces	at that time
por casualidad	by chance
por ciento	per cent
por cierto	certainly
por completo	completely
por consecuencia	consequently; therefore
por consiguiente	consequently; therefore
por desgracia	unfortunately
por ejemplo	for example
por escrito	in writing
por eso	that's why, for that reason
por fin	at last
por lo común	generally
por lo general	in general, generally
por lo menos	at least
por lo mismo	that's why, for that reason
por lo pronto	for the time being
por (lo) tanto	therefore
por medio de	by means of
por otra parte	on the other hand
por otro lado	on the other hand
por poco	almost
por si acaso	just in case
por su cuenta	on one's own
por suerte	fortunately
por supuesto	of course
por todas partes	everywhere
por último	finally
por un lado	on the one hand
por lo visto	apparently

15.4

ACTIVIDADES

E   **Una conversación en la oficina.** Dos representantes del departamento de ventas en una empresa de computadoras tienen la siguiente conversación. En parejas, hagan los papeles de los representantes, sustituyendo los adverbios subrayados por una expresión con **por** en su respuesta.

1. ¿Cuántos representantes tenemos <u>actualmente</u>?
2. <u>Aparentemente</u> el jefe está contento, ¿no es cierto?
3. ¿<u>Finalmente</u> se acabó el año fiscal?
4. <u>Afortunadamente</u> tenemos muchos pedidos, ¿verdad?
5. ¿<u>Generalmente</u> es así en el mes de junio?
6. <u>Desgraciadamente</u> algunos no vendieron tanto como otros, ¿no es así?
7. ¿Hemos cumplido con nuestra meta <u>completamente</u>?
8. <u>Consecuentemente</u>, me voy de vacaciones ahora. ¿Y tú?

F   **Expresiones apropiadas e inapropiadas.** Cuando tu compañero/a te haga las siguientes preguntas acerca de un accidente (imaginario), contéstalas con una expresión apropiada. A veces hay dos respuestas posibles.

1. ¿Estás bien?
   a. Por supuesto.
   b. Sí, por otra parte.
   c. Por poco me morí.

2. ¿Fuiste al hospital después del accidente?
   a. Sí, hay dos por acá.
   b. Por desgracia, sí.
   c. Por lo tanto.

3. ¿Llegó la policía?
   a. Sí, por lo pronto.
   b. Llegaron por ahora.
   c. Sí, pasaron por casualidad y pararon.

4. ¿Dónde ocurrió el accidente?
   a. Por aquel entonces.
   b. Por todas partes.
   c. Por acá, cerca de mi casa.

5. ¿Está arruinado tu coche?
   a. Sí, por suerte.
   b. Por desgracia, sí.
   c. Por lo visto, sí.

6. ¿Cuánto tiempo tardó la compañía de seguros en mandarte el cheque?
   a. Por lo común no tarda mucho.
   b. Por lo menos una semana.
   c. Por lo pronto.

7. ¿Ya recibiste el cheque?
   a. ¡Sí, por último!
   b. ¡Sí, por fin!
   c. ¡Sí, por casualidad!

8. ¿Por qué no te compras una motocicleta ahora?
   a. Por ahora tomo el autobús.
   b. Tomo el autobús por si acaso.
   c. Por lo pronto prefiero caminar.

En resumen

OTRA PERSPECTIVA

❖   Es casi el fin de noviembre, y un compañero, Tim, invita a Margarita a su casa para la comida del Día de Acción de Gracias. A continuación aparece la carta que Margarita le escribe a su familia el día siguiente. Complétala con **por, para** o **X** si no hace falta usar nada.

Mis queridos padres y hermanos,

Un compañero mío, Tim, me invitó a compartir la comida del Día de Acción de Gracias con su familia. Éste es el día en que los norteamericanos conmemoran la primera cosecha que tuvieron los peregrinos en su nuevo hogar. ¹_____ eso, dan las gracias ²_____ la abundancia y ventajas de las cuales gozan.

Gracias ³_____ mandarme los libros sobre el Perú. Se los regalé a los padres de Tim y ellos me pidieron ⁴_____ que se los agradeciera ⁵_____ ellos. Me preguntaron ⁶_____ mi familia y las fiestas nacionales que celebramos en mi país. ¡Qué familia más simpática! En seguida sentí cariño ⁷_____ ellos, especialmente cuando brindaron ⁸_____ mí, la extranjera que está muy lejos de su casa. Después felicitamos a la hermana y al cuñado de Tim ⁹_____ su bebé recién nacido.

¡Qué montón de comida! ¹⁰_____ lo común los norteamericanos celebran este día con pavo y mucha comida, entonces había un pavo enorme y ¹¹_____ lo menos ocho platos más. La comida hubiera sido suficiente ¹²_____ alimentar a dos familias más. Comí tanto que tuve que optar ¹³_____ dejar el postre ¹⁴_____ otro momento. Sin embargo, a pesar de lo mucho que comí, la mamá de Tim me dijo que se preocupaba ¹⁵_____ mí porque soy «tan delgada».

Lo que es también tradicional en los Estados Unidos es mirar los partidos de fútbol que ocurren el mismo día — (¹⁶_____ supuesto, me refiero aquí al

fútbol americano). Los mejores equipos juegan y se transmiten los partidos por televisión. ¹⁷_____ lo tanto, después de comer, casi toda la familia se sentó ¹⁸_____ ver el partido. ¡Cómo se entusiasman los norteamericanos ¹⁹_____ el fútbol! Lo miré ²⁰_____ un rato y la verdad es que no lo entendí ²¹_____ nada. Un equipo de hombres gigantescos con cascos (*helmets*) y hombreras (*shoulderpads*) enormes lucha contra otro equipo de hombres gigantescos ²²_____ un balón. Es un deporte bastante violento y a veces parece que van a matarse ²³_____ ese balón. Cada persona delante del televisor gritaba ²⁴_____ su equipo preferido y decía que su equipo era el mejor. A fin de cuentas, no eran muy diferentes de los hinchas (*fanatic fans*) de fútbol (*soccer*) de nuestro país, pero yo no cambiaría el fútbol nuestro ²⁵_____ el americano. Al final, los aficionados del equipo que ganó gritaron de alegría y los del equipo que perdió fueron a la cocina ²⁶_____ buscar ²⁷_____ la consolación de más postre. Y ²⁸_____ fin pude comer el postre que la mamá de Tim había reservado ²⁹_____ mí.

   Éstas son todas las noticias que tengo ³⁰_____ ahora. ¡Lo estoy pasando bien aquí!

   Abrazos ³¹_____ todos,

Margarita

Verbs followed by the prepositions **a, con, de, en**

There are some frequently used verbs in Spanish that are always followed by a specific preposition. Occasionally this preposition differs from the one that is used with the equivalent English verb.

16.1 Verbs followed by the preposition **a**

Some frequent-usage verbs are followed by the preposition **a** + *noun, pronoun,* or *infinitive*. Note that the **a** that follows the verbs listed below differs from the personal **a.**

acercarse a	to approach
acostumbrar(se) a	to be in the habit of (to accustom oneself to)
aprender a	to learn to
asistir a	to attend
comenzar a	to begin to
contribuir a	to contribute to
dedicarse a	to devote (oneself) to
enseñar a	to teach, show to
entregarse a	to devote (oneself) to
habituarse a	to accustom (oneself) to
invitar a	to invite to
ir a	to go to
jugar a	to play (a game)
lanzarse a	to throw (oneself) into
meterse a	to get (oneself) into
oler a	to smell like (of)
parecerse a	to resemble
prepararse a	to prepare (oneself) to
saber a	to taste like (of)
sentarse a	to sit down at
traducir a	to translate into
venir a	to come to

16.1

ACTIVIDAD

A **El Día de Acción de Gracias.** Como el Día de Acción de Gracias es una celebración totalmente norteamericana, un/a estudiante extranjero/a tendría muchas preguntas sobre la manera en que tú y tu familia lo conmemoran. Primero, hazle las preguntas a tu compañero/a como si fueras un/a estudiante de otro país. Después tu compañero/a puede ser el/la estudiante extranjero/a. ¡No se olviden de usar la preposición con el verbo!

Modelo:

En tu casa...

¿invitar / a mucha gente / tu familia?

A: *En tu casa, ¿invita tu familia a mucha gente?*

B: *Sí, en mi casa mi familia invita a mucha gente.*

En tu casa...

1. ¿quiénes / asistir / la comida?

_____

_____

2. ¿qué / oler / la cocina?

_____

_____

3. ¿a qué hora / comenzar / comer?

_____

_____

4. ¿quién(es) / dedicarse / la preparación de la comida?

_____

_____

5. ¿quién / enseñarte / trinchar (*to carve*) el pavo?

_____

_____

6. ¿tu familia / habituarse / mirar los partidos de fútbol ese día?

_____

_____

7. ¿lanzarte / hacer los preparativos / muchos días antes?

_____

_____

8. ¿a qué hora / prepararse / sentarse a la mesa?

_____

_____

16.2   Verbs followed by the preposition **con**

Some frequently used verbs are followed by **con** + a *noun, pronoun,* or *infinitive.*

amenazar con	to threaten to (with)
cargar con	to take responsibility for
casarse con	to get married to
contar con	to count on
cumplir con	to fulfill, carry out
chocar con	to bump into (*physically*)
encontrarse con	to meet with
soñar con	to dream of (about)
tropezar con	to run into

ACTIVIDAD

B   **La despedida de soltera.** Es una costumbre hispana tener una despedida de soltera y una despedida de soltero antes de una boda. Mientras lees lo que le cuenta Ana María a una amiga, completa las oraciones con uno de los siguientes verbos y su preposición si es necesario. No te olvides de conjugar los verbos y hacer los otros cambios necesarios. ¡Ojo! No se usan todos los verbos, y algunos se usan más de una vez.

amenazar	chocar	encontrarse
cargar	contar	soñar
casarse	cumplir	tropezar

Cuando me ofrecí a ¹_____ los preparativos de la despedida de soltera de mi hermana Luz, no me di cuenta de que hay que ²_____ tantas obligaciones y tantos detalles. Pero ya le dije a mi hermana que ella puede ³_____ conmigo, y yo ⁴_____ mi palabra. Pero estoy tan nerviosa que hoy, cuando manejaba, casi ⁵_____ un taxi. ¡Ay, qué susto! Además, cuando estuve en el centro ¡⁶_____ Alberto Quiroga! ¡Sí, Alberto, el ex novio de Luz! ¡Claro que yo le dije que Luz ⁷_____ Francisco Mendoza! Y le dije también que yo ⁸_____ tener un novio tan simpático como Francisco algún día. ¿Y qué dijo Alberto? Pues, «¡Felicidades!» ¿Qué otra cosa podía decir?

16.3 Verbs followed by the preposition de

Some frequent-usage verbs are followed by **de** + a *noun, pronoun* or *infinitive*.

acabar de	to have just
acordarse de	to remember
alegrarse de	to be glad
apoderarse de	to take over
aprovecharse de	to take advantage of
burlarse de	to make fun of
cambiar de	to change
cansarse de	to get tired of
carecer de	to lack
cesar de	to stop
dejar de	to stop
depender de	to depend on
desconfiar de	to mistrust
despedirse de	to say goodbye to
disfrazarse de	to disguise (oneself) as
disfrutar de/con	to enjoy
enamorarse de	to be (fall) in love with
enterarse de	to find out
fiarse de	to trust
gozar de/con	to enjoy
librarse de	to free (oneself) from
olvidarse de	to forget to
pensar de	to think about (opinion)
ponerse de rodillas	to kneel down
privar(se) de	to deprive (oneself) of
quejarse de	to complain about
reírse de	to laugh at
salir de	to leave (a place)
servir de	to serve as; to be good for
sonreírse de	to smile at
terminar de	to finish
tratar de	to try to; to deal with; to be about
vestirse de	to dress (oneself) as

ACTIVIDAD

C **Situaciones dramáticas.** ¿Qué harías en las siguientes situaciones? ¿Qué haría tu compañero/a? Indiquen Uds. sus reacciones y explíquenlas.

1. Te has cansado de tu novio/a y has decidido que te gustaría salir con otras personas.
   a. Le dices que quieres dejar de salir con él/ella.
   b. Tratas de despedirte de él/ella de una manera muy amable.
   c. Le dices que ya no disfrutas de su compañía.
   d. Le dices que te has enamorado de otro/a aunque no sea la verdad.

2. Después de que tu novio/a te dice que quiere salir con otros/as, ...
   a. te alegras de estar libre otra vez.
   b. tratas de enterarte de si tiene otro/a.
   c. decides olvidarte de él/ella y salir con otros/as.
   d. no puedes dejar de pensar en él/ella.

3. Estás invitado/a a una fiesta con un tema de los años 60.
   a. No asistes a la fiesta porque careces de algo apropiado para ponerte.
   b. Te aprovechas del tema para mostrar tu creatividad.
   c. Te disfrazas de Beatle.
   d. Quieres mostrarle a la gente que no eres conformista y te vistes de punk.

4. Un/a amigo/a te cuenta sus problemas románticos.
   a. Te burlas de sus problemas.
   b. Le dices que hoy en día no puede fiarse de nadie.
   c. Lo/La escuchas y después te quejas de tu novio/a.
   d. Le dices que tú siempre has desconfiado de esa persona.

5. Vas a una fiesta y ves a tu ex novio/a bailando con otro/a.
   a. Te acuerdas de que tienes otro compromiso y sales de la fiesta en seguida.
   b. Te ríes mucho de todo para que él/ella vea que eres feliz.
   c. Te das cuenta de que todavía estás enamorado/a de él/ella.
   d. Tratas de pensar en una forma de vengarte de él/ella.

6. De repente hay una crisis en tu relación.
   a. Te apoderas de la situación.
   b. Dependes de la otra persona para resolver la situación.
   c. Sirves de ejemplo de cómo resolver problemas sentimentales.
   d. No comes, no duermes, te privas de todo hasta que la situación esté resuelta.

16.4 Verbs followed by the preposition **en**

Some frequent-usage verbs are followed by **en** + *noun, pronoun,* or *infinitive.*

complacerse en	to please (oneself) by
concentrarse en	to concentrate on
confiar en	to trust
consistir en	to consist of (in)
entrar en	to enter
fijarse en	to notice
influir en	to influence
insistir en	to insist on
pensar en	to think of (about)
tardar en	to take a long time to
vacilar en	to hesitate to

ACTIVIDAD

D **Preguntas personales.** En parejas, háganse y contesten preguntas basadas en los siguientes elementos.

Modelo:

pensar / ¿qué / cuando algo te sale mal?

A: *¿En qué piensas cuando algo te sale mal?*

B: *Pienso en como puedo hacerlo mejor la próxima vez. ¿Y tú?*

A: *Yo también pienso en lo que hice mal, y cómo mejorarlo.*

1. concentrarse / ¿qué / con facilidad?

   _____

   _____

   _____

2. confiar / ¿qué o quién?

   _____

   _____

   _____

3. consistir / ¿qué / tu trabajo?

   _____

   _____

   _____

4. fijarse / ¿qué / cuando conoces a una persona por primera vez?

   _____

   _____

   _____

5. influir / ¿qué o quién / en tus decisiones?

_____

_____

_____

6. insistir / ¿qué / todos los días?

_____

_____

_____

16.5   Además... Numbers

Cardinal and ordinal numbers

Spanish rarely uses ordinal numbers above ten. For example, when you get into an elevator and are asked ¿**A qué piso va?** you would say **diecisiete** instead of the seventeenth floor. If referring to a century, you would say **el siglo veinte**, the twentieth century, but you would write **el siglo XX.** Centuries are written in Roman numerals. Ordinal numbers are used to refer to royalty and popes: **el rey Carlos V** or **el papa Juan Pablo II.**

primero/a	first	**sexto/a**	sixth
segundo/a	second	**séptimo/a**	seventh
tercero/a	third	**octavo/a**	eighth
cuarto/a	fourth	**noveno/a**	ninth
quinto/a	fifth	**décimo/a**	tenth

1. Note that ordinal numbers are adjectives that agree in gender and number with the noun they modify. **Primero** and **tercero** drop the final **o** when they modify a singular masculine noun.

   la primera persona   las primeras personas
   el primer hombre   los primeros hombres

   Hoy es **el primer** día del mes.   _Today is the first day of the month._

   Es **la primera** vez que los chicos   _The children are going to the_
   van al circo.   _circus for the first time._

2. To indicate floors

   The first floor of a building in Spanish-speaking countries is not the same as the first floor in the United States and Canada. The first floor is called **la planta baja** (PB on elevator buttons and addresses); therefore, the first floor in Spanish-speaking countries would be the equivalent of the second floor in English-speaking countries.

3. Comma and decimal

   Spanish uses the comma where English uses the decimal point and the decimal point where English uses the comma.

   La inflación está a **4,5** por ciento.   _Inflation is at 4.5 percent._

Le subieron su sueldo a **3.500**
pesos por mes.

*They raised his salary to 3,500
pesos per month.*

Notice that in Spanish one cannot say "thirty-five hundred" pesos per
month.

4. Telephone numbers

Telephone numbers are usually given in pairs.

527-0254 would be: **cinco veintisiete cero dos cincuenta y cuatro.**

5. Street numbers

The house number follows the street name.

Viven en **Ayacucho 1337.**

They live at 1337 Ayacucho.

6. Hundreds, thousands, and millions

Notice that the preposition **de** is inserted between the words **cientos, miles**
and **millones**.

Tengo **cien** pesetas.

I have one hundred pesetas.

Cientos de personas asistieron
al concierto.

*Hundreds of people attended the
concert.*

Casi **mil** personas escucharon
el concierto.

*Almost a thousand people heard
the concert.*

Pero esperaban a **miles de**
personas.

*But they expected thousands of
people.*

Mil doscientos pesos.

*One thousand two hundred pesos
($1,200).*

Un millón de pesos.

One million pesos.

Hay **millones de** estrellas en
el cielo.

*There are millions of stars in
the sky.*

7. Billions

To refer to billions, Spanish uses **mil millones**. The word **billón** means
trillion.

¿**Millones de** estrellas en el
cielo? Creo que hay **miles de
millones.**

*Millions of stars in the sky? I think
there are billions.*

8. Mathematics

más plus (+)
menos minus (–)
por by, times (×)

dividido por divided by (÷)
equivale equals (=)

dividir to divide
multiplicar to multiply

restar to subtract
sumar to add

9. Fractions

un medio = 1/2	**un séptimo** = 1/7
un tercio = 1/3	**un octavo** = 1/8
un cuarto = 1/4	**un noveno** = 1/9
un quinto = 1/5	**un décimo** = 1/10
un sexto = 1/6	

ACTIVIDAD

E   **Más preguntas personales.** Hazle las siguientes preguntas a un/a compañero/a y escribe sus respuestas en los espacios. Luego, pídele a tu compañero/a que lea lo que has escrito para asegurarte de que la información es correcta. Escribe solamente los números.

1. ¿Cuál es tu número de teléfono? _____

2. ¿Cuál es tu dirección? _____

3. ¿En qué piso está tu cuarto aquí en la universidad? _____

4. ¿Eres el primer hijo (la primera hija) de tus padres? _____

5. ¿Cuánto cuesta asistir a esta universidad? _____

6. ¿En qué año de la universidad estás? _____

7. ¿En qué siglo nacieron tus abuelos? _____

8. ¿Qué porcentaje de tu sueldo pagas en impuestos? _____

En resumen

LA BODA REAL

❖   Completa la siguiente crónica social con las preposiciones apropiadas. Si hay un número entre paréntesis, escribe las palabras correspondientes en el espacio que precede. ¡Y ojo con las contracciones **al** y **del**!

El 4 de octubre de 1997, la Infanta (Princesa) Cristina de Borbón, la

a_____ (2ª) hija de los Reyes de España y la

b_____ (3ª) en la línea de sucesión al trono, se casó

1_____ Iñaki Urdangarín. Como ocurre hoy en día en otras familias reales

de Europa, la Infanta se casó 2_____ un compatriota en vez de con un

miembro de otra familia real. Por supuesto, fue la boda del año en España.

La ceremonia tuvo lugar en la catedral gótica de Barcelona, donde residen por

ahora la Infanta y su marido. Asistieron 3_____ la boda por lo menos

c_____ (1.500) invitados, entre ellos miembros de otras

familias reales del mundo, políticos y representantes destacados de la sociedad

civil (artistas, empresarios y deportistas). El entusiasmado público español disfrutó 4_____ la boda por la televisión.

Fue una boda perfecta: sobria, elegante y llena de emociones. El padre de la novia se emocionó como cualquier otro padre y se le notaban lágrimas en los ojos. Seguramente muchas jóvenes soñaron 5_____ casarse algún día en un sencillo traje de bodas blanco y mantilla como los de la novia. Después de salir 6_____ la ceremonia, la pareja feliz dio una vuelta por la ciudad en un Rolls-Royce mientras muchos d_____ (1.000) de barceloneses les dieron una ovación.

Cristina es licenciada en Ciencias Políticas por la Universidad Complutense de Madrid. Además, estudió para su maestría en Relaciones Internacionales en NYU. Se aprovechó 7_____ su estancia en los Estados Unidos para perfeccionar su inglés. Cuando terminó 8_____ estudiar en los EE.UU., fue 9_____ trabajar para la UNESCO en París, donde también perfeccionó su francés. Al volver a España, ella decidió trasladarse a Barcelona y allí trabaja para la fundación La Caixa, donde se encarga 10_____ organizar exhibiciones de fotografía y cumple 11_____ las obligaciones de ser miembro de la Familia Real.

Iñaki Urdangarín, el e_____ (6º) de 7 hermanos, nació en la provincia de Guipúzcoa, País Vasco, aunque su familia se trasladó después a Barcelona por motivos profesionales. En el colegio comenzó 12_____ jugar 13_____ balonmano (handball). Luego, hizo carrera en este deporte con el Fútbol Club de Barcelona, y ha ganado varios campeonatos jugando con ellos. Era miembro de la selección española que derrotó a Francia y consiguió la medalla de bronce en las Olimpiadas de Atlanta. Además, ha hecho la carrera de Ciencias Empresariales.

Cristina se encontró 14_____ Iñaki por f_____ (1ª) vez cuando ella asistió 15_____ una fiesta en Barcelona para celebrar el éxito español en Atlanta. Iñaki no tardó 16_____ enamorarse 17_____ la Infanta y ella 18_____ él. Por lo pronto los recién casados piensan dedicarse 19_____ sus carreras y cumplir 20_____ sus respectivos compromisos profesionales.

La Familia Real española ha logrado gran popularidad, gracias a su estilo informal, el cual contrasta con la formalidad que suele exhibir la monarquía inglesa. Los españoles se han acostumbrado 21_____ ver a sus princesas caminar por la calle y mezclarse con la gente. Es una familia moderna y modelo.

Verbs followed by the prepositions **a**, **con**, **de**, **en**   185

La monarquía es muy popular y la gente respeta al Rey y a la Familia Real. El rey ha desempeñado un papel crucial en formar el destino político de su país por el papel que desempeñó durante el golpe de estado del año 1981. Sin embargo, hay muchos que creen que la República es el mejor camino para dirigir el país. Por eso, es muy importante para la monarquía española el hecho de que la boda haya tenido lugar en Barcelona. En Cataluña existe un sentimiento nacionalista muy fuerte que ha sido perfectamente bien comprendido por la Familia Real. El Rey domina el idioma catalán y Cristina aprendió 22_____ hablarlo cuando se fue 23_____ vivir a Barcelona. Por consiguiente, fue un matrimonio políticamente calculado y a la vez espléndido por tratar 24_____ unir a las dos regiones más ingobernables de España, el País Vasco —la tierra natal del novio— y Cataluña, el lugar de residencia de la Infanta. Se espera que esta unión matrimonial contribuya 25_____ reforzar la simpatía hacia la monarquía en esas dos comunidades autónomas.

Imperatives and indirect commands

Don't do it! **¡No lo haga!** In Spanish and in English, the speaker is conveying an order in very few words. When issuing a command, the speaker is telling someone else what to do or what not to do. Spanish has several different imperative forms.

17.1 Affirmative and negative commands with **Ud.** and **Uds.**

1. The formal commands, those that are addressed to **Ud.** or **Uds.**, have the same forms as those of their respective present subjunctive conjugations.* In effect, we are saying in abbreviated form "I want you to do this" or "I don't want you to do that." The stem for the subjunctive forms is the first-person singular of the present indicative, minus the **-o** ending. Remember that in the subjunctive, **-ar** verbs take **-e** endings and **-er** and **-ir** verbs take **-a** endings. Present-tense irregularities, including stem changes, are reflected in formal commands.

2. The formal commands of the regular verbs are as follows:

gritar	leer	describir
grite Ud.	lea Ud.	describa Ud.
griten Uds.	lean Uds.	describan Uds.

3. Verbs that do not end in **-o** in the first person singular of the present indicative tense have an irregular stem formal command. However, their endings follow the same pattern as those of regular verbs.

Infinitive	Ud. commands	Uds. commands
dar	dé	den
estar	esté	estén
ir	vaya	vayan
saber	sepa	sepan
ser	sea	sean

*Please refer to the discussion on the formation of the present subjunctive, *Capítulo 18*, pages 202–203.

4. When the command is used negatively, its basic form remains the same as that of the affirmative command.

No haga eso.	*Don't do that.*
No pise el césped.	*Don't step on the lawn.*

5. Verbs that end in **-car, -gar,** and **-zar** have a spelling change in the command forms to maintain the **c, g,** and **z** sounds of the infinitive.

sacar	sa**que**(n)
llegar	lle**gue**(n)
reemplazar	reempla**ce**(n)

6. When reflexive or object pronouns are used with affirmative commands, the pronoun is attached to the verb. With negative commands, the pronoun precedes the verb.

> affirmative command + reflexive pronoun or direct object pronoun
> **no** + reflexive or object pronoun + negative command

Siénte**se**.	*Sit down.*
No se siente aquí.	*Do not sit here.*

When double object pronouns are used, their placement order remains the same as when used with other conjugated verbs.

> indirect + direct object pronoun

Muéstre**melo**.	*Show it to me.*
No **me lo** muestre ahora.	*Do not show it to me now.*

7. Note that an accent is added to the command + pronoun to retain the original stress of the verb.

ACTIVIDADES

A **¿Qué dicen?** Para prepararte para tu futura profesión, da el mandato de los siguientes verbos. Luego, en los casos donde sea posible, vuelve a dar el mandato usando los complementos directos e indirectos.

Modelo:
> Quitarse la camisa.
> *Quítese la camisa.*
> *Quítesela.*

El médico le dice al paciente...

1. Indicarme dónde le duele.

_____

_____

2. Subir a la balanza (*scale*).

   _____

   _____

3. Comenzar una dieta mañana.

   _____

   _____

4. Hacer más ejercicio.

   _____

   _____

La dentista le dice al paciente...
   5. Sentarse en la silla.

   _____

   _____

6. Abrir la boca.

   _____

   _____

7. No tener miedo.

   _____

   _____

8. No morderme, por favor.

   _____

   _____

El abogado le dice a su cliente...
   9. Decirme la verdad.

   _____

   _____

10. No mentir cuando tiene que dar testimonio.

   _____

   _____

11. No masticar chicle en el tribunal.

   _____

   _____

12. Responder a mis preguntas.

   _____

   _____

El/La profesor/a les dice a sus estudiantes...
   13. Entregar el trabajo a tiempo.

   _____

   _____

17.1

14. No olvidarse del examen mañana.

_____

_____

15. No llegar tarde al examen.

_____

_____

16. Venir a mi oficina si quieren hablar conmigo.

_____

_____

B **Los anuncios.** Por lo general los anuncios en revistas, periódicos y carteleras (*billboards*) usan los mandatos formales. Escribe los anuncios para los siguientes productos como si fueras (*as though you were*) el/la redactor/a de anuncios (*copywriter*) en una agencia de publicidad.

1. Viajar seguro y cómodo en el coche Matador.

_____

2. Probar la margarina Puragrasa.

_____

3. Cepillarse los dientes con la pasta dentífrica Sonrisa.

_____

4. Disfrutar de la vida navegando en el crucero (*cruiseship*) Isla Flotante.

_____

5. No perderse la película *No matarme.*

_____

6. Rebajar de peso con Vidacorta.

_____

7. Darle a ella el regalo que nunca olvidará, el perfume Mofeta.

_____

8. Volar con la aerolínea Alarrota.

_____

C **Una conversación.** En español, tanto como en inglés, hay ciertos mandatos que forman parte de las conversaciones. Para practicarlos, imagina que eres el/la gerente (*manager*) de un proyecto en una agencia de publicidad y tu compañero/a es el/la redactor/a de publicidad. Completen la conversación con el mandato apropiado.

Acuérdese.	Remember.
Dígame.	Tell me.
Escúcheme.	Listen.
Hágame el favor de...	Do me the favor of . . . ; Please . . .
¡Imagínese!	Imagine that!

¡No me diga!	Really? You don't say!
No se olvide.	Don't forget!
No se preocupe.	Don't worry!
Tenga cuidado.	Be careful.
Tome Ud.	Here it is.

Gerente: Parece que el cliente está conforme con la campaña preliminar.

Redactor: _____ . Yo anticipaba problemas.

Gerente: ¿Me puede alcanzar el calendario?

Redactor: Sí. _____ .

Gerente: Mañana tenemos una reunión con el cliente.

_____ de llegar temprano.

Y _____ de traer los dibujos.

Redactor: _____ . Estaré aquí bien temprano con todos

los dibujos.

Gerente: _____ bien. El cliente es muy caprichoso

(*temperamental*). _____ con lo que Ud. dice.

Redactor: _____ . No voy a meter la pata

(*stick my foot in it*).

Gerente: Hágame el favor de decirle a Horacio Hernández que venga a la

reunión también.

Redactor: Sí, cómo no.

Gerente: Ah, le quería decir una cosa más.

Redactor: Sí, _____ .

Gerente: Si conseguimos este proyecto, Ud. va a tener un aumento de sueldo.

Redactor: ¡ _____ !

17.2 Affirmative and negative commands with **tú**

1. As you have probably noticed when reading the instruction lines for the activities in *¡Eso es!*, the affirmative informal commands are identical to the third-person singular of the present indicative.

    Practica los verbos.   **Completa** las oraciones.

2. Negative informal commands use the second-person singular form of the subjunctive.

    ¡No me **molestes**!   ¡No te **preocupes**!

3. Some frequently used verbs have irregular affirmative **tú** forms. However, the negative command form of these verbs continues to be the second-person singular of the present subjunctive.

17.2

Infinitive	Affirmative	Negative
decir	¡**Di** algo!	¡**No digas** nada!
hacer	¡**Haz** tu trabajo!	¡**No** lo **hagas**!
ir(se)	¡**Vete** en seguida!	¡**No** te **vayas** ahora!
poner	¡**Pon** las cosas aquí!	¡**No** las **pongas** allí!
salir	¡**Sal** de aquí!	¡**No salgas** por esa puerta!
ser	¡**Sé** cortés!	¡**No seas** grosero!
tener	¡**Ten** paciencia!	¡**No tengas** miedo!
venir	¡**Ven** a las ocho!	¡**No vengas** tarde!

4. Note that the informal affirmative command form of **ir** is usually used in the reflexive: **vete.**

5. The placement of object pronouns with informal commands is the same as that with formal commands: the object pronouns are attached to affirmative commands and precede negative ones.

6. When adding pronouns, an accent is required to maintain the normal stress on the stem.

Vete a la librería y **cómprame** un buen diccionario.   *Go to the bookstore and buy me a good dictionary.*

7. The **vosotros** commands are used primarily in Spain; in Latin America the plural formal commands are used instead. However, if you wish to practice the **vosotros** commands, they are included in the verb charts in Appendix I of this book.

ACTIVIDADES

D **La tarea para mañana.** Como no asististe a la clase de español ayer, no sabes lo que hay que preparar para la próxima clase. Llama a dos compañeros/as y hazles las siguientes preguntas. Uno/a te va a contestar con mandatos afirmativos y otro/a te va a contestar con mandatos negativos. Usen los complementos en sus respuestas cuando sean necesarios.

Modelo:

¿Tengo que... estudiar los mandatos?

A: *¡Sí. Estúdialos!*

B: *¡No, no los estudies!*

¿Tengo que...

1. preparar el capítulo 10?

_____

_____

2. leer el cuento?

_____

_____

3. hacer todas las actividades?

_____

_____

4. ir a la biblioteca?

_____

_____

5. escribir la composición?

_____

_____

6. estudiar los usos de **por** y **para**?

_____

_____

7. explicar mi ausencia a la profesora?

_____

_____

8. traer el diccionario a la clase?

_____

_____

 Si pudieran hablar... Si las computadoras o las mascotas (*pets*) pudieran hablar, ¿qué te dirían? Da los mandatos afirmativos o negativos y usa los complementos cuando sea posible.

Modelo:

Tu gato o perro: despertarme

¡No me despiertes!

Tu computadora:

1. molestarme (Estoy cansada.) _____

2. echarme la culpa de tus errores

_____

3. llamar al servicio de computadoras porque no me siento bien

_____

4. ponerte agitado cuando no funciono bien

_____

Tu gato o perro:

5. acariciarme _____

6. darme lo que tienes en tu plato _____

17.2

7. bañarme _____

8. dejarme dormir en el sofá _____

9. tener paciencia conmigo _____

F **El ángel y el diablo.** ¿Qué hacer o decir en ciertas situaciones? En parejas, hagan los papeles del ángel y del diablo según el modelo.

Modelo:
Tienes que entregar una composición hoy, pero te has olvidado de escribirla. (decirle al/a la profesor/a la verdad; ir a la clase hoy)
A: *¡Dile la verdad!*
D: *¡No vayas a la clase hoy!*

1. Compraste algo por seis dólares. Le das a la cajera un billete de diez y ella te da catorce dólares de cambio. (devolverle algunos billetes; salir rápidamente de la tienda)

_____

2. Tienes 19 años y la edad legal para tomar bebidas alcohólicas en tu estado es 21 años. Un amigo ofrece conseguirte una tarjeta de identidad falsa. (rechazar su oferta; aceptar la tarjeta)

_____

3. Estás invitado/a a cenar en la casa de un/a amigo/a. Sirve pescado, el plato que menos te gusta. (dejar el pescado en el plato; comer el pescado)

_____

4. Estás en una cena formal y tienes algo pegado entre los dientes y te molesta mucho. (disculparse e ir al cuarto de baño; tener vergüenza de sacarlo en la mesa)

_____

5. Descubres que tu nuevo/a compañero/a de cuarto tiene opiniones políticas completamente opuestas a las tuyas. (hablar de política; pelear constantemente)

_____

6. Estás en una fiesta y te das cuenta de que todos están fumando marijuana. (salir en seguida; pedir un porro [*joint*])

_____

7. Vas a una fiesta con un/a amigo/a nuevo/a. Todos están bailando, pero tu amigo/a no sabe bailar. (enseñarle a bailar; bailar con otro/a)

_____

8. Estás sentado/a en el autobús cuando sube una viejita con un bastón (*cane*). (levantarte y ofrecerle tu asiento; prestarle atención)

_____

17.3 Nosotros commands

1. The **nosotros** command is the same as the first-person plural of the subjunctive.

   ¡**Seamos** más tolerantes!   *Let's be more tolerant!*

   ¡**Tengamos** cuidado!   *Let's be careful!*

2. In affirmative **nosotros** commands using reflexive verbs, the final consonant is dropped. For example, **sentarse**:

   > senteмоs̸ + nos → **sentémonos**

   ¡**Casémonos** mañana!   *Let's get married tomorrow!*

   Sentémonos aquí.   *Let's sit down here.*

   No, **no nos sentemos** aquí.   *Let's not sit down here.*

3. Either **vámonos** or **vayamos** can be used as the affirmative **nosotros** form of **ir**.

   ¡**Vámonos**! ¡Sí, **vayamos** ahora!   *Let's go! Yes, let's go now!*

ACTIVIDAD

G **¡Mejoremos nuestra ciudad!** La ciudad de Mesa Verde inaugura una campaña de publicidad para crear conciencia cívica entre los ciudadanos. ¿Qué dicen las carteleras que se encuentran por la ciudad?

1. ser buenos ciudadanos _____

2. mantener limpia nuestra ciudad _____

3. no olvidarse de tirar la basura en la canasta _____

4. cuidar nuestros parques _____

5. no malgastar energía _____

6. no contaminar el aire _____

7. acordarse de respetar los derechos de los otros _____

8. votar por el mejor candidato _____

17.4

17.4   Indirect commands

The indirect commands are used to express several different wishes in Spanish. Note the following examples:

Que lo pases bien.	*Have a good time.*
Que tenga suerte.	*I hope you will be lucky.*
Que seas feliz.	*May you be happy.*
Si quiere hacerlo, **que lo haga.**	*If he wants to do it, let him do it.*

> **que** + object pronoun (when used) + present subjunctive + subject
> (singular or plural when used or stated explicitly)

ACTIVIDADES

 Que lo haga otro. Cuando tu compañero/a te pregunta si vas a hacer las siguientes actividades, sugiere con humildad que otro/a lo haga.

Modelo:

¿jugar al golf? / Severiano Ballesteros
A: *¿Vas a jugar al golf?*
B: *¿Quién? ¿Yo? Que lo juegue Severiano Ballesteros.*

1. ¿batear un jonrón? / Sammy Sosa

_____

2. ¿cantar en la ópera? / Plácido Domingo

_____

3. ¿actuar en una película? / Jennifer López

_____

4. ¿tocar el piano? / Alicia de Larrocha

_____

5. ¿dirigir una película? / Pedro Almodóvar

_____

6. ¿dar un discurso de siete horas? / Fidel Castro

_____

7. ¿escribir una novela? / Isabel Allende

_____

8. ¿explicarme la función del subjuntivo? / el/la profesor/a de español

_____

I   **Tarjetas.** Las tarjetas de ocasiones especiales en español frecuentemente usan los mandatos indirectos. En parejas, indiquen el mensaje de las siguientes tarjetas y después creen uno original.

Modelo:
¡Feliz cumpleaños! / cumplir muchos años más
¡Que cumplas muchos años más!
¡Que tengas siempre el espíritu joven!

1. 50 años de matrimonio / darles a todos el secreto de la felicidad

_____

2. Salir de viaje / tener un buen viaje

_____

3. ¡Feliz cumpleaños! / pasarlo bien

_____

4. Una graduación / realizar tus sueños

_____

5. Una enfermedad / mejorarse pronto

_____

6. El día de San Valentín / ser mi enamorado/a para siempre

_____

7. ¡Feliz Navidad! / tener paz y dicha (*joy*)

_____

8. El nacimiento de un bebé / ser felices

_____

17.5   Además... Places of work

You probably recognize many of the words in the following list, but perhaps others are unfamiliar. Some are used more frequently in some Spanish-speaking countries than in others, and some are used to designate something quite different. For example, **un almacén** in some countries is a *department store*. However, in some Latin American countries **un almacén** is a *grocery store*, and in some others a *warehouse* or *storeroom*. This is not a problem because you will learn such words quickly and easily when you are in a Spanish-speaking country. Here are some commonly used terms for places of work.

el almacén	department store, grocery store, warehouse
el bufete	law office (Spain, Puerto Rico)
la clínica	clinic
el colegio	public primary school, private primary or secondary school
la compañía	company
el consultorio	doctor or dentist's office
el despacho	office, study

17.5

la empresa	large company, enterprise
el escritorio	office, study
la escuela de segunda enseñanza (escuela secundaria)	high school
la estación	station
el estudio	studio, office
la fábrica	factory
el laboratorio	laboratory
la oficina	office
el sanatorio	clinic, private hospital
la sociedad anónima (S.A.)	corporation
el taller	workshop, studio, repair shop, factory
la tienda	store, shop
la universidad	university, college

ACTIVIDAD

J **¿Dónde trabajan?** Hay muchos sitios en los cuales una persona puede trabajar. Indica dónde pueden trabajar las siguientes personas. Y ten en cuenta que para ciertas carreras o profesiones, a veces hay varios sitios. Después compara tus respuestas con las de un/a compañero/a y explícaselas si es necesario.

1. un/a médico/a _____

2. un/a director/a de películas _____

3. un/a dentista _____

4. un/a arquitecto/a _____

5. un/a ingeniero/a _____

6. un/a escultor/a _____

7. un/a maestro/a _____

8. un/a científico/a _____

9. un/a programador/a _____

10. un/a profesor/a _____

11. un/a abogado/a _____

12. un/a investigador/a (*researcher*) _____

13. un/a enfermero/a _____

14. un/a psicólogo/a _____

15. un/a veterinario/a _____

En resumen

UNA CAMPAÑA DE PUBLICIDAD

❖ Imagina que eres redactor/a de anuncios en una agencia de publicidad y que tu proyecto es crear una campaña de anuncios de servicio público. Usa los mandatos directos o indirectos a partir de las sugerencias de tema a continuación (u otras sugeridas por la clase) para formular tu campaña. Al terminar, comparte tus anuncios con tus compañeros y escucha los de ellos. Analícenlos. ¿Cuáles son los más eficaces? ¿Por qué?

Ten en cuenta los siguientes puntos:

1. Decide cuál será el enfoque de tu mensaje.
2. Indica el medio que vas a utilizar: televisión, prensa, revistas, carteleras, radio.
3. Indica el sector al cual tu anuncio será dirigido: ciudadanos de la tercera edad (*senior citizens*), adultos, jóvenes, adolescentes, niños, padres, mujeres, hombres.

Algunas sugerencias de tema:

1. Fumar
2. El consumo de drogas
3. El control de armas
4. El abandono de los estudios
5. No manejar borracho
6. La conservación o la protección del medio ambiente

Capítulo 18

The subjunctive: function and forms

18.1 The subjunctive mood: An introduction

Spanish has two main moods: the indicative and the subjunctive. The indicative mood is used to express objective reality, to describe, to report facts, to ask questions. In other words, it refers to events or states of being that are considered factual, definite, or part of the speaker's perceived reality.

The subjunctive mood in Spanish is subjective or conceptual, and it is important to understand the concept as well as to learn the rules and cues that trigger its use. Think of the subjunctive as expressing feelings, opinions, wishes, desires, unreality, non-existence, the unknown, the hypothetical, and the doubtful.

The subjunctive is also used in English, but less frequently. Its most common use is with the words *were, may, might, should*. For example, look at the following sentences:

If I were you, I would not climb that mountain. It may (might) be dangerous.

Should you encounter problems, it may be hard to get help.

The rule for using the subjunctive in dependent clauses such as noun clauses is:

> independent clause + **que** + dependent clause
> when there is a change of subject

Es necesario que **terminemos** hoy.   *It is necessary that we finish today.*

In this case, the expression **Es necesario,** the independent clause, is a subjunctive trigger because it presents a subjective opinion. In the dependent clause, **que terminemos hoy** the subject is "*we*", not "*it*" anymore. If, however, the sentence were

Es necesario **terminar** hoy.   *It is necessary to finish today.*

the infinitive would be used as there is no change of subject in the dependent clause.

As you can see in the differences between the indicative mood and the subjunctive mood, not all sentences with **que** or two clauses require the use of the subjunctive. In some cases the subjunctive is used without **que**, or another connective word may be used. In other cases, its use or omission depends upon what the speaker wishes to convey.

¡Ojo!   The purpose of this chapter is to practice only the subjunctive conjugations.

18.2   The present subjunctive

1. The present subjunctive of regular verbs is formed by changing the ending vowel **-o** of the first-person present indicative of **-ar** verbs to **-e**, and **-er** or **-ir** verbs to **-a**.

mirar		vender		asistir	
mire	miremos	venda	vendamos	asista	asistamos
mires	miréis	vendas	vendáis	asistas	asistáis
mire	miren	venda	vendan	asista	asistan

2. Verbs ending in **-ar** and **-er** that have a stem change in the present tense of the indicative retain the same change in the subjunctive.

Sus padres no quieren que vuelvan tarde.   *Their parents don't want them to return late.*

3. Verbs that end in **-ir** in the present indicative and have the stem change of **e → ie** or **e → i**, change the **e** to **i** in the stem of the **nosotros** and **vosotros** forms of the present subjunctive.

sentir		seguir	
sienta	sintamos	siga	sigamos
sientas	sintáis	sigas	sigáis
sienta	sientan	siga	sigan

4. Verbs that end in **-ir** in the present indicative and have the stem change of **o → ue** in the present subjunctive change to **u** in the **nosotros** and **vosotros** forms.

morir	
muera	muramos
mueras	muráis
muera	mueran

5. Verbs ending in **-er** and **-ir** that have an irregular form in the first person of the indicative have an irregular subjunctive form that continues throughout the conjugation.

Infinitive	Present indicative yo form	Present subjunctive
conocer	**conozco**	conozca, conozcas, conozca, conozcamos, conozcáis, conozcan
decir	**digo**	diga, digas, diga, digamos, digáis, digan
hacer	**hago**	haga, hagas, haga, hagamos, hagáis, hagan
oír	**oigo**	oiga, oigas, oiga, oigamos, oigáis, oigan
poner	**pongo**	ponga, pongas, ponga, pongamos, pongáis, pongan
salir	**salgo**	salga, salgas, salga, salgamos, salgáis, salgan
tener	**tengo**	tenga, tengas, tenga, tengamos, tengáis, tengan
ver	**veo**	vea, veas, vea, veamos, veáis, vean

6. In order to maintain their sound, **-ar** verbs that end in **-car, -gar,** and **-zar** have the following spelling changes:

sacar: saque, saques, saque, saquemos, saquéis, saquen

pagar: pague, pagues, pague, paguemos, paguéis, paguen

almorzar: almuerce, almuerces, almuerce, almorcemos, almorcéis, almuercen

-Er and **-ir** verbs that end in **-ger, -gir** or **-cer** have the following spelling changes:

escoger: escoja, escojas, escoja, escojamos, escojáis, escojan

elegir: elija, elijas, elija, elijamos, elijáis, elijan

vencer: venza, venzas, venza, venzamos, venzáis, venzan

7. Dar and **estar** are regular in the present subjunctive except for the accents.

dar: dé, des, dé, demos, deis, den

estar: esté, estés, esté, estemos, estéis, estén

8. The verbs **haber, ir, saber,** and **ser** have irregular stems in the present subjunctive, but their endings are regular.

haber: **haya, hay**as, **haya, hay**amos, **hay**áis, **hay**an

ir: **vaya, vay**as, **vaya, vay**amos, **vay**áis, **vay**an

saber: **sepa, sep**as, **sepa, sep**amos, **sep**áis, **sep**an

ser: **sea, se**as, **sea, se**amos, **se**áis, **se**an

18.2

ACTIVIDADES

A **Un discurso de campaña.** Cuando el verbo **querer** está en la cláusula independiente y hay un cambio de sujeto en la cláusula dependiente, es necesario expresar el verbo de la cláusula dependiente en el subjuntivo. Para practicar el subjuntivo, cuenta lo que quiere este candidato presidencial de un país latinoamericano.

Modelo:
Uds. / escucharme bien
Quiero que Uds. me escuchen bien.

Quiero que...

1. Uds. / no creer las mentiras de la oposición

_____

2. los ciudadanos de este país / pagar sus impuestos

_____

3. la pobreza / desaparecer de este país

_____

4. este país / llegar a ser un poder mundial

_____

5. nuestra juventud / tener más oportunidades

_____

6. nosotros / ser un país democrático

_____

7. Uds. / saber que soy el mejor candidato

_____

8. Uds. / ir a las urnas (*poll booths*) y votar por mí

_____

B **¡Todos quieren algo!** En parejas, cuenten lo que Uds. creen que las siguientes personas o empresas quieren que Ud(s). haga(n) o no haga(n).

Modelo:
tus padres
¿Qué quieren tus padres que hagas?
Quieren que me dedique a los estudios.
(No quieren que pierda tiempo.)

1. tus amigos

_____

2. tu pareja (*boyfriend/girlfriend*)

_____

3. tu compañero/a de cuarto

_____

4. tus profesores

_____

5. tu jefe/a (*boss*)

_____

6. la compañía de teléfonos

_____

7. MTV

_____

8. las compañías de tarjetas de crédito

_____

C   **Y tú, ¿qué quieres?** Con un/a compañero/a, cuenten qué quieren Uds. de las siguientes personas o grupos.

Modelo:

la administración de la universidad

¿Qué quieres que haga la administración de esta universidad?

Quiero que rebaje el costo de la matrícula.

(Quiero que construya un centro deportivo más grande.)

1. tus padres

_____

2. tu pareja

_____

3. tus amigos

_____

4. tus profesores

_____

5. tu jefe/a

_____

6. los productores de programas de televisión

_____

7. el Congreso de este país

_____

8. el presidente de este país

_____

18.3 **The present perfect subjunctive**

The present perfect subjunctive is used in the dependent clause instead of the present perfect indicative when the subjunctive is required. It indicates that the action of the dependent clause occurred prior to the action of the independent clause.

> present subjunctive of **haber** + past participle

(yo) **haya** venido	(nosotros/as) **hayamos** ganado
(tú) **hayas** estado	(vosotros/as) **hayáis** tenido
(él, ella, Ud.) **haya** visto	(Uds.) **hayan** hablado

¡Es increíble que **haya nevado** en julio!

It's incredible that it has snowed in July!

No es sorprendente que **haya nevado** en julio si estás en Chile.

It's not surprising that it has snowed in July if you are in Chile.

ACTIVIDADES

 Comentarios. Usa el presente perfecto de subjuntivo para saber cómo han salido las elecciones.

Modelo:
Es curioso / mucha gente / no votar
Es curioso que mucha gente no haya votado.

1. Es bueno / ese candidato / no llegar a ser presidente

   _____

2. Es interesante / ni su mamá / votar por él

   _____

3. Es una lástima / él / meter la pata (*has stuck his foot in his mouth*)

   _____

4. Es fantástico / nuestro candidato / ganar

   _____

5. Es importante / la mayoría de los ciudadanos / ir a las urnas

   _____

6. Es malo / una minoría / no tener interés en las elecciones

   _____

E **Las noticias recientes.** Con un/a compañero/a, da tu opinión de las noticias recientes. Pueden referirse a la política nacional o internacional, las artes, los deportes o simplemente a algo que ha pasado recientemente en tu ciudad o universidad. ¿Tienen Uds. la misma reacción a los mismos sucesos? No se olviden de usar el presente perfecto de subjuntivo.

Modelo:

Es ridículo _____

A: *Es ridículo que _____ haya ganado un Óscar.*

B: *Estoy de acuerdo. Es absurdo que lo haya ganado.*

(*Al contrario. Creo que es bueno que lo haya ganado.*)

1. Es bueno _____

2. Es triste _____

3. Es natural _____

4. Es posible _____

5. Es absurdo _____

6. Es probable _____

7. Es raro _____

8. Es sorprendente _____

18.4   The imperfect subjunctive

1. The third-person plural of the preterite forms the stem of the imperfect (past) subjunctive.

Infinitive	Third-person plural of preterite	Imperfect subjunctive	
saltar	**saltar**on	saltara	saltáramos
beber	**bebier**on	bebieras	bebierais
existir	**existier**on	existiera	existieran

2. There are two imperfect subjunctive endings in Spanish: the **-ra** form, which is given here, and the **-se** form. The **-ra** ending is the more frequently used form, especially in oral expression. The **-se** ending is more frequently used as a literary form.

3. **-Ir** stem-changing verbs have the same stem change in the imperfect subjunctive that they have in the third-person plural of the preterite.

Infinitive	Third-person plural of preterite	Imperfect subjunctive	
sentir	sintieron	sintiera	sintiéramos
		sintieras	sintierais
		sintiera	sintieran

4. Verbs in which the **-e** changes to **-y** in the third-person plural of the preterite have the same change in the imperfect subjunctive.

leer: leyeron   leyeran

5. Verbs that have irregular preterite stems retain that irregularity throughout the imperfect subjunctive.

Infinitive	Third-person plural of preterite	Imperfect subjunctive
dar	**dier**on	diera/diese
decir	**dijer**on	dijera/dijese
estar	**estuvier**on	estuviera/estuviese
hacer	**hicier**on	hiciera/hiciese
ir	**fuer**on	fuera/fuese
poder	**pudier**on	pudiera/pudiese
poner	**pusier**on	pusiera/pusiese
querer	**quisier**on	quisiera/quisiese
saber	**supier**on	supiera/supiese
ser	**fuer**on	fuera/fuese
tener	**tuvier**on	tuviera/tuviese
venir	**vinier**on	viniera/viniese

6. As you can see in this chapter under the discussion of sequence of tenses (section 18.6), and throughout Chapters 19, 20, 21, and 22 where the uses of the subjunctive are discussed in detail, the imperfect subjunctive is used in the same situations in which the present subjunctive is used. The imperfect subjunctive is also used in the following cases:

a. when the main verb is in the past tense, or

b. when the dependent clause refers to an action in the past even when the main verb is in the present, or

c. when **Ojalá** is used to express an impossible or improbable wish.

7. The imperfect subjunctive is also used to express the ultimate degree of politeness or suggestion. Only the verbs **deber**, **poder**, and **querer** use the imperfect subjunctive this way. Note how different verb forms—commands, indicative, conditional, and imperfect subjunctive—are used to indicate these levels of courtesy.

Alcánzame el plato.	*Hand me the dish.*
¿Puede alcanzarme el plato?	*Can (Will) you hand me the dish?*
¿Podría alcanzarme el plato?	*Could you hand me the dish?*
¿Pudiera alcanzarme el plato?	*Could you hand me the dish?*

ACTIVIDADES

F   **El pretérito.** Antes de usar el imperfecto de subjuntivo, es una buena idea repasar la tercera persona plural del pretérito. Completa con el pretérito la siguiente crónica de un terremoto que sucedió hace ya un tiempo.

Cuando el terremoto ocurrió durante la noche, muchos de los habitantes de la región ¹_____ (saltar) de la cama y ²_____ (escapar) de su casa. Pero otros ³_____ (morir) mientras dormían. Inmediatamente después del terremoto, los sobrevivientes ⁴_____ (comenzar) a buscar a los que estaban enterrados en las casas arruinadas. En uno o dos minutos, varios pueblos ⁵_____ (desaparecer) casi por completo y miles de personas ⁶_____ (quedarse) sin casa, comida y agua potable.

Varias agencias del gobierno ⁷_____ (ir) a la región para ayudarlos. Los médicos y enfermeros de la región ⁸_____ (tratar) a los heridos. Varios helicópteros ⁹_____ (llevar) a los más gravemente heridos a los hospitales de la ciudad. Muchos voluntarios ¹⁰_____ (traer) perros que ¹¹_____ (oler) los escombros (*rubble*) en busca de más heridos o muertos que todavía estaban enterrados.

Los ingenieros ¹²_____ (venir) con grandes equipos y ¹³_____ (quitar) los escombros. Otros ingenieros ¹⁴_____ (construir) sistemas para proveer agua potable. Los políticos ¹⁵_____ (visitar) la región, ¹⁶_____ (ver) el desastre y ¹⁷_____ (prometer) fondos del gobierno para reconstruir los pueblos. Los periodistas les ¹⁸_____ (hacer) entrevistas a los sobrevivientes y ¹⁹_____ (sacar) fotos del desastre. Miles de ciudadanos ²⁰_____ (saber) del desastre a través de los artículos escritos por los periodistas y ²¹_____ (contribuir) con dinero, ropa y comida para los afligidos.

G **Consejos.** ¿Qué les dijeron las autoridades a las víctimas del terremoto? Completa las oraciones con el imperfecto de subjuntivo.

Modelo:

Les dijeron a las víctimas que...

no tomar el agua

Les dijeron a las víctimas que no tomaran el agua.

Les dijeron a las víctimas que...

1. no tocar los escombros _____

2. ir al hospital provisorio si no se sentían bien

   _____

3. no entrar en sus casas _____

4. dormir en las tiendas de campaña (*tents*) _____

5. hacer cola cuando distribuyeran alimentos _____

6. no preocuparse por los temblores pequeños

   _____

7. no tener miedo _____

8. enterrar a los muertos lo más pronto posible

   _____

H **¿Qué te dijeron?** ¿Qué mandatos te dieron tus padres cuando tenías cinco años? ¿Y cuando tenías 12 años? ¿Y 16 años? En parejas, cuenten los mandatos que recibieron.

Modelo:

hablar con personas desconocidas / quedarme cerca de la casa

A: *Cuando tenía cinco años mis padres me dijeron que no hablara con personas desconocidas (strangers).*

B: *Y mis padres me dijeron que me quedara cerca de la casa.*

Cuando yo tenía cinco años mis padres me dijeron...

1. no cruzar la calle solo/a / leer un libro en vez de mirar la televisión

2. comer las verduras / no darle mi comida al perro

3. jugar bien con otros niños / no pelear con ellos

Cuando tenía 12 años me dijeron...

4. invitar a mis amigos a casa / ser respetuoso/a

5. decir «no» a las drogas / hablarles cuando tuviera problemas

6. practicar deportes / hacer la tarea

Y cuando tenía 16 años me dijeron...

7. dedicarme a los estudios / pensar en el futuro

8. volver a casa a la hora designada / no asistir a fiestas donde sirvieran bebidas alcohólicas

I **Esperanzas.** El primer día de clases en la universidad, seguramente tenías muchas esperanzas. Completa las siguientes oraciones con tus propias palabras. Luego, compara tus oraciones con las de un/a compañero/a. Por supuesto, hay que usar el imperfecto de subjuntivo.

Yo esperaba que...

1. mis compañeros/as _____ .
2. mis profesores _____ .
3. mi consejero/a _____ .
4. mi clase de ¿...? _____ .
5. mis amigos de la secundaria y yo _____ .
6. la comida de la cafetería _____ .
7. los otros estudiantes de la residencia estudiantil _____ .
8. los libros que tenía que comprar _____ .

J **La cena.** Imagina que estás en una cena con un grupo de colegas que no conoces muy bien. Claro, quieres dar una buena impresión; entonces usas el imperfecto de subjuntivo cuando quieres algo.

1. ¿Me puede alcanzar el salero (*salt shaker*)? _____
2. ¿Quiere Ud. que yo pida más pan? _____
3. Ud. debe usar ese tenedor, no éste. _____
4. Quiero saber dónde están los servicios. _____
5. ¿Me puede decir cuándo comienzan los discursos? _____

18.5 The pluperfect subjunctive

The pluperfect subjunctive is used in place of the past perfect indicative when the subjunctive is required. It is used primarily in conditional sentences to express conditions that are contrary to fact in the past (see section 22.3, subjunctive with *if* clauses). The pluperfect subjunctive is also used with **Ojalá** (**que**) to express a wish contrary to fact in the past.

> past subjunctive of **haber** + past participle

Ojalá (que)...	I wish . . .
no **hubieran ido**	*they hadn't gone*
hubiéramos sabido	*we had known*
yo **hubiera comprado**	*I had bought*
tú **hubieras visto**	*you had seen*
Ud./él/ella **hubiera ido**	*he had gone*
nosotros/as **hubiéramos caminado**	*we had walked*
vosotros/as **hubierais roto**	*you had broken*
Uds./ellos/ellas **hubieran sido**	*they had been*

18.5

ACTIVIDADES

K   **¡Ojalá!** Las telenovelas (*soap operas*) son muy populares en los países hispánicos. ¿Qué dicen estas dos vecinas cuando comentan su telenovela preferida?

Modelo:

Los novios se casaron.

Ojalá que los novios se hubieran casado.

1. El romance no terminó así. _____

2. Ella no lo mató. _____

3. La viejita no se murió. _____

4. El médico llegó a tiempo. _____

5. Estela encontró a otro novio. _____

6. Ramón expresó sus sentimientos. _____

7. Ellos vivieron felices para siempre. _____

8. Nosotras grabamos una cinta (*videotape*) del último episodio. _____

_____

L   **Si las cosas hubieran sido diferentes...** Las dos vecinas están pensando que la telenovela habría sido diferente si las cosas no hubieran pasado como pasaron. Sigue el modelo para explicar las diferencias.

Modelo:

Los novios se casaron. Eran felices.

Si los novios se hubieran casado, habrían sido felices.

1. Los novios se casaron. El romance no terminó así.

_____

2. Él no se fue con otra. Ella no lo mató.

_____

3. Ella no tenía celos. Él no era mujeriego.

_____

4. El médico llegó a tiempo. La mamá de él está viva ahora.

_____

5. Estela encontró otro novio. Todo esto no pasó.

_____

6. Ramón expresó sus sentimientos. Estela y Ramón están juntos ahora.

_____

7. Ellos vivieron felices para siempre. Era más romántico.

_____

8. Teníamos una videocasetera. Nosotras hicimos un video del último episodio para verlo otra vez. _____

_____

18.6 Sequence of tenses

The following chart outlines which of the subjunctive tenses is used in sentences that require the use of the subjunctive. Remember that if the subjects of the independent clause and the dependent clause are the same, the infinitive is used.

Indicative	Subjunctive
When the independent clause is in the... present present perfect present progressive imperative future future perfect	the dependent clause requires... the present subjunctive or the present perfect subjunctive
When the independent clause is in the... preterite imperfect pluperfect past progressive conditional conditional perfect	the dependent clause requires... the imperfect subjunctive or the pluperfect subjunctive

ACTIVIDADES

M **El próximo paso.** Completa la siguiente anécdota con la forma apropiada del subjuntivo o con el infinitivo. Es una buena idea trabajar con un/a compañero/a. ¡Ojo! Fíjate en el tiempo del verbo de la cláusula independiente.

1. Cuando Andrés se graduó de la universidad en mayo, no tenía la menor idea de cuál sería el próximo paso. Su especialización era la antropología y sus profesores le habían sugerido que _____ (seguir) con estudios postgraduados. Según ellos, sería lógico que Andrés lo _____ (hacer).

2. Sin embargo, Andrés ya había sido estudiante por 16 años seguidos y había decidido que sería mejor _____ (tener) tiempo libre para pensar en su futuro sin presión. Mientras tanto, ¿qué puede hacer? ¿Aceptar un empleo cualquiera? ¿Viajar por el mundo? ¿Contemplarse el ombligo (*navel*)?

3. Sus padres le dicen que sería bueno que _____ (trabajar) por unos años en el «mundo real» para que _____ (saber) lo difícil que es ganarse la vida. Cuando Andrés ingresó en la universidad, su padre quería que él _____ (estudiar) negocios porque dudaba que _____ (ser) posible que Andrés _____ (ganarse) la vida como antropólogo. Ahora, otra vez le aconseja a Andrés que _____ (hacer) una maestría en negocios.

4. Andrés ya sabe lo que es trabajar en el «mundo real». El dueño del restaurante donde trabajaba durante los veranos ya le ha dicho que puede volver al restaurante cuando _____ (querer). Pero Andrés quiere un trabajo que _____ (ser) más estimulante intelectualmente. Cree que es absurdo que el único trabajo que él _____ (poder) conseguir después de pasar cuatro años en la universidad _____ (ser) servir a los clientes de un restaurante.

5. Dos de sus amigos, que van a viajar por el mundo, le sugieren que los _____ (acompañar). Puede ser que el viaje _____ (ser) una experiencia magnífica y que los tres jóvenes _____ (divertirse) y _____ (aprender) mucho, pero para viajar por el mundo es necesario _____ (tener) dinero. A menos que _____ (ocurrir) un milagro, Andrés no lo tiene. Y la posibilidad de conseguir tanto dinero antes de que sus amigos _____ (salir) de viaje es mínima.

6. Claro, es probable que los jóvenes _____ (viajar) en forma muy económica, con mochilas y sacos de dormir, pero aun eso requiere dinero. Entonces, le sugieren a Andrés que le _____ (pedir) el dinero a su padre. Pero a Andrés no le gusta pedirle dinero a su padre. También, es probable que su padre le _____ (decir) que no. Si tú fueras Andrés, ¿qué harías?

N   **Y tú, ¿qué opinas?** Completa las siguientes oraciones y después compara tus opiniones con las de un/a compañero/a.

1. Es posible que Andrés _____

2. Sería mejor que Andrés _____

3. Es importante que Andrés _____

4. Yo le aconsejo a Andrés que _____

5. No estoy seguro/a de que Andrés _____

6. Dudaba que Andrés _____

7. Me gustó que Andrés _____

8. Espero que Andrés _____

9. Ojalá que Andrés _____

10. Si yo fuera Andrés, _____

18.7   Además... Set phrases with the subjunctive

There are certain set phrases in Spanish that use the subjunctive. You will notice that they either express a wish or are an indefinite response.

Cueste lo que cueste.	Whatever it may cost.
Lo que sea.	Whatever it may be.
Pase lo que pase.	Whatever may happen.
Pueda(s) o no pueda(s).	Whether or not I (you) can.
Que le (te) vaya bien.	May it go well with you. (Farewell.)
Que yo (nosotros) sepa (sepamos)...	As far as I (we) know . . .
Quiera(s) o no quiera(s).	Whether you are willing or not.
Sea lo que sea.	Be that as it may.

ACTIVIDAD

o   **Un minidrama.** Con un/a compañero/a, hagan los papeles de Él y Ella, completando los espacios en blanco con una expresión apropiada de la sección *Además...* Tengan en cuenta que hay varias posibilidades.

Ella: Pero, una motocicleta Harley cuesta un ojo de la cara.

Él: ¹_____ , yo me la voy a comprar. ¿Cuánto tenemos en el banco?

Ella: ²_____ , no tenemos suficiente dinero para comprarla.

Él: Yo me la voy a comprar, ³_____

Ella: ¡Además, las motocicletas son muy peligrosas! ¡Y es fácil tener un accidente!

Él: ⁴_____ , me la voy a comprar. ¿Adónde vas?

Ella: Te dejo. Adiós. ⁵_____ .

En resumen

UNA OPORTUNIDAD MAGNÍFICA

❖ Mientras que Andrés se preocupa por su futuro y sus planes inmediatos, recibe una llamada telefónica de una de sus profesoras. Con dos compañeros/as, hagan los papeles de Andrés, la profesora Saenz y el profesor Valverde. Tengan en cuenta la concordancia de tiempos (*sequence of tenses*), y que sólo hay que usar el infinitivo o la forma apropiada del subjuntivo, incluso los mandatos.

Prof. Saenz: Hola, Andrés. Habla la profesora Saenz. ¿Cómo estás?

Andrés: Bien, gracias, profesora Saenz. ¿Y Ud.?

Prof. Saenz: Bien, gracias. Andrés, ¿te acuerdas del profesor Valverde?

Andrés: Claro, el que estudia las costumbres de los mayas.

Prof. Saenz: Exactamente. No hay nadie que ¹_____ (saber) tanto sobre el tema, ni que ²_____ (haber) escrito tantos libros. Bueno, te llamo porque el profesor Valverde acaba de llamarme para preguntarme si yo conozco a alguien a quien le gustaría trabajar con él en Guatemala este verano. Pensé que tal vez a ti te ³_____ (poder) interesar. ¿Qué planes tienes?

Andrés: Ojalá que ⁴_____ (saber) qué voy a hacer porque no tengo ningún plan todavía.

Prof. Saenz: Entonces, si te interesa trabajar con el profesor Valverde, te recomiendo que lo ⁵_____ (llamar) ahora mismo. Que yo ⁶_____ (saber), todavía no ha encontrado a nadie que ⁷_____ (tener) los requisitos que él busca. Aquí te doy su número.

Andrés: Profesora Saenz, se lo agradezco muchísimo y me alegro de que Ud. ⁸_____ (haber) pensado en mí. Lo voy a llamar ahora mismo.

Prof. Saenz: Que ⁹_____ (tener) suerte. Y espero que me ¹⁰_____ (enviar) una tarjeta de Guatemala.

A Andrés le sorprendió que la profesora Saenz ¹¹_____ (haber) pensado en él. Al mismo tiempo, estaba muy contento de que ella le ¹²_____ (mencionar) su nombre al profesor Valverde.

Andrés: Hola, ¿Profesor Valverde? Habla Andrés Ortega. La profesora Saenz me dijo que lo ¹³_____ (llamar) porque Ud. buscaba a una persona que ¹⁴_____ (poder) trabajar con Ud. en Guatemala este verano.

Prof. Valverde: Ah, sí, Andrés. La profesora Saenz me sugirió que
15_____ (hablar) contigo. Todavía no he encontrado
a nadie que 16_____ (tener) los requisitos y que
17_____ (poder) acompañarnos este verano.
Necesitamos una persona que 18_____ (tener)
conocimientos de la metodología de la antropología, que
19_____ (adaptarse) fácilmente, que
20_____ (hablar) español y que 21_____
(poder) pasar tres meses en Guatemala. ¿Tienes planes para este
verano?

Andrés: Hasta ahora, no. Pero la profesora Saenz no me explicó mucho,
y es necesario que yo 22_____ (saber) más para
tomar una decisión.

Prof. Valverde: Claro. Voy con un grupo de investigadores a Guatemala para
estudiar las costumbres de la comunidad maya contemporánea.
Queremos estudiarlas antes de que ciertos aspectos de su
cultura 23_____ (desaparecer). Lo hacemos para
poder compararlas con las costumbres mayas que existían antes
de que 24_____ (llegar) los conquistadores
españoles. Es importante que nosotros 25_____
(saber) los efectos de la cultura moderna.

Andrés: Me parece un proyecto fascinante. ¿Cree Ud. que es posible que
yo 26_____ (ir) con Uds.?

Prof. Valverde: Según lo que me dijo la profesora Saenz, tú eres la persona ideal.
Estoy contento de que tú 27_____ (poder) trabajar
con nosotros. Pero tengo que informarte que todavía no
tenemos todos los fondos y es posible que el sueldo
28_____ (ser) pequeño. Es una lástima que
nosotros no 29_____ (pagar) más, pero es una
experiencia excelente. Sin embargo, tendrás alojamiento y
comida, y te pagamos el viaje.

Andrés: Sea lo que 30_____ (ser), no me importa el sueldo.

Prof. Valverde: Ahora, [nosotros] 31_____ (hablar) de los detalles
prácticos. ¿Tienes pasaporte?

Andrés: Todavía no, pero no creo que 32_____ (haber)
problemas en conseguir uno.

Prof. Valverde: Además, es importante que 33_____ (tener) todas

las inoculaciones necesarias. Y te aconsejo que

34_____ (traer) tu cámara, y un producto

para repeler mosquitos.

Andrés: ¿Necesito un saco de dormir?

Prof. Valverde: Dudo que lo 35_____ (necesitar). Que yo

36_____ (saber), vamos a tener alojamiento en el

pueblo. Ah, otra cosa. Conviene que 37_____

(comenzar) a tomar pastillas contra la malaria ahora.

Andrés: ¿Me 38_____ (poder) decir cuándo piensan salir?

Prof. Valverde: En aproximadamente dos semanas, tan pronto como nosotros

39_____ (juntar) los fondos. Además, no podemos

salir antes de que todo 40_____ (estar) preparado.

Andrés: ¿Dónde quiere que nos 41_____ (encontrar)?

Prof. Valverde: Me parece que es mejor que todos 42_____

(reunirse) en el aeropuerto de Miami para que nosotros

43_____ (llegar) en un grupo. En caso de que

tú 44_____ (ser) el primero en llegar,

45_____ (esperarnos). Como tú sabes, siempre es

posible que nuestro avión 46_____ (demorarse).

Te avisaré de la fecha y la hora exactas tan pronto como las

47_____ (tener).

Después de la conversación con el profesor Valverde, Andrés se sentó a pensar.
Parecía mentira que él 48_____ (ir) a Guatemala, que
49_____ (hacer) un trabajo interesante, que 50_____
(conocer) otro país, que ellos le 51_____ (pagar) el viaje, y ¡que
52_____ (tener) tiempo para pensar en su próximo paso!

Uses of the subjunctive I

19.1 The subjunctive to express influence, indirect commands, requests, or necessity

Certain words or expressions overtly, subtly, or indirectly express a wish, request, command, or the judgment of necessity, thereby requiring the use of the subjunctive. It is important to keep in mind the fact that there are contexts in which the use of the subjunctive is obligatory and contexts in which its use is optional.

All of the verbs and expressions appearing on this and the following pages require the use of the subjunctive in the second (dependent) clause when its subject is different from that of the first (independent) clause. However, when there is no change of subject, the infinitive is used.

Es importante **que** Ud. **se vista** apropiadamente para la entrevista.

It is important that you dress appropriately for the interview.

Es importante **vestirse** apropiadamente para la entrevista.

It is important to dress appropriately for the interview.

Verbos

aconsejar que	to advise
decir que	to tell
dejar que	to allow, let
desear que	to wish, want, desire
evitar que	to avoid
exigir que	to demand, require
hacer que	to make
impedir que	to prevent
insistir en que	to insist
mandar que	to order
obligar que	to oblige, compel
oponerse a que	to oppose
pedir que	to ask, request
permitir que	to permit, allow
preferir que	to prefer
prohibir que	to prohibit, forbid
proponer que	to propose
querer que	to want
recomendar que	to recommend
requerir que	to require
sugerir que	to suggest

Expresiones impersonales

conviene que	it is advisable, suitable
es esencial que	it is essential
hace falta que	it is necessary
es imperativo que	it is imperative
es importante que	it is important
es mejor que	it is better
es necesario que	it is necessary
es preciso que	it is necessary
es preferible que	it is better, preferable
es urgente que	it is urgent
más vale que	it is better, preferable

Note also that with certain verbs the infinitive and the indirect object pronoun can be used instead of the subjunctive. These verbs are:

onsejar	exigir	ordenar	proponer
jar	impedir	permitir	recomendar
uadir	mandar	prohibir	sugerir

Recomiendo que hables con tu consejera.

I recommend that you speak with your advisor.

Te recomiendo hablar con tu consejera.

I recommend speaking to your advisor.

¡Ojo!

When the verb **decir** is used in the first clause to imply a command, the subjunctive is required in the second clause when there is a change of subject. However, if the statement imparts information and no command is implied, the indicative is used. Compare the following sentences:

La maestra les **dice** a los chicos que no **mastiquen** chicle en la clase.

The teacher tells the students not to chew gum in class.

La maestra **dice** que el chicle no **es** bueno para los dientes.

The teacher says that gum is not good for the teeth.

ACTIVIDADES

A **Sugerencias, recomendaciones, deseos, etc.** Completa las siguientes oraciones con los verbos apropiados. En la primera cláusula (la cláusula independiente), usa un verbo que exprese sugerencia o recomendación. En la segunda cláusula (la dependiente), indica la forma apropiada del verbo.

Modelo:

El comité _____ que el lunes _____ (ser) feriado (*holiday*).

El comité propone (se opone a, recomienda, etc.) que el lunes sea feriado.

(El comité propuso [se opuso a, recomendó, etc.] que el lunes fuera feriado.)

1. El consejero les _____ a los estudiantes que _____ (estudiar) una segunda lengua.

2. La médica le _____ al paciente que _____ (seguir) un régimen (*go on a diet*).

3. El profesor les _____ a los estudiantes que _____ (entregar) su trabajo a tiempo.

4. Los partidos políticos les _____ a los ciudadanos que _____ (ir) a las urnas y que _____ (votar).

5. La policía nos _____ que no _____ (acercarse) a la escena del desastre.

6. La administración de la universidad _____ que nosotros _____ (servir) bebidas alcohólicas en nuestras fiestas.

7. Algunas compañías _____ que sus empleados _____ (tomar) un examen para detectar la presencia de drogas.

8. Muchas compañías _____ que sus empleados _____ (vestirse) de manera menos formal los viernes.

 Manual de cortesía. Los nuevos adelantos tecnológicos requieren que aprendamos nuevas formas de cortesía. Usa las diferentes expresiones impersonales y el infinitivo o el subjuntivo para expresar las siguientes sugerencias según el modelo.

Modelo:
acordarse de las nuevas normas de cortesía
Es importante acordarse de las nuevas normas de cortesía.
Es importante que Ud. se acuerde de las nuevas normas de cortesía.

1. apagar su teléfono celular en lugares públicos donde deba haber silencio

_____

2. responder en voz baja para no molestar con su conversación

_____

3. dejar mensajes cortos e informativos en el contestador automático

_____

4. dar su nombre y número de teléfono cuando deja un mensaje

_____

5. no enviar mensajes secretos por fax

_____

6. escribir mensajes breves en el correo electrónico

_____

7. no usar la computadora de su oficina para enviar mensajes personales

_____

8. no leer mensajes de correo electrónico que no están dirigidos a Ud.

_____

 Su universidad. Para contar tus propias experiencias u opiniones, completa las siguientes oraciones con el infinitivo o el presente o imperfecto de subjuntivo.

Modelo:
La bibliotecaria nos pidió que _____ .
La bibliotecaria nos pidió que no habláramos (comiéramos) en la biblioteca.

1. Nadie me obliga a _____ .

2. La administración prohíbe que los estudiantes _____

_____ .

3. Los profesores requieren que nosotros _____.

4. El/La profesor/a de español insistió en que los estudiantes _____

   _____.

5. Yo prefiero que mis profesores _____.

6. Yo les sugeriría a los estudiantes de primer año que _____

   _____.

7. Mi consejero/a me recomendó _____.

8. Mi amigo me aconsejó _____.

19.2 The subjunctive to express emotion or judgment

When the verb or expression in the independent clause expresses an emotional reaction or a judgment, the subjunctive is required in the second (dependent) clause.

Verbos

alegrarse de que	to be happy (glad)
esperar que	to hope
extrañarse de que	to be surprised at
(no) gustar	to (not) like
molestarse que	to be bothered (troubled)
sentir que	to regret, be sorry
temer que	to fear
tener miedo (de) que	to be afraid

Expresiones impersonales

(no) es absurdo que	it is (not) absurd
(no) es bueno que	it is (not) good
(no) es curioso que	it is (not) odd, strange
(no) es inevitable que	it is (not) inevitable
(no) es inútil que	it is (not) useless
(no) es justo que	it is (not) right, fair
(no) es (una) lástima que	it is (not) a pity
(no) es lógico que	it is (not) logical
(no) es malo que	it is (not) bad
(no) es mejor que	it is (not) better
(no) es natural que	it is (not) natural
(no) es normal que	it is (not) normal
(no) es una pena que	it is (not) a shame
(no) es raro que	it is (not) odd, strange
(no) es sorprendente que	it is (not) surprising
(no) es triste que	it is (not) sad
(no) es útil que	it is (not) useful

¡Ojo! It would be impossible to include in these lists all the verbs and expressions of this kind. Therefore, it is important to bear in mind the concepts behind the use of the subjunctive.

ACTIVIDADES

D   **La noche de los Óscares.** A continuación hay algunas oraciones que usan expresiones que no figuran en la lista. Para practicar tu comprensión del concepto del subjuntivo, complétalas usando el perfecto o pluscuamperfecto de subjuntivo.

Modelo:

Es injusto que Antonio Banderas no _____ (recibir) un Óscar.

Es injusto que Antonio Banderas no haya recibido un Óscar.

1. Es ridículo que algunos actores le _____ (dar) las gracias a todo el mundo.

2. Es terrible que la Academia no _____ (reconocer) a mi actor preferido.

3. Fue extraño que algunos premiados no _____ (asistir) a la ceremonia.

4. Me encanta que la Academia _____ (proponer) mi película preferida.

5. Me sorprendió que la película que no me gustó _____ (recibir) un Óscar.

6. Nadie se quejó de que la ceremonia _____ (prolongarse) hasta la una de la mañana.

E   **Una película de horror.** Después de ver la película *Te voy a comer vivo,* Esperanza y su novio Héctor hacen los siguientes comentarios. En parejas, hagan los papeles de Esperanza y Héctor, usando el tiempo apropiado del subjuntivo (presente, presente perfecto, imperfecto o pluscuamperfecto).

Modelo:

E: Me repugnaba que el vampiro / chupar la sangre de sus víctimas

H: Además, es absurdo que / cepillarse los dientes después

E: *Me repugnaba que el vampiro chupara la sangre de sus víctimas.*

H: *Además, es absurdo que se haya cepillado los dientes después.*

1. E: Me molestaba que los chicos / gritar durante la película

    H: Era inevitable que los chicos / asustarse

2. E: Espero que el cine / no permitir que chicos menores de 18 años / ver la película

    H: Sí. Sería mejor que la gerencia / pedirles una prueba de su edad

3. E: Me extraña que estas películas / tener tanto éxito

    H: Sí, es curioso que a la gente / gustar estas películas

4. E: Tenía miedo de que el vampiro / comerse a los niños en la película

   H: Habría sido más justo que / comerse al productor de la película

5. E: Yo temía que la película / no terminar nunca

   H: Fue una lástima que nosotros / gastar dinero en una tontería como ésa

6. E: ¿No te parece curioso que a la gente / gustar asustarse?

   H: No, no es nada raro que el público / buscar lo sensacional

F **Costumbres diferentes.** Imagina que acabas de pasar un semestre en España y que tu compañero pasó un semestre allá el año pasado. Comenten algunos aspectos de las costumbres de aquel país según el modelo.

Modelo:

Los españoles cenan más tarde que los norteamericanos.

A: *Me sorprende que los españoles cenen más tarde que los norteamericanos.*

B: *¿Sí? A mí no me sorprendió que los españoles cenaran más tarde que los norteamericanos.*

1. Muchos españoles cenan después de las nueve de la noche.

2. En los restaurantes no sirven agua gratis, sino que hay que pedir una botella de agua y pagarla.

3. Casi todos toman vino con la comida.

4. La comida fuerte es el almuerzo.

5. El servicio se incluye en la cuenta y los españoles dejan propinas más pequeñas que las que dejan los norteamericanos.

6. En la mayoría de los restaurantes no hay una sección reservada para los no fumadores.

7. En los cafés un chico puede tomar un helado mientras sus padres toman una bebida alcohólica.

8. Comen platos que nunca había comido, como callos (*tripe*) y angulas (*baby eels*).

G **Y tú, ¿qué opinas?** Hoy en día se discuten muchos cambios en las escuelas. ¿Qué opinas tú de los siguientes hechos o sugerencias? ¿Qué opina tu compañero/a? Usa los verbos o una de las expresiones para expresar tus opiniones.

Modelo:

En muchas escuelas las lenguas extranjeras son un requisito.

En mi opinión, es bueno que las lenguas extranjeras sean un requisito.

1. Muchas escuelas ofrecen clases de sexualidad.

_____

_____

2. En algunas escuelas los estudiantes tienen que llevar uniformes.

_____

_____

3. Algunos estudiantes trabajan después de sus clases y están cansados al día siguiente.

_____

4. Los maestros piden un aumento de sueldo.

_____

5. Hay escuelas alternativas.

_____

6. Necesitamos guardias o policías en la escuela.

_____

7. Algunos dicen que el día escolar debe comenzar con una oración (*prayer*).

_____

8. Algunas ciudades dan vales (*vouchers*) a los estudiantes que quieren asistir a una escuela privada.

_____

_____

19.3   Además... Expressions with **meter**

Meter and **meterse** are practical verbs of multiple uses that also occur in many idiomatic expressions. The following list contains only some of them.

meter	to put, place, insert; to involve, get mixed up in
estar metido en	to be involved in
estar metido con	to be involved with
meter la nariz en todo	to be a busybody
meter la pata	to stick one's foot in one's mouth
meterle miedo (un susto) a uno	to give a fright (scare)
meterle a uno (algo) en la cabeza	to get (something) into one's head
meterse donde no lo llaman	to mind someone else's business
meterse en	to get into, to get involved in, to get mixed up in
meterse en líos	to get into trouble
meterse en sí mismo	to withdraw into oneself, to crawl into a shell

Actividad

H **¿En qué está metido?** Cuando tu compañero/a te haga uno de los comentarios de la Columna **A**, contesta con una frase apropiada de la Columna **B**.

Columna A

1. Los chicos están muy cansados y fastidiosos. Ya es hora de acostarlos.
2. ¡Ay, qué horror! ¡Nunca debí haberle dicho eso!
3. Sabes, mi vecina siempre mira quién entra y quién sale de mi apartamento y me hace mil preguntas.
4. ¿Cómo reaccionaste cuando viste que se te acercaba ese perro enorme?
5. ¿Crees que Maruja está deprimida?
6. ¿Dónde quieres que ponga la torta?
7. ¿Qué le pasa a Víctor?
8. ¡Mira! Parece que hay una pelea en la esquina. Vamos a ver qué pasa.
9. Parece que el matrimonio de Ángela y Fernando anda mal.
10. ¿Por qué nunca vemos más a Enrique?

Columna B

a. Métela en el refrigerador.
b. Sí, metiste la pata de veras.
c. Entonces, mételos en la cama.
d. Puedes imaginar el susto que me metió.
e. Anda muy metido con una chica.
f. Sí, pero creo que las cosas andarían mejor si la mamá de ella no se metiera tanto en sus asuntos.
g. Últimamente está muy metido en la campaña electoral.
h. Puede ser. Está muy metida en sí misma.
i. Parece ser una persona que mete la nariz en todo.
j. Se le metió en la cabeza la idea de ser roquero aunque no toca ningún instrumento.
k. No te metas en líos.

En resumen

La mujer moderna

❖ El siguiente artículo apareció en una revista de mujeres. Complétalo con la forma apropiada (subjuntivo, indicativo o infinitivo) del verbo entre paréntesis.

La mujer moderna

Según un estudio hecho recientemente, más de 6.000.000 de españolas 1_______________ (trabajar) fuera de casa. Una encuesta, también reciente, nos dice que el 46.2% de los hombres españoles 2_______________ (opinar) que las labores del hogar «3_______________ (ser) cosas de mujeres». Si queremos que se 4_______________ (cambiar) esta actitud masculina para adaptarla a las realidades actuales, es urgente que nosotros 5_______________ (tomar) ciertas medidas. Por eso, para evitar que 6_______________ (pasar) lo de siempre, el Ministerio de Asuntos Sociales inició una campaña para persuadir al hombre de que 7_______________ (compartir) las labores domésticas. El Instituto de la Mujer, que 8_______________ (apoyar) esta campaña, insistió en que no se 9_______________ (tratar) de exigir, sino de sugerir que 10_______________ (haber) un cambio de actitud. Según una representante del

Instituto, «Es bueno que en los últimos años se [11]_____ (haber) observado ciertos cambios de pensamiento, sobre todo entre las parejas más jóvenes. Sin embargo, es necesario que nosotros [12]_____ (tener) más legislación, servicios públicos y educación si queremos que la mujer [13]_____ (alcanzar) una situación más equitativa.»

Las portavoces (*spokeswomen*) del Instituto sugieren que la madre que [14]_____ (trabajar) fuera de la casa [15]_____ (aprender) a evitar el agotamiento (*exhaustion*) y la frustración. Por eso, recomiendan que ella [16]_____ (definir) sus prioridades, [17]_____ (pedir) la ayuda de los otros miembros de la familia y [18]_____ (convertirse) en experta de la organización. Según ellas, es fácil que lo [19]_____ (hacer) cuando hay motivaciones fuertes como el amor a la familia. Aclararon: «Conviene que todos [20]_____ (reconocer) que cada persona [21]_____ (tener) el derecho de realizarse por medio de una ocupación remunerada y útil a la familia, a la sociedad y a sí misma.» Sin embargo, es inevitable que [22]_____ (haber) dificultades y esperanzas fracasadas si el esposo y los hijos no [23]_____ (reconocer) ni [24]_____ (apoyar) el valor personal y económico de su trabajo.

Una madre que [25]_____ (trabajar) fuera de la casa lo expresó de esta forma: «Soy una mujer de hoy. De mí se espera que [26]_____ (ser) dulce, decente, buena esposa, compañera irreemplazable, empleada eficiente, profesional óptima, excelente ama de casa y madre dedicada. Creo que todos exigen que yo [27]_____ (funcionar) bien en todos estos aspectos, pero a veces temo que [28]_____ (esperar) que yo [29]_____ (ser) la Supermujer. Yo sé que [30]_____ (haber) mujeres que [31]_____ (cumplir) exitosamente con las dos carreras —la de la maternidad y la profesional. Pero tengo que confesar que me sorprende que [32]_____ (poder) hacerlo.»

Tenemos la tendencia a pensar que la vida de las mujeres de las épocas anteriores [33]_____ (ser) más fácil porque la sociedad no exigía que [34]_____ (desempeñar) los papeles de madre y profesional. Nos gusta [35]_____ (creer) que ellas [36]_____ (estar) contentas de [37]_____ (quedarse) en casa, criando a sus hijos. Pero, no es lógico que nosotros [38]_____ (olvidarse) de que la vida de ellas era bastante dura. Es útil que nosotros [39]_____ (recordarse) que las mujeres de la clase media y de la clase alta tenían sirvientes porque no

tenían los electrodomésticos que permiten que nuestra vida ⁴⁰_____
(ser) más fácil o que nosotras ⁴¹_____ (hacer) las tareas más
rápidamente. Era esencial que ellas ⁴²_____ (lavar),
⁴³_____ (planchar), ⁴⁴_____ (coser) la ropa de la
familia, ⁴⁵_____ (preparar) la comida y ⁴⁶_____
(limpiar) la casa. Pero la mujer moderna tiene otras opciones, y si desea que sus
hijas ⁴⁷_____ (seguir) sus pasos, es necesario que todos
⁴⁸_____ (participar) en el esfuerzo de crear modelos que
⁴⁹_____ (servir) para las familias de hoy y las del futuro.

Capítulo 20

Uses of the subjunctive II

20.1 The subjunctive to express doubt, disbelief, and possibility
20.2 Affirmatives and negatives
20.3 The subjunctive with negative and indefinite antecedents
20.4 **Además...** Idiomatic expressions with affirmatives and negatives

20.1 The subjunctive to express doubt, disbelief, and possibility

Certain impersonal expressions are subjective, referring to the speaker's perceived reality. When the speaker refers to a subject that he or she knows, is certain of, or about which no doubts exist in his or her mind, the indicative is used in the dependent clause. However, if the impersonal expression indicates doubt, uncertainty, or denial on the part of the speaker, the subjunctive is required in the dependent clause.

1. Expressions of certainty or uncertainty:

Certainty/Indicative		_Uncertainty/Subjunctive_	
es cierto	it is certain	**no es cierto**	it is not certain
es (está) claro	it is clear	**no es (está) claro**	it is not clear
es evidente	it is evident	**no es evidente**	it is not evident
es obvio	it is obvious	**no es obvio**	it is not obvious
es verdad	it is true	**no es verdad**	it is not true

Es obvio que este programa **tiene** un virus.	_It's obvious that this program has a virus._
No está claro que un virus **sea** el problema.	_It isn't clear that a virus is the problem._
Es evidente que no **funciona** bien.	_It's evident that it isn't working well._
No es verdad que no **funcione** bien.	_It isn't true that it isn't working well._

2. The subjunctive is used with **acaso, quizá(s)**, and **tal vez**, which all mean _perhaps,_ when the speaker wishes to indicate doubt. However, if no doubt is implied, the indicative is used.

Quizás lleguen en tren.	_Perhaps they are arriving by train._ (not sure)
Tal vez llegan en tren.	_Perhaps they are arriving by train._ (I know it.)

3. There are other expressions that indicate doubt, disbelief, or possibility. Note that the following expressions use the indicative when they express certainty and require the subjunctive when they express doubt, disbelief, or uncertainty.

Used with the indicative		_Used with the subjunctive_	
creer	to believe	no creer	not to believe
no dudar	not to doubt	dudar	to doubt
estar seguro/a	to be sure	no estar seguro/a	to be unsure
no negar(se)	not to deny	negar	to deny
pensar	to think	no pensar	not to think
suponer	to suppose	no ser que	not to be that
		no suponer	not to suppose
		es dudoso	it is doubtful
		es increíble	it is incredible
		(no) es posible	it is (not) possible
		(no) es probable	it is (not) probable
		posiblemente	possibly
		(no) poder ser	it could (not) be

4. When **creer** and **pensar** are used in the main clause of a question, the decision whether to use the indicative or the subjunctive reflects the opinion or thoughts of the speaker.

¿Crees que **es** una buena idea?   _Do you think it is a good idea?_ (I think so.)

¿Crees que **sea** una buena idea?   _Do you think it is a good idea?_ (I don't think so.)

ACTIVIDADES

A **¡No estoy de acuerdo!** Es difícil que todos estemos de acuerdo al hablar de política. Con un/a compañero/a, imaginen que discuten sobre política. Presten atención a la concordancia de los tiempos verbales.

Modelo:

Era verdad / Chávez / ser el mejor candidato

A: _Era verdad que Chávez era el mejor candidato._

B: _¡No estoy de acuerdo! No era verdad que Chávez fuera el mejor candidato._

1. Es verdad / muchos ciudadanos / no votar

_____

_____

2. Es evidente / un candidato / necesitar mucho dinero

_____

_____

3. Era obvio / antes / no haber / buenos candidatos

_____

_____

4. Era claro / el público / antes votar por el candidato según su carisma

_____

_____

5. Es evidente / nuestro sistema de elecciones / tener defectos

_____

6. Tal vez / algunas personas capaces / no presentarse como candidatos

_____

7. Quizás / todos los políticos / ser corruptos

_____

8. Tal vez / el candidato / haber fumado marijuana durante sus días estudiantiles

_____

 B   **Y tú, ¿qué opinas?** Usa las expresiones de la lista de expresiones de duda para expresar tus opiniones en torno a los siguientes comentarios. Después pregúntale a un/a compañero/a qué opina.

Modelo:
Podemos recibir mensajes de otros planetas.
A: *Yo creo que podemos recibir mensajes de otros planetas. Y tú, ¿qué opinas?*
B: *No estoy de acuerdo. No creo (Dudo, Puede ser) que podamos recibir mensajes de otros planetas.*
(Estoy de acuerdo. Yo también creo que podemos recibir mensajes de otros planetas.)

1. OVNIs han aterrizado en la Tierra.

_____

2. Hay vida inteligente en el planeta Marte.

_____

3. Los extraterrestres han secuestrado a ciertas personas de la Tierra.

_____

4. Algún día será posible comunicarse con seres de otros planetas.

_____

5. En el futuro todos podremos viajar a la luna.

_____

20.1

6. Un monstruo prehistórico vive en el fondo del Lago Ness en Escocia.

_____

7. Pata Grande (*Big Foot*) realmente existía en el oeste de los EE.UU.

_____

8. El abominable hombre de las nieves aún vive en Asia.

_____

_____

C **Supersticiones.** ¿Eres supersticioso/a? ¿Es supersticioso/a tu compañero/a? Para saberlo, hagan la siguiente actividad según el modelo.

Modelo:

El martes 13 / ser / un día de mala suerte

A: *Dudo que el martes 13 sea un día de mala suerte. Y tú, ¿qué opinas?*

B: *No sé. Es posible (Puede ser, es imposible) que sea un día de mala suerte. (No dudo que es un día de mala suerte.)*

1. Tocar madera / ayudar a evitar / la mala suerte
2. Pasar debajo de una escalera / traer / mala suerte
3. Un gato negro que se me cruza en el camino / significar / mala suerte
4. La pata de un conejo / proteger / contra la mala suerte
5. Un amuleto / ser útil / contra el mal de ojo (*evil eye*)
6. Un diente de ajo (*clove of garlic*) / rechazar / el mal de ojo
7. La nariz / picarte (*itches*) / porque vas a tener una riña (*fight*) con alguien
8. Romper un espejo / traer / siete años de mala suerte

D **Recuerdos de la niñez.** ¿Qué creías cuando tenías cinco años? ¿Tenías las mismas creencias cuando tenías diez años? Compáralas con las de un/a compañero/a según el modelo.

Modelo:

Cuando yo tenía cinco años, yo suponía que Santa Claus bajaba por la chimenea. Pero cuando tenía diez años, ya no creía más que bajara por la chimenea. ¿Y tú?

1. Santa Claus me traía los regalos.
2. Los Reyes Magos me traían los regalos que recibía.
3. Los conejos escondían los huevos de Pascua.
4. Mi padre era el hombre más fuerte del mundo.
5. Había monstruos debajo de mi cama.
6. El hada de dientes me dejaba sorpresas debajo de la almohada.
7. Yo sería bombero algún día.
8. Barbie era la mujer ideal.

20.2   Affirmatives and negatives

1. The patterns of negation in Spanish differ from those in English, although the most common one is the same as in English.

> **no** + verb
> negative word + verb

| **No** creo que sea así. | *I don't think it's like that.* |
| **Nadie** está en casa. | *Nobody is home.* |

2. However, while the double negative is not correct in English, in Spanish it must be used if there is a negative word after the verb.

> **no** + verb + negative word
> negative word + verb + negative word

| **No** salen **nunca**. | *They never go out.* |
| **Nunca** hacen **nada**. | *They never do anything.* |

3. Multiple negative words may be used in the same sentence.

| **Nunca** hace **nada** por **nadie**. | *He never does anything for anyone.* |

4. Although most of the affirmative and negative words are probably familiar to you, they are presented here for reference and/or review.

Affirmatives		*Negatives*	
a veces	sometimes	**nunca**	never
algo	something	**nada**	nothing
alguien	somebody, someone	**nadie**	nobody, no one
algún, alguno/a/os/as	some, any	**ningún, ninguno/a/os/as**	none, not any, no, neither
algún día	someday	**nunca**	never
alguna vez	ever, sometimes	**ni, ni siquiera**	not even
o... o...	either . . . or	**ni... ni...**	neither . . . nor
otra vez	again	**nunca más**	never again
siempre	always	**nunca, jamás**	never, not ever
también	also	**tampoco**	not either, neither
todavía, ya	now, already, still	**todavía no, ya no**	not yet, not now, no longer

20.2

¡Ojo!

1. When **alguno** and **ninguno** are used as adjectives, they agree in gender and number with the nouns they modify.

2. Before a masculine singular noun **alguno** and **ninguno** are shortened to **algún** and **ningún** respectively.

3. The plural forms of **ninguno/a** are rarely used.

| ¿Tienes **algunas** ideas para mi composición? No tengo **ninguna** idea. No tengo **ninguna.** | *Have you any ideas for my composition? I don't have any ideas. I don't have any.* |

4. **Algo** and **nada** can be used as adverbs to modify adjectives.

| ¿Es **algo** interesante? | *Is it somewhat interesting?* |
| No, no es **nada** interesante. | *No, it's not at all interesting.* |

5. When **alguno/ninguno** and **alguien/nadie** are used as direct objects, they are preceded by the personal **a.**

| ¿Has visto **a alguno** de tus amigos hoy? | *Have you seen any of your friends today?* |
| No, no he visto **a ninguno.** | *No, I haven't seen any of them.* |

ACTIVIDADES

E **No pasó nada.** La Sra. Nevares acaba de regresar a la oficina después de una semana de vacaciones y le pregunta a su secretaria qué pasó en su ausencia. Contesta sus preguntas negativamente.

1. ¿Tengo algún mensaje? _____

2. ¿Me llegó alguna carta? _____

3. ¿Vino alguien a verme? _____

4. ¿Llamó el contador o el abogado? _____

5. ¿Me llamó alguna vez algún cliente? _____

6. ¿Ya ha llegado el fax que yo esperaba? _____

7. ¿También llegaron los documentos que había pedido? _____

8. ¿Pasó algo mientras estuve de vacaciones? _____

F **El monumento.** El alcalde ha propuesto levantar un monumento en la plaza. Con un/a compañero/a, completa las siguientes oraciones negativamente para saber lo que dicen dos ciudadanos durante la reunión.

Modelo:
A: ¿Has visto los dibujos del monumento?
B: *No, todavía no he visto ninguno.*

1. A: ¿Quién propuso este monumento?
B: _____ de nosotros. Fue idea del alcalde.

2. A: ¿A ti te gusta la idea?

   B: A mí, no. Creo que a _____ le gusta la idea.

3. A: Pero el alcalde dice que siempre escucha la voz del pueblo.

   B: Bah, no escucha _____ la voz del pueblo.

4. A: Con lo que cuesta el monumento podemos mejorar la calle principal o pintar la escuela.

   B: El alcalde dice que no tenemos dinero _____

   para pintar _____ para mejorar la calle.

5. A: ¿No tenemos suficiente dinero para pintar la escuela?

   B: _____ un centavo.

6. A: Siempre habrá alguien que protesta.

   B: Tienes razón. Pero en este caso no hay _____ que proteste.

7. A: ¿Hay algo en esa parte de la plaza ahora?

   B: No, de momento no hay _____

8. A: Parece que algunos están de acuerdo con el alcalde, pero yo no soy uno de ellos.

   B: Yo _____ .

20.3 The subjunctive with negative and indefinite antecedents

As you are aware, the indicative mood is used to describe what is, to tell what has actually happened, to report objectively. But to refer to subjective, non-existent, hypothetical states or actions, or those that are unknown to the speaker, the subjunctive is used.

Notice the following examples:

La empresa Productos Fenomenales, S.A. **tiene** empleados que **son** capaces.	*The company Productos Fenomenales, Inc. has competent employees. (We know they have them.)*
La empresa Productos Fenomenales, S.A. **busca** empleados que **sean** capaces.	*The company Productos Fenomenales, Inc. is looking for employees who are competent. (We don't know if these people exist.)*
¿Conoces **a alguien** que **busque** empleo?	*Do you know anyone who is looking for a job? (The speaker doesn't know if such a person exists.)*
Sí, yo **tengo** un amigo que **busca** empleo.	*Yes, I have a friend who is looking for a job. (This person exists.)*
No, **no conozco** a nadie que **busque** empleo en este momento.	*No, I don't know anyone who is looking for a job right now. (The speaker does not know of the existence of such a person.)*

In sentences 1 and 4 we know that these people actually exist; therefore, the indicative is used. But in sentences 2, 3, and 5, we only know that such people are sought or are not known to the speaker. As their existence is in question, the subjunctive is used. For this reason, the subjunctive is usually seen in newspaper classified ads.

ACTIVIDADES

G   **¿Qué tienen? ¿Qué quieren?** Completa las siguientes oraciones con la forma apropiada del indicativo o del subjuntivo.

1. Gabriel comparte su apartamento con un chico que _____ (dejar) sus cosas por todas partes, que _____ (fumar), que _____ (pasar) horas hablando por teléfono, que nunca _____ (limpiar) la cocina, que _____ (odiar) a su gato, que nunca _____ (pagar) el alquiler a tiempo y que _____ (tocar) la trompeta a las dos de la mañana.

   Entonces, Gabriel pone un aviso en el diario que dice: Quiero compartir mi apartamento con una persona que _____ (ser) pulcra (*neat*) y considerada, que _____ (pagar) su parte de los gastos, que no _____ (fumar), que le _____ (gustar) los gatos, y que no _____ (tocar) ningún instrumento.

2. Se sabe que el jefe de ventas de Productos Fenomenales _____ (haber) vendido muy poco este año, que no _____ (llevarse) bien con sus colegas, que no _____ (saber) motivar a su personal, que siempre _____ (llegar) tarde y que _____ (tomar) demasiado cuando sale con los clientes.

   Este es el aviso que Productos Fenomenales puso en el diario: Necesitamos un jefe de ventas que _____ (tener) buenas recomendaciones, que _____ (haber) tenido un mínimo de cinco años de experiencia, que _____ (saber) motivar al grupo de ventas y que _____ (querer) trabajar en una compañía fenomenal.

3. Ana estudia veterinaria y el verano pasado buscaba un trabajo que le _____ (dar) la oportunidad de trabajar con animales, que _____ (estar) cerca de su casa porque no tenía coche, que _____ (ofrecer) un buen sueldo, y donde _____ (poder) aprender más.

¡Qué suerte! Ana consiguió un empleo en una perrería (*kennel*) que
_____ (quedar) cerca de su casa, que le _____
(permitir) trabajar con animales, que le _____ (pagar) un
buen sueldo, y donde _____ (aprender) mucho.

4. ¡Caramba! El cocinero del restaurante Buen Provecho se fue a trabajar
a otro restaurante. Dijo que se iba porque quería trabajar en un
restaurante que _____ (servir) solamente la cena, que
_____ (tener) una carta (*menu*) más variada, que no
_____ (ser) vegetariano, y que _____ (atraer)
a una clientela más elegante.

El dueño del restaurante Buen Provecho puso el siguiente aviso en el
diario: Se busca un cocinero que nunca _____ (ponerse)
de mal humor, que _____ (estar) acostumbrado a preparar
el almuerzo y la cena, que _____ (saber) preparar platos
vegetarianos y que _____ (desear) trabajar en un ambiente
agradable.

5. Pablo y Susana tenían un apartamento que les _____
(gustar) mucho y que _____ (tener) un alquiler muy
razonable. El apartamento tenía ventanas grandes por donde
_____ (entrar) el sol, un garaje donde _____
(poder) dejar el coche y una cocina que _____ (ser) muy
moderna. Pero, ¡ahora están esperando un bebé! Entonces, ellos han
decidido comprar una casa. Buscan una casa que se _____
(vender) a un precio razonable, que _____ (tener) un
jardín amplio, que _____ (estar) en un barrio con buenas
escuelas, que _____ (ser) moderna, y que no
_____ (necesitar) muchas reparaciones.

 Avisos clasificados. Los siguientes avisos clasificados salieron en el periódico.
Complétalos con los verbos apropiados.

Viajes

1. Busco parejas que _____ (querer) viajar en un crucero de
40 días y 40 noches, que _____ (desear) hacer nuevas
amistades y que _____ (ser) capaces de perpetuar la
especie. Sugiero que _____ (llevan) impermeable. Llame
al 1-800-BIBLIA y pregunte por Noé.

20.3

Compra y venta

2. Científico necesita órganos humanos que _____ (estar) en buen estado para sus experimentos. No importa que _____ (ser) un poco sangrientos. Escriba al doctor Frankenstein, Transilvania.

Puestos vacantes

3. Busco hombres que no les _____ (temer) a los monstruos, que _____ (querer) hacer un viaje a las Indias, que no _____ (tener) prisa, que _____ (ser) aventureros, que _____ (saber) nadar y que no _____ (aburrirse) fácilmente. Mande su currículum a Cristóbal Colón, C.P. 1492, Génova.

4. Se solicita un ayudante que _____ (saber) montar en asno (*donkey*), que _____ (poder) viajar en busca de aventuras, que _____ (haber) tenido experiencia previa como escudero (*squire*), que _____ (ser) capaz de luchar contra gigantes, y que _____ (tener) paciencia ilimitada. Contesto todas las respuestas. Don Quijote de la Mancha, Fax 965-6175.

5. Ahora te toca a ti componer un aviso clasificado y leerlo a tus compañeros.

_____

_____

_____

I **Gente ejemplar.** ¿Existen otras personas como las que se mencionan a continuación? Pregúntale a tu compañero/a según el modelo.

Modelo:

haber ganado tantos partidos de béisbol como Sammy Sosa

A: *¿Conoces a alguien que haya ganado tantos partidos de béisbol como Sammy Sosa?*

B: *No, no conozco a nadie que haya ganado tantos partidos de béisbol como Sammy Sosa.*

1. hacer tortas como las de tu mamá
2. haber jugado al golf como Sergio García
3. ser tan rico como Bill Gates
4. cantar como Plácido Domingo
5. dar palpitaciones del corazón como Antonio Banderas
6. lanzar la pelota como Pedro Martínez

20.4 Además... Idiomatic expressions with affirmatives and negatives

There are many idiomatic expressions in Spanish with affirmative and negative words, such as the ones that follow:

antes de nada	first of all, very soon, right away
casi nada	hardly
casi nunca	almost never
como si nada	as if it were nothing at all
De nada.	You're welcome.
De ningún modo. (De ninguna manera.)	No way.
más que nada	more than anything
Más vale tarde que nunca.	Better late than never.
mejor que nada	better than nothing
nada de eso	nothing of the sort
nada más	no more, nothing more
¡Ni pensarlo!	Don't even think about (consider) it!
ninguna parte	anywhere, nowhere
no servir para nada	to be useless
no tener nada que ver con	to have nothing to do with
No tengo ni idea. (¡Ni idea!)	I haven't the faintest idea. (Not a clue!)
para siempre	forever
Por algo será.	There must be a reason.
ser alguien	to be (a) somebody
tener algo que ver con	to have something to do with

ACTIVIDAD

J   **¿Qué dices cuando...?** ¿Cuál sería el comentario apropiado en las siguientes circunstancias? A veces hay más de un comentario apropiado.

¿Qué dices cuando...

1. quieres decir «no» con mucho énfasis? _____
   a. No tengo ni idea.
   b. De ningún modo.
   c. De ninguna manera.

2. no comprendes por qué algo ocurrió? _____
   a. Era como si nada.
   b. Por algo será.
   c. Nada de eso.

3. comienzas a contar algo que pasó? _____
   a. Tiene algo que ver con...
   b. Antes de nada...
   c. Nada más.

4. le dices a tu novio/a que lo/la quieres? _____

    a. Te voy a amar para siempre.

    b. Te amo más que nada.

    c. Te voy a amar cuando seas alguien.

5. recibes un regalo un mes después de tu cumpleaños? _____

    a. Mejor que nada.

    b. Más vale tarde que nunca.

    c. No sirve para nada.

6. alguien te hace una pregunta y no sabes la respuesta? _____

    a. No tengo ni idea.

    b. No sé casi nada de eso.

    c. Eso no tiene nada que ver conmigo.

7. alguien te agradece un favor? _____

    a. Nada más.

    b. Nada de eso.

    c. De nada.

8. no quieres más vino? _____

    a. Nada más, gracias.

    b. Sí, lo puedo tomar como si nada.

    c. Casi nunca tomo tanto vino.

9. alguien te dice una tontería? _____

    a. Eso no tiene nada que ver con el tema.

    b. No ocurrió nada de eso.

    c. ¡Ni pensarlo!

En resumen

UN AVISO CLASIFICADO

❖   Completa el siguiente aviso clasificado con la forma apropiada del verbo entre paréntesis. Si hay dos palabras entre paréntesis, indica cuál es la apropiada.

Empleo vacante: Se solicitan aspirantes que [1]_____ (poder) desempeñar el papel de directora de un grupo activo de cuatro individuos exigentes que [2]_____ (tener) diferentes necesidades y personalidades. Será necesario que la solicitante afortunada [3]_____ (realizar) y [4]_____ (coordinar) las siguientes funciones: acompañante, consejera, directora, administradora, maestra, enfermera, cocinera, limpiadora, chófer, supervisora del cuidado de los niños, trabajadora social, psicóloga y organizadora de actividades.

Requisitos: Se quieren solicitantes que [5]_____ (tener) una automotivación ilimitada y que [6]_____ (poseer) un sentido de responsabilidad muy fuerte. Para [7]_____ (tener) éxito en este

trabajo, es imperativo que [8]_____ (ser) independientes y con iniciativa, y que [9]_____ (ser) capaces de trabajar sin supervisión. Además, se necesitan candidatas que [10]_____ (saber) trabajar con personas de todas las edades y que [11]_____ (poder) trabajar en condiciones de estrés durante largos períodos si es necesario. También, se requiere que estas personas [12]_____ (hacer) un gran número de tareas conflictivas al mismo tiempo y que no [13]_____ (cansarse) fácilmente. Es importante que [14]_____ (tener) la adaptabilidad para manejarse sin problemas en los distintos cambios del desarrollo de la vida del grupo, incluyendo emergencias y crisis serias. Es deseable que [15]_____ (saber) comunicarse acerca de un sinnúmero de asuntos con gente de todo tipo, incluyendo burócratas, maestros de escuela, médicos, dentistas, trabajadores, comerciantes, adolescentes y niños. Aunque este puesto no requiere que las candidatas [16]_____ (haber) tenido [17]_____ (nada / ninguna) experiencia previa, más vale que [18]_____ (ser) sanas, creativas, activas y extrovertidas. Hace falta que [19]_____ (tener) imaginación, sensibilidad, calor, amor y comprensión, ya que [20]_____ (tener) la responsabilidad del bienestar mental y emocional del grupo mencionado.

Horas de trabajo: Todo el tiempo que [21]_____ (estar) despierta, incluso turnos de 24 horas.

Remuneración: Conviene que las solicitantes no [22]_____ (pedir) [23]_____ (ningún / ninguno) salario o sueldo. Además, se puede requerir a la solicitante afortunada que [24]_____ (conseguir) un segundo trabajo para ayudar a mantener al grupo.

Beneficios: [25]_____ (Ninguna / Ningunas) vacaciones garantizadas, [26]_____ (ni siquiera / más que nada) por enfermedad, maternidad o largo servicio. [27]_____ (Tampoco / También) se ofrece [28]_____ (ningún / nada más) seguro de vida o de accidentes. Se quieren solicitantes que [29]_____ (estar) conformes con compensación intangible, ya que este empleo no ofrece [30]_____ (o / ni) sueldo [31]_____ (o / ni) pensión.

¿Cuál es el empleo descrito en este aviso? ¿Crees que es una descripción adecuada y apropiada? ¿Hay algo más que te gustaría añadir? ¿Conoces a alguien que tenga estas cualidades?

Capítulo 21

Uses of the subjunctive III

21.1 The subjunctive to express future events

Will it become a reality or won't it? As the future is often unknown, Spanish uses the subjunctive to refer to events in the future whose outcome remains uncertain or unknown.

When the following adverbial phrases refer to the past and the outcome is known, or if the events are habitual, the indicative is used. When these phrases refer to the future, the subjunctive is used. Certain expressions are followed by the infinitive or a noun when the subject of the dependent clause is the same as that of the independent clause.

así que	as soon as
cuando	when
después de + *inf.*	after
después (de) que	after
en cuanto	as soon as
hasta + *inf.*	until
hasta que	until
luego (de) que	as soon as, after
mientras (que)	while, as long as
tan pronto como	as soon as
una vez que	once

No te llamaré **hasta que** el avión **aterrice**.	*I won't call you until the plane lands.*
Lo llamé **tan pronto como aterrizó** el avión.	*I called him as soon as the plane landed.*
No te llamaré **hasta recoger** las maletas.	*I won't call you until I pick up my bags.*

Note that the subjunctive may be used with the adverbial conjunctions **cuando, después (de) que, hasta que, en cuanto, mientras (que),** and **tan pronto como** even though there is no change of subject. As noted above, the prepositions **después de** and **hasta** can be followed by the infinitive.

Lo voy a hacer **tan pronto como** pueda.	*I'll do it as soon as I can.*
Lo haré **cuando** pueda.	*I'll do it when I can.*
Lo haré **después de que** termine esta tarea.	*I'll do it after I finish this task.*
Lo haré **después de** terminar esta tarea.	*I'll do it after I finish this task.*

21.1

ACTIVIDADES

A **¡Su atención, por favor!** ¿Qué pasa durante un viaje en avión? Para describir el proceso de un vuelo desde la perspectiva de un/a pasajero/a, completa las siguientes oraciones con la forma apropiada del verbo entre paréntesis.

1. Los pasajeros de clase turista abordan el avión luego de que los pasajeros de primera clase _____ (sentarse).

2. El avión despegó así que _____ (recibir) la señal de la torre de control.

3. La azafata anunció: «No salgan de sus asientos hasta que _____ (apagarse) el letrero que indica que Uds. se pueden desabrochar los cinturones.»

4. Añadió: «No se desabrochen los cinturones mientras que el letrero _____ (seguir) prendido.»

5. «Les vamos a servir la comida en cuanto las bebidas _____ (estar) servidas.»

6. Pero una vez que _____ (comenzar) a servir la comida, tuvo que anunciar: «Serviremos la comida después de que el avión _____ (salir) de la turbulencia.»

7. «La película comenzará tan pronto como nosotros _____ (haber) retirado todas las bandejas (*trays*).»

8. Cuando el avión _____ (aterrizar) el piloto anunció: «Quédense en sus asientos hasta que el avión _____ (haber) parado completamente.»

B **¿Cuándo?** En parejas, háganse y contesten las siguientes preguntas para saber algo de lo que hicieron en el pasado o de sus planes para el futuro.

Modelo:

¿Cuándo viajaste o vas a viajar al Caribe o Hawaii? (una vez)

A: *¿Cuándo vas a viajar al Caribe o Hawaii? (¿Cuándo viajaste al Caribe o Hawaii?)*

B: *Una vez que tenga tiempo y dinero. ¿Y tú? (Viajé al Caribe durante las vacaciones de Navidad.)*

¿Cuándo...

1. compraste o vas a comprarte un coche? (después de)

_____

_____

_____

2. votaste o vas a poder votar? (luego que)

_____

_____

_____

3. vas a terminar tus estudios? (así que)

_____

_____

_____

4. buscaste o vas a buscar un trabajo? (una vez)

_____

_____

_____

5. te casaste o vas a casarte? (cuando)

_____

_____

_____

6. fuiste a Europa o vas a ir a Europa? (en cuanto)

_____

_____

_____

7. obtuviste o vas a obtener tu licencia de conducir? (tan pronto como)

_____

_____

_____

8. te jubilaste o vas a jubilarte (_to retire_)? (en cuanto)

_____

_____

_____

21.2   The subjunctive to express purpose

The adverbial conjunctions introduced in this section refer to anticipated events: the action of one clause is dependent upon the other. One thing will happen provided that (unless, on the condition that, in case, in order that) something else happens.

To use the subjunctive or not to use the subjunctive? With an exception that will be noted later, this is a no-brainer because these adverbial conjunctions *always* require the subjunctive. However, when the subject of the main clause and the dependent clause is the same, **que** is omitted and the infinitive is used instead of the subjunctive with **a condición de, a fin de, antes de, con tal de, en caso de, para, salvo,** and **sin.**

a condición de que, a condición de + *inf.*	on the condition that
a fin de que, a fin de + *inf.*	in order that
a menos que	unless
a no ser que	unless
antes de que, antes de + *inf.*	before
aun cuando	even if, even though
con tal de que, con tal de + *inf.*	provided that
de modo que, de manera que	so that
en caso de que, en caso de + *inf.*	in case
para que, para + *inf.*	so that
salvo que, salvo + *inf.*	unless
sin que, sin + *inf.*	without

¡Ojo!

1. **A menos que** and **con tal de que** are followed by the present subjunctive if the action of the dependent clause occurs at the same time as the action of the main clause. They are followed by the present perfect subjunctive if the action of the dependent clause occurs before the action of the main clause.

   El examen final será el 18 de diciembre **a menos que** haya una tormenta de nieve ese día. — *The final exam will be on December 18, unless there is a snow storm that day.*

   Uds. pueden salir ahora **con tal de que** hayan terminado todo su trabajo. — *You may leave now, provided that you have finished all your work.*

2. **De modo que** and **de manera que** are the exceptions to the "always use the subjunctive" rule. They are followed by the indicative when they express result, or by the subjunctive when they indicate purpose.

   Seguí la receta, **de manera que** la torta me salió bien. — *I followed the recipe so that the cake came out well.*

   Mamá dio la llave a los chicos **de modo que** ellos pudieran entrar en la casa al volver del colegio. — *Mother gave the children the key so that they could get into the house when they returned from school.*

ACTIVIDADES

C **El último grito.** Hoy en día es posible hacer las compras por la red sin salir de tu casa. Para saber más de las actitudes de los consumidores, completa las siguientes oraciones con la forma apropiada del verbo entre paréntesis.

1. Algunos dicen: «No compraré ningún producto a menos que

   _____ (poder) devolverlo.»

2. Otros aconsejan: «Es bueno averiguar los precios en la red antes de que

   Ud. _____ (comprar) un producto en la tienda.»

3. Las compañías muestran fotos de sus productos para que los clientes

   _____ (tener) una idea de cómo son.

4. Prefiero ir al centro comercial aun cuando los precios _____

   (ser) un poco más altos.

5. Algunas personas no tienen tiempo para salir de compras; por eso compran por la red a fin de que las compras se _____ (entregar) a su casa.

6. No compro nada en los remates (*auctions*) de la red salvo que _____ (ser) algo que necesito.

7. Me gusta hacer las compras en la red porque puedo hacerlas sin que nadie me _____ (molestar).

8. Mi familia y yo no vamos más al centro comercial (*mall*) a menos que _____ (haber) una liquidación.

D **Expresiones famosas.** Parece que todos los padres les dicen las mismas cosas a sus hijos. Para saber cuáles son, combina las dos oraciones con la conjunción adverbial indicada, haciendo los cambios necesarios. Luego, tu compañero/a te va a preguntar si hiciste lo que tus padres querían que hicieras.

Modelo:
Tienes que limpiar tu cuarto. Llegan los visitantes. (antes de que)
A: *Tienes que limpiar tu cuarto antes de que lleguen los visitantes.*
B: *Y, ¿lo hiciste?*
A: *Sí, lo limpié antes de que llegaran los visitantes.*
   (*No, no lo limpié antes de que llegaran los visitantes porque no los invité a mi cuarto.*)

1. No te permito comer el postre. Tomas la sopa. (hasta que)

_____
_____
_____

2. No debes pegarle al otro chico. Él te pega primero. (salvo que)

_____
_____
_____

3. No te daré el coche para ir a la fiesta. Prometes no tomar ninguna bebida alcohólica. (a menos que)

_____
_____
_____

4. No te daremos el coche. Decirnos con quién te vas a la fiesta. (sin que)

_____
_____
_____

5. Llámame. Tienes problemas con el coche. (en caso de que)

_____

_____

6. Te dejaremos salir esta noche. Vuelves a casa antes de medianoche. (a condición de que)

_____

_____

7. Cuéntanos lo que te pasó con el coche. Sabemos qué decir cuando llame la compañía de seguros. (a fin de que)

_____

_____

8. Abrígate (*Bundle up*) bien. No te enfermes. (para que)

_____

_____

 Entrevista con un ecólogo. Hoy en día se habla mucho de los problemas del medio ambiente. En parejas, expresen sus ideas sobre las siguientes cuestiones.

Modelo:

Es necesario controlar la contaminación urbana...

A: *Yo creo que es necesario controlar la contaminación urbana antes de que sea demasiado tarde.*

B: *Estoy de acuerdo. Yo también creo que es necesario controlar la contaminación urbana a fin de que respiremos aire limpio.*

Creo que...

1. debemos controlar la contaminación del aire y de las aguas antes de que...

_____

_____

2. siempre habrá el peligro de una guerra nuclear a menos que...

_____

_____

3. la contaminación aumentará a no ser que...

_____

_____

4. los seres humanos vivirán más años a condición de que...

_____

_____

5. las naciones del mundo tienen que trabajar juntas para que...

_____

_____

6. los bosques y las selvas serán destruidos sin que...

_____

_____

7. es posible prevenir la desaparición de muchas especies de flora y fauna con tal de que...

_____

_____

8. solucionaremos los problemas de la contaminación tan pronto como...

_____

_____

21.3 Además... Spanish verbs that mean *to run*

In English the verb *to run* can mean a number of things. Spanish, however, has a different verb or expression to express the different meanings.

a la larga	in the long run
acabársele	to run out of
andar, funcionar	to run (a machine, mechanism)
atropellar	to run over
correr	to run
correr el riesgo	to run the risk
dirigir, administrar	to run (manage, conduct)
escaparse, huir	to run away
extenderse (por)	to run along
presentar su candidatura, aspirar a	to run for office
tropezarse con	to run across, into

ACTIVIDAD

F **El atasco.** ¿Cuáles son los pensamientos que pasan por la mente de Jaime Bustamante mientras está metido en un atasco en Caracas? Para saberlo, completa las siguientes oraciones con la expresión o el verbo apropiado.

1. ¡Qué atasco! Ese hombre que está _____ por la calle va más rápidamente que yo.

2. ¡Caramba! Ya veo lo que pasa. Hay un camión grande allá que no _____ y que está bloqueando el camino.

3. Puedo ir por otra ruta, pero están arreglando esa calle y prefiero no _____ el riesgo de pinchar una llanta.

4. Por lo menos mi coche _____ mejor desde que cambié el aceite.

5. Menos mal que este camino _____ por el río. Así puedo disfrutar de la vista mientras espero.

6. El reloj de la torre que veo desde aquí da las siete. Espero que _____ bien, porque si no, no voy a llegar a tiempo.

7. Bueno, el tiempo pasará más rápidamente si escucho las noticias en la radio. ¡Qué curioso! El locutor dice que el senador Oliveira _____ ser presidente. Es exactamente lo que me dijo Pablo cuando _____ con él esta mañana.

8. Cuando éramos niños Pablo no era un chico muy listo. Sin embargo hoy _____ una empresa muy grande. Nunca se sabe...

9. Pero ¿qué pasa allá? Ya ha pasado más de una hora. Se _____ la paciencia.

10. ¡Dios mío! Justo cuando los coches comienzan a adelantarse un poco, se le ocurre a ese chico cruzar la calle. Por poco un coche lo _____ .

11. Voy a esperar pacientemente. _____ no sirve agitarse por un atasco.

En resumen

PARA COMBATIR LA CONTAMINACIÓN

❖ Completa los siguientes párrafos con el verbo apropiado.

¿Pasa Ud. muchas horas del día en atascos para ir a su trabajo y otra vez para volver a casa? ¿Llega a su destino con los nervios de punta (*on edge*), gritando «¡No lo aguanto más!»? Dondequiera que Ud. [1]_____ (ir) en el mundo moderno, esto es lo que le ocurre a mucha gente, día tras día.

Antes de que nosotros [2]_____ (asfixiarse) por la contaminación causada por los coches, es necesario que [3]_____ (pensar) en algunas soluciones para este problema que afecta a todos los grandes centros urbanos del mundo. En caso de que los científicos no [4]_____ (desarrollar) un combustible que no [5]_____ (causar) contaminación, o los ingenieros no [6]_____ (construir) otros sistemas de emisión, o los expertos de la planificación no [7]_____ (diseñar) nuevos modelos, tenemos que buscar otras opciones.

Algunos han sugerido que las municipalidades [8]_____ (construir) más caminos para bicicletas para que se [9]_____ (aliviar) los atascos y la contaminación. A fin de cuentas, la bicicleta es económica, no contamina y ofrece buen ejercicio aeróbico. Y si Ud. duda que la bicicleta [10]_____ (servir) cuando hace frío y hay nieve, hay que estudiar el sistema de caminos para bicicletas que tienen en Holanda, Dinamarca y Suecia, países donde el invierno se parece al de algunas regiones de los Estados Unidos y el Canadá. En esos países han construido caminos especiales de modo que todos [11]_____ (poder) ir en bicicleta. A nadie le sorprende que [12]_____ (ir) montados en bicicleta ejecutivos con portafolios, estudiantes con mochilas y ancianos con canastas.

Otra opción es el automóvil eléctrico, del cual ya existen varios modelos que combinan la gasolina con la energía de una batería. Es práctico, hace poco ruido, no contamina y resulta económico mantenerlo. Tiene una velocidad promedio de hasta 70 kilómetros por hora sin que [13]_____ (haber) necesidad de recargar las baterías. La mayoría tiene por lo menos dos asientos y una carrocería (*body*) de fibra de vidrio o plástico para que [14]_____ (ser) livianos.

¿Cuántas horas ha pasado Ud. en un atasco sin que los coches [15]_____ (moverse) ni un kilómetro? ¿Qué otras opciones existen para que nosotros [16]_____ (viajar) más rápidamente y

¹⁷_____ (contaminar) menos? Algunas ciudades ya han tomado medidas. Todas parecen ser lógicas y se pueden aplicar con tal de que los ciudadanos ¹⁸_____ (cooperar) y ¹⁹_____ (apoyar) los esfuerzos de la municipalidad. Por ejemplo, a los conductores que quieren ²⁰_____ (entrar) en la ciudad de Singapur con sus coches, les cobran un peaje (*toll*). Hay aparcamientos fuera de la ciudad, y los conductores pueden dejar sus coches en ellos y seguir en transporte público. La ciudad de Tokio ha eliminado los aparcamientos públicos. En Atenas, en la capital de México y en Caracas, Venezuela, sólo se permite que los coches ²¹_____ (circular) un día sí y otro no. Este sistema funciona según el último número de la placa (*license plate*). Ciertos días solamente los coches con número par (*even*) pueden circular. Otros días solamente los coches con número impar pueden circular. Sin embargo, aun cuando estas reglas ²²_____ (estar) en vigor (*enforced*), los atascos siguen.

En otras partes se ha prohibido que ²³_____ (circular) coches a menos que ²⁴_____ (llevar) más de un ocupante. Cuando les hablamos a algunos expertos en problemas de transporte, éstos sugirieron que el sector industrial ²⁵_____ (variar) los horarios de trabajo para que todos los empleados no ²⁶_____ (entrar) al trabajo y ²⁷_____ (salir) a la misma hora. Otros recomendaron que las ciudades ²⁸_____ (construir) autopistas o ²⁹_____ (mejorar) los sistemas de transporte público.

Claro, para que nosotros ³⁰_____ (llevar) a cabo estas ideas, es necesario ³¹_____ (contar) con buenos sistemas de transporte público que ³²_____ (ser) rápidos, limpios y económicos, y que ³³_____ (extenderse) a todas partes de la ciudad. Aunque muchos conductores prefieren viajar en su propio coche, es posible que ellos ³⁴_____ (cansarse) de los atascos y ³⁵_____ (darse) cuenta de las ventajas del transporte público para la salud física y mental.

Otra posibilidad para eliminar los atascos y la contaminación que éstos causan es la computadora. Ud. preguntará «¿Qué tiene que ver la computadora con los atascos y la contaminación causada por los coches?» Todos los días hay más y más teletrabajadores, personas que hacen su trabajo en casa con la computadora de modo que no ³⁶_____ (tener) que salir para ir a una oficina. Mientras que Ud. ³⁷_____ (estar) refunfuñando (*grumbling*) en su coche, ellos ya han llegado a su trabajo. Es la onda del futuro.

Capítulo 22

Uses of the subjunctive IV

22.1 The subjunctive with **a pesar de que, aunque,** and indeterminate expressions
22.2 The subjunctive in the **como si** clause
22.3 The subjunctive in *if* (**si**) clauses
22.4 **Además...** Idiomatic expressions with **echar**

22.1 The subjunctive with **a pesar de que, aunque,** and indeterminate expressions

When the following expressions are used to refer to a hypothetical situation or a possibility, the subjunctive is used. When they are used to make a statement of fact or to refer to reality, the indicative is used.

a pesar de que	in spite of
aunque	although, even though, even if
comoquiera	however
cualquiera	anyone
cuandoquiera	whenever
dondequiera	wherever
por más... que	however much
quienquiera	whoever

Aunque quisimos avisarle del accidente, no pudimos comunicarnos.

Although we wanted to tell him about the accident, we couldn't get in touch with him.

Podemos practicar el fútbol **cuandoquiera** que tengas tiempo.

We can practice soccer whenever you have the time.

ACTIVIDAD

A **La tecnología moderna.** Para ver los efectos que la tecnología tiene en las comunicaciones, completa las siguientes oraciones con el verbo apropiado.

1. El teléfono celular le permite recibir mensajes dondequiera que Ud. _____ (estar).

2. Con el teléfono inalámbrico (*cordless*) Ud. puede hacer llamadas aunque no _____ (haber) un teléfono cerca.

3. La contestadora automática le permite escuchar sus llamadas telefónicas cuandoquiera que Ud. _____ (tener) tiempo para escucharlas.

4. El teléfono celular le permite hablar de cualquier lugar en el que Ud. _____ (encontrarse).

5. El «*pager*» le avisa que tiene una llamada aunque no _____ (estar) cerca de un teléfono.

6. El sistema identificador de llamadas (*Caller ID*) le permite hablar con quienquiera que _____ (desear) hablar, y evitar hablar con cualquiera que _____ (llamar).

7. Su computadora le da las últimas noticias del mundo cuandoquiera que Ud. _____ (querer) leerlas.

8. Sin embargo, por más que _____ (haber / avanzar) la tecnología, no hemos descubierto una manera de tener más tiempo para escaparnos de ella.

22.2   The subjunctive in the **como si** clause

Because it refers to unreality, the expression **como si** is always followed by the past (imperfect) or past perfect (pluperfect) subjunctive.

Canta **como si** estuviera en la ópera, pero en realidad está en la ducha.   *He sings as though he were in the opera, but in reality he is in the shower.*

ACTIVIDAD

B   **El cine.** Para hablar de algunos ejemplos de la irrealidad que se ven en el cine, completa las siguientes oraciones con la forma apropiada del verbo entre paréntesis.

1. En las películas futuristas los actores hablan como si el mundo ya _____ (haber / terminar).

2. En otras películas es como si los personajes _____ (haber / trasladarse) a la época de los dinosaurios.

3. En las películas de acción los coches vuelan por el aire como si _____ (ser) de juguete.

4. En las películas de ciencia ficción los extraterrestres actúan como si _____ (saber) más que los seres humanos.

5. Vi una película en que Robin Williams se movía y hablaba como si _____ (ser) un robot.

6. ¿Te acuerdas de la película *Tootsie*, en la que Dustin Hoffman actuaba como si _____ (ser) una mujer?

7. Marlon Brando siempre hablaba como si _____ (tener) algo en la boca.

8. En las películas románticas, las actrices siempre se despiertan bien peinadas y maquilladas por la mañana como si _____ (acabar) de salir de la peluquería.

22.3   The subjunctive in *if* (**si**) clauses

Si clauses are used with the subjunctive to refer to conditions that are hypothetical or contrary to fact; therefore, they are unlikely to take place. When one of these conditions refers to present or future time, the imperfect subjunctive is used in the **si** clause and the conditional is used in the other (independent) clause. To refer to past time, the past perfect (pluperfect) subjunctive is used in the **si** clause, and the perfect conditional in the independent clause. The past perfect is often used in the conditional clause instead of the perfect conditional.

Si yo **fuera** Ud., no **haría** eso.
If I were you, I wouldn't do that. (But I'm not you.)

Si **hubieras seguido** las indicaciones, no te **habrías** (**hubieras**) **perdido.**
If you had followed the directions, you wouldn't have gotten lost. (But you didn't follow the directions.)

The same structure applies when the conditional clause precedes the **si** clause.

Ellos **irían** a Europa si **tuvieran** más tiempo.
They would go to Europe if they had more time. (But they don't.)

¡Ojo!   When the **si** clause introduces a phrase that is neither hypothetical nor contrary to fact or is likely to take place, the indicative is used.

Si **nieva** mañana, vamos a esquiar.   *If it snows tomorrow, we will go skiing.*
Si **llueve**, iremos al cine.   *If it rains, we will go to the movies.*

ACTIVIDADES

C   **Situaciones hipotéticas.** Si estuvieras en las siguientes situaciones, ¿qué harías? Con un/a compañero/a, hagan y contesten las preguntas con la forma apropiada del verbo entre paréntesis u otro verbo.

Modelo:
A: Si _____ (haber) una inyección que permitiera que los seres humanos vivieran hasta los cien años, ¿te la _____ (poner)?
B: *Sí (No), si hubiera una inyección que permitiera que los seres humanos vivieran hasta los cien años, yo (no) me la pondría.*

1. Si tú _____ (ser) profesor/a y _____ (ver) que un/a estudiante copiaba del examen de otro/a, ¿qué _____ (hacer)?

2. Si tú _____ (poder) tener un don (*talent*) que no tienes, ¿qué don _____ (escoger)?

3. Si tú _____ (tener) la oportunidad de trabajar en otro
   país, ¿la _____ (aceptar)?

4. Si un amigo tuyo _____ (ganarse) el gordo (*jackpot*) de la
   lotería, ¿qué _____ (sugerir) tú que hiciera con el dinero?

5. Si tú _____ (hallar) la lámpara de Aladino, ¿qué
   _____ (pedir)?

6. Si un famoso alpinista te _____ (ofrecer) la oportunidad
   de escalar el Monte Everest, ¿lo _____ (acompañar)?

7. Si alguien te _____ (dar) la oportunidad de practicar el
   paracaidismo, ¿lo _____ (hacer)?

8. Si _____ (tener) que pasar seis meses en una isla desierta,
   ¿qué _____ (llevar) contigo?

D   **Comentarios comunes y corrientes.** Frecuentemente se escuchan los
siguientes comentarios. Complétalos con la forma apropiada del verbo entre
paréntesis.

Modelo:
   Si te _____ (haber / ver), te _____ (haber / saludar).
   Si te hubiera visto, te habría saludado.

1. Si yo _____ (haber / estar) en tu lugar, no lo
   _____ (haber / hacer).

2. Si a mí me _____ (haber / decir) eso, no le
   _____ (haber / contestar).

3. Si yo _____ (haber / encontrarse) en esa
   situación, _____ (haber / salir) de ella en seguida.

4. Si tú me _____ (haber / escuchar), eso no te
   _____ (haber / pasar).

5. Si él no _____ (haber / contestar) el teléfono
   en ese momento, la comida no _____ (haber /
   quemársele).

6. Si tú no _____ (haber / ver) el otro coche,
   nosotros _____ (haber / tener) un accidente.

E   **¿Y tú?** En parejas, completen las oraciones con la forma apropiada del verbo entre paréntesis y sus propias ideas.

Modelo:

A: Si yo _____ (tener) que elegir entre un viaje a España o un coche nuevo, yo _____ (elegir). ¿Y tú? ¿Cuál elegirías?

Si yo tuviera que elegir entre un viaje a España o un coche nuevo, elegiría el viaje. ¿Y tú? ¿Cuál elegirías?

B: *Pues, si yo tuviera que elegir entre un viaje a España o un coche nuevo, creo que elegiría el coche.*

1. A: Si yo _____ (poder) vivir en otra época, _____ (escoger) vivir en el siglo _____ .

   B: _____

2. A: Si yo _____ (poder) cenar con el héroe / la heroína de una novela, me _____ (gustar) cenar con

   _____ .

   B: _____

3. A: Si _____ (ser) posible participar en un programa de televisión, _____ (querer) actuar en _____ .

   B: _____

4. A: Si _____ (ser) posible cambiar mi identidad por un día, me _____ (gustar) ser _____ .

   B: _____

5. A: Si me _____ (pedir) que nombrara a alguien como La Persona del Año para la portada de la revista *Time*, yo _____ (elegir) a _____ .

   B: _____

6. A: Si yo _____ (tener) la oportunidad de estudiar en el extranjero, _____ (ir) a _____ .

   B: _____

F **Vamos a ver.** Es posible que las siguientes situaciones ocurran. Completa las siguientes oraciones con una forma apropiada del verbo entre paréntesis.

Modelo:

Si nosotros _____ (tener) vacaciones, _____ (hacer) un viaje.

Si nosotros tenemos vacaciones, hacemos (haremos) un viaje a Chile.

1. Si la agencia de viajes nos _____ (ofrecer) un buen precio, _____ (hacer) un viaje a Chile.

2. Si no _____ (ser) posible hacer el viaje este año, lo _____ (hacer) el año entrante.

3. La agente de viajes _____ (decir) que nos va a avisar si _____ (tener) algún problema con los pasajes.

4. Si el avión _____ (estar) completo, _____ (tomar) el próximo vuelo.

5. Si ese hotel no _____ (tener) habitaciones disponibles, _____ (poder) quedarnos en otro.

6. Si Rosa _____ (encontrar) su guía de Chile, ella nos la _____ (prestar).

7. Me _____ (gustar) ver si ese hotel _____ (figurar) en la guía.

8. ¿Sabes que nosotros _____ (poder) esquiar en Chile si _____ (ir) en julio?

22.4 Además... Idiomatic expressions with echar

Spanish has many idiomatic expressions that use the verb **echar** in a number of ways. Some of these are:

echar	to throw, toss, pitch, throw out or away
echar de menos	to miss (someone or something)
echar la casa por la ventana	to go overboard, to spare no expense
echar la culpa	to blame
echar leña al fuego	to add fuel to the fire
echar una mano a alguien	to lend a hand
echar una mirada	to have a look at
echar una siesta	to have a nap
echarse a perder	to spoil, ruin

ACTIVIDAD

 Situaciones. Usa una expresión con **echar** para explicar las siguientes situaciones.

1. Durante su primer semestre en la universidad, algunos estudiantes llaman a sus padres todos los días y a veces lloran. ¿Qué les pasa?

_____

2. Algunas familias hispanas hacen fiestas muy grandes cuando su hija cumple 15 años. Invitan a mucha gente a la celebración, compran ropa elegante, tienen una cena enorme y una banda que toca música para bailar. ¿Qué hacen?

_____

3. Alberto llega a la escuela sin su tarea y le dice a la profesora que la había hecho pero que su perro se la comió. ¿Qué hace Alberto?

_____

4. Tienes que escribir un trabajo y estudiar para un examen, pero estás muy cansado/a. Entonces, tienes dos posibilidades para ayudarte a cumplir con tu trabajo: una es tomar mucho café. ¿Cuál es la otra posibilidad?

_____

5. Susana y Fernando están en el centro comercial. Susana quiere entrar en la joyería, pero Fernando le recuerda que no tienen mucho dinero. Susana contesta que no piensa comprar nada. Entonces, ¿por qué quiere entrar?

_____

6. José y Miguel están caminando por la calle cuando ven a un hombre tratando de cambiar una llanta pinchada (*flat tire*). Se acercan y le hacen una pregunta. ¿Cuál es la pregunta?

_____

7. Por fin Esmeralda limpió el refrigerador. ¡Qué desastre! ¡Algunas cosas parecían experimentos de un laboratorio de biología! ¿Qué les pasó? ¿Qué tiene que hacer Esmeralda?

_____

8. Julio y Tina son novios, pero lamentablemente Julio es muy celoso. Acusa a Tina de haber salido con su ex novio, Raúl. Tina protesta, diciendo que sólo quiere a Julio. En este momento, entra la hermanita de Tina y le dice: «Tina, tienes una llamada. Creo que es de Raúl.» ¿Qué hace la hermanita?

En resumen

BUNGEE JUMPING

❖ ¿Estás en la onda? ¿Sabes cuál es el último grito de las nuevas sensaciones? Les hicimos la siguiente pregunta a varias personas, preguntándoles: «¿Ya ha hecho o piensa hacer bungee jumping?» A continuación presentamos sus respuestas. Complétalas con la forma apropiada del verbo entre paréntesis.

1. *J. Rivera:* Yo no _____ (echarse) de un cordón aun cuando mi vida _____ (depender) de eso.

2. *A. Ramos:* Ya lo hice y se lo recomiendo a cualquiera que _____ (querer) tener una experiencia sensacional.

3. *C. Puentes:* ¡Es la sensación más increíble! Era como si _____ (estar) en un mundo luminoso y tranquilo.

4. *B. Tamayo:* Si algún día tengo la oportunidad, lo _____ (hacer).

5. *Anónimo:* No quiero dar mi nombre porque si mi mamá _____ (saber) que ya lo he hecho, me _____ (matar).

6. *A. Hernández:* Yo me _____ (echarse) al aire sólo si me dan un paracaídas.

7. *J. Figueroa:* ¡Qué tontería! Si Dios _____ (haber) querido que el hombre volara, nos _____ (haber) dado alas.

8. *L. Batista:* Ya le dije a mi novio: «Cuandoquiera que tú _____ (tener) ganas de hacerlo, yo te acompaño.»

9. *C. Chávez:* Por más que me _____ (fascinar) la idea, no puedo superar mi temor.

10. *M. Gómez:* ¿Yo? ¿Lanzarme al aire como una loca? ¡De ninguna manera! ¡No lo _____ (hacer) aunque me _____ (ofrecer) un millón de dólares!

11. *Tú:* Si yo _____ (tener) la oportunidad de saltar atado/a a un cordón bungee, _____.

Capítulo 23

Relative pronouns

23.1 The relative pronouns **que** and **quien(es)**

Relative pronouns are used to join two clauses. They refer to a noun (antecedent) from the main clause and introduce the subordinate clause, thereby linking the two references to the noun. Although there are a number of other relative pronouns in Spanish, **que** and **quien(es)** are the most commonly used ones in informal speech in most parts of the Hispanic world.

1. **Que** is the most frequently used relative pronoun. It can refer to persons, places, or things and can be either the subject or the direct object of the clause it introduces. Also, it is invariable, meaning that it can refer to both singular and plural nouns. Although it is frequently omitted in English, it must always be used in Spanish.

No me gustó la película **que** vimos anoche.	*I didn't like the movie (that) we saw last night.*

2. When **nadie** or **alguien** are the antecedents, **que** is also used.

No conozco **a nadie que** sea tan inteligente como él.	*I don't know anybody who is as intelligent as he is.*
¿Hay **alguien** en esta clase **que** tenga una hora libre?	*Is there anyone in this class who has a free hour?*

3. **Quien(es)** can be used when **que** is the direct object of the verb and the antecedent is a person. **Quien(es)** and **a quien(es)** can also be used in a nonrestrictive clause, that is, a clause that gives parenthetical or nonessential information and is set off by commas. However, **quien(es)** cannot be used interchangeably with **que** when the antecedent is the subject of a restrictive clause; only **que** can be used as a relative pronoun in this case, as in the third of the following examples.

Busco al estudiante **a quien** he prestado mi libro.	*I'm looking for the student to whom I lent my book.*
La oficina del profesor Amado, **quien** enseña química, está en otro edificio.	*The office of Professor Amado, who teaches chemistry, is in another building.*
Ayer entrevistamos a la persona **que** podrá desempeñar el trabajo.	*Yesterday we interviewed the person who will be able to do the job.*

ACTIVIDADES

A **La Navidad o el Día de los Reyes Magos.** Tradicionalmente en los países hispanos, la Navidad es una celebración religiosa, y la gente les da regalos a los niños el 6 de enero, el Día de los Reyes Magos. Pero hoy en día, debido a la influencia norteamericana, mucha gente se da regalos de Navidad. Para ver lo que tiene Rosita en las bolsas cuando vuelve de compras, combina las dos oraciones con **que** o **quien**.

Modelo:

Aquí tengo el perfume. Se lo voy a regalar a mi mamá.

Aquí tengo el perfume que le voy a regalar a mi mamá.

1. En esta caja tengo la corbata. La compré para mi papá.

2. Éstas son las tarjetas. Se las voy a mandar a mis amigos.

3. Hice copias de las fotos. Quiero regalárselas a mis abuelos.

4. He escrito una lista de las cosas. Las quiero recibir.

5. En este paquete hay algo para el vecino. Éste me hizo un gran favor.

6. Ya he comprado los juguetes. Los quieren mis sobrinos.

7. Este aroma tan lindo es del perfume. Me dieron de muestra en la tienda.

8. Y esta caja es para mis amigos estadounidenses. Ellos se dan regalos el 25 de diciembre.

B **Noticias del periódico estudiantil.** Combina las oraciones con **quien** o **quienes** según el modelo.

Modelo:

La profesora Ugarte y dos candidatos doctorales han descubierto una nueva enzima. Ellos han pasado cinco años en el proyecto.

La profesora Ugarte y dos candidatos doctorales, quienes han pasado cinco años en el proyecto, han descubierto una nueva enzima.

1. La profesora López va a dar una conferencia sobre sus investigaciones. Ella acaba de volver de la selva amazónica.

2. Los músicos interpretan música folklórica esta noche en el auditorio. Ellos son del Perú.

3. Miguel Hernández y Celestina Leyva han recibido becas Fulbright. Ellos se gradúan en mayo.

   _____

4. Los estudiantes estadounidenses llegaron ayer. Van a pasar un año en esta universidad.

   _____

5. ¡Imagínate! El profesor Jiménez y la profesora Uriarte nos dieron una clase del baile «swing». Ellos son profesores de historia.

   _____

6. Horacio Gutiérrez fue llamado a formar parte del equipo nacional de fútbol. Él se graduó de esta universidad en 1998.

   _____

7. La semana pasada dos ex alumnos de esta universidad hablaron de sus carreras. Ellos se habían especializado en español.

   _____

8. El lunes el rector volvió a la universidad. Él había ido a un congreso en los Estados Unidos.

   _____

23.2 The relative pronouns **el que** and **el cual**

After a preposition or a comma, the following pronouns may be used to refer to people or things.

People	_Things_
que, quien	que
el/la que, los/las que	el/la que, los/las que
el/la cual	el/la cual
los/las cuales	los/las cuales

1. **El/La/Los/Las que** and **el/la/los/las cuales** all mean _which, who, whom,_ and may be used to refer to people, places, or things. Note that they agree in gender and number with their antecedent.

2. The use of **el/la cual** and **los/las cuales** is less common; however, if more than one noun, each of a different number or gender, is referred to, they are used to clarify the reference and avoid ambiguity.

3. **El/La que** are also used to refer to an unexpressed antecedent when that antecedent has been referred to previously or when the context indicates who or what is referred to.

La persona **a quien** mandé mi currículum es el presidente de la empresa.	_The person to whom I sent my CV is the president of the company._
El Sr. Pérez, **que** (**quien**/**el cual**) es presidente de la empresa, me dio una recomendación.	_Mr. Pérez, who is the president of the company, gave me a recommendation._

23.2

Juan Pérez, **el cual** (**quien**) es mi cuñado, me ofreció un empleo.	*Juan Pérez, who is my brother-in-law, offered me a job.*
¿Conoces a mi cuñado?	*Do you know my brother-in-law?*
¿Cuál? **El que** trabaja en esta empresa o **el que** vive en la Argentina?	*Which one? The one who works in this company or the one who lives in Argentina?*
El que trabaja en esta empresa.	*The one who works in this company.*

ACTIVIDADES

C **La quiebra (*bankruptcy*).** ¿Por qué se fue a la quiebra esta compañía? Mientras lees las razones, escribe las oraciones según el modelo.

Modelo:
Los ejecutivos / se encargaban de dirigir la empresa / no prestaron atención a los nuevos productos de la competencia

Los ejecutivos, los cuales (quienes, que) se encargaban de dirigir la empresa, no prestaron atención a los nuevos productos de la competencia.

1. La Srta. Alfaro / siempre hablaba por teléfono con su novio / no atendió a los clientes

_____

2. El Sr. Murillo / era el jefe de ventas / siempre tomaba de una botella que tenía guardada en un cajón de su escritorio

_____

3. El presidente de la compañía / era el hijo del fundador / viajaba por el mundo con su novia

_____

4. La señora Vargas / se escapó con los fondos / era la contadora

_____

5. Las secretarias / llegaban tarde y salían temprano / nunca aprendieron a usar las computadoras

_____

6. Los clientes / habían tenido ya mucha paciencia / se cansaron de esperar la entrega de sus pedidos

_____

7. La gente del servicio de limpieza / se encargaba de limpiar las oficinas / descubrió la botella que el Sr. Murillo tenía guardada

_____

8. Algunos acreedores (*creditors*) / no tenían confianza en la compañía / reclamaron su dinero

_____

D **Preguntas.** En parejas, háganse y contesten las siguientes preguntas. Algunas preguntas y respuestas requieren la participación de los estudiantes ABAB mientras que otras preguntas y respuestas son de los estudiantes ABA.

Modelo:

A: ¿Son tuyos estos libros? (hay algunos libros en la silla y hay otros en el piso)

B: *¿Cuáles? ¿Los que están en el piso o los que están en la silla?*

A: *Los que están en el piso.*

B: *No, los que están en la silla son míos.*

1. ¿Conoces a esa chica? (una lleva pantalones y la otra lleva una falda)

    _____

    _____

    _____

2. ¿Ya te has comprado los libros? (de esta clase o de todas las clases)

    _____

    _____

    _____

3. ¿Es tu amigo? (uno duerme en la clase y el otro contesta todas las preguntas)

    _____

    _____

    _____

4. ¿Qué opinas de tu profesor/a de inglés? (el/la profesor/a que tienes este semestre o el/la profesor/a que tuviste el semestre pasado)

    _____

    _____

    _____

5. ¿Ya escribiste la composición? (tenemos que escribir una para la clase de español y otra para la clase de inglés)

    _____

    _____

    _____

6. ¿Recibiste mi mensaje de correo electrónico? (me enviaste uno ayer y otro anteayer)

    _____

    _____

    _____

23.3 Relative pronouns following prepositions

After a preposition (**a, con, de, en, entre, para, por, sin**) the forms **el/la cual, los/las cuales, el/la que** and **los/las que** can be used. However, following **a, con, de,** and **en, que** alone can be used when the antecedent is not a person.

Ésa es la casa en **la que** (**la cual**) me crié.	*That is the house in which I grew up.*
Y éstos son los amigos con **los que** (**los cuales**) jugaba cuando era niño.	*And these are the friends I played with (with whom I played) when I was a child.*

ACTIVIDAD

E   **¡Coleccionistas todos!** Todos coleccionamos algo. Usa los pronombres relativos para describir las colecciones de las siguientes personas.

1. El señor Díaz colecciona todo objeto fabricado por la empresa para _____ trabaja.

2. Juan José tiene varios discos con _____ los Beatles se hicieron famosos.

3. Guillermo, quien colecciona fotos de astronautas, consiguió una por _____ pagó cien dólares.

4. El señor Rojas heredó de su tío dos automóviles en _____ viajaron actores de Hollywood.

5. Marisol, que tiene nueve años, colecciona muñecas Barbie con _____ juega todos los días.

6. Los señores Rugosa tienen varios cuadros de pintores famosos entre _____ figura Picasso.

7. La señora Jiménez pertenece a un grupo de coleccionistas de figurines de porcelana con _____ se reúne una vez por mes.

8. ¿Y tú? ¿Qué coleccionas? _____

23.4 The relative pronouns **cuyo** and **donde**

1. **Cuyo(a/os/as)** functions as an adjective meaning *whose*. It agrees in gender and number with the noun that represents the possessed element rather than the possessor.

Tengo una amiga **cuyo** esposo es astronauta.	*I have a friend whose husband is an astronaut.*
Susana, **cuyas** hijas ya están en el colegio, busca un empleo.	*Susana, whose daughters are now in school, is looking for a job.*

2. Donde, meaning *where,* is invariable. It is used after prepositions to refer to a place.

Quiere trabajar en una empresa **donde** pueda usar sus destrezas.   *She wants to work in a company where she can use her skills.*

ACTIVIDAD

F   **El cóctel.** Cada año la Editorial Jacarandá, la cual publica muchos libros, invita a sus empleados y autores a un cóctel. El director de la compañía, el señor Domínguez, les presenta a ciertas personas a todos los presentes. Completa las oraciones con **donde** o la forma apropiada de **cuyo.**

1. Antes de todo, me da gran placer presentarles al Sr. José Jacarandá, _____ padre fue el fundador de esta editorial.

2. Y ahora me gustaría presentarles al autor Francisco Fracaso _____ libro ha sido número uno en el país este año.

3. Y aquí a mi derecha está la señorita Consuelo Castañeda _____ poemas inmortales tenemos el placer de publicar.

4. Y seguramente todos Uds. conocen a la señora Beatriz Bañadera _____ autobiografía ha sido la sensación del año.

5. El distinguido caballero a mi izquierda es el famoso explorador Néstor Narigón, que ha ido a _____ ninguna persona ha ido antes.

6. Y esta encantadora dama es la señora Marta Estuarda, la escritora de libros de cocina _____ recetas son incomparables.

23.5   Use of **lo que** and **lo cual**

Lo que means *what.* When it is used in a nonrestrictive relative clause (set off by commas) and refers to an antecedent that is a complete clause, it means *which,* or *that which.* **Lo cual** also means *which.*

Lo que no entiendo es por qué lo hiciste.   *What I don't understand is why you did it.*

¿Les vas a decir a tus padres **lo que** hiciste?   *Are you going to tell your parents what you did?*

Los chicos no me han llamado todavía, **lo que (lo cual)** me preocupa.   *The children haven't called me yet, which worries me.*

¡Ojo!   When **lo que** is followed by the subjunctive it means *whatever.*

Haz **lo que quieras.**   *Do whatever you want.*

23.6

ACTIVIDAD

G **¿De veras?** Completa las siguientes oraciones y después compáralas con las de un/a compañero/a. ¿Tienen algunas preferencias idénticas?

1. Lo que a mí me encanta es _____.

2. Lo que detesto es _____.

3. Lo que tengo que hacer hoy es _____.

4. Lo que hago para postergar lo que tengo que hacer es _____

_____.

5. Lo que me divierte mucho es _____.

6. Lo que me interesa es _____.

23.6 Además... Diminutives and augmentatives

1. Diminutives are very commonly used in Spanish to give the sense of small-ness, cuteness, or endearment to a noun or adjective. The most frequently used suffixes are **-ito** and **-cito**. The ending **-cito** is usually added to words ending in **-n**, **-r**, or words of more than one syllable that end in **-e**.

joven → jovencito   amor → amorcito   café → cafecito

Also used as diminutives are the endings **-illo**, **-ico**. Note that words that end in **-co**, **-go**, and **-z** have a spelling change.

chico → chiquillo   amigo → amiguito

poco → poquito   trenza → trencita

2. The most frequently used augmentatives are **-ote/a**, **-azo/a**, and **-ón/ona**. They are added to a word to emphasize a large size, or they can also have a derogatory meaning. The suffix **-ucho/a** conveys the idea of ugliness. What sort of house is described by the following words?

casita   caserón   casucha

ACTIVIDAD

H **La fiesta de cumpleaños.** ¿Cómo es la típica fiesta de cumpleaños de un/a niño/a de cinco años? Para saberlo, indica con el diminutivo o aumentativo de las palabras subrayadas lo que dicen los padres, el/la cumpleañero/a y sus invitados.

1. Hola, Isabel. Te traje un regalo. _____

2. Isabel, dales un beso a tus abuelos. _____

3. ¡Paco! ¡Qué guapo que estás hoy! _____

4. ¡Mira! Los chicos se portan como ángeles. _____

5. Isabel, ¿dónde está tu amigo Carlos? _____

6. Mis abuelos me han regalado una casa para mis muñecos.

_____

7. <u>Susana</u>—una linda <u>sonrisa</u> para la foto, por favor.

    _____

8. ¡Un <u>oso</u>! Es mi <u>animal</u> favorito. _____

9. <u>Pablo</u>, ¿te gustaría otro <u>pedazo</u> de torta? ¿Otro <u>vaso</u> de leche?

    _____

10. Acá hay una <u>cuchara</u> para el helado. Cómelo <u>despacio</u>.

    _____

11. ¡Mira! Isabel sopló todas las <u>velas</u> de la torta.

    _____

12. ¡Vamos a mirar una película! ¡El <u>Ratón</u> <u>Miguel</u>!

    _____

13. ¡No me gusta ese gato que quiere comerlo! ¡Es <u>grande</u> y <u>feo</u>!

    _____

14. ¿Se escapará del gato el <u>pobre</u>? _____

En resumen

LA TELENOVELA

❖ Completa el siguiente artículo con los pronombres relativos apropiados.

Aunque hay ciertas similitudes, las telenovelas en español no son exactamente como ¹_____ se ven durante el día en los Estados Unidos. Tampoco son como una mini-serie o un *sitcom*. Son únicas.

Millones de televidentes hispanos están enganchados (*hooked*) a su tele-novela preferida. Son tan populares en ciudades como Miami y Los Ángeles, ²_____ hay grandes poblaciones hispanas, que las emisoras Univisión y Telemundo ya tienen más televidentes en ciertas áreas que los canales de ABC, CBS y NBC.

Por muchos años se creía que ³_____ miraban las telenovelas eran mujeres mayores. Pero hoy en día se cuentan hombres y gente joven entre ⁴_____ también las miran. Las telenovelas son similares a ⁵_____ se producen en los Estados Unidos porque son dramáticas y románticas. Sin embargo, hay muchas diferencias. Las novelas normalmente se basan en libros y por lo común solamente duran de 4 a 6 meses. Cuando termina una, comienza otra. Por eso, los aficionados se sienten que están perdidos si faltan a un solo episodio. Cada hora está llena de emoción y tramas

complicadas, humor y actores buenos, hermosos y sexy. Algunas personas
6_____ miran las novelas hispanas y también las telenovelas
norteamericanas prefieren las primeras porque éstas tienen un desenlace
definitivo. Además, según ellos, pocas veces las tramas de las novelas latinas
carecen de credibilidad, como las telenovelas en 7_____ los
muertos vuelven a la vida.

Tradicionalmente, las novelas, especialmente las mexicanas, tenían como
trama cuentos del tipo de la Cenicienta, en 8_____ chicas pobres
pero lindas se enamoraban de hombres ricos e importantes o vice versa. Pero
hoy en día presentan temas más contemporáneos en 9_____ la
mujer no es la típica hispana sumisa. Por ejemplo, en algunas de las novelas más
populares recientemente, los personajes femeninos eran mujeres ambiciosas
10_____ no tenían miedo de decir 11_____ pensaban.
Una novela, *El amor de mi vida*, trata de la independencia económica de una
latina 12_____ ha dejado a su esposo, 13_____ le ha
sido infiel.

Las novelas hoy en día presentan varios temas 14_____ causan
conflictos entre las generaciones: el sexo, el embarazo antes del matrimonio y el
aborto. Además, les ofrecen a los jóvenes la oportunidad de mantener una
conexión con su lengua y cultura en la sociedad norteamericana.

Las novelas también han dado un empuje profesional a varios actores. Salma
Hayek apareció en una telenovela en 15_____ era la protagonista.
Antes de llegar a tener fama como cantante y actor, Ricky Martin trabajó en la
telenovela *Hospital General.*

Los ejecutivos de Univisión y Telemundo se han dado cuenta de que tienen
que ofrecer menos selecciones tradicionales si quieren conseguir más
televidentes jóvenes y bilingües. Por eso, ahora se puede ver un *sitcom* de tipo
familiar en 16_____ hay una madre divorciada, 17_____
cría sola a sus dos hijos, otro en 18_____ los dos personajes
principales son homosexuales y un programa de charla 19_____
anfitrión (*host*) es un cura joven y guapo. ¿Tendrá esta programación el éxito
20_____ han tenido las telenovelas? Vamos a ver.

Capítulo 24

Infinitives and gerunds

24.1 Review of the use of the infinitive

When certain verbs are conjugated, they introduce the infinitive. The following are some of the common ones.

> conjugated verb + infinitive

aconsejar	to advise	**olvidar**	to forget
conseguir	to get, obtain	**ordenar**	to order, request
deber	ought to, must	**parecer**	to seem
decidir	to decide	**pensar**	to think, intend
desear	to wish, want	**permitir**	to allow, permit
detestar	to dislike, detest	**poder**	to be able, can
elegir	to choose, select	**preferir**	to prefer
esperar	to wait for, hope	**pretender**	to try
gustar	to like	**prohibir**	to forbid, prohibit
hacer	to do, make	**prometer**	to promise
intentar	to try	**querer**	to want
lograr	to manage to, achieve	**recordar**	to remind, remember
mandar	to order to	**resolver**	to resolve
merecer	to deserve	**saber**	to know
necesitar	to need	**sentir**	to feel
oír	to hear	**soler**	usually

1. The infinitive follows these prepositions and phrases:*

a	de	hay que
a pesar de	después de	para
al	en	por
antes de	en caso de	sin
con	en vez de	tener que
con tal de	hasta	

Tienes que terminar con el trabajo **antes de salir**.

You have to finish the work before leaving.

Después de leer las indicaciones, **pudo armar** el estéreo.

After reading the instructions, he was able to assemble the stereo.

*To review the verbs followed by the prepositions **a**, **con**, **de**, and **en**, see *Capítulo 16*.

2. When the infinitive acts as the modifier of an adjective or a noun, it is preceded by a preposition, most often **de**.

Este poema es **difícil de comprender**.	*This poem is hard to understand.*

ACTIVIDADES

A   **¿Qué hicieron? ¿Qué hacían?** Para saber lo que hicieron o hacían las siguientes personas, agrega una de las frases entre paréntesis a la oración como en el modelo. ¡Ojo! En algunas oraciones se usa el pretérito y en otras el imperfecto. A veces solamente una de las frases es apropiada, pero a veces las dos tienen sentido.

Modelo:

Antonio Banderas / necesitar / cuando llegó a Hollywood
(aprender inglés / comprar un coche)

Antonio Banderas necesitaba aprender inglés cuando llegó a Hollywood.

1. el médico / aconsejarle a Pavarotti (aumentar de peso / rebajar de peso)

   _____

2. Donald Trump / decidir / candidato (ser / no ser)

   _____

3. el gobierno / prohibir / marijuana (fumar / vender)

   _____

4. los payasos (*clowns*) / hacerles / a los chicos (reír / llorar)

   _____

5. el mecánico / intentar / mi coche (arreglar / descomponer)

   _____

6. nosotros / querer / cuando cumplimos 18 años (votar / emborracharnos)

   _____

7. los pilotos / esperar / de la torre de control (recibir instrucciones / escuchar chistes)

   _____

8. yo / pensar... ¿...?

   _____

B   **Etapas de la vida.** Para saber lo que tu compañero/a hacía en ciertas etapas de la vida, hazle las siguientes preguntas y contéstalas cuando te las haga a ti. No se olviden de usar la estructura del verbo conjugado seguido del infinitivo en sus respuestas.

1. Cuando eras niño/a, ¿qué te prohibieron hacer tus padres?

   _____

2. Cuando estuviste en el primer grado, ¿qué te gustaba hacer?

   _____

3. ¿Y qué temías hacer?

_____

4. Cuando entraste en la escuela secundaria, ¿qué esperabas hacer?

_____

5. ¿Y qué lograste hacer en la escuela secundaria?

_____

6. Al graduarte de la escuela secundaria, ¿qué decidiste hacer?

_____

7. ¿Habrías preferido hacer otra cosa?

_____

8. ¿Qué debes hacer ahora?

_____

9. ¿Qué te gustaría hacer ahora?

_____

10. ¿Qué piensas hacer en el futuro?

_____

C **La rutina.** ¿Con qué frecuencia haces las siguientes cosas: siempre, nunca o a veces? Para comparar tu rutina con la de tu compañero/a, cuéntale lo que tú haces y pregúntale lo que él/ella hace.

Modelo:

_____ me acuesto _____ terminar con todo mi trabajo. ¿Y tú?

Nunca me acuesto hasta terminar con todo mi trabajo. (A veces me acuesto antes de terminar con todo mi trabajo. Siempre me acuesto después de terminar con todo mi trabajo.)

1. _____ salgo de casa _____ tomar el desayuno.

2. _____ me cepillo los dientes _____ ducharme.

3. _____ hago ejercicio _____ tener tiempo.

4. _____ miro la televisión _____ hacer mi trabajo.

5. _____ llevo un suéter _____ tener frío.

6. _____ salgo con mis amigos _____ divertirme.

7. _____ salgo _____ terminar con todo mi trabajo.

8. Todos los días yo _____ trabajar (¿...?)

D **Gustos y capacidades.** ¿Qué opinas de las siguientes actividades?

Modelo:

Para mí...
el español / aprender
Para mí el español es fácil de aprender.
(Para mí el español es fascinante de aprender.)

Para mí...

1. las palabras cruzadas (*crossword puzzle*) / hacer

   _____

2. el ajedrez (*chess*) / jugar

   _____

3. el básquetbol / mirar

   _____

4. una nueva receta / preparar

   _____

5. Doonesbury / leer

   _____

24.2 The infinitive used as a noun

1. In English we would say *Studying for exams is exhausting.* However, in Spanish we would say **(El) estudiar para los exámenes es agotador.** As you can see, Spanish uses the infinitive as a noun, whereas English uses the present participle. And, as the infinitive can function as a noun in Spanish, it can be the subject or object of a verb, or the object of a preposition.

2. When the infinitive is used as a subject, it may be preceded by the definite article **el.**

   (El) fumar es malo para la salud.   *Smoking is bad for the health.*

   Me encanta **esquiar.**   *I love skiing.*

ACTIVIDAD

E **Reacciones y opiniones.** El completar las siguientes oraciones indicará tus reacciones u opiniones.

1. _____ es mi pasatiempo preferido.

2. ¡Es tan divertido _____!

3. _____ es mi deporte preferido.

4. Nada me relaja como _____ .

5. _____ para el futuro es necesario.

6. Creo que _____ y _____
   al mismo tiempo es peligroso.

7. Tengo dificultad en _____.

8. Me gusta _____.

24.3 Other uses of the present participle

The present participle is used with certain verbs to express continuing or ongoing action.

1. You will recall forming the present participle that is used in the progressive tenses by adding **-ando** or **-iendo** or **-yendo** to the stem of the verb.

   hablar → hablando   vivir → viviendo   leer → leyendo

2. The progressive tense can also be formed by using one of the following verbs of motion instead of **estar**: **andar, avanzar, continuar, entrar, ir, llegar, pasar, salir, seguir, venir,** and **volver.** These auxiliary verbs may be used in any tense or mood with the present participle.

   > conjugated verb + present participle

   a. **seguir** and **continuar** stress that the action is ongoing, continuing
      Cerré la llave, pero el agua **sigue (continúa) goteando.**   *I turned off the faucet but the water continues to drip.*

   b. **andar** means to go around doing something
      Isabel **anda** contando chismes.   *Isabel goes around gossiping.*

   c. **ir** refers to a gradual occurence, the beginning of an action or a state
      Los precios **iban** subiendo.   *The prices were going (continued to go) up.*

   d. **venir** and **llevar** imply continuity over a period of time
      ¿Cuánto tiempo hace que **llevas manejando** un coche?   *How long have you been driving a car?*

3. Although the present participle (gerund), that is, the *-ing* form, cannot be used as a noun in Spanish, it does have an adverbial function. As such, it can be used

   a. to refer to an action occurring at the same time or prior to the action of the main clause. (In English this use of the *-ing* word is often preceded by a word such as *while, by,* or *when.*)
      Los chicos salieron a jugar **corriendo.**   *Running, the children went out to play.*

   b. to indicate cause.
      Pensándolo bien, no lo voy a comprar.   *After thinking about it (On second thought), I won't buy it.*
      Hablando del rey de Roma...   *Speaking of the devil . . .*

   c. to indicate condition.
      Siendo enfermera, ella ha visto muchos casos como ése.   *As a nurse, she has seen many cases like that one.*

ACTIVIDADES

 ¡Tanto tiempo! Imagina que tú y tu compañero/a no se han visto por unos años y que un día se encuentran en la calle. Háganse y contesten las siguientes preguntas.

Modelo:

¿leer la sección de empleos todos los días?

A: *¿Sigues (continúas) leyendo la sección de empleos todos los días?*

B: *Sí, sigo (continúo) leyéndola. O No, no sigo leyéndola.*

1. ¿salir con el/la mismo/a chico/a?

_____

_____

2. ¿estudiar español?

_____

_____

3. ¿vivir con tus padres?

_____

_____

4. ¿trabajar en el mismo lugar?

_____

_____

5. ¿manejar el mismo coche?

_____

_____

6. ¿ser miembro del mismo club?

_____

_____

 El concierto de la orquesta sinfónica. Para saber lo que pasa antes de un concierto de la sinfónica y lo que ocurrió después, indica la forma apropiada de los verbos entre paréntesis.

Modelo:

Los acomodadores (andar / ayudar) a la gente a encontrar sus asientos
Los acomodadores andan ayudando a la gente a encontrar sus asientos.

Antes del concierto

1. Aunque ya son las ocho, los músicos (seguir / afinar [*tuning*]) sus instrumentos

_____

_____

2. Algunas personas todavía (seguir / llegar y buscar) sus asientos

_____

_____

3. Cuando la orquesta está por comenzar, unas cuantas personas (llegar / correr)

_____

_____

4. Y algunos miembros de la audiencia (continuar / hablar)

_____

_____

Después del concierto

5. Aunque el concierto ya se ha terminado, el público (seguir / aplaudir y pedir) una interpretación más

_____

_____

6. Los músicos (ir / salir) del escenario

_____

_____

7. Los acomodadores (andar / buscar) una pulsera que una señora ha perdido

_____

_____

8. El público (salir / tararear [_humming_]) la música

_____

_____

 Durante la telenovela. ¿Qué pasó mientras esta familia miraba la televisión? Cuéntalo según el modelo.

Modelo:

Mientras mirábamos nuestro programa preferido, cenábamos.

Mirando nuestro programa preferido, cenábamos.

1. Al mirar la televisión, la abuela se quedó dormida.

_____

2. Cuando escuchó los gritos de la telenovela, la abuela se despertó.

_____

3. Al oír los ladridos del perro del programa, mi perro comenzó a ladrar, porque pensaba que había otro perro en la casa.

_____

4. Mientras comíamos un montón de palomitas de maíz (*popcorn*), no nos dimos cuenta de que estábamos ensuciando el sofá.

_____

5. Cuando mamá vio el sofá, ella nos regañó.

_____

6. Mientras buscaba el control remoto, papá encontró las gafas que había perdido la semana pasada.

_____

24.4   Además... Adjectives that end in *-ing* in English

"That's absolutely fascinating (charming, interesting, outstanding)!" Many adjectives in English end in *-ing*, but that is not the case in Spanish. Although there are several endings that are *-ing* equivalents, only -**ante**, -**ente**, -**iente**, and -**dor/a** are given here for practice. The -**te** endings agree with the noun only in number, while the -**dor/a** endings agree in both gender and number.

*Some adjectives ending in **-ante, -ente,** or **-iente***

cambiante	changing
chocante	shocking
corriente	running
creciente	growing
deprimente	depressing
determinante	determining
emocionante	moving (emotionally)
estimulante	stimulating
exigente	demanding
existente	existing
hispanohablante	Spanish speaking
humillante	humiliating
insultante	insulting
pendiente	pending
siguiente	continuing, following
sobresaliente	outstanding
sonriente	smiling
volante	flying

*Some adjectives ending in **-dor/a***

agotador/a	exhausting
alentador/a	encouraging
conmovedor/a	heartwarming
desalentador/a	discouraging
encantador/a	charming, enchanting, delightful
inspirador/a	inspiring
revelador/a	revealing

ACTIVIDAD

I   **¡A Latinoamérica!** Seguramente ya te has dado cuenta de que casi todos estos adjetivos corresponden a un sustantivo y a un verbo. Aprender el vocabulario así te ayuda a aumentar tu vocabulario rápida y fácilmente. Completa las siguientes oraciones con la forma correcta de la palabra apropiada. ¡Ojo! Hay que agregar los artículos definidos e indefinidos donde sean necesarios.

1. el aburrimiento, aburrirse, aburrido

    ¿Padece Ud. de _____ ? Pues, si quiere hacer un viaje sin

    estar _____ un momento, haga un viaje a Latinoamérica

    donde es imposible _____ .

2. el interés, interesar, interesante

    ¿Te _____ el pasado? ¿Tienes _____ en el arte

    y la arquitectura? Si es así, Ud. verá lugares sumamente

    _____ .

3. el encanto, encantar, encantador

    Le va a _____ viajar por estos países tan

    _____ ; cada país tiene su _____ especial.

4. la fascinación, fascinar, fascinante

    Desde el siglo XV hasta hoy muchos viajeros han sucumbido a

    _____ de este continente tan _____ y que

    aún sigue _____ al viajero.

5. el cambio, cambiar, cambiante

    Al darse cuenta de lo _____ que son los paisajes de una

    región a otra, de los bruscos _____ de clima y de otros

    factores, es posible que el viajero _____ sus ideas

    preconcebidas.

6. el agotamiento, agotarse, agotador

    Los viajeros que quieren ver diez países en diez días van a

    _____ muy rápidamente porque las distancias son grandes

    y un viaje de este tipo puede ser _____ . Además,

    _____ afecta a la percepción.

24.4

7. las exigencias, exigir, exigente; la comprensión, comprender, comprensivo

El buen viajero _____ poco y trata de _____

mucho. Es decir, no es _____ sino _____ .

Hay que dejar _____ en casa y llevar _____

además de una cámara y una maleta.

8. la determinación, determinar, determinante

Hay que reconocer que la geografía es un factor que

_____ las circunstancias de la vida en muchas partes del

mundo. Por ejemplo, los Andes son un factor _____ , pues

estas montañas requieren que sus habitantes tengan mucha

_____ para sobrevivir las condiciones arduas.

9. el crecimiento, crecer, creciente

En muchas partes del mundo la población está _____

rápidamente. Este _____ demográfico es especialmente

notable en ciertas ciudades latinoamericanas como México, D.F. y

Sao Paulo, Brasil. El problema es tener suficiente trabajo para el

_____ número de habitantes.

10. el choque, chocar, chocante

Para algunos viajeros la pobreza que se encuentra es un

_____ fuerte. Les _____ ver a niños

durmiendo en la calle u otras escenas igualmente _____ .

11. la depresión, deprimirse, deprimente

Claro que la pobreza es _____ . Pero no sirve para nada

hundirse en _____ o _____ .

12. el desaliento, desalentarse, desalentador

No es difícil _____ al enfrentarse con estos problemas tan

_____ . Sin embargo, hay que tener en cuenta que

_____ no resuelve nada.

En resumen

¡BIENVENIDOS A LA INTERNET!

❖   Indica la forma apropiada del verbo en el siguiente artículo.

¿Qué hacíamos antes de [1](tener / teniendo) la Internet? Hoy en día, [2](tener / teniendo) una computadora es como [3](tener / teniendo) el mundo en la punta de los dedos. Ahora, con una computadora Ud. puede [4](aprender / aprendiendo) algo nuevo, [5](hacer / haciendo) compras, [6](buscar / buscando) información o un/a novio/a, o simplemente pasar unas horas [7](divertirse / divirtiéndose). Casi cualquier actividad que quiera está a su alcance con la computadora.

Por ejemplo, si Ud. piensa [8](hacer / haciendo) un viaje, es posible [9](conseguir / consiguiendo) mucha información sobre su destino en la Internet: el clima, los puntos de interés, itinerarios, hoteles, fiestas nacionales, transporte y mucho más. Y si quiere un mapa del país o la ciudad, [10](encontrarlo / encontrándolo) en la red es fácil y rápido. Además, Ud. puede [11](averiguar / averiguando) las tarifas y horarios de los vuelos y [12](hacer / haciendo) las reservaciones directamente en la red.

Vamos a [13](imaginar / imaginando) que Ud. está [14](pensado / pensando) en un amigo que no ha visto desde hace años. ¿Dónde estará ahora? ¿Cuál será su número de teléfono? [15](Obtener / Obteniendo) esta información en la red es posible. De esta manera la red sirve para [16](renovar / renovando) y [17](mantener / manteniendo) la amistad.

Gracias a la red, también es posible [18](hacer / haciendo) compras sin [19](salir / saliendo) de su casa. No es necesario pasar mucho tiempo [20](caminar / caminando) de una tienda a otra, [21](comparar / comparando) los precios. ¡No! Y si le fascinan las compras o simplemente tiene ganas de [22](divertirse / divirtiéndose), hay que [23](mirar / mirando) los remates (*auctions*) en la red. ¡Son de lo más divertidos!

¿Necesita información para un trabajo que está [24](investigar / investigando) para un curso? Aunque no consiga los datos específicos en la red, por lo menos Ud. suele [25](obtener / obteniendo) algunas referencias a otros sitios o recursos.

[26](Mantenerse / Manteniéndose) al tanto sin [27](comprar / comprando) el periódico o [28](mirar / mirando) la televisión es fácil con la red. Al [29](prender / prendiendo) su computadora Ud. puede [30](leer / leyendo) periódicos de cualquier parte del mundo. Y, [31](leer / leyendo) las noticias en español, ¡Ud. estará [32](practicado / practicando) el español al mismo tiempo!

¿Anda Ud. [33](buscar / buscando) un/a novio/a? ¿Por más que Ud. trate de [34](conocer / conociendo) a personas interesantes, no aparecen en su vida? Muchas personas hoy en día encuentran a su pareja a través de la red. Claro, hay que [35](tomar / tomando) ciertas precauciones y es mejor no [36](salir / saliendo) con cualquiera, pero el romance a través de la red es una realidad contemporánea.

Después de [37](hacer / haciendo) compras, [38](arreglar / arreglando) un viaje o [39](buscar / buscando) información o un interés romántico a través de la red, ahora Ud. merece [40](descansar / descansando). Entonces, ya es hora de [41](divertirse / divirtiéndose) con algunos de los juegos en la red. O, si Ud. ya está cansado/a después de [42](pasar / pasando) tantas horas [43](mirar / mirando) la pantalla de su computadora, ¿por qué no sale a [44](hacer / haciendo) un poco de ejercicio? El ejercicio es algo que todavía no se consigue en la red.

Reference Section

Verbs

The present indicative tense

A. REGULAR VERBS

The conjugations of the regular verbs are as follows:

hablar (-ar)	comer (-er)	vivir (-ir)
hablo	como	vivo
hablas	comes	vives
habla	come	vive
hablamos	comemos	vivimos
habláis	coméis	vivís
hablan	comen	viven

B. VERBS WITH SPELLING CHANGES IN THE FIRST-PERSON SINGULAR

The following classes of verbs have spelling changes in the first-person singular to maintain the same pronunciation throughout their conjugation:

1. Verbs ending in *consonant* + **cer**: **c → z** before **o**

vencer	
venzo	vencemos
vences	vencéis
vence	vencen

Other such verbs:

convencer
ejercer

2. Verbs ending in **-ger** and **-gir**: **g → j** before **o**

exigir	
exijo	exigimos
exiges	exigís
exige	exigen

Other such verbs:

coger
corregir
dirigir
elegir
fingir
proteger
recoger

3. Verbs ending in **-guir**: **gu → g** before **o**

distinguir	
distingo	distinguimos
distingues	distinguís
distingue	distinguen

Other such verbs:

conseguir
extinguir
perseguir
seguir

C. STEM-CHANGING VERBS

1. Stem change **e → ie**. Some verbs change the stem vowel **e** to **ie** in several persons of their conjugations.

cerrar (-ar)	querer (-er)	sentir (-ir)
cierro	quiero	siento
cierras	quieres	sientes
cierra	quiere	siente
cerramos	queremos	sentimos
cerráis	queréis	sentís
cierran	quieren	sienten

Other **e → ie** *stem-changing verbs:*

-ar
comenzar
despertar
empezar
pensar

-er
encender
entender
perder

-ir
advertir
mentir
sugerir

2. Stem change **o → ue**. Some verbs change the stem vowel **o** to **ue** in several persons of their conjugations.

probar (-ar)	volver (-er)	dormir (-ir)
pruebo	vuelvo	duermo
pruebas	vuelves	duermes
prueba	vuelve	duerme
probamos	volvemos	dormimos
probáis	volvéis	dormís
prueban	vuelven	duermen

Other **o → ue** *stem-changing verbs:*

-ar
acostar
almorzar
contar
costar
recordar

-er
doler
morder
poder
resolver

-ir
dormir
morir

3. Stem change **e → i**. Some verbs ending in **-ir** change the stem vowel **e** to **i** in several persons of their conjugations.

decir (-ir)	
digo	decimos
dices	decís
dice	dicen

Other **e → i** *stem-changing verbs:*

competir
conseguir
corregir
despedir
elegir
seguir
vestir

4. Stem change **u → ue**. **Jugar** is the only verb that has a **u → ue** stem vowel change in several persons of its conjugation.

jugar (-ar)	
juego	jugamos
juegas	jugáis
juega	juegan

D. IRREGULAR VERBS

1. The verbs below have irregular forms in the present indicative.

ser	dar	estar	ir	oír	tener	venir
soy	doy	estoy	voy	oigo	tengo	vengo
eres	das	estás	vas	oyes	tienes	vienes
es	da	está	va	oye	tiene	viene
somos	damos	estamos	vamos	oímos	tenemos	venimos
sois	dais	estáis	vais	oís	tenéis	venís
son	dan	están	van	oyen	tienen	vienen

2. The following verbs have irregular first-person singular forms:

hacer	poner	salir	caer	traer	caber	saber	ver	conocer
hago	pongo	salgo	caigo	traigo	quepo	sé	veo	conozco
haces	pones	sales	caes	traes	cabes	sabes	ves	conoces
hace	pone	sale	cae	trae	cabe	sabe	ve	conoce
hacemos	ponemos	salimos	caemos	traemos	cabemos	sabemos	vemos	conocemos
hacéis	ponéis	salís	caéis	traéis	cabéis	sabéis	veis	conocéis
hacen	ponen	salen	caen	traen	caben	saben	ven	conocen

3. Verbs ending in **-cer** and **-cir** preceded by a vowel have the same irregularity of **conocer** in the first-person singular of the present indicative. Some of these verbs are:

agradecer   parecer
aparecer   conducir
complacer   introducir
crecer   producir
obedecer   traducir
ofrecer

II The imperfect tense

A. REGULAR VERBS

Note that the imperfect endings of **-er** and **-ir** verbs are the same.

hablar (-ar)	comer (-er)	escribir (-ir)
hablaba	comía	escribía
hablabas	comías	escribías
hablaba	comía	escribía
hablábamos	comíamos	escribíamos
hablabais	comíais	escribíais
hablaban	comían	escribían

B. IRREGULAR VERBS

Ir, ser, and **ver** have irregular forms in the imperfect.

ir	ser	ver
iba	era	veía
ibas	eras	veías
iba	era	veía
íbamos	éramos	veíamos
ibais	erais	veíais
iban	eran	veían

III The preterite tense

A. REGULAR VERBS

estudiar (-ar)	aprender (-er)	asistir (-ir)
estudié	aprendí	asistí
estudiaste	aprendiste	asististe
estudió	aprendió	asistió
estudiamos	aprendimos	asistimos
estudiasteis	aprendisteis	asististeis
estudiaron	aprendieron	asistieron

The first-person plural form (**nosotros**) of regular verbs is the same in the preterite and the present indicative for **-ar** and **-ir** verbs. The context of the sentence usually indicates which form is intended.

B. VERBS UNDERGOING SPELLING CHANGES IN THE PRETERITE

Some verbs have a spelling change to maintain the pronunciation.

1. Verbs ending in **-car: c → qu** before **é**

marcar	
marqué	marcamos
marcaste	marcasteis
marcó	marcaron

Other such verbs:

buscar
indicar
masticar
practicar
sacar
tocar

2. Verbs ending in **-gar: g → gu** before **é**

llegar	
llegué	llegamos
llegaste	llegasteis
llegó	llegaron

Other such verbs:

agregar
conjugar
entregar
interrogar
jugar
pagar

3. Verbs ending in **-zar: z → c** before **é**

abrazar	
abracé	abrazamos
abrazaste	abrazasteis
abrazó	abrazaron

Other such verbs:

amenazar
comenzar
empezar
realizar
rezar

4. Verbs ending in *vowel* + **-er** or **-ir: -ió → -yó** and **-ieron → -yeron**

creer	
creí	creímos
creíste	creísteis
creyó	creyeron

Other such verbs:

caer
huir
leer
poseer

5. Verbs ending in **-guar: u → ü** before **é**

averiguar	
averigüé	averiguamos
averiguaste	averiguasteis
averiguó	averiguamos

Other such verbs:

apaciguar
atestiguar

C. STEM-CHANGING VERBS IN THE PRETERITE

1. Verbs that end in **-ar** and **-er** do not have a stem change in the preterite.

2. Verbs that end in **-ir** in the present tense change the **e** to **ie** or **i**. In the preterite tense, the **e** becomes **i** only in the third-person singular and plural.

preferir		sentir	
preferí	preferimos	sentí	sentimos
preferiste	preferisteis	sentiste	sentisteis
prefirió	prefirieron	sintió	sintieron

Some other verbs that follow this pattern are **divertirse, referir, seguir,** and **sugerir**.

3. Verbs ending in **-ir** that have the **o → ue** stem change in the present tense only have a stem change in the third-person singular and plural of the preterite, where the **o** becomes **u**.

dormir	
dormí	dormimos
dormiste	dormisteis
durmió	durmieron

Another verb that follows this pattern is **morir**.

D. IRREGULAR VERBS

1. **Ir** and **ser** have the same irregular forms in the preterite.

ir and ser	
fui	fuimos
fuiste	fuisteis
fue	fueron

2. Although **dar** is an **-ar** verb, it uses the same endings as **-er** and **-ir** verbs in the preterite. Single-syllable words such as **fue, di,** and **dio** do not require a written accent.

dar	
di	dimos
diste	disteis
dio	dieron

3. Some frequently used verbs have irregularities in both the stem and some endings. To assist in remembering them, they are grouped here according to the similarities in the irregularities.

andar		estar		tener	
anduve	anduvimos	estuve	estuvimos	tuve	tuvimos
anduviste	anduvisteis	estuviste	estuvisteis	tuviste	tuvisteis
anduvo	anduvieron	estuvo	estuvieron	tuvo	tuvieron

poder		poner		saber	
pude	pudimos	puse	pusimos	supe	supimos
pudiste	pudisteis	pusiste	pusisteis	supiste	supisteis
pudo	pudieron	puso	pusieron	supo	supieron

caber		haber	
cupe	cupimos	hube	hubimos
cupiste	cupisteis	hubiste	hubisteis
cupo	cupieron	hubo	hubieron

hacer		querer		venir	
hice	hicimos	quise	quisimos	vine	vinimos
hiciste	hicisteis	quisiste	quisisteis	viniste	vinisteis
hizo*	hicieron	quiso	quisieron	vino	vinieron

*Note the irregularity indicated by an asterisk in **hacer**.

Other verbs that follow the pattern of **venir** are **intervenir** and **prevenir**.

Note the change in the third-person plural ending of the following verbs.

conducir		decir		traer	
conduje	condujimos	dije	dijimos	traje	trajimos
condujiste	condujisteis	dijiste	dijisteis	trajiste	trajisteis
condujo	condujeron*	dijo	dijeron*	trajo	trajeron*

Other verbs that follow this pattern are **introducir, producir, reducir, reproducir,** and **traducir**.

IV Full conjugations of regular and irregular verbs

A. REGULAR VERBS: SIMPLE TENSES

INFINITIVE PRESENT/PAST PARTICIPLES	INDICATIVE					SUBJUNCTIVE		IMPERATIVE
	PRESENT	IMPERFECT	PRETERITE	FUTURE	CONDITIONAL	PRESENT	IMPERFECT	
hablar hablando hablado	hablo hablas habla hablamos habláis hablan	hablaba hablabas hablaba hablábamos hablabais hablaban	hablé hablaste habló hablamos hablasteis hablaron	hablaré hablarás hablará hablaremos hablaréis hablarán	hablaría hablarías hablaría hablaríamos hablaríais hablarían	hable hables hable hablemos habléis hablen	hablara hablaras hablara habláramos hablarais hablaran	habla tú, no hables hable Ud. hablemos hablad hablen Uds.
comer comiendo comido	como comes come comemos coméis comen	comía comías comía comíamos comíais comían	comí comiste comió comimos comisteis comieron	comeré comerás comerá comeremos comeréis comerán	comería comerías comería comeríamos comeríais comerían	coma comas coma comamos comáis coman	comiera comieras comiera comiéramos comierais comieran	come tú, no comas coma Ud. comamos comed coman Uds.
vivir viviendo vivido	vivo vives vive vivimos vivís viven	vivía vivías vivía vivíamos vivíais vivían	viví viviste vivió vivimos vivisteis vivieron	viviré vivirás vivirá viviremos viviréis vivirán	viviría vivirías viviría viviríamos viviríais vivirían	viva vivas viva vivamos viváis vivan	viviera vivieras viviera viviéramos vivierais vivieran	vive tú, no vivas viva Ud. vivamos vivid vivan Uds.

B. REGULAR VERBS: PERFECT TENSES

INDICATIVE				
PRESENT PERFECT	PAST PERFECT	PRETERITE PERFECT	FUTURE PERFECT	CONDITIONAL PERFECT
he has ha hemos habéis han } hablado comido vivido	había habías había habíamos habíais habían } hablado comido vivido	hube hubiste hubo hubimos hubisteis hubieron } hablado comido vivido	habré habrás habrá habremos habréis habrán } hablado comido vivido	habría habrías habría habríamos habríais habrían } hablado comido vivido

SUBJUNCTIVE	
PRESENT PERFECT	PAST PERFECT
haya hayas haya hayamos hayáis hayan } hablado comido vivido	hubiera hubieras hubiera hubiéramos hubierais hubieran } hablado comido vivido

C. IRREGULAR VERBS

INFINITIVE PRESENT/PAST PARTICIPLES	INDICATIVE					SUBJUNCTIVE		IMPERATIVE
	PRESENT	IMPERFECT	PRETERITE	FUTURE	CONDITIONAL	PRESENT	IMPERFECT	
andar andando andado	ando andas anda andamos andáis andan	andaba andabas andaba andábamos andabais andaban	anduve anduviste anduvo anduvimos anduvisteis anduvieron	andaré andarás andará andaremos andaréis andarán	andaría andarías andaría andaríamos andaríais andarían	ande andes ande andemos andéis anden	anduviera anduvieras anduviera anduviéramos anduvierais anduvieran	anda tú, no andes ande Ud. andemos andad anden Uds.
caer cayendo caído	caigo caes cae caemos caéis caen	caía caías caía caíamos caíais caían	caí caíste cayó caímos caísteis cayeron	caeré caerás caerá caeremos caeréis caerán	caería caerías caería caeríamos caeríais caerían	caiga caigas caiga caigamos caigáis caigan	cayera cayeras cayera cayéramos cayerais cayeran	cae tú, no caigas caiga Ud. caigamos caed caigan Uds.
dar dando dado	doy das da damos dais dan	daba dabas daba dábamos dabais daban	di diste dio dimos disteis dieron	daré darás dará daremos daréis darán	daría darías daría daríamos daríais darían	dé des dé demos deis den	diera dieras diera diéramos dierais dieran	da tú, no des dé Ud. demos dad den Uds.
decir diciendo dicho	digo dices dice decimos decís dicen	decía decías decía decíamos decíais decían	dije dijiste dijo dijimos dijisteis dijeron	diré dirás dirá diremos diréis dirán	diría dirías diría diríamos diríais dirían	diga digas diga digamos digáis digan	dijera dijeras dijera dijéramos dijerais dijeran	di tú, no digas diga Ud. digamos decid digan Uds.
estar estando estado	estoy estás está estamos estáis están	estaba estabas estaba estábamos estabais estaban	estuve estuviste estuvo estuvimos estuvisteis estuvieron	estaré estarás estará estaremos estaréis estarán	estaría estarías estaría estaríamos estaríais estarían	esté estés esté estemos estéis estén	estuviera estuvieras estuviera estuviéramos estuvierais estuvieran	está tú, no estés esté Ud. estemos estad estén Uds.
haber habiendo habido	he has ha hemos habéis han	había habías había habíamos habíais habían	hube hubiste hubo hubimos hubisteis hubieron	habré habrás habrá habremos habréis habrán	habría habrías habría habríamos habríais habrían	haya hayas haya hayamos hayáis hayan	hubiera hubieras hubiera hubiéramos hubierais hubieran	
hacer haciendo hecho	hago haces hace hacemos hacéis hacen	hacía hacías hacía hacíamos hacíais hacían	hice hiciste hizo hicimos hicisteis hicieron	haré harás hará haremos haréis harán	haría harías haría haríamos haríais harían	haga hagas haga hagamos hagáis hagan	hiciera hicieras hiciera hiciéramos hicierais hicieran	haz tú, no hagas haga Ud. hagamos haced hagan Uds.
ir yendo ido	voy vas va vamos vais van	iba ibas iba íbamos ibais iban	fui fuiste fue fuimos fuisteis fueron	iré irás irá iremos iréis irán	iría irías iría iríamos iríais irían	vaya vayas vaya vayamos vayáis vayan	fuera fueras fuera fuéramos fuerais fueran	ve tú, no vayas vaya Ud. vayamos id vayan Uds.

C. Irregular verbs (continued)

INFINITIVE PRESENT/PAST PARTICIPLES	INDICATIVE					SUBJUNCTIVE		IMPERATIVE
	PRESENT	IMPERFECT	PRETERITE	FUTURE	CONDITIONAL	PRESENT	IMPERFECT	
oír oyendo oído	oigo oyes oye oímos oís oyen	oía oías oía oíamos oíais oían	oí oíste oyó oímos oísteis oyeron	oiré oirás oirá oiremos oiréis oirán	oiría oirías oiría oiríamos oiríais oirían	oiga oigas oiga oigamos oigáis oigan	oyera oyeras oyera oyéramos oyerais oyeran	oye tú, no oigas oiga Ud. oigamos oíd oigan Uds.
poder pudiendo podido	puedo puedes puede podemos podéis pueden	podía podías podía podíamos podíais podían	pude pudiste pudo pudimos pudisteis pudieron	podré podrás podrá podremos podréis podrán	podría podrías podría podríamos podríais podrían	pueda puedas pueda podamos podáis puedan	pudiera pudieras pudiera pudiéramos pudierais pudieran	
poner poniendo puesto	pongo pones pone ponemos ponéis ponen	ponía ponías ponía poníamos poníais ponían	puse pusiste puso pusimos pusisteis pusieron	pondré pondrás pondrá pondremos pondréis pondrán	pondría pondrías pondría pondríamos pondríais pondrían	ponga pongas ponga pongamos pongáis pongan	pusiera pusieras pusiera pusiéramos pusierais pusieran	pon tú, no pongas ponga Ud. pongamos poned pongan Uds.
querer queriendo querido	quiero quieres quiere queremos queréis quieren	quería querías quería queríamos queríais querían	quise quisiste quiso quisimos quisisteis quisieron	querré querrás querrá querremos querréis querrán	querría querrías querría querríamos querríais querrían	quiera quieras quiera queramos queráis quieran	quisiera quisieras quisiera quisiéramos quisierais quisieran	quiere tú, no quieras quiera Ud. queramos quered quieran Uds.
saber sabiendo sabido	sé sabes sabe sabemos sabéis saben	sabía sabías sabía sabíamos sabíais sabían	supe supiste supo supimos supisteis supieron	sabré sabrás sabrá sabremos sabréis sabrán	sabría sabrías sabría sabríamos sabríais sabrían	sepa sepas sepa sepamos sepáis sepan	supiera supieras supiera supiéramos supierais supieran	sabe tú, no sepas sepa Ud. sepamos sabed sepan Uds.
salir saliendo salido	salgo sales sale salimos salís salen	salía salías salía salíamos salíais salían	salí saliste salió salimos salisteis salieron	saldré saldrás saldrá saldremos saldréis saldrán	saldría saldrías saldría saldríamos saldríais saldrían	salga salgas salga salgamos salgáis salgan	saliera salieras saliera saliéramos salierais salieran	sal tú, no salgas salga Ud. salgamos salid salgan Uds.
ser siendo sido	soy eres es somos sois son	era eras era éramos erais eran	fui fuiste fue fuimos fuisteis fueron	seré serás será seremos seréis serán	sería serías sería seríamos seríais serían	sea seas sea seamos seáis sean	fuera fueras fuera fuéramos fuerais fueran	sé tú, no seas sea Ud. seamos sed sean Uds.
tener teniendo tenido	tengo tienes tiene tenemos tenéis tienen	tenía tenías tenía teníamos teníais tenían	tuve tuviste tuvo tuvimos tuvisteis tuvieron	tendré tendrás tendrá tendremos tendréis tendrán	tendría tendrías tendría tendríamos tendríais tendrían	tenga tengas tenga tengamos tengáis tengan	tuviera tuvieras tuviera tuviéramos tuvierais tuvieran	ten tú, no tengas tenga Ud. tengamos tened tengan Uds.

C. IRREGULAR VERBS (CONTINUED)

INFINITIVE PRESENT/PAST PARTICIPLES	INDICATIVE					SUBJUNCTIVE		IMPERATIVE
	PRESENT	IMPERFECT	PRETERITE	FUTURE	CONDITIONAL	PRESENT	IMPERFECT	
traer	traigo	traía	traje	traeré	traería	traiga	trajera	trae tú,
trayendo	traes	traías	trajiste	traerás	traerías	traigas	trajeras	no traigas
traído	trae	traía	trajo	traerá	traería	traiga	trajera	traiga Ud.
	traemos	traíamos	trajimos	traeremos	traeríamos	traigamos	trajéramos	traigamos
	traéis	traíais	trajisteis	traeréis	traeríais	traigáis	trajerais	traed
	traen	traían	trajeron	traerán	traerían	traigan	trajeran	traigan Uds.
venir	vengo	venía	vine	vendré	vendría	venga	viniera	ven tú,
viniendo	vienes	venías	viniste	vendrás	vendrías	vengas	vinieras	no vengas
venido	viene	venía	vino	vendrá	vendría	venga	viniera	venga Ud.
	venimos	veníamos	vinimos	vendremos	vendríamos	vengamos	viniéramos	vengamos
	venís	veníais	vinisteis	vendréis	vendríais	vengáis	vinierais	venid
	vienen	venían	vinieron	vendrán	vendrían	vengan	vinieran	vengan Uds.
ver	veo	veía	vi	veré	vería	vea	viera	ve tú,
viendo	ves	veías	viste	verás	verías	veas	vieras	no veas
visto	ve	veía	vio	verá	vería	vea	viera	vea Ud.
	vemos	veíamos	vimos	veremos	veríamos	veamos	viéramos	veamos
	veis	veíais	visteis	veréis	veríais	veáis	vierais	ved
	ven	veían	vieron	verán	verían	vean	vieran	vean Uds.

D. STEM-CHANGING AND SPELLING CHANGE VERBS

INFINITIVE PRESENT/PAST PARTICIPLES	INDICATIVE					SUBJUNCTIVE		IMPERATIVE
	PRESENT	IMPERFECT	PRETERITE	FUTURE	CONDITIONAL	PRESENT	IMPERFECT	
pensar (ie)	pienso	pensaba	pensé	pensaré	pensaría	piense	pensara	piensa tú,
pensando	piensas	pensabas	pensaste	pensarás	pensarías	pienses	pensaras	no pienses
pensado	piensa	pensaba	pensó	pensará	pensaría	piense	pensara	piense Ud.
	pensamos	pensábamos	pensamos	pensaremos	pensaríamos	pensemos	pensáramos	pensemos
	pensáis	pensabais	pensasteis	pensaréis	pensaríais	penséis	pensarais	pensad
	piensan	pensaban	pensaron	pensarán	pensarían	piensen	pensaran	piensen Uds.
volver (ue)	vuelvo	volvía	volví	volveré	volvería	vuelva	volviera	vuelve tú,
volviendo	vuelves	volvías	volviste	volverás	volverías	vuelvas	volvieras	no vuelvas
vuelto	vuelve	volvía	volvió	volverá	volvería	vuelva	volviera	vuelva Ud.
	volvemos	volvíamos	volvimos	volveremos	volveríamos	volvamos	volviéramos	volvamos
	volvéis	volvíais	volvisteis	volveréis	volveríais	volváis	volvierais	volved
	vuelven	volvían	volvieron	volverán	volverían	vuelvan	volvieran	vuelvan Uds.
dormir	duermo	dormía	dormí	dormiré	dormiría	duerma	durmiera	duerme tú,
(ue, u)	duermes	dormías	dormiste	dormirás	dormirías	duermas	durmieras	no duermas
durmiendo	duerme	dormía	durmió	dormirá	dormiría	duerma	durmiera	duerma Ud.
dormido	dormimos	dormíamos	dormimos	dormiremos	dormiríamos	durmamos	durmiéramos	durmamos
	dormís	dormíais	dormisteis	dormiréis	dormiríais	durmáis	durmierais	dormid
	duermen	dormían	durmieron	dormirán	dormirían	duerman	durmieran	duerman Uds.
sentir (ie, i)	siento	sentía	sentí	sentiré	sentiría	sienta	sintiera	siente tú,
sintiendo	sientes	sentías	sentiste	sentirás	sentirías	sientas	sintieras	no sientas
sentido	siente	sentía	sintió	sentirá	sentiría	sienta	sintiera	sienta Ud.
	sentimos	sentíamos	sentimos	sentiremos	sentiríamos	sintamos	sintiéramos	sintamos
	sentís	sentíais	sentisteis	sentiréis	sentiríais	sintáis	sintierais	sentid
	sienten	sentían	sintieron	sentirán	sentirían	sientan	sintieran	sientan Uds.

D. STEM-CHANGING AND SPELLING CHANGE VERBS (CONTINUED)

INFINITIVE PRESENT/PAST PARTICIPLES	INDICATIVE					SUBJUNCTIVE		IMPERATIVE
	PRESENT	IMPERFECT	PRETERITE	FUTURE	CONDITIONAL	PRESENT	IMPERFECT	
pedir (i, i)	pido	pedía	pedí	pediré	pediría	pida	pidiera	pide tú,
pidiendo	pides	pedías	pediste	pedirás	pedirías	pidas	pidieras	no pidas
pedido	pide	pedía	pidió	pedirá	pediría	pida	pidiera	pida Ud.
	pedimos	pedíamos	pedimos	pediremos	pediríamos	pidamos	pidiéramos	pidamos
	pedís	pedíais	pedisteis	pediréis	pediríais	pidáis	pidierais	pedid
	piden	pedían	pidieron	pedirán	pedirían	pidan	pidieran	pidan Uds.

Answers to Actividades

CAPÍTULO 1

A **¿Qué hacen las siguientes personas?** (*Answers will vary.*)

1. Un/a piloto pilota un avión.
2. Un/a periodista trabaja en un periódico.
3. Un/a abogado/a resuelve casos.
4. Un/a político/a sugiere reformas.
5. Un/a médico/a recomienda medicinas.
6. Un/a trabajador/a social sirve a la comunidad.
7. Un/a arquitecto/a diseña edificios.
8. Un/a ingeniero/a dirige proyectos.
9. Un/a ejecutivo/a dirige una empresa.
10. Un/a maestro/a enseña en una escuela.

B **¿Qué haces cuando llueve?** (*Questions.*)

1. ¿Duermes casi todo el día?
2. ¿Cuentas las gotas de lluvia?
3. ¿Haces algo delicioso en la cocina?
4. ¿Sueñas con un día espléndido?
5. ¿Vas al cine?
6. ¿Lees una buena novela?
7. ¿Sales de casa para caminar en la lluvia?
8. ¿Juegas al solitario?

C **¿Cómo pasas tu tiempo libre?** (*Questions.*)

1. ¿Tejes suéteres?
2. ¿Pruebas nuevas recetas?
3. ¿Escribes cuentos o poesía?
4. ¿Pintas cuadros?
5. ¿Haces cerámica?
6. ¿Navegas la red?
7. ¿Practicas algún deporte?
8. ¿Tocas un instrumento?

D **Información personal** (*Personal information will vary.*)

1. El profesor Pérez es mi profesor de español.
2. Estudio español porque me gusta.

3. Tenemos la clase de español todos los días.
4. También estudio arte y filosofía.
5. Mi cumpleaños es el diez de octubre.
6. El inglés es mi lengua materna.
7. Soy ciudadano de los Estados Unidos.
8. Me preocupo por el bienestar de la comunidad.

E ¡Ja, ja!

1. El   2. el   3. x   4. el   5. el   6. el   7. los   8. la   9. las
10. las   11. la   12. x   13. de la (x)   14. del (x)   15. La   16. un
17. un (x)   18. del (x)   19. la   20. del (x)   21. el   22. del (x)
23. la   24. del (x)

F Los preparativos de un viaje

1. son   2. una   3. estudiar   4. la   5. del   6. quieren
7. pasar las   8. el   9. x   10. los   11. la (x)   12. el
13. la (x)   14. Piensan   15. el   16. Prefieren   17. salen   18. los
19. pueden   20. x   21. tienen   22. tienen   23. el   24. x
25. saben   26. x   27. la   28. gastar   29. los   30. los   31. la
32. x   33. x   34. x   35. hace   36. los   37. x   38. x   39. la (x)
40. el   41. hace   42. los   43. va   44. una   45. tienen
46. deben   47. x   48. van

G Una lista de lo esencial (*Sí* and *No* answers will vary.)

1. el   2. los   3. un   4. una   5. un (el)   6. un (el)   7. el   8. las

H ¿Para qué? (*Answers will vary.*)

I Una visita a México, D.F.

1. x   2. x   3. a   4. a   5. a   6. x   7. a   8. al   9. x

J Preferencias (*Answers will vary.*)

K Una entrevista de empleo

1. ¿Cómo...?   2. ¿Cuál...?   3. ¿Cuál...?   4. ¿qué...?   5. ¿Por qué...?
6. ¿Qué...?   7. ¿quién...?   8. ¿Cuánto...?

L ¿Tiene Ud. alguna pregunta?

1. ¿Qué...?   2. ¿Cuáles...?   3. ¿Cuántos...?   4. ¿qué (cuál)...?
5. ¿Cuáles...?   6. ¿Cuándo...?   7. ¿Quién...?   8. ¿quién...?   9. ¿Cuándo...?

M ¿Qué son? (*Answers will vary.*)

1. perito/a   2. profesional   3. profesional   4. profesional
5. profesional   6. profesional   7. empleado/a   8. profesional
9. trabajador/a   10. funcionario/a   11. profesional   12. trabajador/a
13. profesional   14. profesional   15. perito/a   16. empleado/a

❖ **EN RESUMEN. Breves descripciones**

1. Un mesero atiende a los clientes. Sirve la comida. Espera buenas propinas. ¿Qué bebida quiere tomar?

2. Una psiquiatra escucha a los pacientes. Comprende sus problemas. Recomienda calmantes. ¿Cuál es su problema?

3. Un inspector de aduanas abre las maletas de los pasajeros. Inspecciona los contenidos. Busca contrabando. ¿Qué tiene Ud. en esta bolsa?

4. Un piloto pilota un avión. Lee los instrumentos. No puede tener sueño. ¿Cuándo vamos a llegar?

5. Una consultora analiza la situación. Da consejos a los clientes. Resuelve los problemas. ¿Por qué no cambian Uds. su manera de pensar?

6. Un taxista conduce todo el día o toda la noche. Conoce la ciudad. Lleva el equipaje de los pasajeros. ¿Adónde quiere(n) ir?

7. Una maestra enseña a sus estudiantes. Conoce la materia. Tiene mucha paciencia. ¿Quién tiene la respuesta?

8. Una arquitecta diseña edificios y casas. Sabe matemáticas. Escoge materiales y colores. ¿Cuánto dinero piensa Ud. gastar en la construcción de su casa?

9. Una veterinaria examina a sus pacientes. Quiere a los animales. Hace cirugía en sus pacientes. ¿Dónde es que le duele a su mascota?

10. Un detective hace investigaciones. Investiga muchos crímenes. Mira «Colombo» en la televisión. ¿Por qué hace Ud. tantas preguntas estúpidas?

CAPÍTULO 2

A **Un perfil personal** (*Answers will vary.*)

B **Y tú, ¿cómo estás?** (*Answers will vary.*)

C **Lo necesario** (*Answers will vary.*)

D **Un caso para la terapeuta**

1. es   2. está   3. Está   4. está   5. está   6. ser   7. es   8. está
9. son   10. es   11. está   12. es   13. está   14. son   15. es
16. está   17. es

E **La segunda visita con la doctora**

1. está   2. es   3. está   4. es   5. son   6. es   7. está   8. ser
9. es   10. está   11. es   12. está   13. está   14. es   15. ser
16. están   17. está

Capítulo 3

F **Ahora Uds. son terapeutas** (*Answers will vary.*)

G **¿Estar o hay?**

1. hay   2. Está   3. Hay   4. estamos   5. está   6. hay

H **¿Y tú?** (*Answers will vary.*)

❖ **EN RESUMEN. Un monólogo famoso**

1. hay   2. es   3. Es   4. es   5. está   6. es   7. es   8. está
9. es   10. está   11. Hay   12. es   13. es   14. ser   15. hay
16. es   17. está   18. es   19. está   20. es   21. está   22. ser
23. ser   24. está   25. es   26. está   27. es   28. está   29. es
30. ser   31. es   32. es   33. está   34. es   35. está   36. está
37. está   38. es   39. están   40. ser   41. hay   42. está   43. es
44. es   45. estoy   46. es   47. es   48. es   49. es   50. son
51. Hay   52. es   53. es   54. está   55. es   56. están   57. ser
58. ser   59. es   60. ser

CAPÍTULO 3

A **¡Tú también eres poeta!** (*Answers will vary.*)

B **Tu hogar** (*Answers will vary.*)

C **Un aplauso, por favor** (*Answers will vary.*)

D **Tu firma, por favor** (*Answers will vary.*)

E **El Rastro de Madrid**

1. barrio antiguo
2. ciertos viajeros; gran Rastro
3. gente misma; ciudadano medio
4. objetos varios; libros raros; piezas viejas; cosas únicas
5. mercado grande
6. mismos objetos
7. único reloj
8. diversión simple

F **Mirando hacia el sur**

1. país fascinante
2. países europeos

3. otros dos países
4. historia larga e interesante
5. conquistadores españoles
6. grandes civilizaciones indígenas
7. valle central
8. enormes templos
9. magníficas pirámides (pirámides magníficas)
10. sociedad sofisticada y compleja
11. sociedades agrícolas y guerreras
12. ciudades abandonadas
13. sitios arqueológicos
14. visitante curioso
15. pueblo mexicano contemporáneo
16. gran capital (capital grande)
17. famoso Museo
18. extensas salas (salas extensas)
19. ilustre pasado (pasado ilustre)
20. pueblo mexicano
21. antiguo templo azteca
22. magnífico templo (templo magnífico)
23. sistema subterráneo
24. extensas rutas (rutas extensas)
25. servicio eficiente, económico y rápido
26. mayor congestión
27. hermosas playas (playas hermosas)
28. arenas blancas (blancas arenas)
29. mar azul
30. talleres artesanales
31. artesanías regionales
32. famosos pintores mexicanos
33. Ballet Folklórico
34. sitios históricos
35. pequeños pueblos pintorescos
36. pueblo simpático y cálido
37. comida sabrosa (sabrosa comida)
38. antiguo pasado colonial
39. modernas influencias industriales (influencias industriales y modernas)

G **¡OVNIs! ¡Extraterrestres!** (*Answers will vary.*)

H **Esta universidad** (*Answers will vary.*)

I **Según el sentido**

1. La; la   2. una; el   3. El   4. el; la   5. El; el (la); la   6. una; el; el

7. El; la   8. la; una   9. el

❖ **EN RESUMEN. Buenos Aires** (*Answers will vary.*)

Imagina una ciudad sofisticada con excelentes museos de arte, con edificios magníficos y casas viejas en avenidas anchas, con cafés donde la gente bien vestida pasa el tiempo charlando con un/a amigo/a o leyendo el periódico, y donde se puede pasear por barrios animados. ¿Es París? No, es Buenos Aires, la capital de la Argentina. Es una ciudad con una extraordinaria variedad de cosas que ver y experimentar. Por ejemplo, se puede pasar un domingo por la mañana en la pintoresca feria al aire libre de San Telmo. En este antiguo barrio se venden antigüedades, cosas únicas, cosas raras, cosas usadas y cosas nuevas. Siempre hay por lo menos una pareja elegante que baila el tango en la calle o un cantante que canta esta música triste.

Para el visitante extranjero que habla español hay muchos teatros que presentan obras con actores famosos. Y aunque uno no sea hispanohablante, se puede apreciar el teatro Colón, el enorme teatro donde se presenta la ópera con los grandes artistas del mundo. En los cines se dan las últimas películas (con subtítulos cuando son necesarios). En la Argentina los cafés se llaman *confiterías*, y en ellas se puede tomar el té al estilo inglés con sándwiches y pasteles sabrosos, un café fuerte o una bebida alcohólica.

Los argentinos suelen decir «Acá se come bien», y con razón. Como es de esperar en un país latinoamericano que tiene fama internacional por la exquisita carne de res, los restaurantes sirven gruesos bifes tiernos con papas fritas y una ensalada. Y con los bifes hay que tomar uno de los vinos deliciosos que provienen de los viñedos de la provincia de Mendoza. ¡Esta comida es para chuparse los dedos! ¡Feliz viaje!

CAPÍTULO 4

A **Costumbres y excentricidades** (*Answers will vary.*)

B **¿Qué pasa?**

1. se aburren

2. se burlan

3. se quejan

4. se atreven; portarse

5. se arrepienten

6. se enoja

7. divertirnos; se enamora (se enamoró)

8. se sientan; se callan

9. se alegran

C **Preguntas indiscretas** (*Answers will vary.*)

D   **Tus relaciones con los demás** (*Answers might vary.*)

1. Nos vemos muy poco pero nos hablamos por teléfono cada noche.
2. No nos peleamos nunca y aunque somos muy diferentes nosotros nos respetamos.
3. Nos reunimos cada tarde para hablar, nos apreciamos y nos ayudamos mutuamente.
4. Nos llamamos por teléfono cada día y nos comprendemos muy bien.
5. Simplemente nos saludamos cuando nos vemos por los pasillos.
6. Aunque no nos parecemos para nada, nos llevamos super bien porque sabemos escucharnos.
7. No nos vemos casi nunca porque él trabaja en el piso de arriba, pero siempre que nos vemos nos saludamos cordialmente y nos damos la mano.
8. Hacemos muchas cosas juntos y a veces resulta difícil no pelearnos.

E   **Diferencias culturales** (*Answers will vary. Possible answers.*)

1. nos decimos hola
2. se hablan; se abrazan
3. no se cogen del brazo
4. se abrazan; se dan la mano
5. se besan; se besan
6. se dan la mano

F   **Las vacaciones de verano** (*Answers will vary.*)

1. Mónica gana poco dinero; se acuesta tarde y no se levanta temprano. En el restaurante lleva platos y bandejas y nunca prueba la comida.
2. El Sr. Robles se alegra de salir de la oficina por unos días. Él se va a una isla con su barco aunque de vez en cuando llama a su oficina. Él se pone bronceador para ponerse más moreno. Él no quiere volver al trabajo.
3. José va al trabajo todas las mañanas, se quita la camiseta y corta el césped bajo el sol. Después de comer, duerme la siesta debajo de un árbol y al final del día se despide de sus clientes.
4. Los chicos de Martina se llevan muy bien. El esposo de Martina lleva un teléfono celular para estar en contacto con su oficina. Uno de los chicos se niega a ponerse la loción protectora; ¡el chico parece un tomate! y por eso por la noche tuvo que ponerse una crema especial para quitar(se) el dolor.

G   **Algunos personajes famosos (y otros no tan famosos)**

1. llegó a ser   2. se quedó   3. hacerse   4. se convierte en
5. se hizo (llegó a ser)   6. llegar a ser   7. se quedan   8. llegar a ser
9. hacerse   10. hacerse; se pusieron

❖   **EN RESUMEN. Historia de una carrera**

1. se llama   2. se conocen   3. graduarse   4. probar   5. ir
6. se llevan   7. hacer   8. se preparan   9. se despiden

10. meten   11. se marchan   12. llamar   13. volver   14. burlarse
15. cepillarte   16. Parece   17. se alegran   18. vestirse   19. cortarse
20. afeitarse   21. parecerse   22. acostarse   23. se olvida   24. cepillarse
25. se acuerda   26. llamar   27. se acuesta   28. quitarse   29. van
30. parecen   31. se pelean   32. se portan   33. se quejan   34. se callan
35. se sienten   36. se preocupan   37. marcharse   38. despide
39. se enoja   40. se equivocan   41. se niega   42. se dan   43. Van
44. dormir   45. ducharse   46. se divierten   47. se reúnen   48. Se alegran
49. dormir   50. levantarse   51. bañarse   52. probar   53. nos arrepentimos
54. prepararnos

CAPÍTULO 5

 La empresa ideal

1. ¿A Ud. le agrada su oficina?
   Sí (No), (no) me agrada mi oficina.
2. ¿A los recién graduados les atraen los beneficios?
   Sí (No), (no) les atraen los beneficios.
3. ¿A Ud. y su amiga les gustan sus colegas?
   Sí (No), (no) nos gustan nuestros colegas.
4. ¿A su secretario le conviene el horario?
   Sí (No), (no) le conviene el horario.
5. ¿A Ud. le cuesta aprender un programa nuevo?
   Sí (No), (no) me cuesta aprender un programa nuevo.
6. ¿A Ud. y sus colegas les interesa su trabajo?
   Sí (No), (no) nos interesa nuestro trabajo.
7. ¿A los no fumadores en la oficina les hace daño el humo de los cigarrillos?
   Sí (No), (no) les hace daño el humo de los cigarrillos.
8. ¿A Ud. le parece un buen lugar para trabajar?
   Sí (No), (no) me parece un buen lugar para trabajar.

B **Preguntas personales** (*Answers will vary.*)

C **Reacciones y opiniones** (*Answers will vary.*)

D **El martes 13**

1. A la señora Valdez se le descompuso la computadora.
2. Cuando su esposo estaba manejando en la autopista se le pinchó una llanta.
3. A su hija se le olvidó el libro de matemáticas en casa cuando fue a la escuela.
4. Sus hijos volvieron del colegio y le dijeron: «A nosotros se nos perdieron los suéteres.»

5. A la señora Valdez se le rompieron seis tazas.

6. Al perro de los Valdez se le acabó el agua en su plato.

7. Cuando la familia se sentó a cenar, el Sr. Valdez les dijo: «Se me quitó el apetito.»

8. A la señora Valdez se le ocurrió que hay días cuando es mejor quedarse en cama todo el día.

E **¡A mí también!** (*Answers will vary.*)

F **El coche versus la bicicleta**

1. pero   2. sino que   3. sino que   4. sino que   5. pero   6. pero
7. sino

❖ **EN RESUMEN. ¡Ese coche!**

1. les hace falta
2. Te agrada
3. parece
4. me da
5. nos conviene
6. se les ocurrió
7. se les perdió
8. Se me olvidaron
9. se le cae (cayó)
10. no se hizo (hace) daño
11. le duele
12. se les rompió
13. les pasó
14. me importa
15. se le olvida (se olvida de)
16. le cuesta
17. se les acabó (acaba)
18. les molesta
19. les gusta
20. se les descompone
21. se les paró (para)
22. les roban
23. se le ocurrió (había ocurrido)

CAPÍTULO 6

A **¿Qué dicen?**

1. tus; tus; tu; mi
2. sus; su
3. mi; mi; su
4. Nuestro
5. nuestros; nuestro; su
6. su (mi)
7. mis; mi
8. tu; tu

B **Respuestas**

1. el tuyo (la tuya)
2. la suya
3. mío; el mío
4. el nuestro
5. suyos (tuyos)
6. mía
7. tuya; mía; suya; la tuya
8. La mía

C   **Un turista en España**

1. Estos churros están deliciosos.
2. Queremos ir a esos museos.
3. Estas pinturas son de Picasso.
4. Esos bancos dan unas buenas cotizaciones.
5. En aquellas ciudades se puede ver los bailes típicos.
6. Los matadores van a lidiar con esos toros.
7. No nos gustan estas habitaciones. ¿No tienen otras?
8. Aquellos pueblos son muy pintorescos.

D   **De visita** (*Answers will vary. Demonstrative pronouns.*)

1. esta   2. esta   3. ese/a   4. este   5. ése   6. aquel (ese)
7. ese (este)   8. Éste   9. ése   10. éste   11. este   12. Éste
13. Ésa   14. aquélla   15. ese   16. aquel   17. esta   18. ésta   19. esta

E   **Algunas preguntas** (*Answers will vary. Possible expressions with the neuter demonstrative pronouns.*)

1. A eso de...
2. Eso sí es verdad.
3. No sé nada de eso.
4. ¡Eso es!
5. Y esto, ¿qué es?
6. A eso de...

F   **Así soy yo**

1. apoya(n)
2. apoyan (respaldan)
3. mantiene(n) (sostiene[n])
4. respalda(n)
5. soportar (tolerar)
6. aguanto (soporto, tolero)
7. Apoyas (Respaldas)
8. toleras
9. mantener

❖   **EN RESUMEN. Teatro del absurdo en un acto y dos escenas**

Escena I

1. sus   2. su   3. nuestro   4. suya   5. Esas   6. suyas   7. suya
8. nuestro   9. ésta   10. su   11. ésta   12. su   13. su   14. ese
15. su   16. este   17. suyos   18. esa   19. nuestros   20. mi
21. mi   22. mi   23. estos   24. míos   25. mis   26. su   27. sus
28. su   29. nuestro   30. esta   31. Este   32. suyo   33. mío
34. el mío   35. esta   36. suya   37. La mía   38. mi   39. estas
40. suyas   41. mías   42. las suyas

Escena II

43. Estas   44. mías   45. mías   46. los   47. mío   48. este   49. mi
50. mis   51. este (esto)

CAPÍTULO 7

A **En la sala de emergencia del hospital**

1. nerviosamente
2. lenta y dolorosamente
3. paciente y atentamente
4. incoherentemente
5. constantemente
6. cuidadosamente
7. rápida y diligentemente
8. alegremente

B **En el consultorio del médico**

1. Cómo   2. así así   3. mal   4. así   5. bien   6. bien   7. como
8. según

C **Indicaciones**

1. aquí   2. Cómo   3. aquí cerca (por aquí)   4. bien   5. dentro
6. afuera   7. lejos   8. a la derecha   9. Cómo   10. a la izquierda
11. abajo   12. arriba

D **¿Dónde están?** (*Answers will vary.*)

E **Para relajarse** (*No answers for this activity.*)

F **Una crónica personal** (*Answers will vary.*)

G **Preguntas del lunes** (*Answers will vary.*)

1. Cómo
2. a menudo
3. tarde (temprano)
4. anoche (después de cenar, anteayer)
5. mientras (cuando)
6. ayer por la tarde (anteayer por la noche)
7. mañana (pasado mañana)
8. pasado mañana (el próximo fin de semana)

H **Hábitos y costumbres** (*Answers will vary.*)

I **Un viaje**

1. llevar   2. sacar   3. llevaron   4. llevaban   5. me quité   6. saqué
7. despegaba   8. Tómeselo   9. tomar   10. le quitó (le había quitado)
11. tomes   12. tomártelo   13. tomaba   14. tuvo lugar   15. di

❖   EN RESUMEN. ¡Buen provecho!

1. mañana		17. típicamente
2. temprano		18. debajo
3. cuándo		19. bien
4. a eso de		20. al lado
5. tarde		21. todavía (aún)
6. temprano		22. Normalmente
7. así		23. generalmente
8. donde		24. mientras
9. lejos		25. enseguida (ahora mismo)
10. aquí cerca (por acá)		26. abajo
11. Aquí (Acá)		27. detrás
12. frecuentemente		28. rápida y atentamente
13. puntualmente		29. ya
14. aquí		30. antes
15. allí		31. encima (dentro)
16. al lado de		

CAPÍTULO 8

A   **Expresiones y refranes**

1. d   2. h   3. f   4. a   5. i   6. j   7. c   8. b   9. l   10. e
11. g   12. i

B   **¿Lo sabías?**

1. ¿Cuál es la cadena montañosa más larga, la cordillera de los Andes o la de los Apalaches?

   La cordillera de los Andes es la más larga.

2. ¿Cuáles son las cataratas más anchas, las cataratas del Iguazú o las del Niágara?

   Las cataratas del Iguazú son las más anchas.

3. ¿Cuál es la catarata más alta, el Salto de Ángel o las Cataratas de Victoria en África?

   El Salto de Ángel es la más alta.

4. ¿Cuál es el océano más grande, el Pacífico o el Atlántico?

   El Pacífico es el más grande.

5. ¿Cuál es el río más largo, el Amazonas o el Misisipí?

   El Amazonas es el más largo.

C   **En mi opinión** (*Answers will vary.*)

D   **Mi familia** (*Answers will vary.*)

E **Más refranes y proverbios**

1. h   2. g   3. f   4. c   5. b   6. e   7. a

F **Hoy y ayer** (*Possible answers.*)

1. Mis abuelos no tuvieron tantas oportunidades educativas como yo.
2. Yo no participo tanto en la vida política como mi abuelo. (Mi abuelo no participaba en la vida política tanto como yo.)
3. Mis abuelas no fueron tan independientes como yo.
4. Mis abuelos no tuvieron tantas oportunidades de empleo como yo.
5. Yo no tendré tantos hijos como mis abuelos.
6. Yo tengo tantas responsabilidades como tuvieron mis abuelos.
7. Yo no gano tanto dinero como mi abuelo. (Mi abuelo no ganaba tanto dinero como yo.)
8. Mis abuelos no tuvieron tantos electrodomésticos como yo tengo hoy.
9. Yo no tengo tanto tiempo libre como mis abuelos. (Mis abuelos no tenían tanto tiempo libre como yo.)

G **¡Quiero saber!**

1. ¿Es el lago Erie el lago navegable más grande del mundo?
   No, el lago Titicaca es el lago navegable más grande del mundo.
2. ¿Es Bogotá la capital más alta del mundo?
   No, La Paz es la capital más alta del mundo.
3. ¿Es el Monte Hood la montaña más alta de las Américas?
   No, el Aconcagua es la montaña más alta de las Américas.
4. ¿Tiene Italia la producción de aceite de oliva más grande del mundo?
   No, España tiene la producción de aceite de oliva más grande del mundo.
5. ¿Tiene Colombia la producción de café y caña de azúcar más grande del mundo?
   No, Brasil tiene la producción de café y caña de azúcar más grande del mundo.
6. ¿Es Harvard la universidad más antigua de las Américas?
   No, la Universidad de Santo Domingo en la República Dominicana es la universidad más antigua de las Américas.

H **Cerca de aquí...** (*Answers to questions will vary.*)

1. ¿Cuál es el café que tiene el ambiente más agradable?
2. ¿Cuál es la tienda que tiene la selección de videos más grande?
3. ¿Cuál es la pizzería que sirve la pizza más sabrosa?
4. ¿Cuál es el restaurante más caro?
5. ¿Cuál es el club más divertido?
6. ¿Cuál es el mejor lugar para escuchar música?
7. ¿Cuál es la heladería que sirve el helado más rico?
8. ¿Cuál es el canal que presenta el mejor noticiario?

Capítulo 8

I **A poner a prueba** (*Superlative forms.*)

1. sabrosísima (muy sabrosa, sumamente sabrosa)
2. carísimo (muy caro, sumamente caro)
3. riquísimo (muy rico, sumamente rico)
4. divertidísimo (muy divertido, sumamente divertido)
5. baratísimos (muy baratos, sumamente baratos)
6. cerquísima (muy cerca, sumamente cerca)
7. grandísima (muy grande, sumamente grande)
8. largísima (muy larga, sumamente larga)

J **Preguntas y respuestas**

1. distintos
2. Al contrario de (A diferencia de)
3. igual
4. similares
5. semejanza
6. da igual (da lo mismo)

K **Hablando de la lengua**

1. igual
2. sinónimo; idéntico
3. Al contrario

❖ **EN RESUMEN. El Cono Sur**

1. diferencia
2. la misma (idéntica, igual)
3. similar (parecido)
4. similar (parecida, semejante)
5. sabrosísimos
6. parecida (semejante)
7. hermosísimas
8. semejanza

❖ **Comparaciones** (*Answers will vary.*)

1. La inmigración fue similar (parecida).
   Había más inmigrantes de España e Italia en el Cono Sur.
2. La Argentina es el país más grande.
   El Uruguay es el país más pequeño.
3. La distancia del ecuador es casi igual.
4. Los países del Cono Sur tienen menos habitantes que los EE.UU.
5. La pampa es similar (parecida) al Medio Oeste de los EE.UU.
6. Los productos agrícolas son similares a los de los EE.UU.
7. El clima es parecido.
8. El nivel de vida es similar.

CAPÍTULO 9

A   **Características personales** (*Answers will vary. Direct-object substitution.*)

1. La tengo (No, no la tengo).
2. La resisto (No, no la resisto).
3. Lo hago (No, no lo hago).
4. Los admiro (No, no los admiro).
5. Los ayudo (No, no los ayudo).
6. Las tomo rápidamente (No, no las tomo rápidamente).
7. Los pierdo (No, no los pierdo).
8. La navego (No, no la navego).

B   **Los buenos estudiantes** (*Possible answers.*)

1. Lo/La escuchan atentamente cuando habla.
2. No lo mastican cuando habla.
3. La miran.
4. No lo leen en clase.
5. La preparan antes de venir a clase.
6. Las hacen.
7. No lo traen a clase.
8. No lo comen en clase.

C   **Los buenos profesores**

1. Nos escuchan con paciencia.
2. Nos miran cuando hablamos.
3. Nos ayudan a interpretar las lecturas.
4. Nos invitan a cenar en un restaurante español.
5. Nos respetan.
6. Nos avisan de la fecha de un examen.
7. Nos esperan cuando llegamos tarde.

D   **En el consultorio del dentista**

1. abrirla; empastarlos
2. los relaja
3. sentirlo
4. lo he tocado
5. usarlo
6. Hágala
7. tomarlo

E   **Tus relaciones con otros** (*Answers will vary. Questions.*)

1. ¿Quién(es) te envía(n) correo electrónico?
   ¿A quién(es) le(s) envías correo electrónico?

2. ¿Quién(es) te cuenta(n) sus problemas?

¿A quién(es) le(s) cuentas tus problemas?

3. ¿Quién(es) te presta(n) dinero?

¿A quién(es) le(s) prestas dinero?

4. ¿Quién(es) te debe(n) dinero?

¿A quién(es) le(s) debes dinero?

5. ¿Quién(es) te habla(n) español?

¿A quién(es) le(s) hablas español?

6. ¿Quién(es) te da(n) consejos?

¿A quién(es) le(s) das consejos?

7. ¿Quién(es) te dice(n) «Te quiero»?

¿A quién(es) le(s) dices «Te quiero»?

8. ¿Quién(es) te hace(n) favores?

¿A quién(es) le(s) haces favores?

F   En la oficina

1. J: ¿Ya le hablaste al contador?

   E: Ya le hablé al contador hace poco.

2. E: ¿Ya les enviaste la carta a los abogados?

   J: Ya les envié la carta esta mañana.

3. J: ¿Qué te dijo la recepcionista esta mañana?

   E: No me dijo nada.

4. E: ¿Le tenemos que devolver (Tenemos que devolverle) estos documentos al Sr. López?

   J: Sí, le tenemos que devolver (tenemos que devolverle) estos documentos al Sr. López en seguida.

5. J: ¿Cuándo le vas a escribir (vas a escribirle) la carta al cliente?

   E: Le voy a escribir (Voy a escribirle) la carta ahora mismo.

6. E: ¿La secretaria te pidió un aumento de sueldo?

   J: Sí, por supuesto que me pidió un aumento de sueldo.

7. J: ¿Ya nos trajeron los documentos que tenemos que firmar?

   E: No, todavía no nos han traído los documentos que tenemos que firmar.

8. E: ¿Cuánto le tenemos que pagar (tenemos que pagarle) al técnico que arregló la computadora?

   J: Le tenemos que pagar (Tenemos que pagarle) 500 pesos al técnico que arregló la computadora.

G   La entrevista

1. ¿Es importante cortarse el pelo antes de la entrevista?

   Sí, (No, no) es importante cortárselo.

2. ¿Es mejor limpiarse las uñas antes de la entrevista?
   Sí, (No, no) es mejor limpiárselas.
3. ¿Es necesario comprarse un portafolios?
   Sí, (No, no) es necesario comprárselo.
4. ¿Es imprescindible pedirles recomendaciones a los profesores?
   Sí, (No, no) es imprescindible pedírselas.
5. ¿Es bueno indicarle tus intereses a la entrevistadora?
   Sí, (No, no) es bueno indicárselos.
6. ¿Es una buena idea mandarle el currículum a la directora de personal?
   Sí, (No, no) es una buena idea mandárselo.
7. ¿Es inapropiado hacerle preguntas a la entrevistadora?
   Sí, (No, no) es inapropiado hacérselas.
8. ¿Es apropiado decirle a la entrevistadora cuánto (se) quiere ganar?
   Sí, (No, no) es apropiado decírselo.

H   **En la oficina de abogados**

1. Sí, nos lo llegó ayer.
2. Ya se lo dije esta mañana.
3. Se las pidió a la Srta. Vargas.
4. Se la voy a escribir ahora mismo.
5. Todavía no se lo he preguntado.
6. Se lo pienso decir lo más pronto posible.
7. (Me) los dejó en mi escritorio.
8. Sí, por fin se lo dieron.

I   **Prueba de geografía**

1. c   2. h   3. b   4. o   5. g   6. r   7. n   8. q   9. j   10. e
11. t   12. l   13. k   14. f   15. a   16. i   17. p   18. s   19. m
20. d

J   **¿Quién tiene 20 puntos?** (*Answers will vary.*)

K   **¿Qué hacer?** (*Answers may vary.*)

1. h, p
2. g, k, n, q
3. a, b, c, d, f, l, m
4. h, p
5. b, c, f, m
6. c, f
7. b, c, f, m
8. g, k, n, q
9. n, q
10. a, b, g, n
11. e, i, j, o
12. k, q
13. e, i, j, o
14. a, b, c, d, f, l

Capítulo 10 *(side tab)*

❖ EN RESUMEN. **Un sondeo**

1. Sí, puede hacérmelas.
2. Me lo traen. ([Me] Lo compro.)
3. Sí, (No, no) la tengo.
4. La tengo en casa. (La tengo en el trabajo.)
5. Sí, (No, no) se la compraría.
6. Sí, (No, no) lo creo.
7. Sí, (No, no) las sigo.
8. Sí, (No, no) lo prefiero.
9. Sí, (No, no) lo uso.
10. Se los envío a...
11. Sí, (No, no) la busco.
12. Sí, (No, no) se lo recomiendo.
13. Sí, (No, no) las hago.
14. Sí, (No, no) se los regalo.
15. Sí, (No, no) lo sabía.
16. Puede mandárnosla a la calle...

CAPÍTULO 10

A **¿Qué se hace?** (*Answers will vary.*)

1. (no) se come bien.
2. (no) se habla mientras los músicos tocan.
3. (no) se puede fumar.
4. (no) se escucha atentamente.
5. (ni) se come (ni) y se bebe.
6. se viste bien.
7. (no) se llega tarde.
8. (no) se come con los dedos.

B **Información**

1. Sí, aquí se habla inglés.
2. Sí, se vende esta casa.
3. Ahora no se necesitan más empleados.
4. Sí, se busca un cocinero en este restaurante.
5. No, pero en esa casa se alquilan habitaciones.
6. Sí, se hacen entregas a domicilio.
7. No, no se permite pisar el césped.
8. No, no se pronosticó lluvia para mañana.

C **¿Cómo se hace...?**

1. A: ¿Cómo se llama desde un teléfono público?
   B: Se ponen monedas en la ranura, se espera el tono y se marca el número.

2. A: ¿Cómo se usa la ATM?

   B: Se obtiene una tarjeta y un número de «PIN» del banco, se introduce la tarjeta en la ranura, se pulsa el número de «PIN», se siguen las indicaciones en la pantalla, se indica la cantidad de dinero deseada, se saca el dinero y la tarjeta.

3. A: ¿Cómo se consigue una licencia de conducir?

   B: Se completa una solicitud, se toma un examen escrito, se hace una cita para tomar el examen de conducir, se practica, se toma el examen y se aprueba el examen.

D **Avisos clasificados** (*Answers will vary.*)

E **Las artes y artistas hispanos**

1. La película *Mujeres al borde de un ataque de nervios* fue dirigida por Pedro Almodóvar.

2. El cuadro *Guernica* fue pintado por Picasso.

3. El papel de don José en la ópera *Carmen* es interpretado por Plácido Domingo.

4. Antonio Banderas y Esai Morales son admirados por muchas mujeres.

5. Rosie Pérez fue nombrada por el comité del Óscar como candidata para el galardón.

6. El Premio Nobel de Literatura ha sido otorgado por el comité del Premio Nobel a Gabriel García Márquez, Gabriela Mistral, Pablo Neruda y Octavio Paz.

7. La exitosa novela *Como agua para chocolate* fue escrita por Laura Esquivel.

8. Un nuevo museo espectacular ha sido construido por los españoles en Bilbao.

F **¡No me digas!**

1. ¡No me digas! ¡Los ingenieros han desarrollado un nuevo sistema!

2. ¡Un secretario reemplazará a mi secretaria!

3. ¡El gerente cambió mi oficina!

4. ¡La empresa despidió a cinco personas!

5. ¡El vicepresidente te nombró directora de Mercadeo!

6. ¡De hoy en adelante la cafetería servirá gratis las comidas!

7. ¡La empresa pagará todo el seguro médico!

8. ¡Microsoft ha comprado nuestra empresa!

G **La Isla de Pascua** (*Answers might vary slightly.*)

1. En el océano Pacífico, a 3.700 kilómetros de la costa de Chile, se encuentra la Isla de Pascua con sus enormes e inexplicables estatuas de piedra.

2. Estas estatuas fueron hechas por los polinesios hace muchos años.

Capítulo 10

316   Appendix 2

3. Los arqueólogos creen que esta isla fue poblada por los primeros habitantes alrededor del año 400 A.C.

4. La banana, la caña de azúcar y la batata fueron introducidas a la isla por los polinesios.

5. Una forma de tallar piedra, un sistema de escritura y aun un observatorio solar fueron creados por ellos.

6. Por eso, este nombre fue dado a la isla por un almirante holandés.

7. Según una teoría, la población fue diezmada por la viruela.

8. En el siglo XIX muchos habitantes fueron llevados por los peruanos a su país como esclavos.

9. Hoy en día la isla es habitada por sólo 2.000 personas.

H   **Palabras cruzadas**

1. h   2. q   3. l   4. p   5. m   6. j   7. d   8. c   9. n   10. o
11. a   12. i   13. b   14. e   15. g   16. k   17. f

❖   **EN RESUMEN. Machu Picchu** (*Possible answers.*)

1. Machu Picchu fue descubierta por Hiram Bingham en 1911.

2. Hasta aquel entonces, esta ciudad había sido vista por pocas personas porque era inaccesible.

3. Pero en los años 40, el Sendero Incaico fue encontrado por una expedición arqueológica que trabajaba en el sitio.

4. Desde este punto alto en las montañas, los incas podían ver el valle pero ellos no podían ser vistos por nadie.

5. Ahora Machu Picchu es visitada por miles de personas cada año.

6. No se sabe el destino de los habitantes originales.

7. Ninguna escritura fue dejada por los incas.

8. Tampoco se encuentra mención de Machu Picchu en las crónicas de la época que fueron escritas por los conquistadores españoles.

9. Se conjetura que desaparecieron a causa de una epidemia.

10. Sólo se ha aumentado el misterio de su desaparición.

11. No se descubrió ningún objeto de oro.

12. Se especula que Machu Picchu fue abandonada por los incas antes de la llegada de los españoles.

13. Los esqueletos de 173 personas han sido descubiertos por los arqueólogos, 150 de los cuales pertenecen a mujeres.

14. Los alimentos fueron cultivados en terrazas por los incas.

15. Todavía existen muchas de las escaleras que conectaban las terrazas.

16. Si se quiere visitar este sitio,...

17. Pero si no se tiene prisa y se dispone de 4 ó 5 días, se puede ir a pie, escalando y acampando.

18. Si se desea una experiencia única, se puede viajar a esta ciudad misteriosa y fascinante escondida entre las nubes.

CAPÍTULO 11

A   **La vida alrededor del año 1900**

1. A: La gente no viajaba en avión...
   B: ...sino que hacía largos viajes en barco.

2. A: La gente no llamaba por teléfono...
   B: ...sino que escribía cartas.

3. A: Nadie tenía electricidad.
   B: Por eso la gente usaba lámparas de kerosén o de aceite.

4. A: Todos comían los productos de la temporada...
   B: ...porque no había latas ni comida congelada.

5. A: La gente no iba al cine...
   B: ...sino que se entretenía en casa o en actividades comunitarias.

6. A: Pocos trabajaban ocho horas al día.
   B: Muchos trabajaban doce horas.

7. A: Las mujeres no podían votar...
   B: ...y pocas trabajaban fuera de la casa.

8. A: Muchos niños abandonaban la escuela a una edad joven...
   B: ...porque tenían que ayudar a la familia.

B   **Preguntas indiscretas** (*Answers will vary. Questions.*)

1. (a los 5 años)
   a. ¿Eras un diablito o un angelito?
   b. ¿Ibas al jardín de la infancia?
   c. ¿Mirabas a los Muppets o «Plaza Sésamo» en la televisión?
   d. ¿Estabas enamorado/a de Miss Piggy o de Kermit?
   e. ¿Te peleabas con tus hermanos o amigos?
   f. ¿Dónde vivías?
   g. ¿Sabías leer y escribir?
   h. ¿Querías ser ... algún día?

2. (a los 15 años)
   a. ¿Tenías novio/a?
   b. ¿Pensabas en el futuro?
   c. ¿Te gustaba la escuela?
   d. ¿Participabas en muchas actividades?
   e. ¿Tenías que trabajar?
   f. ¿Compartías tu cuarto? ¿Con quién?
   g. ¿Estabas siempre de buen humor?
   h. ¿Esperabas obtener una licencia de conducir?
   i. ¿Les pedías dinero a tus padres?
   j. ¿Querías ser médico/a algún día?

C **Titulares**

1. Hubo un terremoto en Chile.
2. Los guerrilleros secuestraron a 20 personas en Colombia.
3. España tuvo elecciones ayer.
4. El Huracán Esmeralda destruyó muchas casas en la República Dominicana.
5. Fidel Castro dio un discurso en las Naciones Unidas.
6. El presidente de Venezuela dijo que va a proponer una nueva constitución.
7. El Uruguay ganó la Copa Mundial.
8. _____ .

D **Tus actividades** (*Answers will vary. Questions.*)

1. El fin de semana pasado: ¿Adónde fuiste?; ¿Qué hiciste?; ¿Dormiste bien?; ¿Practicaste algún deporte?; ¿Te divertiste?
2. Anoche: ¿Dónde estuviste?; ¿Dónde comiste?; ¿Qué programas miraste en la televisión?; ¿Hiciste (alguna) otra cosa?; ¿A qué hora te acostaste?
3. Ayer: ¿Asististe a clase o trabajaste?; ¿Llegaste a tiempo?; ¿Qué más hiciste?; ¿Te sentiste bien o mal?; ¿Viste a tus amigos?; ¿Tuviste que hacer algo especial?
4. Hoy: ¿A qué hora te despertaste?; ¿Te duchaste esta mañana o anoche?; ¿Fuiste al centro deportivo?; ¿Tomaste el desayuno?; ¿Qué leíste?; ¿Trabajaste?

E **¡Qué mujer!**

1. quería   2. supo   3. tuvo   4. quería   5. conocieron   6. quería; pudo
7. Pudiste

F **¡Un accidente!**

1. ocurrió   2. eran   3. estaba   4. iba   5. perdió   6. chocó
7. oyeron   8. llamaron   9. llegó   10. estaba   11. estaba   12. había
13. detectaron   14. descubrieron   15. Llevaron   16. identificaron
17. dijo   18. tenía   19. era   20. metió   21. se durmió

G **¡Ahora tú eres reportero!** (*Answers will vary.*)

1. Ayer, eran las once de la mañana cuando...
2. dos hombres entraron en el banco...
3. llevaban...
4. tenían en la mano...
5. eran...
6. se acercaron a la ventanilla de pagos...
7. le dieron a la pagadora una nota...
8. la nota decía que...
9. la pagadora estaba...

10. les dio...
11. escaparon en un coche...
12. el coche los esperaba...
13. se fueron rumbo a...
14. la policía los siguió...
15. los ladrones dejaron el coche...
16. los ladrones trataron de huir...
17. la policía los capturó...
18. encontraron todo el dinero...

H Circunstancias

1. tiempo
2. veces
3. horas
4. al mismo tiempo (a la vez)
5. decir la hora
6. pasaste
7. ¡Tanto tiempo!
8. a tiempo; en punto; A veces; a veces
9. enseguida; un rato (ratito)
10. a veces
11. muchas veces (una y otra vez)
12. ¡Un momento! (¡Momentito!)

❖ EN RESUMEN. La Guerra Civil española

1. hubo   2. abandonó   3. huyó   4. se proclamó   5. estaban
6. había   7. estaban   8. existía   9. construyó   10. separó
11. hizo   12. dio   13. luchaba   14. tenían   15. comenzó
16. resultaron   17. iniciaron   18. comenzó   19. duró   20. era
21. murieron   22. se fueron   23. intervinieron   24. recibieron
25. apoyaron   26. era   27. ganaron   28. ofreció (ofrecía)
29. iban   30. duró   31. significó   32. inició   33. fue   34. marcó
35. duró   36. fue   37. Existía   38. toleraba   39. reconocía
40. se convirtió

CAPÍTULO 12

A ¿Qué estás haciendo? (*Answers will vary. Questions.*)

En este momento...

1. ¿Estás contestando o haciendo las preguntas?
2. ¿Estás mirando por la ventana o pensando en la respuesta?

3. ¿Te estás concentrando en esta actividad o estás soñando con tus planes para el verano?

4. ¿Estás diciéndome la verdad o estás mintiendo?

5. ¿Estás escuchándome a mí o los ruidos de tu estómago?

Ayer a esta hora...

1. ¿Estabas haciendo la tarea o mirando la televisión?

2. ¿Estabas leyendo este libro o reuniéndote con tus amigos?

3. ¿Estabas trabajando o divirtiéndote?

4. ¿Estabas escribiendo correo electrónico o haciendo una llamada telefónica?

5. ¿Estabas practicando algún deporte o durmiendo?

A esta hora la semana entrante...

1. ¿Estarás siguiendo tu rutina normal o haciendo algo diferente?

2. ¿Estarás divirtiéndote o buscando un trabajo?

3. ¿Estarás poniendo un aviso en el diario o contestando un aviso?

4. ¿Estarás sonriendo o llorando?

5. ¿Estarás haciendo lo mismo que hoy o algo diferente?

B **Padres e hijos** (*Answers will vary.*)

C **¿Qué estaban haciendo ayer?**

1. Anoche David Letterman estaba contando los chistes de siempre. Sus visitantes no estaban riéndose.

2. Ayer sus lectores le estaban escribiendo cartas a Ann Landers y hoy ella les está contestando.

3. Anoche Barbara Walters estaba haciendo algunas preguntas indiscretas y el entrevistado no le estaba contestando.

4. Ahora José está tomando mucho café. Esta noche le estarán temblando las manos.

5. Hoy los empleados de McDonalds están sirviendo solamente hamburguesas y en estos momentos los clientes las están comiendo.

6. Ayer estaba estudiando para el examen. Mañana mi profesor/a estará corrigiéndolo.

7. *Answers will differ.*

D **¿Cuánto tiempo hace que...?**

1. ¿Cuánto tiempo hace que pagaste los impuestos federales?

2. ¿Cuánto tiempo hace que conseguiste la licencia de conducir?

3. ¿Cuánto tiempo hace que conociste a tu mejor amigo/a?

4. ¿Cuánto tiempo hace que comenzaste a estudiar español?

5. ¿Cuánto tiempo hace que votaste por primera vez?

6. ¿Cuánto tiempo hace que aprendiste a usar las computadoras?

E **Hacer un viaje a México**

1. hacen falta (van a hacer falta)
2. hacer la maleta
3. hacer cola
4. hacer escala
5. hacerle frente
6. hacerle caso
7. hacerle daño
8. hacer una pregunta
9. hacer una visita

❖ **EN RESUMEN. ¿Un cuento de hadas?**

1. Hace
2. vivía
3. vivía
4. mandaba
5. se estaba poniendo (estaba poniéndose)
6. se estaba preparando (estaba preparándose)
7. estaba diciendo
8. andaba
9. estaba pensando
10. está brillando (brilla)
11. están cantando (cantan)
12. está susurrando (susurra)
13. llevo
14. estaba caminando
15. estaba pensando (pensaba)
16. Hace
17. Me estoy muriendo (Estoy muriéndome)
18. pasaba (estaba pasando)
19. salían
20. va (está yendo)
21. vive
22. corro
23. se sentía
24. estaba durmiendo
25. haces (estás haciendo)
26. estaba temblando
27. decía (estaba diciendo)
28. estaba cantando
29. estaba
30. podía
31. llevaba
32. andaban (estaban andando)

33. viven
34. está gritando (grita)
35. venían
36. estaba marcando
37. estaba amenazando (amenazaba)
38. estaba comiendo (comía)
39. llevan
40. están cazando
41. hablaban (estaban hablando)
42. terminaba (estaba terminando)
43. se limpiaba (se estaba limpiando, estaba limpiándose)
44. dormía (estaba durmiendo)
45. estaba abriendo
46. estaba sirviendo
47. estaban comiendo
48. se estaban chupando (estaban chupándose)

CAPÍTULO 13

A **Lo que será, será** (*Answers will vary. Conjugations.*)

1. ¿Haré...?
   ...hará
2. ¿Seré...?
   ...será...
3. ¿Me casaré...?
   ...se casará...
4. ¿Tendré...?
   ...tendrá...
5. ¿Ganaré...?
   ...ganará...
6. ¿Viviré...?
   ...vivirá...
7. ¿Estaré...?
   ...estará...
8. ¿Llegaré a ser...?
   llegará a ser...

B **Esperanzas del futuro** (*Conjugations.*)

1. ...(no) habrá...
2. ...(no) será...
3. ...(no) tendrán...
4. ...(no) desaparecerá...
5. ...(no) llegará a ser...
6. ...(no) cuidaremos...
7. ...(no) saldremos...haremos...
8. ...(no) sabrán...

C **Sueños** (*Answers will vary.*)

D **Reacciones** (*Answers will vary. Questions and conjugations.*)

1. a. A: ¿Saldrías para España inmediatamente?
      B: ...saldría...

   b. A: ¿Aceptarías la beca?
      B: ...aceptaría...

c. A: ¿Rechazarías la beca?
B: ...rechazaría...

2. a. A: ¿Algunas personas estarían contentas?
B: ...estarían...

b. A: ¿Otras personas se opondrían a la idea?
B: ...se opondrían...

c. A: ¿Tú solicitarías un empleo en el casino?
B: ...solicitaría...

3. a. A: ¿Indicarías «*delete*» en la computadora?
B: ...indicaría...

b. A: ¿Se lo enviarías a otra persona?
B: ...enviaría...

c. A: ¿Harías una copia para llevársela al decano?
B: ...haría...

4. a. A: ¿Tendrían una conversación muy seria contigo?
B: ...tendrían...

b. A: ¿Te echarían de casa?
B: ...me echarían...

c. A: ¿Te acompañarían?
B: ...me acompañarían...

5. a. A: ¿Te la meterías en el bolsillo y seguirías caminando?
B: ...metería...; ...seguiría...

b. A: ¿Harías todo lo posible por encontrar al dueño?
B: ...haría...

c. A: ¿La dejarías en la calle?
B: ...dejaría...

E **¡Sé cortés!**

1. ¿Quieres tomar este asiento?
¿Querría usted tomar este asiento?

2. ¿Puedes decirme la hora?
¿Podría decirme la hora por favor?

3. ¿Me permites una pregunta?
¿Me permitiría usted una pregunta?

4. ¿Te gustaría sentarte?
¿Le gustaría a usted sentarse?

5. ¿Deseas bajarte en esta esquina o prefieres bajarte en la próxima?
¿Desearía bajarse en esta esquina o preferiría bajarse en la próxima?

F **¿Qué dirás?** (*Answers will vary.*)

G **¿Qué pasó anoche?** (*Answers will vary.*)

H Mudanzas

1. se mueve
2. mudarse
3. conmovió (impresionó)
4. trasladarse
5. transportarlos
6. mudarse; transportar

I ¿Adónde vas? ¿Adónde irás? (*Answers will vary.*)

❖ EN RESUMEN. ¿Cómo será el mundo del futuro? (*Answers will vary.*)

CAPÍTULO 14

A Correr riesgos (*Answers will vary. Conjugations.*)

1. ¿Te has lanzado...?
2. ¿Has escalado...?
3. ¿Has volado...?
4. ¿Has conducido...?
5. ¿Has observado tiburones...?
6. ¿Has cruzado...?
7. ¿Has saltado...?
8. ¿Has dado...?

B ¿Estás al tanto?

1. A: ¿Adónde han ido los astronautas?
   B: Los astronautas han ido a la luna.

2. A: ¿Quiénes han descubierto un virus nuevo?
   B: Los científicos han descubierto un virus nuevo.

3. A: ¿Qué han predicho los meteorólogos para mañana?
   B: Han predicho lluvia.

4. A: ¿Qué ha hecho el presidente de este país?
   B: Ha hecho un viaje a Latinoamérica.

5. A: ¿Quién ha escrito el guión de una película?
   B: Gabriel García Márquez ha escrito el guión de una película.

6. A: ¿Quiénes han visto una estrella nueva?
   B: Los astrónomos han visto una estrella nueva.

7. A: ¿Quiénes han puesto un satélite en órbita?
   B: Nosotros hemos puesto un satélite en órbita.

8. A: ¿Quién ha hecho manifestaciones para protestar los efectos de la contaminación?
   B: Todo el mundo ha hecho manifestaciones para protestar los efectos de la contaminación.

C Este año (*Answers will vary. Questions and conjugations.*)

1. ¿Has tenido amigos de otros países?
   ¿Los habías tenido antes?

2. ¿Has ido a...?
   ¿Habías ido antes?

3. ¿Has practicado...?
   ¿Lo habías practicado antes?

4. ¿Has leído ciencia ficción?
   ¿La habías leído antes?

5. ¿Has usado una computadora?
   ¿La habías usado antes?

6. ¿Has visto una película con subtítulos?
   ¿La habías visto antes?

7. ¿Has ganado algo?
   ¿Lo habías ganado antes?

D   **Experiencias en el extranjero**

1. Algunos estudiantes de esta clase fueron a España. Nunca antes habían ido.

2. Ellos comieron tapas y bebieron jerez. Nunca antes lo habían hecho en los Estados Unidos.

3. Nuestro profesor escaló el Monte Aconcagua en la Argentina. Nunca antes había escalado una montaña tan alta.

4. Lamentablemente, él/ella se rompió un hueso. Nunca antes se había roto un hueso.

5. Mi amigo/a y yo estudiamos español en México. Nunca antes habíamos estudiado en un país hispanohablante.

6. Nosotros vimos la película *Frankenstein*. Nunca la habíamos visto cuando éramos niños.

7. Mis padres esquiaron en la Argentina. Nunca antes habían esquiado en el verano.

8. ...

E   **¿Optimista o pesimista?** (*Answers will vary. Conjugations.*)

1. ...habrán solucionado...
2. ...habrá mejorado...
3. ...habrán aprendido...
4. ...habremos vivido...
5. ...habrán descubierto...
6. ...habrá resuelto...
7. ...habrá tenido...
8. ...habrá subido...

F   **¿Qué les pasa?**

1. ¿Habrá visto a Elvis Presley otra vez?
2. ¿Habrá vendido solamente un millón de discos?
3. ¿Se le habrá caído el soufflé?
4. ¿Habrá visto a otro fantasma?
5. ¿Se habrá casado Jon?
6. ¿Se (le) habrá roto el espejo?
7. ¿Habrá descubierto que el gigante es un molino?
8. ¿No se habrá reído nadie?

G   **Situaciones** (*Answers will vary.*)

H   **¿Se derritió?**

1. Mamá se acuerda (se acordó) de haber comprado el helado.
2. Papá se alegró de haberlo encontrado en el congelador.
3. Mamá afirmó haberlo puesto en el congelador.
4. Papá insistió en haberlo visto en el congelador.
5. Mamá cree que los chicos no pueden habérselo comido todo.
6. Pero los chicos confiesan habérselo comido todo.
7. Esta noche los chicos no tendrán postre por haberse comido todo el helado.

I   **¡No te des por vencido!** (*Answers will vary.*)

1. Nos damos la mano.
2. Doy un paseo para dar rienda suelta a mi imaginación.
3. Le doy mil vueltas al tema de la composición.
4. Les doy la bienvenida.
5. Doy las gracias a la persona que me hace el regalo.
6. Doy por sentado que he perdido buena parte del día. Me doy prisa para llegar a tiempo.
7. Me doy por vencido.
8. Me da asco.
9. Le doy de comer y de beber.
10. Le doy las gracias.

❖   **EN RESUMEN. El siglo XXI** (*Answers will vary.*)

CAPÍTULO 15

A   **Romeo y Julieta**

1. por el muro
2. por ti
3. solamente (por) unos minutos
4. por la enemistad entre nuestras familias
5. por ti
6. por la muerte de Mercutio
7. por razones obvias
8. por el camino que va directamente allá

B   **¡Graduarse por fin!** (*Possible answers.*)

1. felicitan por
2. se entusiasman por
3. dar las gracias por
4. brindar por
5. preguntan por
6. optar por
7. te preocupas por

C   **Una carta de los Estados Unidos**

1. por	14. x	27. para
2. para	15. para	28. por
3. x	16. para	29. para
4. para	17. por	30. para
5. por	18. por	31. para
6. para	19. por	32. por
7. para	20. para	33. para
8. por	21. para	34. para
9. por	22. por	35. por
10. para	23. por	36. por
11. por	24. por	37. para
12. por	25. por	
13. x	26. por (al)	

D   **Un repaso**

1. por avión
2. (por) dos horas
3. No, esperaba el avión para Boston.
4. Caminó por el aeropuerto.
5. en una residencia para (de) estudiantes graduados
6. por su beca
7. Decidieron reunirse para cenar juntos.
8. Comieron por sólo siete dólares por persona.
9. Dio una vuelta por las cercanías de la universidad.
10. por el acento y por la rapidez con que hablan
11. Tiene dos clases por (al) día.
12. Sí, por la gran cantidad de trabajo que dan los profesores.
13. Es tan moderna que se pueden buscar los libros por computadora y sacar películas para verlas en la habitación.
14. Tiene un partido de tenis para el miércoles.
15. Para estar bien fresquita para su clase de las nueve.
16. Que está muy contenta de haber optado por ir a Boston y que no hay necesidad de preocuparse por (de) ella.

E   **Una conversación en la oficina**

1. por ahora	5. Por lo general
2. Por lo visto	6. Por desgracia
3. Por fin	7. por completo
4. Por suerte	8. Por consecuencia

F **Expresiones apropiadas e inapropiadas**

1. a (c)
2. a
3. c
4. c
5. b (c)
6. a (b)
7. b
8. c (a)

❖ **EN RESUMEN. Otra perspectiva**

1. Por
2. por
3. por
4. x
5. por
6. por
7. por
8. por
9. por
10. Por
11. por
12. para
13. por
14. para
15. por
16. por
17. Por
18. para
19. por
20. (por)
21. para
22. por
23. por
24. por
25. por
26. para
27. x
28. por
29. para
30. por
31. para

CAPÍTULO 16

A **El Día de Acción de Gracias** (*Answers will vary. Questions.*)

1. ¿Quiénes asisten a la comida?
2. ¿A qué huele la cocina?
3. ¿A qué hora comienzan a comer?
4. ¿Quién(es) se dedica(n) a preparar la comida?
5. ¿Quién te enseñó a trinchar el pavo?
6. ¿Tu familia está habituada a mirar los partidos de fútbol ese día?
7. ¿Te lanzas a hacer los preparativos muchos días antes?
8. ¿A qué hora se preparan a sentarse a la mesa?

B **La despedida de soltera**

1. cargar con
2. cumplir con
3. contar
4. cumplo con
5. choqué con
6. tropecé con (me encontré con)
7. se casaba con
8. sueño con

C **Situaciones dramáticas** (*Answers will vary.*)

D   **Preguntas personales** (*Answers will vary. Questions.*)

1. ¿En qué te concentras con facilidad?
2. ¿En qué o en quién confías?
3. ¿En qué consiste tu trabajo?
4. ¿En qué te fijas cuando conoces a una persona por primera vez?
5. ¿Qué o quién influye en tus decisiones?
6. ¿En qué insistes todos los días?

E   **Más preguntas personales** (*Answers will vary.*)

❖   **EN RESUMEN. La boda real**

a. segunda	8. de	16. en
b. tercera	9. a	17. de
1. con	10. de	18. de
2. con	11. con	19. a
3. a	e. sexto	20. con
c. mil quinientos	12. a	21. a
4. de	13. al	22. a
5. con	14. con	23. a
6. de	f. primera	24. de
d. miles	15. a	25. a
7. de		

CAPÍTULO 17

A   **¿Qué dicen?**

1. Indíqueme dónde le duele.
2. Suba a la balanza.
3. Comience una dieta mañana. Comiéncela mañana.
4. Haga más ejercicio. Hágalo.
5. Siéntese en la silla.
6. Abra la boca. Ábrala.
7. No tenga miedo.
8. No me muerda, por favor.
9. Dígame la verdad. Dígamela.
10. No mienta cuando tenga que dar testimonio.
11. No mastique chicle en el tribunal. No lo mastique.
12. Responda a mis preguntas. Respóndalas.
13. Entreguen el trabajo a tiempo. Entréguenlo a tiempo.
14. No se olviden del examen mañana.
15. No lleguen tarde al examen.
16. Vengan a mi oficina si quieren hablar conmigo.

B   Los anuncios

1. Viaje seguro y cómodo en el coche Matador.
2. Pruebe la margarina Puragrasa.
3. Cepíllese los dientes con la pasta dentífrica Sonrisa.
4. Disfrute de la vida navegando en el crucero Isla Flotante.
5. No se pierda la película *No me mate.*
6. Rebaje de peso con Vidacorta.
7. Déle a ella el regalo que nunca olvidará, el perfume Mofeta.
8. Vuele con la aerolínea Alarrota.

C   Una conversación

R. ¡No me diga! (¡Imagínese!)
R. Tome Ud.
G. Hágame el favor (Acuérdese); se olvide
R. No se preocupe.
G. Escúcheme; Tenga cuidado.
R. No se preocupe.
R. dígame
R. ¡No me diga!

D   La tarea para mañana

1. A: ¡Sí, prepáralo!
   B: ¡No, no lo prepares!
2. A: ¡Sí, léelo!
   B: ¡No, no lo leas!
3. A: ¡Sí, hazla!
   B: ¡No, no la hagas!
4. A: ¡Sí, vete a la biblioteca!
   B: ¡No, no te vayas a la biblioteca!
5. A: ¡Sí, escríbela!
   B: ¡No, no la escribas!
6. A: ¡Sí, estúdialos!
   B: ¡No, no los estudies!
7. A: ¡Sí, explícasela!
   B: ¡No, no se la expliques!
8. A: ¡Sí, tráelo!
   B: ¡No, no lo traigas!

E   Si pudieran hablar...

1. ¡No me molestes!
2. ¡No me eches (a mí) la culpa de tus errores!
3. ¡Llama al servicio de computadoras porque no me siento bien!
4. ¡No te pongas agitado cuando no funciono bien!
5. ¡Acaríciame!
6. ¡Dame lo que tienes en tu plato!
7. ¡Báñame!
8. ¡Déjame dormir en el sofá!
9. ¡Ten paciencia conmigo!

F **El ángel y el diablo** (*Possible answers.*)

1. A: ¡Devuélvele algunos billetes!
   D: ¡Sal rápidamente!
2. A: ¡Rechaza su oferta!
   D: ¡Acepta la tarjeta!
3. A: ¡Come el pescado!
   D: ¡Deja el pescado en el plato!
4. A: ¡Discúlpate y vete al cuarto de baño!
   D: ¡No tengas vergüenza de sacártelo en la mesa!
5. A: ¡No hables de política!
   D: ¡Pelea constantemente!
6. A: ¡Sal en seguida!
   D: ¡Pide un porro!
7. A: ¡Enséñale a bailar!
   D: ¡Baila con otro/a!
8. A: ¡Levántate y ofrécele tu asiento!
   D: ¡No le prestes atención!

G **¡Mejoremos nuestra ciudad!**

1. ¡Seamos buenos ciudadanos!
2. ¡Mantengamos limpia nuestra ciudad!
3. ¡No nos olvidemos de tirar la basura en la canasta!
4. ¡Cuidemos nuestros parques!
5. ¡No malgastemos energía!
6. ¡No contaminemos el aire!
7. ¡Acordémonos de respetar los derechos de los otros!
8. ¡Votemos por el mejor candidato!

H **Que lo haga otro**

1. Que lo batee Sammy Sosa.
2. Que cante Plácido Domingo.
3. Que actúe Jennifer López.
4. Que lo toque Alicia de Larrocha.
5. Que la dirija Pedro Almodóvar.
6. Que lo dé Fidel Castro.
7. Que la escriba Isabel Allende.
8. Que te la explique el/la profesor/a de español.

I **Tarjetas** (*Answers will vary. Indirect commands.*)

1. ¡Que (nos) des a todos el secreto de la felicidad!
2. ¡Que tengas un buen viaje!
3. ¡Que lo pases bien!

4. ¡Que realices tus sueños!

5. ¡Que te mejores pronto!

6. ¡Que seas mi enamorado/a para siempre!

7. ¡Que tengas paz y dicha!

8. ¡Que sean felices! (¡Que sea feliz!)

J **¿Dónde trabajan?** (*Possible answers.*)

1. en el sanatorio (el laboratorio, la clínica, el consultorio)

2. en el estudio

3. en el consultorio (la clínica, el sanatorio)

4. en el estudio (el taller)

5. en el laboratorio (la oficina, la sociedad anónima, la universidad, la fábrica, la compañía)

6. en el taller (el estudio)

7. en el colegio (la escuela de segunda enseñanza)

8. en el laboratorio (la universidad, la compañía)

9. en el estudio (la compañía, la empresa, la sociedad anónima, la universidad)

10. en la universidad (la escuela de segunda enseñanza)

11. en el bufete (la compañía, la empresa, la sociedad anónima)

12. en la universidad (el laboratorio, la compañía, la sociedad anónima)

13. en el sanatorio (la clínica)

14. en el consultorio (el sanatorio, la clínica)

15. en la clínica

❖ **EN RESUMEN. Una campaña de publicidad** (*Answers will vary.*)

CAPÍTULO 18

A **Un discurso de campaña**

1. (No) Quiero que Uds. (no) crean las mentiras de la oposición.

2. Quiero que los ciudadanos de este país paguen sus impuestos.

3. Quiero que la pobreza desaparezca en este país.

4. Quiero que este país llegue a ser un poder mundial.

5. Quiero que nuestra juventud tenga más oportunidades.

6. Quiero que nosotros seamos un país democrático.

7. Quiero que Uds. sepan que soy el mejor candidato.

8. Quiero que Uds. vayan a las urnas y voten por mí.

B **¡Todos quieren algo!** (*Answers will vary. Questions.*)

1. ¿Qué quieren tus amigos que hagas?

2. ¿Qué quiere tu pareja que hagas?

3. ¿Qué quiere tu compañero/a de cuarto que hagas?

4. ¿Qué quieren tus profesores que hagas?

5. ¿Qué quiere tu jefe/a que hagas?

6. ¿Qué quiere la compañía de teléfonos que hagas?

7. ¿Qué quiere MTV que hagas?

8. ¿Qué quieren las compañías de tarjetas de crédito que hagas?

C   **Y tú, ¿qué quieres?** (*Answers will vary. Questions.*)

1. ¿Qué quieres que hagan tus padres?

2. ¿Qué quieres que haga tu pareja?

3. ¿Qué quieres que hagan tus amigos?

4. ¿Qué quieres que hagan tus profesores?

5. ¿Qué quieres que haga tu jefe/a?

6. ¿Qué quieres que hagan los productores de programas de televisión?

7. ¿Qué quieres que haga el Congreso de este país?

8. ¿Qué quieres que haga el presidente de este país?

D   **Comentarios** (*Answers will vary.*)

1. Es bueno que ese candidato no haya llegado a ser presidente.

2. Es interesante que ni su mamá haya votado por él.

3. Es una lástima que él haya metido la pata.

4. Es fantástico que nuestro candidato haya ganado.

5. Es importante que la mayoría de los ciudadanos haya ido a las urnas.

6. Es malo que una minoría no haya tenido interés en las elecciones.

E   **Las noticias recientes** (*Answers will vary.*)

F   **El pretérito**

1. saltaron	12. vinieron
2. escaparon	13. quitaron
3. murieron	14. construyeron
4. comenzaron	15. visitaron
5. desaparecieron	16. vieron
6. se quedaron	17. prometieron
7. fueron	18. hicieron
8. trataron	19. sacaron
9. llevaron	20. supieron
10. trajeron	21. contribuyeron
11. olieron	

G   **Consejos**

1. Les dijeron a las víctimas que no tocaran los escombros.

2. Les dijeron a las víctimas que fueran al hospital provisorio si no se sentían bien.

3. Les dijeron a las víctimas que no entraran en sus casas.

4. Les dijeron a las víctimas que durmieran en las tiendas de campaña.

5. Les dijeron a las víctimas que hicieran cola cuando distribuyeran alimentos.

6. Les dijeron a las víctimas que no se preocuparan por los temblores pequeños.

7. Les dijeron a las víctimas que no tuvieran miedo.

8. Les dijeron que enterraran a los muertos lo más pronto posible.

H **¿Qué te dijeron?**

1. A: que no cruzara la calle solo/a.
   B: que leyera un libro en vez de mirar la televisión.
2. A: que comiera las verduras.
   B: que no le diera mi comida al perro.
3. A: que jugara bien con otros niños.
   B: que no peleara con ellos.
4. A: que invitara a mis amigos a casa.
   B: que fuera respetuoso/a.
5. A: que dijera «no» a las drogas.
   B: que les hablara cuando tuviera problemas.
6. A: que practicara los deportes.
   B: que hiciera la tarea.
7. A: que me dedicara a los estudios.
   B: que pensara en el futuro.
8. A: que volviera a casa a la hora designada.
   B: que no asistiera a fiestas donde sirvieran bebidas alcohólicas.

I **Esperanzas** (*Answers will vary.*)

J **La cena**

1. ¿Me pudiera Ud. alcanzar el salero?
2. ¿Quisiera Ud. que yo pida más pan?
3. Ud. debiera usar ese tenedor, no éste.
4. Quisiera saber dónde están los servicios.
5. ¿Me pudiera decir cuándo comienzan los discursos?

K **¡Ojalá!**

1. Ojalá que el romance no hubiera terminado así.
2. Ojalá que ella no lo hubiera matado.
3. Ojalá que la viejita no se hubiera muerto.
4. Ojalá que el médico hubiera llegado a tiempo.
5. Ojalá que Estela hubiera encontrado a otro novio.

6. Ojalá que Ramón hubiera expresado sus sentimientos.

7. Ojalá que ellos hubieran vivido felices para siempre.

8. Ojalá que nosotras hubiéramos grabado una cinta del último episodio.

L **Si las cosas hubieran sido diferentes**

1. Si los novios se hubieran casado, el romance no habría terminado así.

2. Si él no se hubiera ido con otra, ella no lo habría matado.

3. Si ella no hubiera tenido celos, él no habría sido mujeriego.

4. Si el médico hubiera llegado a tiempo, la mamá de él habría estado viva ahora.

5. Si Estela hubiera encontrado otro novio, todo esto no habría pasado.

6. Si Ramón hubiera expresado sus sentimientos, Estela y Ramón habrían estado juntos ahora.

7. Si ellos hubieran vivido felices para siempre, habría sido más romántico.

8. Si hubiéramos tenido una videocasetera, habríamos podido grabar el último episodio para verlo otra vez.

M **El próximo paso**

1. siguiera; hiciera

2. tener

3. trabajara; supiera; estudiara; fuera; se ganara; haga

4. quiera; sea; pueda; sea

5. acompañe; sea; se diviertan; aprendan; tener; ocurra; salgan

6. viajen; pida; diga

N **Y tú, ¿qué opinas?** (*Answers will vary.*)

O **Un minidrama** (*Answers will vary.*)

1. Cueste lo que cueste

2. Que yo sepa

3. quieras o no quieras (pase lo que pase)

4. Sea lo que sea (Quieras o no quieras; Pase lo que pase)

5. Que te vaya bien.

❖ **EN RESUMEN. Una oportunidad magnífica**

1. sepa	7. tenga	13. llamara
2. haya	8. haya	14. pudiera
3. pudiera	9. tengas	15. hablara
4. supiera	10. envíes	16. tenga
5. llames	11. hubiera	17. pueda
6. sepa	12. mencionara	18. tenga

19. se adapte	31. hablemos	43. lleguemos
20. hable	32. haya	44. llegues
21. pueda	33. tengas	45. espéranos
22. sepa	34. traigas	46. se demore
23. desaparezcan	35. necesites	47. tenga
24. llegaran	36. sepa	48. fuera
25. sepamos	37. comiences	49. hiciera
26. vaya	38. pudiera	50. conociera
27. puedas	39. hayamos juntado (juntemos)	51. pagaran
28. sea	40. esté	52. tuviera
29. paguemos	41. encontremos	
30. sea	42. nos reunamos	

CAPÍTULO 19

A   **Sugerencias, recomendaciones, deseos, etc.** (*Possible conjugations of the verbs in the dependent clauses.*)

1. estudien (estudiaran)
2. siga (siguiera)
3. entreguen (entregaran)
4. vayan (fueran); voten (votaran)
5. acerquemos (acercáramos)
6. sirvamos (sirviéramos)
7. tomen
8. se vistan

B   **Manual de cortesía** (*Impersonal expressions will vary.*)

1. Es fundamental apagar (que Ud. apague) su teléfono celular...
2. Es importante responder (que Ud. responda) en voz baja...
3. Es preferible dejar (que Ud. deje) mensajes cortos e informativos...
4. Conviene dar (que Ud. dé) su nombre y número de teléfono...
5. Más vale no enviar (que Ud. no envíe) mensajes secretos...
6. Es mejor escribir (que Ud. escriba) mensajes breves...
7. Conviene no usar (que Ud. no use) la computadora de su oficina...
8. Es esencial no leer (que Ud. no lea) mensajes de correo electrónico...

C   **Su universidad** (*Answers will vary.*)

D   **La noche de los Óscares**

1. hayan dado
2. haya reconocido
3. hubieran asistido
4. haya propuesto
5. hubiera recibido
6. se hubiera prolongado

E   **Una película de horror**

1. E: Me molestaba que los chicos gritaran durante la película.
   H: Era inevitable que los chicos se asustaran.

2. E: Espero que el cine no permita que chicos menores de 18 años vean la película.
   H: Sería mejor que la gerencia les pidiera una prueba de su edad.

3. E: Me extraña que estas películas tengan (hayan tenido) tanto éxito.
   H: Sí, es curioso que a la gente le gusten estas películas.

4. E: Tenía miedo de que el vampiro se comiera a los niños en la película.
   H: Habría sido más justo que se comiera (se hubiera comido) al productor de la película.

5. E: Yo temía que la película no terminara nunca.
   H: Fue una lástima que nosotros gastáramos dinero en una tontería como ésa.

6. E: ¿No te parece curioso que a la gente le guste asustarse?
   H: No, no es nada raro que el público busque lo sensacional.

F   **Costumbres diferentes** (*Expressions will vary.*)

1. A: Me molesta que muchos españoles cenen después de las nueve de la noche.
   B: ¿Sí? A mí no me molestaba que los españoles cenaran después de las nueve de la noche.

2. A: No me gusta que en los restaurantes no sirvan agua gratis, sino que haya que pedir una botella de agua y pagarla.
   B: ¿Sí? A mí me pareció normal que en los restaurantes no sirvieran agua gratis sino que hubiera que pedir una botella de agua y pagarla.

3. A: Me gusta que casi todos tomen vino con la comida.
   B: ¿Sí? A mí me gustaba también que casi todos tomaran vino con la comida.

4. A: Me extraña que la comida fuerte sea el almuerzo.
   B: ¿Sí? A mí me pareció natural que la comida fuerte fuera el almuerzo.

5. A: Es curioso que el servicio se incluya en la cuenta y que los españoles dejen propinas más pequeñas que las que dejan los norteamericanos.
   B: Pues a mí me gustó que el servicio se incluyera en la cuenta y que los españoles dejaran propinas más pequeñas que las que dejan los norte-americanos.

6. A: Es sorprendente que en la mayoría de los restaurantes no haya una sección reservada para los no fumadores.
   B: Sí, a mí también me sorprendió que en la mayoría de los restaurantes no hubiera una sección reservada para los no fumadores.

7. A: Me parece natural que en los cafés un chico pueda tomar un helado mientras sus padres toman una bebida alcohólica.
   B: ¿Sí? A mí me resultó sorprendente que en los cafés un chico pudiera tomar un helado mientras sus padres tomaban una bebida alcohólica.

8. A: No me extraña que coman platos que nunca había comido, como callos y angulas.
   B: Sí, yo me alegré de que comieran platos que nunca había comido.

G   **Y tú, ¿qué opinas?** (*Answers will vary.*)

H   **¿En qué está metido?** (*Possible answers.*)

1. c
2. b
3. i
4. d
5. f, h

6. a
7. g, j
8. k
9. f
10. e

❖   **EN RESUMEN. La mujer moderna**

1. trabajan
2. opinan
3. son
4. cambie
5. tomemos
6. pase (pasara)
7. comparta (compartiera)
8. apoya (apoyó)
9. trata (trataba)
10. haya (hubiera)
11. hayan
12. tengamos
13. alcance
14. trabaje
15. aprenda
16. defina
17. pida
18. se convierta
19. haga
20. reconozcamos
21. tiene
22. haya
23. reconocen
24. apoyan
25. trabaja

26. sea
27. funcione
28. esperen
29. sea
30. hay
31. cumplen
32. puedan
33. era
34. desempeñaran
35. creer
36. estaban
37. quedarse
38. nos olvidemos
39. nos recordemos
40. sea
41. hagamos
42. lavaran
43. plancharan
44. cosieran
45. prepararan
46. limpiaran
47. sigan
48. participen
49. sirvan

CAPÍTULO 20

A **¡No estoy de acuerdo!** (*Answers will vary.*)

1. A: Es verdad que muchos ciudadanos no votan.
   B: ¡No estoy de acuerdo! No es verdad que muchos ciudadanos no voten.
2. A: Es evidente que un candidato necesita mucho dinero.
   B: ¡No estoy de acuerdo! No es evidente que un candidato necesite mucho dinero.
3. A: Era obvio que antes no había buenos candidatos.
   B: ¡No estoy de acuerdo! No era obvio que antes no hubiera buenos candidatos.
4. A: Era claro que el público antes votaba por el candidato según su carisma.
   B: ¡No estoy de acuerdo! No era claro que el público antes votara por el candidato según su carisma.
5. A: Es evidente que nuestro sistema de elecciones tiene defectos.
   B: ¡No estoy de acuerdo! No es evidente que nuestro sistema de elecciones tenga defectos.
6. A: Tal vez algunas personas capaces no se presenten como candidatos.
   B: [*Possible answer:*] ¡No estoy de acuerdo! Tal vez algunas personas capaces se presenten como candidatos.
7. A: Quizás todos los políticos sean corruptos.
   B: [*Possible answer:*] ¡No estoy de acuerdo! No está claro que todos los políticos sean corruptos.
8. A: Tal vez el candidato haya fumado marijuana durante sus días estudiantiles.
   B: [*Possible answer:*] No creo que ningún candidato haya fumado marijuana durante sus días estudiantiles.

B **Y tú, ¿qué opinas?** (*Answers will vary.*)

C **Supersticiones** (*Answers will vary.*)

D **Recuerdos de la niñez**

1. Cuando tenía 5 años, estaba seguro/a de que Santa Claus me traía los regalos, pero cuando yo tenía 10 años, ya no creía que Santa Claus me trajera los regalos.
2. Cuando tenía 5 años, yo creía que los Reyes Magos me traían los regalos que recibía. Pero cuando tenía 10 años, ya no creía que ellos me trajeran los regalos.
3. Cuando tenía 5 años, yo suponía que los conejos escondían los huevos de Pascua. Pero cuando tenía 10 años, ya no creía que los conejos los escondieran.
4. Cuando tenía 5 años, yo creía que mi padre era el hombre más fuerte del mundo, pero cuando tenía 10 años, ya no creía que mi padre fuera el hombre más fuerte del mundo.
5. Cuando tenía 5 años, yo suponía que había monstruos debajo de mi cama. Pero cuando tenía 10 años, ya no creía que hubiera monstruos debajo de mi cama.

6. Cuando tenía 5 años, yo creía que el hada de dientes me dejaba sorpresas debajo de la almohada. Pero cuando tenía 10 años, ya no creía que un hada me dejara sorpresas debajo de la almohada.

7. Cuando yo tenía 5 años, yo creía que sería bombero algún día, pero cuando tenía 10 años ya no creía que yo fuera bombero.

8. Cuando tenía 5 años, yo creía que Barbie era la mujer ideal. Pero cuando yo tenía 10 años ya no creía que Barbie fuera la mujer ideal.

E   No pasó nada

1. No, no tiene ningún mensaje.

2. No, no le llegó ninguna carta.

3. No, no vino nadie a verla.

4. No, no llamó ni el contador ni el abogado.

5. No, nunca la llamó ningún cliente.

6. No, todavía no ha llegado el fax que esperaba.

7. No, tampoco llegaron los documentos que había pedido.

8. No, no pasó nada.

F   El monumento

1. Ninguno
2. nadie
3. nunca (jamás)
4. ni ... ni

5. Ni siquiera (Ni)
6. nadie
7. nada
8. tampoco

G   ¿Qué tienen? ¿Qué quieren?

1. deja; fuma; pasa; limpia; odia; paga; toca; sea; pague; fume; gusten; toque

2. ha; se lleva; sabe; llega; toma; tenga; haya; sepa; quiera

3. diera; estuviera; ofreciera; pudiera; queda; permite; paga; aprende

4. sirviera; tuviera; fuera; atrajera; se ponga; esté; sepa; desee

5. gustaba; tenía; entraba; podían; era; venda; tenga; esté; sea; necesite

H   Avisos clasificados

1. quieran; deseen; sean; lleven

2. estén; sean

3. teman; quieran; tengan; sean; sepan; se aburran

4. sepa; pueda; haya; sea; tenga

5. *Answers will vary.*

I   Gente ejemplar

1. No conozco a nadie que haga tortas como las de mi mamá.

2. No conozco a nadie que haya jugado al golf como Sergio García.

3. No conozco a nadie que sea tan rico como Bill Gates.

4. No conozco a nadie que cante como Plácido Domingo.

5. No conozco a nadie que dé palpitaciones del corazón como Antonio Banderas.

6. No conozco a nadie que lance la pelota como Pedro Martínez.

J   **¿Qué dices cuando...?**

1. b (c)	4. a (b)	7. c
2. b	5. a (b)	8. a
3. b (a)	6. a (b)	9. c (a)

❖   **EN RESUMEN. Un aviso clasificado**

1. puedan	12. hagan	23. ningún
2. tiene(n)	13. se cansen	24. consiga
3. realice	14. tengan	25. Ningunas
4. coordine	15. sepan	26. ni siquiera
5. tengan	16. hayan	27. Tampoco
6. posean	17. ninguna	28. ningún
7. tener	18. sean	29. estén
8. sean	19. tengan	30. ni
9. sean	20. tendrán	31. ni
10. sepan	21. esté	
11. puedan	22. pidan	

CAPÍTULO 21

A   **¡Su atención, por favor!**

1. se sientan
2. recibimos
3. se apague (se haya apagado)
4. siga
5. estén
6. comenzó (había comenzado); salga (haya salido)
7. hayamos
8. aterrizó; haya

B   **¿Cuándo?** (*Answers will vary.*)

C   **El último grito**

1. pueda	5. entreguen
2. compre	6. sea
3. tengan	7. moleste
4. sean	8. haya

Capítulo 21

D **Expresiones famosas** (*Answers will vary. Sentences with the adverbial clauses of purpose or concession.*)

1. No te permito comer el postre hasta que tomes la sopa.
2. No le debes pegar al otro chico salvo que él te pegue primero.
3. No te daré el coche para ir a la fiesta a menos que me prometas no tomar ninguna bebida alcohólica.
4. No te daremos el coche sin que nos digas con quién te vas a la fiesta.
5. Llámame en caso de que tengas problemas con el coche.
6. Te dejaremos salir esta noche a condición de que vuelvas a casa antes de medianoche.
7. Cuéntanos lo que te pasó con el coche a fin de que sepamos qué decir cuando llame la compañía de seguros.
8. Abrígate bien para que no te enfermes.

E **Entrevista con un ecólogo** (*Answers will vary.*)

F **El atasco**

1. corriendo
2. anda (funciona)
3. correr
4. anda (funciona)
5. se extiende
6. ande (funcione)
7. presenta su candidatura (aspira a); me tropecé
8. dirige (administra)
9. me acaba
10. atropella (atropelló)
11. A la larga

❖ **EN RESUMEN. Para combatir la contaminación**

1. vaya	11. puedan	21. circulen	31. contar
2. nos asfixiemos	12. vayan	22. están	32. sean
3. pensemos	13. haya	23. circulen	33. se extiendan
4. desarrollen	14. sean	24. lleven	34. se cansen
5. cause	15. se hayan movido	25. variara	35. se den
6. construyan	16. viajemos	26. entraran	36. tienen
7. diseñen	17. contaminemos	27. salieran	37. está
8. construyan	18. cooperen	28. construyeran	
9. alivien	19. apoyen	29. mejoraran	
10. sirva	20. entrar	30. llevemos	

CAPÍTULO 22

A **La tecnología moderna**

1. esté
2. haya
3. tenga
4. se encuentre

5. esté
6. desee; llame
7. quiera
8. haya avanzado

B **El cine**

1. hubiera terminado
2. se hubieran trasladado
3. fueran
4. supieran

5. fuera
6. fuera
7. tuviera
8. acabaran

C **Situaciones hipotéticas**

1. fueras; vieras; harías
2. pudieras; escogerías
3. tuvieras; aceptarías
4. ganara; se sugerirías

5. hallaras; pedirías
6. ofreciera; acompañarías
7. diera; harías
8. tuvieras; llevarías

D **Comentarios comunes y corrientes**

1. hubiera estado; habría hecho
2. hubiera dicho; habría contestado
3. me hubiera encontrado; habría salido
4. hubieras escuchado; habría pasado
5. hubiera contestado; se le habría quemado
6. hubieras visto; habríamos tenido

E **¿Y tú?** (*Answers will vary. Conjugations of the verbs in the **si** clauses.*)

1. pudiera; escogería
2. pudiera; gustaría
3. fuera; querría

4. fuera; gustaría
5. pidieran; elegiría
6. tuviera; iría

F **Vamos a ver**

1. ofrece; haremos (hacemos)
2. es; haremos (hacemos)
3. dice; tenemos
4. está; tomaremos (tomamos)

5. tiene; podemos (podremos)
6. encuentra; presta (prestará)
7. gustaría; figura
8. podemos (podremos); vamos

G **Situaciones**

1. Que echan de menos a sus padres (a su casa).
2. Echan la casa por la ventana.

3. Le echa la culpa al perro.
4. Echar una siesta.
5. Porque quiere echar una mirada.
6. ¿Le podríamos echar una mano?
7. Se echaron a perder, así que tendrá que echarlas a la basura.
8. Echa leña al fuego.

❖ EN RESUMEN. Bungee jumping

1. me echo; me echaría (dependa; dependiera)
2. quiera
3. estuviera
4. haré
5. supiera; mataría
6. me echo (me echaré)
7. hubiera; habría
8. tengas
9. fascine
10. haría; ofrecieran
11. tuviera; ...

CAPÍTULO 23

A La Navidad o el Día de los Reyes Magos

1. En esta caja tengo la corbata que compré para mi papá.
2. Éstas son las tarjetas que les voy a mandar a mis amigos.
3. Hice copia de las fotos que quiero regalarles a mis abuelos.
4. He escrito una lista de las cosas que quiero recibir.
5. En este paquete hay algo para el vecino, quien (que) me hizo un gran favor.
6. Ya he comprado los juguetes que quieren mis sobrinos.
7. Este aroma tan lindo es del perfume que me dieron de muestra en la tienda.
8. Y esta caja es para mis amigos estadounidenses, quienes (que) se dan regalos el 25 de diciembre.

B Noticias del periódico estudiantil

1. La profesora López, quien acaba de volver de la selva amazónica, va a dar una conferencia sobre sus investigaciones.
2. Los músicos, quienes son del Perú, interpretan música folklórica esta noche en el auditorio.
3. Miguel Hernández y Celestina Leyva, quienes han recibido becas Fulbright, se gradúan en mayo.
4. Los estudiantes estadounidenses, quienes van a pasar un año en esta universidad, llegaron ayer.

5. ¡Imagínate! El profesor Jiménez y la profesora Uriarte, quienes son profesores de historia, nos dieron una clase del baile «swing».

6. Horacio Gutiérrez, quien se graduó de esta universidad en 1998, fue llamado a formar parte del equipo nacional de fútbol.

7. La semana pasada dos ex alumnos de esta universidad, quienes se habían especializado en español, hablaron de sus carreras.

8. El lunes el rector, quien había ido a un congreso en los Estados Unidos, volvió a la universidad.

C **La quiebra**

1. La Srta. Alfaro, la cual (quien, que) siempre hablaba por teléfono con su novio, no atendió a los clientes.

2. El Sr. Murillo, quien (el cual, que) era jefe de ventas, siempre tomaba de una botella...

3. El presidente de la compañía, el cual (quien, que) era el hijo del fundador, viajaba por el mundo con su novia.

4. La señora Vargas, quien (la cual, que) se escapó con los fondos, era la contadora.

5. Las secretarias, las cuales (quienes, que) llegaban tarde y salían temprano, nunca aprendieron a usar las computadoras.

6. Los clientes, los cuales (quienes, que) habían tenido ya mucha paciencia, se cansaron de esperar la entrega de sus pedidos.

7. La gente del servicio de limpieza, la cual (que) se encargaba de limpiar las oficinas, descubrió la botella que el Sr. Murillo tenía guardada.

8. Algunos acreedores, los cuales (quienes, que) no tenían confianza en la compañía, reclamaron su dinero.

D **Preguntas**

1. B: ¿Cuál? ¿La que lleva pantalones o la que lleva una falda?

2. B: ¿Cuáles? ¿Los de esta clase o los de todas las clases?
   (¿Los que son para esta clase o los de todas las clases?)

3. B: ¿Quién (Cuál)? ¿El que duerme en la clase o el que contesta todas las preguntas?

4. B: ¿Cuál? ¿El/La que tengo este semestre o el/la que tenía (tuve) el semestre pasado?

5. B: ¿Cuál? ¿La que tenemos que escribir para la clase de español o la que tenemos que escribir para la clase de inglés?

6. B: ¿Cuál? ¿El que me enviaste ayer o el que me enviaste anteayer?

E **¡Coleccionistas todos!**

1. la cual (la que)
2. los cuales (los que)
3. la cual (la que)
4. los cuales (los que)
5. las cuales
6. los cuales
7. el cual
8. *Answers will vary.*

F El cóctel

1. cuyo
2. cuyo
3. cuyos
4. cuya
5. donde
6. cuyas

G ¿De veras? (*Answers will vary.*)

H La fiesta de cumpleaños

1. Isabelita; regalito
2. besito; abuelitos
3. Paquito; guapito
4. chiquitos; angelitos
5. amiguito Carlitos
6. abuelitos; casita; muñequitos
7. Susanita; sonrisita
8. osito; animalito
9. Pablito; pedacito; vasito
10. cucharita; despacito
11. velitas
12. Ratoncito Miguelito
13. grandote y feucho
14. pobrecito

❖ EN RESUMEN. La telenovela

1. las que
2. donde (en donde)
3. las que
4. los que
5. las que
6. que
7. las que
8. los que
9. los que
10. que
11. lo que
12. que
13. el cual (quien)
14. que
15. la que
16. el que
17. la cual (quien)
18. el que
19. cuyo
20. que

CAPÍTULO 24

A ¿Qué hicieron? ¿Qué hacían?

1. El médico le aconsejó a Pavarotti rebajar de peso.
2. Donald Trump decidió no ser candidato.
3. El gobierno prohibió vender y fumar marijuana.

4. Los payasos hicieron reír a los chicos.
5. El mecánico intentó arreglar mi coche.
6. Nosotros queríamos votar cuando cumplimos 18 años.
7. Los pilotos esperaron (esperaban) recibir instrucciones de la torre de control.
8. Yo pensaba...

B   **Etapas de la vida** (*Answers will vary.*)

C   **La rutina** (*Answers will vary.*)

1. Nunca salgo de casa sin tomar el desayuno.
2. Siempre me cepillo los dientes después de ducharme.
3. Casi siempre hago ejercicio a pesar de no tener tiempo.
4. Nunca miro la televisión hasta después de hacer mi trabajo.
5. Llevo siempre un suéter en caso de tener frío.
6. A menudo salgo con mis amigos para divertirme.
7. Siempre salgo después de terminar con todo mi trabajo.
8. Todos los días tengo que trabajar.

D   **Gustos y capacidades** (*Answers will vary.*)

E   **Reacciones y opiniones** (*Answers will vary.*)

F   **¡Tanto tiempo!** (*Answers will vary. Questions.*)

1. ¿Sigues (Continúas) saliendo con el/la mismo/a chico/a?
   Sí, sigo (continúo) saliendo con el/la mismo/a chico/a.
2. ¿Sigues (Continúas) estudiando español?
   Sí, sigo (continúo) estudiando español. (Sí, sigo [continúo] estudiándolo.)
3. ¿Sigues (Continúas) viviendo con tus padres?
   Sí, sigo (continúo) viviendo con mis padres.
4. ¿Sigues (Continúas) trabajando en el mismo lugar?
   Sí, sigo (continúo) trabajando en el mismo lugar.
5. ¿Sigues (Continúas) manejando el mismo coche?
   Sí, sigo (continúo) manejando el mismo coche. (Sí, sigo [continúo] manejándolo.)
6. ¿Sigues (Continúas) siendo miembro del mismo club?
   Sí, sigo (continúo) siendo miembro del mismo club.

G   **El concierto de la orquesta sinfónica**

1. siguen afinando
2. siguen llegando y buscando sus asientos
3. llegan corriendo

4. continúan hablando
5. sigue aplaudiendo y pidiendo
6. van saliendo
7. andan buscando
8. sale tarareando

H **Durante la telenovela**

1. Mirando la...
2. Escuchando los gritos...
3. Oyendo los ladridos...
4. Comiendo un montón...
5. Viendo el sofá, mamá...
6. Buscando el control...

I **¡A Latinoamérica!**

1. aburrimiento; aburrido; aburrirse
2. interesa; interés; interesantes
3. encantar; encantadores; encanto
4. la fascinación; fascinante; fascinando
5. cambiante; cambios; cambie
6. agotarse; agotador; el agotamiento
7. exige; comprender; exigente; comprensivo; las exigencias; la comprensión
8. determina; determinante; determinación
9. creciendo; crecimiento; creciente
10. choque; choca; chocantes
11. deprimente; la depresión; deprimirse
12. desalentarse; desalentadores; el desaliento

EN RESUMEN. ¡Bienvenidos a la Internet!

1. tener
2. tener
3. tener
4. aprender
5. hacer
6. buscar
7. divirtiéndose
8. hacer
9. conseguir
10. encontrarlo
11. averiguar
12. hacer
13. imaginar
14. pensando
15. Obtener
16. renovar
17. mantener
18. hacer
19. salir
20. caminando
21. comparando
22. divertirse
23. mirar
24. investigando
25. obtener
26. Mantenerse
27. comprar
28. mirar
29. prender
30. leer
31. leyendo
32. practicando
33. buscando
34. conocer
35. tomar
36. salir
37. hacer
38. arreglar
39. buscar
40. descansar
41. divertirse
42. pasar
43. mirando
44. hacer

Spanish-English Vocabulary

The vocabulary in this glossary gives only the definitions of the words in the context in which they are used. It does not contain any of the following: conjugated verbs, words that appear in most first-year Spanish texts, and exact and near cognates.

Abbreviations

adj.	adjective
adv.	adverb
Arg.	Argentina
f.	feminine
fam.	familiar
m.	masculine
Mex.	Mexico
pl.	plural
sing.	singular
Sp.	Spain

A

a base de	based on
a condición de	on the condition that
a continuación	below, continuation, following
a diferencia de	unlike, contrary to
a eso de	around, about
a fin de cuentas	after all, when all is said and done
a fin de que	in order that
a fondo	in depth
a la larga	in the long run
a la vez	at the same time
a la vuelta	around the corner, nearby
a lo mejor	perhaps
a menos que	unless
a menudo	often, frequently
a no ser que	unless
a partir de	after
a pesar de	despite, although
a pie	on foot
a tiempo	on time
a través de	through, over
a veces	sometimes
abajo	below, downstairs
hacia abajo	downward
abandonar	to abandon, drop out
abogado/a *m./f.*	lawyer, attorney
abordar	to board (a plane, ship)
abrazar	to hug, embrace
abrazo *m.*	hug, embrace
abrigarse	to bundle up
abrigo *m.*	overcoat
abrir	to open
abrochar(se)	to buckle (up)
abuelo/a *m./f.*	grandfather/grandmother, (*pl.*) grandparents
aburrimiento *m.*	boredom
aburrir(se)	to be bored
acá	here
por acá	around here
acabar(se) (de)	to run out of; to have just + *inf.*
acampar	to camp
acariciar	to caress
acaso	perhaps, maybe
acción *f.*	stock (of a company)
aceite *m.*	oil
acerca de	about
acercarse	to approach
aclarar	to state, say
acomodador/a *m./f.*	usher
acomodar	to put away
acompañante *m./f.*	companion, escort
acompañar	to accompany
aconsejar	to advise
acordarse (ue) (de)	to remember, recall
acostar (se) (ue)	to put (go) to bed
acostumbrar(se) (a)	to become accustomed to
acreedor/a *m./f.*	creditor
actitud *f.*	attitude
actriz *f.*	actress

A

actual (*adj.*)	nowadays; the present	al mismo tiempo	at the same time
actuar	to act	al principio	at the beginning, at first
adecuado/a	adequate	al revés	backward, inside-out
adelante (de)	ahead, forward, in front of	al tanto	up-to-date
adelanto *m.*	advance	ala *f.*	wing
además	furthermore	ala delta	hang glider
adentro	inside, within	alcance *m.*	reach
adivinar	to guess	alcanzar	to reach, to achieve
aduana *f.*	customs	alcoba *f.*	bedroom
advertir (ie)	to warn	alegrar(se) (de)	to be glad (happy)
aeromozo/a *m./f.*	cabin steward(ess)	alegría *f.*	happiness
aeropuerto *m.*	airport	alentar (ie)	to encourage
afecto *m.*	affection	alentador/a	encouraging
afeitar(se)	to shave	alfombra *f.*	carpet, rug
aficionado/a *m./f.*	fan, devotee	algo	something, somewhat, rather, a bit
afinar	to tune	alguien	somebody, someone
afligido/a	afflicted	algún/a	some
afortunado/a	fortunate, lucky	algún día	someday
afuera	out, outside	alguna vez	ever
afueras *f.*	outskirts	alimento *m.*	food
agarrar	to grab, grip	allá	there
agencia de viajes *f.*	travel agency	allí	there
agitado/a	upset, agitated	por allí	around there
agotador/a	exhausting	almacén *m.*	department store, grocery store, warehouse
agotamiento *m.*	exhaustion		
agotar	to exhaust, wear out	almirante *m.*	admiral
agradar	to please	almohada *f.*	pillow
agradecer	to thank	almorzar (ue)	to eat lunch
agregar	to add	almuerzo *m.*	lunch
agrícola (*adj.*)	agricultural	alojamiento *m.*	lodging
agua *f.*	water	alpinista *m./f.*	mountain climber
aguantar	to stand, tolerate	alquilar	to rent
ahí	there	alquiler *m.*	rent
ahora	now	alrededor (de)	around, about
ahora mismo	right away, right now	alto/a	tall, high
aire libre	open air	ama de casa *f.*	housewife
aislado/a	isolated	ama de llaves *f.*	housekeeper
ajedrez *m.*	chess	amable	friendly, kind
ajo *m.*	garlic	amar	to love
al aire libre	open air, outdoor	amarillo/a	yellow
al contrario	on the contrary	ambiente *m.*	atmosphere, surroundings
al lado de	next to		

ambos/as	both
amenazar	to threaten
amistad *f.*	friendship
amo/a *m./f.*	boss
amor *m.*	love
anciano/a *m./f.*	very old man/woman
ancho/a	wide, broad
andar	to walk; run; function
andino/a	Andean
anfitrión/ona *m./f.*	host/hostess
anguila *f.*	eel
animado/a	animated, lively
anoche	last night
anotar	to write down
anteayer	day before yesterday
antepasado/a *m./f.*	ancestor, forebear
anterior	prior, previous
antes (de)	before
antes de nada	first of all
antigüedad *f.*	antiquity, ancient times; antique
antiguo/a	former, ancient
anuncio *m.*	advertisement, announcement
añadir	to add
año *m.*	year
año entrante	next year
apagar	to turn off
aparcamiento *m.*	parking lot
apariencia *f.*	appearance
apenas	hardly, barely, scarcely
apetecer	to appeal
apoderarse (de)	to take over
apoyar	to support
aprender	to learn
aprobar (ue)	to pass, to approve
apropiado/a	appropriate
aprovecharse (de)	to take advantage (of)
apuntes *m.*	notes
aquél	that one
aquí	here
desde aquí	from here
por aquí	around here
árbol *m.*	tree

arduo/a	arduous, hard
arena *f.*	sand
arma *f.*	weapon, gun
armar	to put together
arrancar	to start (car, motor)
arreglar(se)	to fix up
arrepentir(se) (ie)	to repent, regret
arriba	up, above, upstairs
hacia arriba	upward
arroz *m.*	rice
arruinar	to ruin
artesanía *f.*	handicraft
artista *m./f.*	performer, artist
ascendencia *f.*	rise; ancestry
asegurar	to insure; assure
asesinar	to assassinate, kill
asesinato *m.*	assassination, murder
así	like this, like that
así asá, así así	so-so
así que	as soon as
asiento *m.*	seat
asignatura *f.*	course (school)
asistir	to attend
asno *m.*	donkey
aspirante *m./f.*	applicant, candidate
aspirar (a)	to aspire (to); to run for office
asunto *m.*	matter, issue
asustar	to scare, frighten
atacar	to attack
atado/a (a)	tied (to)
ataque *m.*	attack
atasco *m.*	traffic jam
atender (ie)	to tend to, wait on, take care of
atento/a	attentive
ateo/a *m./f.*	atheist
aterrizar	to land (plane)
atracador/a *m./f.*	mugger
atraco *m.*	mugging
atraer	to attract
atrás	back, backward, behind
atrasado/a	delayed
atrever(se)	to dare

B

atropellar	to run over
audífono *m.*	hearing aid
aula *f.*	classroom
aumentar	to increase
aumento *m.*	increase, raise
aun	even
aun cuando	even if, even though
aún	yet
aunque	although, even though, even if
ausencia *f.*	absence
autopista *f.*	toll road
avance *m.*	advance
avanzar	to advance
aventura *f.*	adventure
aventurero/a *m./f.*	adventurer
avergonzado/a	ashamed
averiguar	to inquire, find out
avisar	to notify
avisos	classified ads
ayer	yesterday
ayudante *m./f.*	helper, aide, assistant
ayudar	to help
azafata *f.*	airline stewardess
azúcar *m.*	sugar

B

baile *m.*	dance
bajar (de)	to get off
bajo/a	low, short
balanza *f.*	scale (weight)
balón *m.*	soccer ball
baloncesto *m.*	basketball
balonmano *m.*	handball
bancario/a	banking
bandeja *f.*	tray
bandera *f.*	flag
bañar(se)	to bathe
baño *m.*	bath
cuarto de baño *m.*	bathroom
barato/a	cheap
barbudo/a	bearded
barco *m.*	boat

barco de vela *m.*	sailboat
barra *f.*	bar
barrio *m.*	neighborhood
barroco/a	baroque
bastante	enough, quite
bastón *m.*	cane
basura *f.*	trash, garbage
batata *f.*	sweet potato, yam
batidora *f.*	mixer
bebé/a *m./f.*	baby
bebida *f.*	drink
beca *f.*	scholarship
bello/a	beautiful, lovely
beneficio *m.*	benefit
besar	to kiss
beso *m.*	kiss
biblioteca *f.*	library
bibliotecario/a *m./f.*	librarian
bienes *m.*	worldly goods
bienestar *m.*	well-being
bienvenido/a	welcome
bife *m.*	steak (*Arg.*)
billete *m.*	ticket, bill
billetera *f.*	wallet, billfold
blanco	white
en blanco	blank
boca *f.*	mouth
boda *f.*	wedding ceremony
bolsa *f.*	bag
bolsillo *m.*	pocket
bombero/a *m./f.*	firefighter
borde *m.*	edge
borracho/a	drunk
bosque *m.*	forest, woods
botas *f.*	boots
botella *f.*	bottle
bravo/a	brave, courageous
brazo *m.*	arm
breve	short, brief
brillar	to shine
brindar (por)	to drink (to), to toast
brisa *f.*	breeze
broma *f.*	joke
bronce *m.*	bronze

c

bronceador *m.*	tanning lotion
brujo/a *m./f.*	witch
brusco/a	brusque
bufete *m.*	law office
burlar(se)	to make fun of
buscar	to look for, seek
buzón *m.*	mail box

C

caballero *m.*	gentleman
cabello *m.*	hair
cabeza *m.*	head (company, organization)
cabeza *f.*	head
cada	each
cadena *f.*	chain
caer(se)	to fall
caja *f.*	cashier's desk; box
cajero/a *m./f.*	cashier
cajón *m.*	drawer
calabaza *f.*	pumpkin
calamar *m.*	squid
calcetín *m.*	sock
cálido/a	warm
calmante *m.*	tranquilizer
calor *m.*	heat
calor (*adj.*)	hot
calvo/a	bald
callar(se)	to become quiet, silent
calle *f.*	street
callos *m.*	tripe
camarero/a *m./f.*	waiter/waitress (*Sp.*); chambermaid
cambiante	changing
cambiar	to change
cambio *m.*	change
caminar	to walk
camino *m.*	road
camión *m.*	truck; bus (*Mex.*)
camisa *f.*	shirt
camiseta *f.*	tee shirt, undershirt
campaña *f.*	campaign
campeonato *m.*	championship
campesino/a *m./f.*	rural laborer

campo *m.*	field, countryside
canasta *f.*	basket
canción *f.*	song
cansado/a	tired
cansarse (de)	to get tired (of)
cantante *m./f.*	singer
cantidad *f.*	quantity
caña de azúcar *f.*	sugar cane
capa *f.*	cape
capacidad *f.*	ability
capaz (*adj.*)	capable, competent
capital *m.*	capital, money
capital *f.*	capitol city
capítulo *m.*	chapter
caprichoso/a	temperamental, willful
¡Caramba!	Good heavens!
cardiólogo/a *m./f.*	cardiologist
carecer de	to lack
cargado/a	burdened
cargar	to take responsibility
carie *f.*	cavity (tooth)
cariño *m.*	affection
cariñoso/a	affectionate
carne *f.*	meat
carne de res	beef
caro/a	expensive
carrera *f.*	career; race
carro *m.*	car
carrocería *f.*	auto body
carta *f.*	letter; menu
cartelera *f.*	billboard
casamiento *m.*	wedding
casarse (con)	to get married (to)
casco *m.*	helmet
casi	almost
casi nada	hardly, hardly anything
caso *m.*	case
catarata *f.*	waterfall
católico/a	Catholic
cazador/a *m./f.*	hunter
cazar	to hunt
celda *f.*	cell (jail)
celoso/a	jealous

cenar	to eat supper
censura *f.*	censorship
centavo *m.*	cent
centro comercial *m.*	shopping area, mall
cepillar(se)	to brush
cerámica *f.*	ceramic, pottery
cerca	near
cercanías *f.*	surroundings
cercano/a	nearby
cerveza *f.*	beer
cesar (de)	to stop
césped *m.*	lawn
chaqueta *f.*	jacket
charlar	to chat
cheque de viajero *m.*	traveller's check
chicle *m.*	chewing gum
chico/a *m./f.*	child, kid
chifa *f.*	Chinese restaurant (*Peru*)
chileno/a *m./f.*	Chilean
chimenea *f.*	chimney
chisme *m.*	gossip
chiste *m.*	joke
chocante	shocking
chocar (con)	to bump (into) (physically); shock
choque *m.*	shock; collision
chupar	to suck
chuparse los dedos	to lick one's fingers
churro *m.*	Spanish fritter
ciego/a	blind
cielo *m.*	sky, heaven
cien/to	one hundred
ciencia *f.*	science
científico/a *m./f. (adj.)*	scientist; scientific
cierto/a	certain, sure, beyond doubt
cigarrillo *m.*	cigarette
cima *f.*	summit
cine *m.*	movies
cínico/a	cynical
cinta *f.*	tape, ribbon
cinturón *m.*	belt
cinturón de seguridad *m.*	seatbelt

circo *m.*	circus
círculo *m.*	circle
cirugía *f.*	surgery
cita *f.*	quote, quotation; date
ciudad *f.*	city
ciudadano/a *m./f.*	citizen
ciudadano/a de la tercera edad	senior citizen
claro	of course
clase *f.*	class
cliente *m./f.*	client, customer
clima *m.*	climate
cobrar	to charge, collect
cobre *m.*	copper
cocina *f.*	kitchen
cocinero/a *m./f.*	cook
coco *m.*	coconut
cóctel *m.*	cocktail, cocktail party
coche *m.*	car
coger(se)	to pick up, to grab
coleccionar	to collect
coleccionista *m./f.*	collector
colega *m./f.*	colleague
cólera *m.*	cholera
cólera *f.*	anger
colocar	to place
coma *m.*	coma
coma *f.*	comma
comenzar (ie)	to begin, start
comerciante *m./f.*	business person
comerse las uñas	to bite one's nails
cometa *m.*	comet
cometa *f.*	kite
cometer	to commit
cómico/a	funny, comical
comida *f.*	meal
comida rápida	fast food
comienzo *m.*	beginning
comisaría *f.*	police station
como	like, as
¿cómo?	what? how?
cómodo/a	comfortable
comoquiera	however
compañero/a *m./f.*	companion, classmate

compañía *f.*	company
compañía de seguros *f.*	insurance company
compartir	to share
compasivo/a	compassionate
competencia *f.*	competition
competir (i)	to compete
complacerse (en)	to please (oneself) by
complejo/a	complex
componer	to compose
comportamiento *m.*	behavior
compra *f.*	purchase, shopping
comprensivo/a	understanding
compromiso *m.*	engagement
común	common, ordinary
común y corriente	ordinary, everyday
con tal de que	provided that
conciencia *f.*	awareness, conscience
condena *f.*	conviction, sentence (penal)
conducir	to drive
conductor/a *m./f.*	driver
conejo/a *m./f.*	rabbit
conferencia *f.*	lecture
confianza *f.*	confidence
confiar (en)	to trust
confitería *f.*	café (*Arg.*)
conforme	pleased, content
congelado/a	frozen
congelador *m.*	freezer
congreso *m.*	conference, professional meeting
conjeturar	to conjecture
conjunto	together
conmemorar	to commemorate
conmovedor/a	moving (emotionally)
conmover (ue)	to move (emotionally)
cono *m.*	cone
conocer	to know, be acquainted
conocimiento *m.*	knowledge
conquistador/a *m./f.*	conqueror
conseguir (i)	to get, obtain
consejo *m.*	advice
conservador/a	conservative
construir	to build, construct
consulado *m.*	consulate
consultor/a *m./f.*	consultant
consultorio *m.*	medical office
consumidor/a *m./f.*	consumer
consumo *m.*	use, consumption
contador/a *m./f.*	accountant
contaminar	to pollute, contaminate
contar (ue) (con)	to count (on)
contemporáneo/a	contemporary
contener (ie)	to contain
contenido *m.*	content
contestador automático *m.*	telephone answering machine
contra	against
convenir (ie)	to suit, be agreeable to
convertirse (ie) (en)	to become, change into
copa *f.*	wineglass; cup (trophy)
corazón *m.*	heart
corbata *f.*	tie
cordillera *f.*	mountain range
corregir	to correct
correo *m.*	mail
correo electrónico *m.*	e-mail
correr el riesgo	to run the risk
corrida de toros *f.*	bullfight
corriente *m.*	current month
corriente *f.*	flow (water), draft of air
cortar(se)	to cut
corte *m.*	cut
corte *f.*	royal court
cortés	courteous
corto/a	short
cosecha *f.*	harvest, crop
coser	to sew
costa *f.*	coast
costar (ue)	to cost
costar un ojo de la cara	to cost an arm and a leg
costumbre *f.*	custom
lo de costumbre	as usual
cotización *f.*	rate of exchange

crear	to create
crecer	to grow
creciente	growing
crecimiento *m.*	growth
creencia *f.*	belief
creer	to believe
criado/a *m./f.*	servant
criar	to raise (child, animal)
crimen *m.*	crime
crítica *f.*	criticism
crónica *f.*	chronicle, story, history
crucero *m.*	cruise ship
cruzar	to cross
cuadro *m.*	painting
¿cuál(es)?	which? what?
cualidad *f.*	quality
cualquier	any, whichever
cualquiera	anyone
¿cuándo?	when?
cuandoquiera	whenever
cuanto	as much
¿cuánto?	how much?, how many?
cuarto *m.*	room
cuarto de baño	bathroom
cubrir	to cover
cuchara *f.*	soup spoon, tablespoon
cuello *m.*	neck
cuenta *f.*	bill
cuento *m.*	story
cuerda «bungee» *f.*	bungee cord
cuero *m.*	leather
cuerpo *m.*	body
cuesta *f.*	slope
cuestión *f.*	issue, matter
cuidado *m.*	care
cuidar	to take care
culpa *f.*	blame, guilt
tener la culpa	to be to blame, guilty
cultivo *m.*	crop, cultivation, planting

cumbre *f.*	peak
cumpleaños *m.*	birthday
cumplir	to fulfill
cuñado *m.*	brother-in-law
cura *m.*	priest
cura *f.*	cure
curioso/a	curious, odd, strange
currículum *m.*	resumé
cuyo/a	whose

D

dama *f.*	lady
dar a luz	to give birth
dar asco	to disgust
dar con	to run into, to find
dar de comer/beber	to feed/give a drink
dar igual	it's all the same
dar la bienvenida	to welcome
dar las gracias	to thank
dar lo mismo	it's all the same
dar por sentado	to take for granted, regard as settled
dar rienda suelta	to give free rein
dar un paseo	to take a walk; to take a ride
dar una vuelta	to take a walk; to take a ride
darle vueltas a	to think something over, to thoroughly examine
darse la mano	to shake hands
darse por vencido	to give up
darse prisa	to hurry
dato *m.*	fact, data
de inmediato	at once, right away
de manera que	so that
de modo que	so that
de momento	at the moment
de nada	you're welcome
de ningún modo	no way
de ninguna manera	no way
de prisa	hurriedly
de punta	on edge

de repente	suddenly
de veras	really, truly
de vez en cuando	once in a while
debajo (de)	below, under, underneath
deber	must, ought to
débil	weak
décimo *m.*	tenth
dedicarse (a)	to devote oneself (to)
dedo *m.*	finger, toe
dejar (de)	to stop
delante (de)	ahead, in front (of)
delgado/a	slender, slim
demasiado (*adv./adj.*)	too, too much, too many
demorar	to delay
demostrar (ue)	to demonstrate, show
dentadura postiza *f.*	false teeth, denture
dentro	inside, within
dentro de poco	in a little while
dependiente *m./f.*	salesperson, store clerk
deportista *m./f.*	sports player
deprimente	depressing
deprimir(se)	to become depressed
derecho *m.*	right, straight ahead
derretir(se) (i)	to melt
derrota *f.*	defeat
derrotar	to defeat
desabrochar	to unbuckle
desafío *m.*	challenge
desafortunadamente	unfortunately
desalentador/a	discouraging
desalentar(se) (ie)	to become discouraged
desaliento *m.*	discouragement
desaparecer	to disappear
desaparición *f.*	disappearance
desarrollar	to develop
desastre *m.*	disaster
desayuno *m.*	breakfast
descansar	to rest
descomponer	to break down
desconfiar (de)	to mistrust
descortés	discourteous
descubrir	to discover

desde	from; since
deseable	desirable
desear	to wish, desire
desembarcar (de)	to disembark, get off
desempeñar	to play (a role)
desenlace *m.*	ending, outcome
deseo *m.*	wish, desire
desesperado/a	desperate
desgracia *f.*	misfortune
desierto/a	deserted
desilusionado/a	disappointed
despacho *m.*	office, study; bus depot
despacio	slow, slowly
despedida *f.*	farewell
despedida de soltera	bridal shower
despedir(se) (i) (de)	to say goodbye; to fire
despegar	to take off (plane)
despertar(se)(ie)	to wake up
desprecio *m.*	lack of respect, scorn
después (de)	after
destacado/a	distinguished; outstanding
destino *m.*	destiny
destreza *f.*	skill
destruir	to destroy
detalle *m.*	detail
detallista	fussy about details
determinante	determining
detestar	to detest, dislike, hate
detrás de	behind, in back of
devolver (ue)	to return (something)
Día de Acción de Gracias *m.*	Thanksgiving
día feriado *m.*	holiday
diablo *m.*	devil
diario/a	daily
diario *m.*	newspaper, diary
dibujo *m.*	drawing
dicha *f.*	joy
diezmar	to decimate
dificultad *f.*	difficulty
digno/a	worthy
diputado/a *m./f.*	deputy (representative)

dirección *f.*	address
dirigir(se) (a)	to address, speak to; to head for
disco *m.*	record
disculpar(se)	to excuse (oneself)
discurso *m.*	speech
discutir	to argue, discuss
diseñar	to design
disfraz *m.*	costume, disguise
disfrutar (de)	to enjoy
disponer de	to have available
disponible	available
distinguido/a	distinguished
distinto/a	different, distinct
disuadir (de)	to dissuade
divertido/a	funny, amusing
divertir(se) (ie)	to have fun, enjoy
docena *f.*	dozen
doler (ue)	to hurt, ache
dolor *m.*	pain
don *m.*	title of respect; talent
dondequiera	wherever
doña *f.*	title of respect
dormir(se) (ue)	to sleep, fall asleep
droga *f.*	drug
drogar	to drug
dudar	to doubt
ducha *f.*	shower
duchar(se)	to shower
dueño/a *m./f.*	owner
dulce	sweet
durante	during
duro/a	hard, difficult

E

económico/a	economical, inexpensive
echar	to throw, toss, pitch; to throw out or away
echar a perder	to spoil, ruin
echar de menos	to miss (someone or something)
echar la casa por la ventana	to go overboard, to spare no expense
echar la culpa	to blame
echar leña al fuego	to add fuel to the fire
echar una mano	to lend a hand
echar una mirada	to have a look
echar una siesta	to take a nap
echar un vistazo	to have a look
edad *f.*	age
edificio *m.*	building
editorial *f.*	publishing house
educativo/a	educational
eficaz (*adj.*)	effective
ejecutivo/a *m./f.*	executive
ejemplar (*adj.*)	exemplary
ejemplo *m.*	example
ejercicio *m.*	exercise
ejercitar	to exercise
ejército *m.*	army
electrodoméstico *m.*	home appliance
elegir (i)	to choose, select
elenco *m.*	cast (play, film)
embarazo *m.*	pregnancy
embarcar(se)	to embark, board
emborrachar(se)	to get drunk
emisora *f.*	transmitter
emocionante	moving (emotionally)
emparejar	to pair, match
empastar	to fill (teeth)
empinado/a	steep
empleado/a *m./f.*	employee
empleo *m.*	job
empresa *f.*	large company, industry
empujar	to push, press
en caso de	in case of
en cuanto	as soon as
en punto	on the dot
en seguida	right away, immediately
en venta	for sale
en vez de	instead of
enamorarse (de)	to fall in love (with)
encantador/a	charming
encantar	to enchant, charm, delight
encanto *m.*	charm, enchantment

encarcelado/a	jailed
encargar(se) (de)	to take charge of
encender (ie)	to light, turn on
encontrar (ue)	to meet, encounter; to find
encuesta *f.*	survey
enemistad *f.*	enmity
énfasis *m.*	emphasis
enfermedad *f.*	illness
enfermero/a *m./f.*	nurse
enfermo/a	sick
enfoque *m.*	focus
enfrentar(se) (con)	to confront; to face
enganchar(se)	to hook
engaño *m.*	deception
enojar(se)	to get angry
enorme	enormous
enseguida	right away, immediately
enseñanza *f.*	teaching
enseñar	to teach, show how to, show
ensuciar	to dirty
entender (ie)	to understand
enterarse (de)	to find out
enterrado/a	buried
enterrar	to bury
entonces	then
entrada *f.*	ticket of admission
entre	between
entrega *f.*	delivery
entregar(se)	to deliver; to hand in
entretener(se) (ie)	to entertain
entrevista *f.*	interview
entrevistado/a *m./f.*	interviewee
entrevistar	to interview
entusiasmado/a	enthusiastic
entusiasmo *m.*	enthusiasm
envenenar	to poison
enviar	to send
época *f.*	age (period of time)
equipaje *m.*	luggage
equipo *m.*	team; equipment
equitativo/a	equitable, equal
equivaler	to equal
equivocarse (de)	to be mistaken, make a mistake
escalar	to climb
escalera *f.*	staircase; ladder
escarbadientes *m.*	toothpick
escena *f.*	scene
escenario *m.*	stage; scenery (stage)
esclavo/a *m./f.*	slave
escoba *f.*	broom
escoger	to choose, select
escolar (*adj.*)	academic
escombros *m.*	rubble
esconder	to hide
escritorio *m.*	office; desk
escritura *f.*	writing
escudero *m.*	squire
escuela secundaria *f.*	high school
escultor/a *m./f.*	sculptor
esfuerzo *m.*	effort
espacial (*adj.*)	space
espacio *m.*	space
espada *f.*	sword
especialidad *f.*	specialty
especialización *f.*	specialization; major
especie *f.*	species
esperanza *f.*	hope
esperar	to wait; to hope
esposo/a *m./f.*	husband/wife
esqueleto *m.*	skeleton
esquiar	to ski
esquina *f.*	corner
estacionar	to park
estadística *f.*	statistic
estado *m.*	state
estadounidense	U.S. citizen
estampilla *f.*	stamp
estancia *f.*	stay
estar acostumbrado/a	to be accustomed, used (to)
estar al tanto	to be current, up-to-date
estar bien vestido/a	to be well-dressed
estar casado/a (con)	to be married (to)
estar conforme	to be satisfied

estar de acuerdo	to agree
estar de buen (mal) humor	to be in a good (bad) mood
estar de moda	to be in style, fashion
estar de vacaciones	to be on vacation
estar de viaje	to be on a trip
estar despejado/a	to be clear (weather)
estar dispuesto/a (a)	to be willing (to)
estar en buenas (malas) condiciones	to be in good (bad) shape (condition)
estar en la onda	to be "with it"
estar en vigor	to be in effect, enforced
estar enamorado/a (de)	to be in love (with)
estar encargado/a (de)	to be in charge (of)
estar harto/a (de)	to be fed up (with)
estar indispuesto/a	to be ill
estar metido/a con	to be involved with
estar metido/a en	to be involved in
estar ocupado/a	to be busy
estar preocupado/a (por)	to be worried (about)
estar seguro/a	to be sure
estatua f.	statue
estilo m.	style
estimulante	stimulating
estómago m.	stomach
estrella f.	star
estribación f.	foothill
estudiantil (adj.)	student
estudio m.	study
etapa f.	stage
europeo/a	European
evitar	to avoid
exigencia f.	need
exigente	demanding
exigir	to demand
exilio m.	exile
existente	existing
éxito m.	success
exitoso/a	successful
experimentar	to experience
explicar	to explain
exprimir	to squeeze
extenderse (ie)	to reach

extenso/a	extensive
extranjero/a	foreign
extrañarse de que	to be surprised that
extraterrestre m./f.	extraterrestrial

F

fábrica f.	factory
factura f.	invoice
falda f.	skirt
faltar	to lack, need
familiar (adj.)	family
farmacia f.	pharmacy, drug store
fascinar	to fascinate
fecha f.	date
felicidades f.	congratulations
felicitar	to congratulate
feo/a	ugly, bad
feria f.	fair
fiarse (de)	to trust
fibra de vidrio f.	fiberglass
filosofía f.	philosophy
filósofo/a m./f.	philosopher
fin m.	end
fin de semana m.	weekend
fingir	to pretend
firma f.	signature
firmar	to sign
físico/a	physical
físico/a m./f.	physicist
flan m.	custard
flauta f.	flute
flor f.	flower
flotante (adj.)	floating
fondo m.	fund; depth
forastero/a m./f.	stranger
fracasado/a	failed
fray	friar
frazada f.	blanket
frenesí m.	frenzy
frente m.	front, front part
frente f.	forehead
fresco/a	fresh; cool
frito/a	fried
frontera f.	frontier, border
frustrante	frustrating

fuerza *f.*	force; strength
fumador/a *m./f.*	smoker
fumar	to smoke
funcionar	to function, work
funcionario/a *m./f.*	government employee
fundador/a *m./f.*	founder
fundar	to found
fútbol *m.*	soccer

G

gafas *f.*	eyeglasses
galardón *m.*	award
gallego/a *m./f.*	native of Sp. province of Galicia
ganado *m.*	cattle
ganar	to earn; to win
ganarse la vida	to earn a living
garantizado/a	guaranteed
gasolinera *f.*	gas station
gastar	to spend; to use; to wear out
género *m.*	gender; genre
gente *f.*	people
gerencia *f.*	management
gerente *m./f.*	manager
gigante *m./f.*	giant
gigantesco/a	gigantic
gitano/a *m./f.*	gypsy
gobernar (ie)	to govern
gobierno *m.*	government
golpe *m.*	hit, blow
golpe de estado	coup d'etat
golpear	to hit
goma de borrar *f.*	eraser
gordo (lotería) *m.*	jackpot
gota *f.*	drop
gotear	to drip
gozar (de)	to enjoy
grabar	to record, tape
gracioso/a	gracious, charming
grado *m.*	grade; degree (temperature)
graduarse	to graduate
gran(de)	great, big

grave	severe, grave
grifo *m.*	faucet, water tap
gritar	to shout, yell
grito *m.*	shout, yell
grosero/a	rude, coarse, gross
grúa *f.*	crane, tow truck
grueso/a	thick, fat
guante *m.*	glove
guapo/a	handsome, good-looking
guardar	to keep; to put away
guardia *m./f.*	guard
guerra *f.*	war
guerrero/a *m./f.*	warrior
guerrillero/a *m./f.*	guerrilla
guía *m./f.*	guide
guía *f.*	guide book, telephone book
guión *m.*	script
gustar	to like, to be pleasing
gusto *m.*	taste, pleasure

H

habilidad *f.*	skill
habitación *f.*	room, bedroom
habitante *m./f.*	inhabitant
habitar	to inhabit
habituar(se)	to get used to
hace buen (mal) tiempo	the weather is nice (bad)
hace calor	it's hot
hace poco	a short while ago
hace...que	it's been . . . since; ago
hacer(se)	to do, make; to become
hacer caso (de)	to pay attention (to)
hacer cola	to form a line
hacer la compra	to do the shopping
hacer daño	to damage, hurt
hacer el papel	to play a role, act
hacer escala	to make a stop (plane, boat)
hacer falta	to lack, need
hacer frente	to face

hacer gestos	to make gestures
hacer la maleta	to pack a suitcase
hacer las paces	to make peace
hacer pedazos	to break into pieces
hacer la prueba	to try out
hacer la vista gorda	to turn a blind eye
hacer un favor	to do a favor
hacer un pedido	to order, request
hacer una pregunta	to ask a question
hacer un viaje	to take a trip
hacer una visita	to pay a visit
hacia	toward
hada de dientes *m.*	tooth fairy
hallar	to find
hambre *f.*	hunger
harina *f.*	flour
hasta	until, up to
hay	there is, there are
hay que + *inf.*	one must
hecho *m.*	fact; deed
helado *m.*	ice cream
heredar	to inherit
herencia *f.*	inheritance
herida *f.*	wound, injury
hermano/a *m./f.*	brother/sister
hermoso/a	beautiful
hierro *m.*	iron
hígado *m.*	liver
hijo/a *m./f.*	son/daughter
hincha *m./f.*	fanatic fan
hispanohablante *m./f.*	Spanish speaker
historiador/a *m./f.*	historian
hogar *m.*	home
hoja *f.*	page, sheet of paper; leaf
holandés/esa	Dutch
hombrera *f.*	shoulder pad
hombro *m.*	shoulder
horario *m.*	schedule
horrorizado/a	horrified
hoy	today
hoy en día	nowadays
huella digital *f.*	fingerprint
huérfano/a *m./f.*	orphan

hueso *m.*	bone
huevo *m.*	egg
huir	to flee, escape
humildad *f.*	humility, humbleness
humillante	humiliating
humo *m.*	smoke
hundir(se)	to sink, drown

I

ida	one-way
ida y vuelta	round trip
idioma *m.*	language
iglesia *f.*	church
igual (a)	equal (to), the same
igualdad *f.*	equality
impar	odd (number)
impedir	to impede, stop
impermeable *m.*	raincoat
importar	to matter
imprescindible	essential, indispensable
impresionante	emotionally moving
impresionar	to move (emotionally), affect
impuesto *m.*	tax
inadecuado/a	inadequate
inalámbrico/a	cordless
incapacitado/a	incapacitated, handicapped
incendio *m.*	fire
incierto/a	uncertain
incluir	to include
incluso	including
indicaciones *f.*	directions
indígena *m./f.*	native, indigenous person
individuo *m.*	individual, person
Infanta *f.*	princess (*Sp.*)
infiel	unfaithful
influir (en)	to influence (in)
informe *m.*	report
infracción *f.*	violation
ingeniero/a *m./f.*	engineer
ingobernable	ungovernable
ingresar	to enter

iniciar — to begin, initiate
injusticia *f.* — injustice
injusto/a — unfair
innecesario/a — unnecessary
inolvidable — unforgettable
inspirador/a — inspiring
insultante — insulting
integrar — to integrate; to form
intentar — to try
intercambiar — to exchange
interés *m.* — interest
interrumpir — to interrupt
intriga *f.* — intrigue
introducir — to insert; to introduce
inundación *f.* — flood
inútil — useless
invertir — to invest
investigador/a *m./f.* — investigator, detective
irlandés/esa — Irish
irrealidad *f.* — unreality
irreemplazable — irreplaceable
isla *f.* — island
izquierdista *m./f.* — leftist

J

¡ja ja! — ha ha
jabón *m.* — soap
jamás — never, not ever
jardín *m.* — garden
   jardín de infancia — kindergarten
jaula *f.* — cage
jefe/a *m./f.* — chief, boss
jerez *m.* — sherry
jonrón *m.* — home run
joven *m./f.* — young man, woman
joyería *f.* — jewelry store
jubilarse — to retire
juego *m.* — game
juez/a *m./f.* — judge
jugo *m.* — juice
juguete *m.* — toy
justo/a — fair
juventud *f.* — youth

L

labio *m.* — lip
labor doméstica *f.* — housework
lado *m.* — side
ladrar — to bark
ladrido *m.* — bark
ladrón/ona *m./f.* — thief
lago *m.* — lake
lágrima *f.* — tear
lamentablemente — unfortunately
lámpara *f.* — lamp
lanzar(se) — to throw, toss, pitch
largo/a — long
lástima *f.* — pity
lata *f.* — can
lavaplatos *m.* — dishwasher
lector/a *m./f.* — reader
leche *f.* — milk
lejos (de) — far (from)
lengua *f.* — tongue, language
   lengua materna — first language, mother tongue
lento/a — slow
león *m.* — lion
letra *f.* — letter (alphabet)
letrero *m.* — sign
levantar(se) — to raise; to get up
libertad *f.* — liberty, freedom
librar(se) (de) — to free (oneself) from
libre — free
librería *f.* — book store
licenciado/a *m./f.* — college graduate
líder *m./f.* — leader
lidiar — to fight
liga *f.* — league
limpiaparabrisas *m.* — windshield wipers
limpiar — to clean
limpieza *f.* — cleaning, cleanliness
lindo/a — pretty, cute, nice
línea *f.* — line
   línea equatorial *f.* — equator
lío *m.* — trouble, fuss
liquidación *f.* — sale

M

lisonjero/a	happy
listo/a	ready; clever
liviano/a	light (weight)
llamada *f.*	call
llamar(se)	to be named
llanta *f.*	tire
pinchar una llanta	to get a flat tire
llanura *f.*	plains
llave *f.*	key; faucet handle
llegada *f.*	arrival
llegar a ser	to become
llenar	to fill
lleno/a	full
llevar(se)	to carry, take along, transport; take away
llevar a cabo	to carry out
llevarse (bien)	to get along (well)
llorar	to cry
llover (ue)	to rain
llover a cántaros	to rain cats and dogs
lluvia *f.*	rain
lo cual	which, what
lo que	which, what
lobo *m.*	wolf
loción protectora *f.*	sunscreen
loco/a	crazy
lograr	to manage; to achieve
los demás	others
luchar	to fight, struggle
luego	then, later
luego de que	as soon as
lugar *m.*	place
luna *f.*	moon
lustrar	to shine; to polish
luz *f.*	light

M

madera *f.*	wood
madrastra *f.*	stepmother
madrugada *f.*	early morning
maestro/a *m./f.*	teacher
magnífico/a	magnificent
maíz *m.*	corn

mal de ojo *m.*	evil eye
malecón *m.*	dike, embankment
maleta *f.*	suitcase
malgastar	to waste
mandar	to send; to order
mandato *m.*	command
manejar	to drive
manera *f.*	way, manner
mano *f.*	hand
mantener	to maintain; to support
manzana *f.*	apple
mañana	tomorrow; morning
pasado mañana	day after tomorrow
por la mañana	in the morning
mapa *m.*	map
maquillarse	to put on makeup
máquina *f.*	machine
máquina bancaria	ATM machine
mar *m.*	sea
maravilla *f.*	marvel, wonder
marcar	to mark; dial
marchar(se)	to march; to leave, go away
mariachi *m.*	Mexican musician
marido *m.*	husband
mariscos *m.*	shellfish
más	more, plus
más que nada	more than anything
más vale que	it's better that
masa *f.*	dough
máscara *f.*	mask
mascota *m./f.*	pet
masticar	to chew
matador/a *m./f.*	bullfighter
matar	to kill
materia *f.*	course
matrícula *f.*	tuition
matrimonio *m.*	marriage; married couple
mayor	major; older; greater
mayordomo *m.*	butler
mayoría *f.*	majority
medianoche *f.*	midnight
medicamento *m.*	medicine

médico/a *m./f.*	doctor
medida *f.*	measure, size
medio/a	half; average
medio ambiente *m.*	environment
Medio Oeste *m.*	Midwest
medios de comunicación *m.*	media
mejor *m./f.*	better, best
mejorar	to improve
menor	minor; younger, youngest
menos	less, fewer; minus
menos mal	thank goodness
mensaje *m.*	message
mensual	monthly
mentira *f.*	lie
mercadeo *m.*	marketing
merecer	to deserve
merendar (ie)	to have an afternoon snack
mesero/a *m./f.*	waiter/waitress
meta *f.*	goal
meter(se)	to put, place; to insert; to involve, get mixed up in
metersele a uno (algo) en la cabeza	to get (something) into one's head
meter la nariz en todo	to be a busybody
meter la pata	to stick one's foot in one's mouth
meter miedo (un susto)	to give a fright (scare)
meterse donde no lo llaman	to meddle in someone else's business
meterse en	to get into, get involved in, get mixed up in
meterse en líos	to get into trouble
meterse en sí mismo	to withdraw into oneself, crawl into a shell
mezclar(se)	to mix
miembro *m./f.*	member
mientras	while
milagro *m.*	miracle

minoría *f.*	minority
mirada *f.*	look, glance
mismo/a	same, self
mochila *f.*	backpack
modo *m.*	way, manner
mofeta *m./f.*	skunk
mojado/a	wet
molestar	to bother, annoy
molino *m.*	mill
moneda *f.*	coin, currency
monstruo *m.*	monster
montaña rusa *f.*	roller coaster
montañoso/a	mountainous
montar	to ride (horse, bicycle, motorcycle); to set up
montón *m.*	a lot
morder (ue)	to bite
moreno/a	brunette, dark
morir (ue)	to die
mosca *f.*	fly
mostrar (ue)	to show, indicate
motivo *m.*	motive, reason
moverse (ue)	to move (oneself, a thing)
mudanza *f.*	move
mudarse	to move, change (a place of residence)
muebles *m.*	furniture
muestra *f.*	sample
mujeriego	womanizer
multa *f.*	fine, ticket (traffic violation)
mundial (*adj.*)	worldwide, world
mundo *m.*	world
muñeco/a *m./f.*	doll
muro *m.*	wall
músculo *m.*	muscle

N

nacimiento *m.*	birth
nada	nothing, anything
nada de eso	nothing of the sort
para nada	not at all
nada que ver con	nothing to do with

nadie	no one, nobody
nariz *f.*	nose
natación *f.*	swimming
naturaleza *f.*	nature
navaja *f.*	dagger, knife
nave espacial *f.*	space ship
navegar	to navigate; to sail
navegar la red	to surf the Net
Navidad *f.*	Christmas
negar(se) (ie)	to deny
negocio *m.*	business; place of business
nevar (ie)	to snow
ni...ni	neither . . . nor
ni pensarlo	Don't even think about it!
ni siquiera	not even
nieve *f.*	snow
ningún, ninguno/a	none, not any, neither
ninguna parte	anywhere, nowhere
niñez *f.*	childhood
niño/a *m./f.*	child; boy/girl
nivel *m.*	level
nivel de vida	standard of living
no tener nada que ver (con)	to have nothing to do (with)
no tener ni idea	to not have a clue
nombrar	to name
nombre *m.*	name
nota *f.*	grade
notar	to write down; to note
noticia *f.*	news
noticiero *m.*	news broadcast
novio/a *m./f.*	boyfriend/girlfriend
nube *f.*	cloud
nuevo/a	new
de nuevo	again
nunca	never
nunca más	never again
nutritivo/a	nutritious

O

obedecer	to obey
obra *f.*	work

obrero/a *m./f.*	unskilled manual laborer
obtener (ie)	to obtain
octavo/a	eighth
odiar	to hate
oeste *m.*	west
oferta *f.*	offer; sale
oficina *f.*	office
ofrecer	to offer
oído *m.*	(inner) ear
oír	to hear
ojalá	I wish
¡Ojo!	Be careful!
oler (hue) (a)	to smell of (like)
olor *m.*	odor, smell
olvidar(se)	to forget
ombligo *m.*	navel
onda *f.*	wave
opinar	to give an opinion
oponer(se)	to oppose
oportunidad *f.*	opportunity
opuesto/a	opposite
oración *f.*	sentence; prayer
orden *m.*	order (alphabetical, law and order)
orden *f.*	command; religious
ordenar	to order, request
oreja *f.*	ear
oro *m.*	gold
orquesta *f.*	orchestra
oso/a *m./f.*	bear
otoño *m.*	autumn, fall
otorgar	to award
otra vez	again
OVNI	UFO

P

paciente *m./f.*	patient
padecer	to suffer
padres *m.*	parents
padrino/a *m./f.*	godfather/godmother
paella *f.*	Spanish rice dish
pagador/a *m./f.*	teller
pagar	to pay

P

país *m.*	country	pata *f.*	paw, foot (animal)
pájaro *m.*	bird	patear	to kick
palabras cruzadas *f.*	crossword puzzle	patrón/ona *m./f.*	boss; owner
palacio *m.*	palace	pavo *m.*	turkey
pálido/a	pale	payaso/a *m./f.*	clown
palomitas de maíz *f.*	popcorn	paz *f.*	peace
pampa *f.*	plain, grasslands	peaje *m.*	toll payment
pan *m.*	bread	pedazo *m.*	piece
pantalones *m.*	pants	pedido *m.*	order, request
pantalla *f.*	screen	pedir (i)	to request, ask for
papel *m.*	paper; role	pegado/a	stuck
paquete *m.*	package	pegar	to stick; to hit
par	even (number)	peinado *m.*	hair style
para nada	at all	pelear	to fight
para siempre	forever	película *f.*	movie, film
paracaídas *m.*	parachute	peligro *m.*	danger
paracaidismo *m.*	parachute jumping	peligroso/a	dangerous
paraguas *m.*	umbrella	pelo *m.*	hair
parar	to stop	pelota *f.*	ball
parecer	to seem	peluquería *f.*	beauty salon, barber shop
parecerse (a)	to resemble		
pareja *f.*	couple, significant other	pena *f.*	pity, shame
		pendiente	pending
pariente *m./f.*	relative, family member	penetrante (*adj.*)	penetrating
parquímetro *m.*	parking meter	peor	worse, worst
párrafo *m.*	paragraph	pequeño/a	small
parte *m.*	report	perder (ie)	to lose; to miss
parte *f.*	part	perdonar	to pardon
de parte de	on behalf of	peregrino/a *m./f.*	pilgrim
partido *m.*	game, match	periódico *m.*	newspaper
parto *m.*	childbirth	periodista *m./f.*	journalist
pasado/a	last, past	perito/a *m./f.*	skilled worker, technician
pasaje *m.*	ticket (transportation)		
pasajero/a *m./f.*	passenger	perrería *f.*	kennel
pasaporte *m.*	passport	perro/a *m./f.*	dog
pasar	to spend (time); pass	personaje *m.*	character (play, book, film)
pasar un buen rato	to have a good time		
pasarlo bien	to have a good time	pertenecer	to belong
Pascua Florida *f.*	Easter	peruano/a	Peruvian
pasillo *m.*	aisle; corridor	pesado/a	heavy
paso *m.*	step	pescado	fish
pasta dentífrica *f.*	toothpaste	peso *m.*	weight; monetary unit
pastel *m.*	pastry	picante	spicy
pastilla *f.*	pill	picar	to nibble; chop; itch

P

pie *m.*	foot
piedra *f.*	stone
pila *f.*	battery
pintar	to paint
pintor/a *m./f.*	painter
pintoresco/a	picturesque
pintura *f.*	paint, painting
pirámide *f.*	pyramid
pisar	to step
piscina *f.*	swimming pool
piso *m.*	floor
pista *f.*	clue
pizarra *f.*	blackboard
pizca *f.*	trace
placa *f.*	license plate
placer *m.*	pleasure
planchar	to iron
planear	to plan
planeta *m.*	planet
planificación *f.*	planning
planta baja *f.*	street level floor
plato *m.*	dish
playa *f.*	beach
población *f.*	population
poblar	to settle
pobre	unfortunate, poor
pobreza *f.*	poverty
poco	little, few
poder (ue)	to be able to
poder *m.*	power
poderoso/a	powerful
poesía *f.*	poetry
polaco/a	Polish
policía *m./f.*	policeman, policewoman
policía *f.*	police force
político/a *m./f.*	politician
político/a	political
pollo *m.*	chicken
polvo *m.*	powder, dust
poner(se)	to put; to become
ponerse a la prueba	to put to the test
ponerse de pie	to stand up
ponerse de rodillas	to kneel down

ponerse en marcha	to start working (running)
por	through, due to, because of, for
por acá	around here
por ahora	for now
por algo será	there must be a reason
por allí	around there
por aquel entonces	at that time
por aquí	around here
por casualidad	by chance
por ciento	per cent
por cierto	certainly
por completo	completely
por consecuencia	consequently; therefore
por consiguiente	consequently; therefore
por desgracia	unfortunately
por ejemplo	for example
por escrito	in writing
por eso	that's why, for that reason
por fin	at last
por lo común	generally
por lo general	in general, generally
por más... que	however . . . much
por medio de	by means of
por lo menos	at least
por lo mismo	that's why, for that reason
por lo pronto	for the time being
por lo visto	apparently
por otra parte	on the other hand
por otro lado	on the other hand
por poco	almost, nearly
por si acaso	just in case
por su cuenta	on one's own, for oneself
por suerte	fortunately
por supuesto	of course
por (lo) tanto	therefore
por todas partes	everywhere
por último	finally
por un lado	on the one hand

porro ***m.***	marijuana cigarette
portada ***f.***	cover (book, magazine)
portafolios ***m.***	briefcase
portarse	to behave
portavoz ***m./f.***	spokesperson
postergar	to postpone
postre ***m.***	dessert
precio ***m.***	price
precolombino/a	pre-Colombian
preconcebido/a	preconceived
predecir (i)	to predict
preferir (ie)	to prefer
premiado/a	prize-winning, award winning
premio ***m.***	prize, award
prender	to turn on
prensa ***f.***	press
preocuparse (por)	to worry (about)
preparativo ***m.***	preparation
presentar	to introduce, present
presión ***f.***	pressure
prestar	to lend
previo/a	previous
primer/o/a	first
primo/a ***m./f.***	cousin
príncipe ***m.***	prince
privar(se) de	to deprive (oneself) of
probar (ue)	to try
profundo/a	deep, profound
programa de charla ***m.***	talk show
promedio ***m.***	average
prometer	to promise
pronosticar	to forecast; to foresee
pronto	soon
propina ***f.***	tip
propio/a	own; suitable
proponer	to propose
protagonista ***m./f.***	main character
protestar	to protest, object
provecho ***m.***	advantage, profit, gain
Buen provecho	Enjoy your meal
proveer	to provide
provenir (ie) (de)	to come (from)
provisorio/a	temporary, provisional
próximo/a	next
prueba ***f.***	test, quiz
publicar	to publish
pueblo ***m.***	town; people
puerta ***f.***	door
puesto ***m.***	job, position
pulcro/a	neat
pulgar ***m.***	thumb
pulpo ***m.***	octopus
pulsar	to press (button, key)
pulsera ***f.***	bracelet
punta de los dedos ***f.***	fingertips
punto ***m.***	point; period

Q

¿Qué hay?	What's new?
¿Qué tal?	How are you?
quedar(se)	to stay, remain
quejarse (de)	to complain (of, about)
quemar(se)	to burn
querer (ie)	to want; to love
querido/a	dear
quiebra ***f.***	bankruptcy
quienquiera	whoever
química ***f.***	chemistry
químico/a ***m./f.***	chemist
quimioterapia ***f.***	chemotherapy
quinto/a	fifth
quitar(se)	to take off (clothing)
quizá(s)	perhaps, maybe

R

ranura ***f.***	slot
rapar	to shave (head)
rapidez ***f.***	rapidity
raro/a	strange, rare
rato ***m.***	while
ratón/ona ***m./f.***	mouse
razón ***f.***	reason
razonable	reasonable
real	royal; real
realizar	to fulfill
rebajar	to reduce

S

recámara *f.*	bedroom	respetuoso/a	respectful
recargar	to recharge	respirar	to breathe
receta *f.*	recipe; prescription	responder	to respond, reply
rechazar	to reject	responsabilidad *f.*	responsibility
recién	just; recently	respuesta *f.*	answer, response
recientemente	recently	restar	to subtract
reclamar	to demand	resultado *m.*	result; score
recoger	to pick up; grab	resumen *m.*	summary
recompensa *f.*	compensation	retar	to scold
reconocer	to recognize	retirar	to take away
recordar (ue)	to remember	reunirse	to get together
recurso *m.*	resource	revelador/a	revealing
rechazar	to reject	revelar	to reveal
red *f.*	net, web (computer)	revista *f.*	magazine
redactor/a de anuncios *m./f.*	copywriter	revolver (ue)	to mix, stir
		rey *m.*	king
reemplazar	to replace	**Reyes Magos**	Three Kings (Wise Men)
reforzar	to reinforce		
refrán *m.*	saying, refrain	rico/a	rich; delicious; cute
refresco *m.*	soft drink	rincón *m.*	corner
refunfuñar	to grumble	riña *f.*	quarrel, fight
regalar	to give (gift)	río *m.*	river
regalo *m.*	gift	riqueza *f.*	riches
régimen *m.*	diet; regime	robar	to rob, steal
regla *f.*	rule; ruler	rockero/a *m./f.*	rock musician
regresar	to return	rojo/a	red
reír(se) (i)	to laugh	romper	to break; to tear
relación *f.*	relationship	ropa *f.*	clothes, clothing
relajar	to relax	rosa *f.*	rose; pink
reloj despertador *m.*	alarm clock	rubio/a	blonde
remate *m.*	auction	ruido *m.*	noise
remedio *m.*	remedy, medicine	rumbo a	headed toward
remitente *m./f.*	sender	ruta *f.*	route
renovar (ue)	to renew		
reparación *f.*	repair		
repasar	to review		
repugnar(se)	to be repulsed	**S**	
requerir (ie)	to require		
requisito *m.*	requirement	saber (a)	to taste like
resfrío *m.*	cold	sabio/a	wise
residencia *f.*	dormitory	sabroso/a	delicious
resolver (ue)	to resolve	sacar	to take out, withdraw
respaldar	to support	saco de dormir *m.*	sleeping bag
respetar	to respect	sal *f.*	salt
		sala *f.*	living room

salero *m.*	salt shaker
salir	to leave, go out
saltar	to jump, leap
salto *m.*	jump, leap
salud *f.*	health
saludar	to greet
salvavidas *m.*	life preserver
salvo	unless
sanatorio *m.*	clinic, private hospital
sangre *f.*	blood
sangriento/a	bloody
sano/a	healthy
sapo *m.*	frog
seco/a	dry
secuestrar	to kidnap
sede *f.*	headquarters
seguir (i)	to follow; to continue
según	according to
segundo/a	second
seguramente	surely, safely
seguridad *f.*	security
seguro *m.*	insurance
selva *f.*	jungle
sello *m.*	stamp, seal
semana entrante *f.*	next week
semejante	similar; such
semejanza *f.*	similarity, resemblance
sencillo/a	simple, easy
sensibilidad *f.*	sensitivity
sensible	sensitive
sentar(se) (ie)	to sit (down)
sentido *m.*	sense
un sentido *m.*	one way
sentir (ie)	to feel
lo siento	I'm sorry
señal *f.*	signal, sign
señalar	to indicate
séptimo/a	seventh
ser humano *m./f.*	human being
servicio *m.*	bathroom
servir (i)	to serve; to be good for
servir para algo	to be good for something
sexto/a	sixth

sí mismo	oneself
SIDA *m.*	AIDS
siempre	always
siglo *m.*	century
significado *m.*	meaning, significance
significante	meaningful, significant
significar	to mean, signify
siguiente	following
similitud *f.*	similarity
simpatiquísimo/a	very nice
simple	simple, simple-minded
sin embargo	however
sindicato *m.*	union, sindicate
sinfónica *f.*	symphonic
sinnúmero	countless, innumerable
sino, sino que	but
sirviente/a *m./f.*	servant
sitio *m.*	place, site
sobrar	to be left over, superfluous
sobresaliente	outstanding
sobreviviente *m./f.*	survivor
sobrevivir	to survive
sobrino/a *m./f.*	nephew/niece
sobrio/a	moderate, sober
sociedad anónima (S.A.)	incorporated (Inc.)
¡Socorro!	Help!
solamente	only
soledad *f.*	solitude, loneliness
soler (ue)	usually
solicitar	to apply (for)
solicitud *f.*	application
solo	alone
sólo	only
no sólo... sino que	not only . . . but
sombra *f.*	shade, shadow
sonar (ue)	to sound, ring
sondeo *m.*	poll
sonreír(se) (i)	to smile
sonriente	smiling
sonrisa *f.*	smile
soñar (ue) (con)	to dream (about)

sopa *f.*	soup	taller *m.*	workshop, studio
soplar	to blow	tamaño *m.*	size
soportar	to stand, bear, tolerate	también	also
		tampoco	not either, neither
sordo/a	deaf	tan ... como	as . . . as
sorprendente	surprising	tanto/a	so much, so many, both . . . and
sorprender	to surprise		
sorpresa *f.*	surprise	tanto/a/os/as...como	as many as
sospechar	to suspect	tanto como	just as
sostener (ie)	to support, hold up; to endure, tolerate	tapa *f.*	appetizer (*Sp.*)
		tapar	to cover
subasta *f.*	auction	tararear	to hum
subir	to go up, rise; to get on (transportation)	tardar	to delay
		tarde	late; afternoon
subrayado/a	underlined	tarea *f.*	task; homework
suceder	to happen, occur	tarea doméstica	housework
sucio/a	dirty	tarifa *f.*	cost, fee
sudadera *f.*	sweatshirt	tarjeta *f.*	card
sueldo *m.*	salary	tasa de cambio *f.*	rate of exchange
sueño *m.*	dream	tatuaje *m.*	tattoo
suerte *f.*	luck	té *m.*	tea
suéter *m.*	sweater	teatro *m.*	theater
sugerencia *f.*	suggestion	técnico/a *m./f.*	technician
sugerir (ie)	to suggest	techo *m.*	roof
suizo/a	Swiss	tejer	to knit
sumamente	extremely	telenovela *f.*	soap opera, sitcom
sumar	to add	televidente *m./f.*	television viewer
sumiso/a	submissive	tema *m.*	topic, theme
superar	to overcome	temblar	to tremble
suponer	to suppose	temblor *m.*	tremor
sur *m.*	south	temer	to fear
surfear	to surf	temor *m.*	fear
surgimiento *m.*	surge; uprising	templado/a	temperate, lukewarm
suspirar	to sigh	temporada *f.*	season
sustituir	to substitute	temprano	early
susto *m.*	fright, scare	tenedor *m.*	fork
susurrar	to whisper	tener algo que ver con	to have something to do with
		tener ... años	to be . . . years old
T		tener celos	to be jealous
		tener confianza	to trust
tachón	stud	tener cuidado	to be careful
tal	such	tener en cuenta	to bear in mind, take into account
tal vez	perhaps, maybe		
tallar	to sculpt; to carve		

tener ganas	to feel like
tener hambre	to be hungry
tener lugar	to take place
tener miedo	to be afraid
tener prisa	to be in a hurry
tener sueño	to be sleepy
tener suerte	to be lucky
teñir (i)	to dye
terapeuta *m./f.*	therapist
tercer/o/a	third
terminar	to end, complete, finish
terremoto *m.*	earthquake
testigo *m./f.*	witness
tiburón *m.*	shark
tiempo *m.*	time, weather
tienda *f.*	store
tierno/a	tender
tierra *f.*	earth, land
tierra natal	birthplace
timbre *m.*	doorbell
timidez *f.*	timidity
tío/a *m./f.*	uncle/aunt
tipo *m.*	type; guy (slang)
tira cómica *f.*	comic strip
tirar	to throw, toss
titular *m.*	headline
toalla *f.*	towel
tocar	to touch; to play (instrument)
tocarle a uno	to have a turn
todavía	yet, still
todavía no	not yet, not now
tolerar	to tolerate, bear, stand
tomar en broma	to take as a joke
tomar en serio	to take seriously
tomar una decisión	to take (make) a decision
tomárselo con calma	to take it easy
tontería *f.*	nonsense, foolishness
tormenta *f.*	storm
torneo *m.*	tournament, match
toro *m.*	bull
torre *f.*	tower
torta *f.*	cake

trabajador/a *m./f.*	worker
traducir	to translate
traer	to bring
traje *m.*	suit
traje de baño *m.*	bathing suit
traje de bodas *m.*	wedding gown
trama *f.*	plot (story)
tranquilizador/a	calming, soothing
tranquilo/a	calm, quiet
transportar	to move, transport (things)
transporte *m.*	transportation
tras	after
trasladar(se)	to transfer, move from one place to another
tratamiento *m.*	treatment
tratar (de) (con)	to be about; deal with
tren *m.*	train
trenza *f.*	braid
tribunal *m.*	court
trinchar	to carve
tripulante *m./f.*	member of a crew
triste	sad
triunfar	to triumph, win
trono *m.*	throne
tropezar (ie) (con)	to run into
turnar	to take turns
turno *m.*	shift, turn

U

ubicación *f.*	location
últimamente	lately
último/a	last, latest
último grito *m.*	latest word
una y otra vez	again and again
único/a	only, unique
unir(se)	to unite, join
universitario/a *m./f.*	college student
uña *f.*	nail (finger, toe)
urbanización	suburb (*Sp.*)
urnas *f.*	poll booths
urólogo/a *m./f.*	urologist
usar	to use
útil	useful

V

vacilar (en)	to hesitate (to)
vale *m.*	voucher
valer	to be worth
valer la pena	to be worthwhile
valioso/a	brave, valiant
valle *m.*	valley
valor *m.*	worth
¡Vamos!	Let's go!
variedad *f.*	variety, assortment
varios/as	several, assorted, various
vaso *m.*	drinking glass
vecino/a *m./f.*	neighbor
vela *f.*	candle
velero *m.*	sailboat
velocidad *f.*	speed
vencer	to defeat
venda *f.*	bandage
vendedor/a *m./f.*	salesperson
veneno *m.*	poison
vengarse	to take revenge
ventas *f.*	sales
ventaja *f.*	advantage
ventanilla *f.*	window
ventanilla de pagos	teller's window
verano *m.*	summer
verdad *f.*	truth, true
verdadero/a	true, genuine
verde	green
verdura *f.*	vegetable
vergüenza *f.*	shame
vestir(se) (i)	to dress, get dressed

vez	time
vía *f.*	way
viaje *m.*	trip
víctima *f.*	victim
vida *f.*	life
vidrio *m.*	glass
viejito/a *m./f.*	little old man/lady
viejo/a	old
viento *m.*	wind
viga *f.*	beam (construction)
vino *m.*	wine
vino tinto	red wine
viñedo *m.*	vineyard
viruela *f.*	smallpox
visitante *m./f.*	visitor
vista *f.*	view
viudo/a *m./f.*	widower, widow
volador/a (*adj.*)	flying
volante	flying
volar (ue)	to fly
voluntad *f.*	will, will power
volverse (ue)	to turn; to become
vuelo *m.*	flight

Y

ya	already, now
ya es hora	it's about time

Z

zapato *m.*	shoe
zorro/a *m./f.*	fox

Index

A

a
- **al** + infinitive, 271
- before indefinite expressions, 234
- before indirect object pronoun, 104
- contracted with **el**, 6
- personal **a,** 10, 104
- preposition, 175
- verbs followed by (*see also* prepositions), 175

Además...
- affirmative and negative expressions, 239
- designating places of work, 197–198
- designating workers and employees, 14
- differences and similarities, 96
- diminutives and augmentatives, 268
- expressions with **dar** and **darse**, 163
- expressions with **echar**, 258
- expressions with **hacer**, 141
- expressions with **meter**, 225
- expressions with **por**, 171
- false cognates, 120
- nouns that change meaning according to gender, 36–37
- numbers, 181–183
- **pero, sino, sino que, no sólo... sino que**, 59
- set phrases with the subjunctive, 215
- Spanish equivalents of adjectives that end in *-ing* in English, 278
- Spanish equivalents of *to take*, 83–84
- verbs meaning *to become*, 48–49
- verbs meaning *to move*, 151
- verbs meaning *to realize, to fulfill*, 25
- verbs meaning *to run*, 249
- verbs meaning *to support, to stand, to tolerate*, 70
- verbs to indicate *on* and *off*, 112
- words and expressions relating to time, 130–132

adjectives
- agreement with nouns, 29
- comparatives and superlatives, 87–88, 91–93

- demonstrative, 66
- descriptive, 29, 82
- different meanings according to placement, 32
- ending in *-ing* in English, 278
- gender, 29
- indefinite, 29, 233–234
- meaning changes with **ser** or **estar**, 21
- nominalization of, 36
- placement, 30, 32–33
- possessive, 63–65
- shortened forms, 30
- stressed possessive, 64–65
- superlative, 93
- unstressed possessive, 63–64

adverbs, 75–82, 275
- adverbial phrases, 80–81, 243, 245–246
- comparatives and superlatives of, 87–88, 91–92
- ending in **-mente**, 75
- formation of, 75
- of manner, 76
- of place, 77–78
- of quantity, 82
- of time, 80–81

affirmative words and phrases, 233–234, 239

agreement
- of nouns and adjectives, 29
- with articles, 4–7
- with pronouns, 101–102, 104–105, 108

al
- contraction of **a** + **el**, 6
- + infinitive, 271

-ar verbs
- irregular (*see* Appendix 1)
- regular (*see* Appendix 1)
- spelling changes (*see* Appendix 1)
- stem-changing (*see* Appendix 1)

articles
- definite, 4–6
- gender of definite and indefinite, 4
- indefinite, 4, 6–7

gerunds
  in progressive tenses, 275
  infinitive used as gerund, 274
  present participle, 135–136, 275
  with verbs of motion, 275
gustar, 53–54 (*see also* third-person verbs)
  constructions with, 53
  verbs with the same construction, 53–54

H

haber
  as auxiliary verb, 155
  hay, 24
  in perfect tenses, 155
  meaning in the preterite, 124
  vs. **estar**, 24
hacer
  idiomatic expressions with, 141
  in time expressions, 139–140

I

imperatives (*see also* Appendix 1)
  direct formal (**Ud., Uds.**), 187–188
  indirect, 196
  informal (**tú**), 191–192
  irregular informal (**tú**), 192
  nosotros, 195
  placement of object and reflexive pronouns
    with, 108, 188, 192
  vosotros (*see* Appendix 1)
imperfect tense 123–124, 147
  (*see also* Appendix 1)
  imperfect progressive (*see* progressive
    tenses)
  in time expressions with **hacía**, 140
  use of imperfect, 123–124
  verbs with different meaning in preterite and
    imperfect, 127–128
  vs. preterite, 123–129
impersonal expressions
  with infinitive, 201, 219, 222
  with subjunctive, 201, 219, 222
impersonal **se**, 115
indefinite words and phrases, 233–234, 239, 253
  affirmative and negative, 233–234, 239
  personal **a** with, 234
  with adjective clauses, 235–236
indicative vs. subjunctive (*see* subjunctive)

indirect object pronouns, 53–54,
    104–105
  clarification of, 105, 108
  emphasis, 105
  in structures implying unplanned
    occurrences, 57
  placement, 104–105, 108
  placement with other pronouns, 105, 108
  redundant use of, 105
  se for **le**, 108
  with **a** phrases, 105
  with commands, 108, 188, 192
  with conjugated verbs, 105, 108
  with infinitives, 105, 108
  with perfect tenses, 105
  with present participle, 105, 108, 138
  with progressive tenses, 105, 108, 138
infinitives, 271–274
  al +, 271
  as modifier, 272
  as noun, 274
  conjugated verbs followed by, 271–275
  de +, 272
  following a preposition, 271–272
  following adverbial conjunctions, 245–246
  following adverbial phrases, 243
  following conjugated verbs, 271
  gender when used as noun, 274
  modifying an adjective or noun, 272
  perfect infinitive, 162
  placement of object pronouns with,
    101–102, 105, 108
  vs. subjunctive, 201, 208, 245–246
interrogative words and phrases, 11–12
-ir verbs
  irregular (*see* Appendix 1)
  regular (*see* Appendix 1)
  spelling changes (*see* Appendix 1)
  stem-changing (*see* Appendix 1)

L

lo
  as a subject pronoun, 54
  lo que, 54
  lo que and **lo cual**, 266
  special uses, 110–111
  with adjective, 36

Index